时习文库

稼轩词

〔宋〕辛弃疾 著
邓红梅 薛祥生 注

齐鲁书社
·济南·

图书在版编目（CIP）数据

稼轩词 / (宋) 辛弃疾著；邓红梅, 薛祥生注.
济南：齐鲁书社, 2025. 3. —— ISBN 978-7-5333-5138-0

Ⅰ. I222.844

中国国家版本馆CIP数据核字第2025EE8311号

出 品 人：王　路
项目统筹：张　丽
责任编辑：张　涵
装帧设计：亓旭欣

稼轩词
JIAXUANCI

〔宋〕辛弃疾　著　邓红梅　薛祥生　注

主管单位	山东出版传媒股份有限公司
出版发行	齐鲁书社
社　　址	济南市市中区舜耕路517号
邮　　编	250003
网　　址	www.qlss.cn
电子邮箱	qilupress@126.com
营销中心	（0531）82098521　82098519　82098517
印　　刷	山东华立印务有限公司
开　　本	710mm×1000mm　1/16
印　　张	38
插　　页	2
字　　数	271千
版　　次	2025年3月第1版
印　　次	2025年3月第1次印刷
标准书号	ISBN 978-7-5333-5138-0
定　　价	99.00元

《时习文库》专家委员会

主　　任：杜泽逊
成　　员：（以姓氏笔画为序）
　　　　　王承略　韦　力　方笑一　杨朝明
　　　　　张志清　罗剑波　周绚隆　徐　俊
　　　　　程章灿　廖可斌

《时习文库》
出版委员会

主　　任：王　路
副 主 任：赵发国　吴拥军　张　丽　刘玉林
成　　员：（以姓氏笔画为序）
　　　　　于　航　王江源　亓旭欣　孔　帅
　　　　　史全超　刘　强　刘海军　许允龙
　　　　　孙本民　李　珂　李军宏　张　涵
　　　　　张敏敏　周　磊　赵自环　曹新月
　　　　　裴继祥　谭玉贵

出版说明

文化乃国本所系，国运所依；文化兴盛则国家昌盛，民族强大。在源远流长的中华文化长河中，经典古籍宛如熠熠星辰，承载着先辈们的智慧、思想与情感，是中华民族精神内核的深厚积淀。

2017年以来，中共中央办公厅、国务院办公厅相继出台《关于实施中华优秀传统文化传承发展工程的意见》及《关于推进新时代古籍工作的意见》等重要文件，有力推动了大众对中华优秀传统文化的关注与重视，古籍事业亦借此良好契机，迎来了前所未有的跨越发展，步入了一个崭新的黄金时代。齐鲁书社作为文化传承的重要阵地，始终秉持对中华优秀传统文化的敬畏之心，肩负守正创新之使命，积建社四十余年之精华，汇国内学界群贤之伟力，隆重推出中华经典名著普及丛书——《时习文库》。

"学而时习之，不亦说乎？"文库之名，正是源自《论语》的这句经典语录。"时习"不仅是对知识的反复学习与实践，更是一种对中华优秀传统文化持续探索、深入理解的态度。文库共分为文化类和文学类两大辑，囊括了经史子集、诗词歌赋、戏曲小说等诸多经典，旨在为读者搭建一座通往中国古代文化瑰宝的坚实桥梁。文库的编纂宗旨在于，引导读者在阅读经典著作的过程中，将学习与思考深度融合，不断从古人的智慧海洋中汲取营养，从而得到心灵的润泽与智慧的启迪。通过对经史子集、诗词歌赋、戏曲小说等多元内容的系统整理与精良审校，让中华古籍真正成为可亲、可读、可传的"活的文化"。

为了确保文库的品质，我们除升级广受好评的原有经典版本作为开发基础外，亦精选其他优质底本，以确保版本选择的卓越性；文库会聚文史学界权威，如高亨、陆侃如、王仲荦、来新夏等学界大家，群贤毕至，各方咸集；文库延聘名家成立专家委员会，严格把控丛书质量，确保学术水准；文库针对不同层次读者，精心设计文化类与文学类品种：前者左原文右译文下注释，后者文中加简注评析，实用性强；文库采用纸面布脊精装，正文小四号字，双色印刷，装帧精美，版面舒朗，典雅大方，方便易读。

在习近平文化思想指导下，《时习文库》的出版是对中华优秀传统文化"两创""两个结合"的一次重要尝试。我们希望通过这套文库，让更多的人了解和喜爱中国古代典籍，让中华优秀传统文化在新时代焕发出新的生机与活力。同时，我们也期待广大读者在阅读文库的过程中，能够与古圣先贤进行跨越时空的对话，汲取智慧，启迪心灵，不断提升自我的文化素养和精神境界。让我们一起在经典的海洋中遨游，感受中华文化的博大精深，共同书写中华优秀传统文化传承与发展的新篇章。

齐鲁书社
2025 年 3 月

前　言

邓红梅

一

辛弃疾（1140—1207），原字坦夫，改字幼安，号稼轩，山东济南人，是南宋伟大的抗金词人，也是两宋词史上熠熠闪光的伟大词人之一。

辛弃疾所生活的时代，是"南共北，正分裂"的时代，是汉民族生存与发展遭遇极大危机的时代。"靖康之难"（1127），宋王朝仓皇南渡。自此，南宋与金既不断开战，又不时议和。辛弃疾出生的次年（1141），"绍兴和议"成；当他二十六岁时（1165），"隆兴和议"成；他卒后一年（1208），"开禧和议"成。与此相联系，南宋朝廷内部主战、主和两种力量，也就呈现出此消彼长的状态。这样的时代，既为其"试手补天"提供了难得的历史机遇，促使其更广泛更深入地接触社会现实，又使他在政治与精神上不断遭受政敌的排挤与打击，因而他对尖锐复杂的社会矛盾和肮脏丑恶的政治现实有了更加清醒的认识。"诗穷而后工"，辛弃疾的词作也因此达到了"自有苍生以来所无"的最高境地。

辛弃疾的一生，可以分为四个时期。

一是二十三岁以前的青年时期。辛弃疾祖父辛赞因家累而未能脱身南下，曾出仕于金，但心怀故国，常引领辛弃疾辈"登高望远，指画山河，思投衅而起，以纾君父所不共戴天之愤"（《美芹十论》），这在辛弃疾幼小的心灵里种下了强烈的民族意识。辛弃疾幼年随祖父迁调而游历四方。在谯县时，与党怀英同从学于亳州刘瞻，两人才华出众，并称"辛党"。辛弃疾曾两次奉祖父之命赴燕京应试，谛观形势，为抗金做准备工作，谋未及遂，祖父去世。

绍兴三十一年（1161），金主完颜亮大举南侵。辛弃疾聚众两千，树起抗金义旗。不久，率部归山东义军耿京，任掌书记。他力劝耿京归宋节制，以图大业。次年，他与诸军都提领贾瑞等奉表南归，不料张安国杀耿降金。他在北返途中得此消息，决然邀约统制王世隆等人，率领五十轻骑奇袭金兵大营，生擒叛徒，并号召耿京旧部反正。随后，长驱渡淮，献俘于皇帝，将张安国斩首。壮声英概，廉顽立懦，辛弃疾也因此留宋而被委任以江阴签判之职。从此，辛弃疾宦游江南，希望实现其恢复中原的理想。

二是二十三岁到四十二岁的壮年时期。这一时期的前十年，辛弃疾对于恢复中原的事业充满信心与希望。"隆兴和议"后不久，他不顾官职低微，先后上《美芹十论》和《九议》，审时度势，力陈复国方略，显示出非凡的经纶济世才能。可是，在"谈战色变"的年月里，他的意见并未被执政者采纳。十年间，他只是担任江阴签判、广德军通判、建康通判以及司农主簿等职，无缘筹措抗金复土大计。

乾道八年（1172），辛弃疾出知滁州，开始了南归后第二个十年的游宦生涯。在此期间，他并未被派往抗金前线，相反，却被派去平定内乱。他由知州升任提点刑狱，由转运副使晋升安抚使，虽宦迹无常却政绩卓著。他出知滁州，使当地荒陋之气一洗而空。帅湖南时，创建"飞虎军"，"军成，雄镇一方，为江上诸军之冠"（《宋史·辛弃疾传》）。在江西隆兴府治理荒政，严明果断，雷厉风行，成绩显著。在江西镇压茶商军的过程中，辛弃疾对所谓"盗贼"的起因有了比较清醒的认识。在《论盗贼札子》中，他尖锐地揭示了贪官污吏害民、扰民的种种事实和人民被迫为盗的真正原因，提醒朝廷要"讲求弭盗之术，无恃其有平盗之兵"，若是一味镇压会损害"国本"。这就显示了其政治上的开明见解与深刻的忧国忧民思想。

三是四十三岁到六十三岁的中老年时期。辛弃疾希望国富民强，在任积极有为，其雷厉风行的工作作风和刚直不阿的性格触怒了一些权贵。淳熙八年（1181），他被朝廷言官弹劾，落职罢任，于有为之年退居于江西上饶城外的带湖。在长达十年之久的罢职闲居生活中，辛弃疾看似闲适自得、流连山水、寄情田园，实则带湖的风月，并没有使他忘怀抗金统一的夙志，其词中不时流露出功名未成、未老投闲的悲愤辛酸之情，以及对于"夷甫诸人"清谈误国的忧愤。淳熙十五年（1188），奇士陈亮来到瓢泉附近的鹅湖寺与他相会。他俩"长歌相答，极论世事"，以抗金复土的大业互相勉励。会后彼此唱和，写下了《贺新郎》词数阕，表达了"男儿到死心如铁，看试手，补天裂"的坚贞志操。

光宗绍熙二年（1191）冬，辛弃疾被起用为福建提点刑狱。次年秋，出知福州兼福建安抚使。在任期间，他改革理财办法，并准备打造铠甲，招募新军。绍熙五年（1194），他又被弹劾罢职，此次对他的攻击一直持续到两年之后。

在又一次罢职隐居的八年中，辛弃疾因带湖住宅失火而迁居于铅山期思渡旁的瓢泉新居，此时他内心的矛盾比前十年退居时更为复杂。风波迭起的宦海生涯，使他深感才高必遭忌，功高必受害，只有全身而退，才是自我保全的妙法，因此其词中不时流露出退隐自全、饮酒避害的情绪。他出入佛道，妙解山水，思想上具有比较明显的避世倾向。然而，时局的安危依然牵系着他的心，抗金复土的热情，也仍然在他的内心深处回荡。

四是六十四岁到六十八岁的晚年时期。嘉泰三年（1203），当权的宰相韩侂胄谋图北伐以保个人权势，起用大批主战人士，辛弃疾也在起用之列。他虽不满韩之为人，且已至六十四岁高龄，但仍"不以久闲为念，不以家事为怀，单车就道"（黄榦《勉斋集·与辛稼轩侍郎书》）。在绍兴太守兼浙东安抚使任上，他书奏危害农事六弊；行在召对，他又再申《美芹十论》《九议》之旨，言金国必乱必亡；在镇江太守任上，他积极备战，遣谍侦察，又拟建立江上万人劲旅。但事尚未成，又因细故遭弹劾，三度罢职。

辛弃疾六十六岁罢居瓢泉，次年（1206）五月，韩侂胄对金用兵，大败，求和。开禧三年（1207）秋，金人以索取韩的首级为议和条件，韩大怒，再次对金用兵。为了借辛弃疾的威望以挽救危机，韩任命他为试兵部侍郎。他却力辞而归。八月间得病。九月，宋廷又起用他为枢密院都承旨，但他的病情已十分严重，于九月十日含恨去世。辛弃疾卒后，韩侂胄也死于政变。次年（1208），"开禧和议"成，竟有人追劾辛弃疾迎合韩侂胄开边之罪。忠而见谤，自古而然。其实，正如辛弃疾垂危时所言："侂胄岂能用稼轩以立功名者乎？稼轩岂肯依侂胄以求富贵者乎？"

二

辛弃疾善于诗文，而尤以词名世。其传世之词六百余首，数量之丰,质量之高,都堪称两宋词人第一。真不愧是人中之杰、"词中之龙"(陈廷焯语)。

他之所以取得如此高的文学成就,并不是因为他对于文学事业的甘心俯首,他从来没有把文学事业作为他生命的至上追求。其门生范开曾经在《稼轩词序》中发出过知己般的感慨:"公一世之豪,以气节自负,以功业自许……果何意于歌词哉?直陶写之具耳!"他一直是把自己的生命追求定位在平戎复土之上。但是辛弃疾事实上的"不遇",即没能够在最直接的意义上成为挽救民族危机的英雄人物,却使他把一腔热血化为文学上的"英雄感怆"。

浩渺深沉的家国之忧,是辛词所抒发的一种重要情感。他白日纵目,每每心系"东南佳气,西北神州",有时感叹"剩水残山无态度""斜阳正在,烟柳断肠处"。他夜不成寐,所闻所感是"夜半狂歌悲风起,听铮铮、阵马檐间铁。南共北,正分裂",即使在"布被秋宵梦觉"后,所念也惟有"眼前万里江山"。他对于民族前途的深沉忧患,不因处境的变化而改变。

抗金复土,是那个时代的最强音,也是辛词所表达的最重要的内容。辛弃疾经常以此重任勉励志同之人。其寿赵德庄词,高呼"要挽银河仙浪,西北洗胡沙";其呈史正志词,许之"袖里珍奇光五色,他年要补天西北";其送友人赴任,勉励对方"马革裹尸当自誓,蛾眉伐性休重说"。而他自己,也同样以抗金事业自我鞭策。他登上南剑双溪楼,"举头西北浮云"时,深感"倚天万里须长剑";他为陈亮所赋写的壮词,正是对自己的期待,"了却君王天下事,赢得生前身后名",表现了他自己对于恢复中原的热切渴望和使命感。即使人到老年,遭逢"叶公好龙"之辈,他依然有老骥伏枥、志在千里的怀抱:"凭谁问:廉颇老矣,尚能饭否?"表现出了他期望能有人起用老英雄的心愿。此外在追述往事时,他总是无限缅怀历史上的英雄豪杰。这些都表明了他对于抗金复土、建立不世功业的热切希望。

此外,由于南宋集团"忍耻事仇",无复土之念,再加上辛弃疾被迫投闲置散的政治遭遇,其词中也抒发了冷落不遇的压抑感。他孤愤耿耿,深感"闲愁最苦";初到江南,他就"把吴钩看了,栏杆拍遍",深感"无人会,登临意";晚年罢归,他抚今思昔,痛心于"却将万字平戎策,换得东家种树书";愤怒之极,也出言反讽"未应两手无用,要把蟹螯杯","万一朝家举力田,舍我其谁也"。他不仅抒发自己的"闲愁",也对统治者不恤人才的态度加以揭露。他深沉感喟:"追亡事、今不见,但山川满目泪沾衣。落日胡尘未断,西风塞马空肥。"他借古讽今:"汉开边、功名万里,甚当时健者也曾闲。"他进而指责统治者不恤人才:"汗血盐车无人顾,千里空收骏骨。""不念英雄江左老,用之可以尊中国。"总之,这种英雄请缨无路、报国无门的"不平之鸣",随处辄发,使其词显示出生气凛凛的抒情个性。

主和派的苟安妥协、南宋王朝的昏昧庸弱,使词人极为愤慨与痛心,他在不少词中借古喻今,多次以西晋清谈误国的"夷甫诸人",来痛斥今日"夷甫之流"苟且偷安的误国罪行。"夷甫诸人,神州沉陆,几曾回首",当权的主和派不关心百姓生死,不关心民族兴亡,他们只知作清高状,令词人忧心如焚:"起望衣冠神州路,白日销残战骨。叹夷甫诸人清绝!"这些"清绝"的主和派,对主战派人士倒是不惜打压围攻,词人不禁激愤地发问道:"长剑倚天谁问,夷甫诸人堪笑,西北有神州。"对于他们,词人予以痛斥,以聒噪的群蛙来揭示其丑态:"袖手高山流水,听群蛙、鼓吹荒池。"这样的政治批判之作,是辛词里极具斗争性的内容。

除了以上体现主旋律的重大内容,辛弃疾还写了大量的山水词、田园词和理趣词。就山水词来看，他自称是一个"一生不负溪山债"的人，在其笔下，的确有"万壑千岩归健笔"的气象。他写青山，时而奔腾而至，似"联翩万马来无数"；时而"雄深雅健，如对文章太史公"；时而与之情融意通，"青山意气峥嵘，似为我归来妩媚生"。他写岩下溪水清澈明畅，宁静优美，"溪边照影行，天在清溪底。天上有行云，人在行云里"；写钱塘江潮则声威赫然，夺人魂魄："望飞来、半空鸥鹭，须臾动地鼙鼓。截江组练驱山去，鏖战未收貔虎。"词人笔下的山水千姿百态，动静皆美。

辛弃疾的田园词，承苏轼《浣溪沙》组词流风，而较苏词更为多姿多彩。举凡四季田园风光、春秋农事更替、田野劳作、家舍副业、男婚女嫁、民风乡俗，从儿童、少妇、壮夫到野老的多种人物形象，乃至他与农家的友好交往，无不形于笔端。它们像随意摄取的生活小照一样，不仅显示出了词人的闲情逸趣，也使辛词洋溢着新鲜、活泼的生活气息，散发着沁人心脾的泥土芳香。

辛弃疾的理趣词，基本上作于他退居带湖尤其是瓢泉以后，表现了他对于人生观、历史观乃至于宇宙观的深刻反思。因为"无穷宇宙，人是一黍太仓中"的宇宙大秩序的启示，因为"贵贱偶然浑似：随风帘幌，篱落飞花"的命运偶然性的触发，因为"古来三五个英雄。雨打风吹何处是，汉殿秦宫"的价值幻灭感的觉悟，也因为"胶胶扰扰几时休？一出山来不自由"的官场牵累，特别是因为政敌的谗害让他忧谗畏讥，"笑挂瓢风树，一鸣渠碎，问何如哑"，他不免想选择"味无味处求吾乐，材不材间过此生"的生活道路，向往"秋水观中山月夜，停云堂下菊花秋"的隐居闲适生活，他自谓"随缘道理应须会，过分功名莫强求"，并以"人生行乐"的思想来安慰自己。他谈齐物、辨小大、说有无、悟动静、达贵贱、喻刚柔、讲顿悟，以佛道思想来重新解释世界，表现了当理想无法实现、自身迭遭打击之后，心理亟须调整的要求。当然，调整并没有使他真正安心，直到镇江任上，他还在慨叹"老去行藏与愿违"，还在问讯"何人可觅安心法"。这说明，对于人生、历史和自然、宇宙的重新参解，并不能完全消除他积极入世、精诚尽忠的内在热情。

辛词中情词不多，但或雅或俗，也能自见特色。雅者如名篇《祝英台近》（宝钗分），深婉细曲，被人誉为"昵狎温柔，魂消意尽，才人伎俩，真不可测"；俗者如《南歌子》（万万千千恨），则全用口语，颇有生活风情。辛词中的情词不仅有着抒情风格的不同，还有着载意深浅的区别。他的一部分情词，抒写的是纯粹的爱情体验，如《临江仙》：

金谷无烟宫树绿，嫩寒生怕春风。博山微透暖薰栊。小楼春色里，幽梦雨声中。　别浦鲤鱼何日到？锦书封恨重重。海棠花下去年逢。也应随分瘦，忍泪觅残红。

而有一些词作，则是比兴为辞，别有寄托。如《青玉案》，看其结韵所写："众里寻他千百度。蓦然回首，那人却在，灯火阑珊处。"分明是"自怜幽独，伤心人别有怀抱"，又岂止是儿女情事！此外，还有一些情词，具有"作者未必然，读者何必不然"的效果。如《念奴娇》（书东流村壁）：

野棠花落，又匆匆过了，清明时节。划地东风欺客梦，一夜云屏寒怯。曲岸持觞，垂杨系马，此地曾轻别。楼空人去，旧游飞燕能说。　闻道绮陌东头，行人曾见，帘底纤纤月。旧恨春江流不断，新恨云山千叠。料得明朝，尊前重见，镜里花难折。也应惊问，近来多少华发。

词作本事分明，抒发的是故地重游之恨。但其中却打入了词人"多少华发"的身世之慨。对于词中"旧恨春江流不断，新恨云山千叠"的深忧重恨，有些读者甚至品味出了其中的"家国之恨"。

以上论述，即使不能包举辛词的全部情思内容，也当去之弗远，余不再述。

三

辛词不仅情思内容十分丰富，艺术风格也是多姿多彩。它有时豪迈奔放，变自东坡词风；有时又以芬芳悱恻之姿，含忧愤沉郁之情，化自楚骚传统；有时清新隽永；有时委婉缠绵；有时诙谐机智；有时辛辣嘲讽；有时浅白俚俗，大有元散曲之趣；有时雄深雅健，竟似司马迁文风。可谓能庄能谐，亦柔亦刚。这多姿多彩的艺术风格，使辛词如"老杜诗"，体现出了"群峰万壑"般的"集大成"之艺术风貌。同时，辛词又展现了极具艺术魅力的个性化词风——豪壮沉郁的词风。

豪壮沉郁的词风与恣意奔放的豪放词风不同，也与能以理遣情的清旷词风有异，它是一种兼有豪放和沉郁两种情感特质的"复合型"风格。辛词中兼有奔放和敛抑的双向性的抒情特征，这形成了其悲愤抑郁、豪情激荡乃至于悲慨莫名的强烈抒情效果，也是其与苏轼词风的主要差异之所在。可以说，辛弃疾的许多著名词作，都具有一种径由苏词又变化苏词的新风格。而他之所以会形成这样一种独具个人面目的抒情风格，是因为：一方面，他有着炽烈深厚的抗金激情和以天下为己任的强烈使命感；另一方面，这种激烈奋发、渴望将个人的生命追求融合于抗金复土之中的感情，由于主和派执政而受到了抑制，他失去了实现自己人生理想的外部环境，这形成了其内在精神需要与现实不可能实现之间的强烈冲突。苏辛虽被称为同宗，但是苏轼的词风主要表现为自然雄放、清旷超逸，颇有得理趣滋养而成的几分"仙气"；而辛弃疾的词风则主要表现为悲壮沉郁、慷慨苍凉，更多的是"狂气"与"霸气"。他与苏轼的区别，是英雄之词和士大夫之词的区别。

辛词的艺术特色，大体有以下表现：

一是他以异常开阔的胸襟气度，创造了与词的主流抒情传统迥然有别的神奇意象，并构造出开阔、雄深、动荡、瑰奇而又完整统一的艺术境界。在辛词中，最能显示抒情主人公自我期待的形象与意象，大多是气度不凡的历史英雄、折射着主人公非凡追求和超拔人格的神鸟猛禽，以及映射了抒情主人公的奇情异彩的巨石层峦等人格化的自然意象。历史英雄可以分为两类。第一类是实现了生命价值的成功英雄形象。如传说中治水有功的大禹、据江东而成功抗衡曹刘的少年英雄孙权，以及"金戈铁马，气吞万里如虎"的北伐名将刘裕等，他们体现了词人对于自我生命的期待和定位。第二类是才能出众而受到当政猜忌以致压抑的失意英雄形象。如"东山岁晚，泪落哀筝曲"中力能安邦而遭疑忌的谢安，"千古李将军，夺得胡儿马。李蔡为人在下中，却是封侯者"所感慨的西汉名将李广，"风流酷似，卧龙诸葛"而无机会成就卧龙事业的陶渊明，功成身退的范蠡和颇感寂寞的廉颇等。英雄形象及其事迹的大量引入，有助于构造开阔、雄奇、深邃的艺术境界。神鸟意象如"笑人世、苍然无物"的大鹏，"记当年，吓腐鼠，叹冥鸿"的凤凰等，是他不凡人生境界和高洁精神追求的隐喻化表现，它们对于构造辛词开阔、动荡、瑰奇的艺术境界增色颇多。

在辛词中，对自然意象的运用可以说是触手成春，具有随机而取和涉笔成趣的生动性。应该指出的是，在他所创造的自然意象中所呈现出来的自我与自然的关系，已经与之前的文学作品大为不同。在以前的文学作品里，不是借自然和自我的"同构关系"来以景写情，就是表现我与自然的"合一关系"：主体的心灵投入大自然的怀抱，融会在自然中，以表现带有玄学色彩的忘怀物我、超然物外的意趣。而辛弃疾与大自然之间，则是一种"神交心许"的新型关系，所谓"我见青山多妩媚，料青山、见我应如是"。这初看起来，也是一种"合一关系"，实则是以自我的奇怀伟抱来濡染和重构自然，赋予大自然以强烈的主观色彩。在其笔下，静态的青山可以有飞动回旋的气势，"叠嶂西驰，万马回旋，众山欲东"；很小的石壁可以被赋予凌空之势，"莫笑吾家苍壁小，棱层势欲摩空"；深山里的岩石可以乘风飞舞，"门前石浪掀舞"，可以与词人相携遨游世外，"待万里携君，鞭笞鸾凤，诵我远游赋"。这些被赋予了动荡、神奇性的自然意象，是其开阔、雄深、动荡、瑰奇的艺术境界的重要组成部分。

辛词的意境，可谓包藏万有而涵容古今，具有深邃而辽阔的时空架构。从时间深度上说，辛弃疾的某些词，把笔触探入遥远的历史年代。他慨古讽今、借古喻今，从对历史传说和历史事件的讽咏中，表现出他自己的生命观、价值观，表现出他对于时代政治弊端的不满和对于民族前途的忧患。比如他晚年对"鱼自入深渊，人自居平土"的不朽功业的赞叹，就传达出他对于造福人类的不世英雄的景仰。相反的，"古来三五个英雄。雨打风吹何处是，汉殿秦宫？"的问讯，则以汉殿秦宫的沦没无踪，传达出了相当悲观的价值幻灭感；他写统治者对有着赫赫战功的军事天才李广反不如对

"为人在下中"的庸才李蔡重视，则曲折表达出对南宋官场嫉贤妒能、贤愚不分的愤慨。他对于时间的处理，有时快至于"肘后俄生柳"，有时将不同时间的历史事件、人物杂糅成脱去时空规定的历史画面，如他将陈皇后、杨玉环、赵飞燕放到同一场景中去抒情。可谓大笔振迅，挥斥如意。辛词所呈现的空间广度，也是神奇变化，不一而足。小至于一只蜗牛角上左蛮右触的争土掠地，大至于追思明月而周游天宇上下，神悟"月轮绕地球之理"，畅想日月在宇宙中的位置，将日月想象成宇宙这个大磨盘上逆向运行的两只徒劳的小蚂蚁，其想象之丰富真是令人叹为观止。而变化伸缩中的时间、空间的多样结合，就构成了辛词神游八方、思接千载的总体意境特征。这样的词境，完全突破了"狭深性"的传统规范，极大地展现了词人的创造魄力。

　　二是迥落天外的超常想象力和诸种浪漫主义的表现手法，如夸张、变形的运用。想象性是构成诗意的重要要素，想象力是测试作家创造力的试纸。辛词具有超常的想象力，这形成了其与众不同的艺术个性。在文学史上，也许在屈原之后，只有李白和苏轼的想象力能与之相比。其想象打破了时间和空间的限制，天上地下、古往今来、生死异路的场景，无不可以被他轻松地融汇于笔端。这种气势磅礴的想象，自然就包含着艺术上的夸张与变形。在其笔下，月可怀挟，虹霓可以握于手中，自己可以在梦中穿行于星斗之间，这就挥洒出他浓郁的浪漫豪情。

　　辛词所创造出来的梦幻世界尤其瑰奇，他喜欢描写有夸张和变形效果的奇梦。他既有"梦回吹角连营"的战斗渴望，又有"梦觉大槐宫"的虚无感受，他梦见对他欣然微笑的庄周，也梦见古代贤人孙叔敖，他还由一块奇石而梦见一个失败的力士的幽恨。而在这诸多的梦幻之中，以"畴昔梦登天"的登天遨游之梦最为神奇。

他像鸿鹄一样飞升高举，摩挲过月亮，看到了天圆地方的全景，超脱了时空的限制，获得了梦想中的无限自由。

三是将散文化的手法引入词中。这不仅打破了词与诗歌乃至散文的分界，扩大了词的固有表现领域，而且还能增加词作的强盛气势。所谓散文化，第一是指内容的散文化。也就是以词表达散文所习惯讨论的道理或哲理。哲理内容的入词，造成了以理趣代替情感的表达效果，这集中地体现在其理趣词、归隐词和部分写景抒怀词之中。此外，像《永遇乐》（千古江山）中对于当时政治军事问题的认识，本属于政论文的范畴，而词人却借助对典故准确而密集的运用，达到了含蓄的表达效果。前人称之为"词论"，就其内容的丰富复杂来看，并非虚语。第二是指手段的散文化。这里面包含着多种手段。一是以放言议论的笔法代替形象性描写和感性化抒情。如《雨中花慢》（旧雨常来）里写道："功名只道，无之不乐，哪知有更堪忧？怎奈向、儿曹抵死，唤不回头！"就是如此。二是用经史子集中散文体的语典成句，连语气助词和"之乎者也"之类的虚词也带入词中，造成语言结构的松散。这样的情形屡见不鲜。如"于是焉河伯欣然喜，以天下之美尽在己"就是来自《庄子·秋水》；再如"甚矣吾衰矣""不恨古人吾不见，恨古人、不见吾狂耳"，则是分别来自《论语》和《南史》。三是自造句式也似散文，有着散文的陈述或反问语气甚至语气助词。如"我见君来，顿觉吾庐，溪山美哉"。四是以散文的典型化结构如主客问答来构造全词，显得横放杰出、龙腾虎掷。他的许多问答体词，在结构上就体现了极大的自由。这一点，下文介绍创体时还要提及。

以散文化的手法写词，对于词体是一种冒险。辛词冒险则比较成功。其关键原因，就在于无论采用什么手法写词，只要作者具有充沛、激烈的感情，其抒情文学的品性就不会有本质的改变。而辛弃疾正是做到了这一点。这样的词章，虽然从表面上来看，不够优美精纯，但它比那些因循守旧而不敢稍越雷池的作品更富有生气。

四是空前绝后的创体能力。辛词体格的丰富多样，为词史所仅见。这包括带有戏谑色彩的主客问答体，这是汉代班固在《宾戏》、扬雄在《解嘲》里所用的体格，所以也称"《宾戏》体"或"《解嘲》体"，如《六州歌头》（晨来问疾）。不仅在情调上显得戏谑诙谐，在章法上也显得活泼生动，不受词的惯用章法限制；天问体，如《木兰花慢》（可怜今夕月），全词由对月亮提出的一连串问题组成，这在词中也是创体；会盟体，如在《水调歌头》（带湖吾甚爱）中，词人模仿《左传》记载齐桓公会盟诸侯时的语句，戏谑地对带湖的鸥鸟说道："凡我同盟鸥鹭，今日既盟之后，来往莫相猜。"很是新奇有趣；招魂体，如《水龙吟》（听兮清珮琼瑶些），通篇用"些"字押韵，而篇中夹杂"兮"字调节句式，感情显得分外浓郁；隐括体，如《踏莎行》（进退存亡），全词为集经句而成。此外还有逐句用韵的福唐独木桥体、嵌入药名的药名体、杂用同姓历史人物典故的写今人体等。创体之外，至于"效花间体""效李易安体"之类学习他人词体的作品，不一而足，此不赘论。

五是多种修辞手法的运用。在表现手法上，辛词杂取众长为我所用，融会贯通又自成一体。其最主要的特色表现为以下三方面。第一是合理汲取香草美人的诗歌抒情传统的养料，善于运用比兴象征的手法，来传达他心中忧郁幽怨的政治感慨。在其笔下，惊弦雁避、骇浪船回、波浪翻屋、蛾眉芳草、烟柳夕阳、怪石起舞、伤春怨燕乃至典故人物等，无不具有比兴的意义，能够唤起人们对于宋词意境杳深、韵味悠远的审美体验。第二是熔铸经史百家的典故，精深曲折地传达自己的思想感情。这一方面是因为他在抒愤写怀的时候有所顾忌；另一方面是因为他"百药难治书史淫"，具有异常渊博的文史哲知识可资选用。他用典广深远博而又能以气运化，指使古人古语如使唤小儿。即使少数篇章遭人非议，但总的说来，他的用典却是增加了短篇小幅的情思容量，令人含咀不尽，久而知味。他在这方面的成绩斐然不凡，宋末词人刘辰翁将他与苏轼对比而得出的评价，能够充分说明这一点："（东坡词）然犹未至用经用史，牵雅颂入郑卫也……及稼轩横竖烂漫，乃如禅宗棒喝，头头皆是；又如悲笳万鼓，平生不平事并尽厄酒，但觉宾主酣畅，误不暇顾。"辛词之所以能达到这样"无施不可"的用典的最高境界，是因为他能以炽炽燃烧的感情"洪炉"，把许多毫无联系的典故"药石"，熔化成有效而完美的艺术"金丹"。第三是运用讽刺和反语。对于南宋官场上的丑恶现象，词人在进行"掩鼻人间腐臭场"式的正面抨击的同时，大量运用反语讽刺，以充分表达自己的轻蔑情绪。另外，对于自己失意于当世的处境，词人也用苦中作乐的趣笔来自我解嘲，如《浣溪沙》（细听春山杜宇啼）中"而今堪诵《北山移》"的自我嘲戏，《添字浣溪沙》（记得瓢泉快活时）中"蓦地捉将来断送，老头皮"的自我调侃，都在轻松的表象下隐藏着苦味的感受。

此外，辛词在语言上的熔铸之功和创造能力也十分出色。在化用典故如同己出的同时，他还创造了许多堪称警句妙语的词句。如"袖里珍奇光五色，他年要补天西北""遥岑远目，献愁供恨，玉簪螺髻""青山遮不住，毕竟东流去""镜里花难折""红莲相倚浑如醉，白鸟无言定自愁""硬语盘空谁来听？记当时、只有西窗月"等，大都以炼意为主，韵味悠长。这一点，通过对辛词的具体阅读，读者还会有更多的体会。

应该指出的是，虽然辛词达到了一般词人难以企及的境界，但不可否认，其词中也还有一些趣味不那么高、情味不那么纯正的作品，使其词作情感价值呈现出参差不齐的面目。在艺术上取得了高度成就的辛词，在以下三方面也存在着一些不足。其一是有些作品下笔过于轻率随便，意思松散无神，用语过于俚俗，韵味未免不足；其二是有时过度依赖典故传情达意的作用，全篇叠用典故而主旨不明，或者典故本身生僻而博杂，对于这样的作品，虽然读者可以用"神气完整"来为它们找饰辞，但不能不为探不明本意而遗憾，"掉书袋"的评语，应为此类词而设；其三是在散文化的词作中，有些结构松散、语言拗口的作品，读来令人疲劳。当然，在六百多首词作中出现一些不足之处，实属瑕不掩瑜，无损于辛词作为词史高峰的历史地位。

中华人民共和国成立以来，对于辛词的研究，成就十分突出。对其生平思想、仕宦交游、词作编年、词作笺证注释、词作内容和艺术特色的研究都已经全面而深入地展开，其中邓广铭先生的《稼轩词编年笺注》凝聚了词学研究者的毕生心血，是辛词研究中里程碑式的力作。

本书共收入稼轩词600余首，以1993年版邓广铭先生《稼轩词编年笺注》（增订本）为底本进行编次，在文字取舍方面，则更多依据唐圭璋先生所著《全宋词》本《稼轩词》，少数异文上溯到宋人范开编定本《稼轩词》和小草斋抄本《稼轩长短句》等。务求文字和断句都尽合于稼轩词原貌，能够展示稼轩词雄豪沉郁、洒脱飘逸、含蓄柔丽之美。

本书不当之处，欢迎读者批评指正。

目 录
CONTENTS

001 | 前 言

001 | **卷一 宦游江、淮、两湖之词**
003 | 汉宫春（春已归来）
004 | 满江红（家住江南）
005 | 水调歌头（千里渥洼种）
006 | 浣溪沙（侬是嶔崎可笑人）
007 | 满江红（鹏翼垂空）
008 | 念奴娇（我来吊古）
009 | 千秋岁（塞垣秋草）
010 | 满江红（快上西楼）
011 | 满江红（美景良辰）
012 | 满江红（点火樱桃）
013 | 念奴娇（晚风吹雨）
014 | 好事近（日日过西湖）
014 | 青玉案（东风夜放花千树）
015 | 感皇恩（春事到清明）
016 | 感皇恩（七十古来稀）
017 | 声声慢（征埃成阵）

018　声声慢（开元盛日）

019　木兰花慢（老来情味减）

020　西江月（秀骨青松不老）

021　水调歌头（落日古城角）

022　一剪梅（独立苍茫醉不归）

023　新荷叶（人已归来）

024　新荷叶（春色如愁）

025　菩萨蛮（青山欲共高人语）

026　菩萨蛮（江摇病眼昏如雾）

026　太常引（一轮秋影转金波）

027　水龙吟（楚天千里清秋）

028　八声甘州（把江山好处付公来）

029　洞仙歌（江头父老）

030　酒泉子（流水无情）

031　摸鱼儿（望飞来、半空鸥鹭）

032　满江红（落日苍茫）

033　菩萨蛮（郁孤台下清江水）

034　水调歌头（造物故豪纵）

035　满江红（汉水东流）

036　水调歌头（我饮不须劝）

037　霜天晓角（吴头楚尾）

038　鹧鸪天（聚散匆匆不偶然）

039　念奴娇（野棠花落）

040　鹧鸪天（别后妆成白发新）

041　鹧鸪天（樽俎风流有几人）

| 041 | 鹧鸪天（扑面征尘去路遥）
| 042 | 鹧鸪天（唱彻《阳关》泪未干）
| 043 | 满江红（直节堂堂）
| 044 | 满江红（照影溪梅）
| 045 | 水调歌头（落日塞尘起）
| 047 | 满江红（过眼溪山）
| 048 | 南乡子（隔户语春莺）
| 048 | 南乡子（欹枕橹声边）
| 049 | 南歌子（万万千千恨）
| 050 | 西江月（千丈悬崖削翠）
| 050 | 破阵子（掷地刘郎玉斗）
| 051 | 临江仙（住世都无菩萨行）
| 052 | 摸鱼儿（更能消、几番风雨）
| 053 | 水调歌头（折尽武昌柳）
| 054 | 满江红（笳鼓归来）
| 055 | 木兰花慢（汉中开汉业）
| 057 | 阮郎归（山前灯火欲黄昏）
| 058 | 霜天晓角（暮山层碧）
| 058 | 减字木兰花（盈盈泪眼）
| 059 | 满江红（可恨东君）
| 060 | 满江红（敲碎离愁）
| 061 | 满江红（倦客新丰）
| 062 | 满江红（风卷庭梧）
| 063 | 贺新郎（柳暗凌波路）
| 064 | 水调歌头（官事未易了）

065	满庭芳	（倾国无媒）
066	满庭芳	（急管哀弦）
067	满庭芳	（柳外寻春）
068	满江红	（天与文章）
069	西　河	（西江水）
070	贺新郎	（高阁临江渚）
071	昭君怨	（长记潇湘秋晚）
071	沁园春	（三径初成）
073	沁园春	（伫立潇湘）
074	菩萨蛮	（稼轩日向儿曹说）
074	蝶恋花	（老去怕寻年少伴）
075	祝英台近	（宝钗分）
076	祝英台近	（绿杨堤）
077	惜分飞	（翡翠楼前芳草路）
078	恋绣衾	（夜长偏冷添被儿）
079	减字木兰花	（僧窗夜雨）
079	减字木兰花	（昨朝官告）
080	唐多令	（淑景斗清明）
081	南乡子	（好个主人家）
081	鹧鸪天	（一片归心拟乱云）
082	鹧鸪天	（困不成眠奈夜何）
082	菩萨蛮	（西风都是行人恨）

卷二　归隐带湖之词

087	水调歌头	（带湖吾甚爱）

088	水调歌头（寄我五云字）
089	水调歌头（白日射金阙）
090	踏莎行（进退存亡）
091	蝶恋花（点检笙歌多酿酒）
091	蝶恋花（泪眼送君倾似雨）
092	蝶恋花（小小年华才月半）
093	六么令（酒群花队）
094	六么令（倒冠一笑）
095	太常引（君王著意履声间）
095	蝶恋花（洗尽机心随法喜）
096	蝶恋花（何物能令公怒喜）
097	水调歌头（今日复何日）
098	水调歌头（千古老蟾口）
099	水调歌头（君莫赋幽愤）
100	水调歌头（文字觑天巧）
101	小重山（旋制离歌唱未成）
102	贺新郎（云卧衣裳冷）
103	贺新郎（著厌霓裳素）
104	贺新郎（凤尾龙香拨）
105	满江红（瘴雨蛮烟）
107	水调歌头（上界足官府）
108	清平乐（灵皇醮罢）
109	临江仙（风雨催春寒食近）
110	洞仙歌（婆娑欲舞）
111	唐河传（春水）

112	水龙吟（渡江天马南来）
113	满江红（蜀道登天）
114	蝶恋花（莫向城头听漏点）
115	蝶恋花（燕语莺啼人乍远）
116	鹧鸪天（千丈阴崖百丈溪）
117	鹧鸪天（莫上扁舟访剡溪）
118	水龙吟（玉皇殿阁微凉）
119	菩萨蛮（锦书谁寄相思语）
119	虞美人（翠屏罗幕遮前后）
120	虞美人（一杯莫落他人后）
121	虞美人（夜深困倚屏风后）
121	水调歌头（万事到白发）
122	千年调（卮酒向人时）
124	南歌子（玄入《参同契》）
125	杏花天（病来自是于春懒）
125	念奴娇（兔园旧赏）
126	临江仙（小靥人怜都恶瘦）
127	临江仙（逗晓莺啼声昵昵）
127	临江仙（春色饶君白发了）
128	临江仙（金谷无烟宫树绿）
129	丑奴儿（晚来云淡秋光薄）
129	丑奴儿（寻常中酒扶头后）
130	一剪梅（忆对中秋丹桂丛）
131	一剪梅（记得同烧此夜香）
131	江神子（梅梅柳柳斗纤秾）

132	江神子	（剩云残日弄阴晴）
133	江神子	（梨花著雨晚来晴）
134	江神子	（一川松竹任横斜）
135	丑奴儿	（烟迷露麦荒池柳）
135	丑奴儿	（少年不识愁滋味）
136	丑奴儿	（此生自断天休问）
137	丑奴儿近	（千峰云起）
138	清平乐	（柳边飞鞚）
139	清平乐	（绕床饥鼠）
140	鹧鸪天	（不向长安路上行）
141	点绛唇	（隐隐轻雷）
141	点绛唇	（身后虚名）
142	念奴娇	（近来何处）
143	水龙吟	（补陀大士虚空）
144	山鬼谣	（问何年、此山来此）
145	生查子	（溪边照影行）
146	蝶恋花	（九畹芳菲兰佩好）
147	蝶恋花	（意态憨生元自好）
147	定风波	（山路风来草木香）
148	定风波	（仄月高寒水石乡）
149	满江红	（笑拍洪崖）
150	满江红	（天上飞琼）
151	念奴娇	（对花何似）
152	乌夜啼	（江头醉倒山公）
152	乌夜啼	（人言我不如公）

153	定风波（昨夜山公倒载归）
154	鹧鸪天（白苎新袍入嫩凉）
155	鹧鸪天（一榻清风殿影凉）
155	鹧鸪天（春入平原荠菜花）
156	鹧鸪天（翠木千寻上薜萝）
157	鹧鸪天（枕簟溪堂冷欲秋）
158	鹧鸪天（着意寻春懒便回）
159	满江红（曲几团蒲）
160	鹧鸪天（戏马台前秋雁飞）
161	鹧鸪天（有甚闲愁可皱眉）
162	鹧鸪天（漠漠轻阴拨不开）
163	鹧鸪天（千丈冰溪百步雷）
163	鹧鸪天（鸡鸭成群晚未收）
164	清平乐（茅檐低小）
165	清平乐（连云松竹）
166	清平乐（断崖修竹）
167	满江红（湖海平生）
168	洞仙歌（冰姿玉骨）
169	洞仙歌（飞流万壑）
170	水龙吟（断崖千丈孤松）
171	水调歌头（上古八千岁）
172	最高楼（长安道）
173	最高楼（西园买）
174	菩萨蛮（红牙签上群仙格）
174	生查子（昨宵醉里行）

175	生查子	（谁倾沧海珠）
176	西江月	（宫粉厌涂娇额）
177	八声甘州	（故将军饮罢夜归来）
178	昭君怨	（夜雨剪残春韭）
178	昭君怨	（人面不如花面）
179	临江仙	（莫向空山吹玉笛）
180	临江仙	（钟鼎山林都是梦）
181	菩萨蛮	（功名饱听儿童说）
181	菩萨蛮	（无情最是江头柳）
182	蝶恋花	（衰草残阳三万顷）
183	鹊桥仙	（小窗风雨）
183	满江红	（尘土西风）
184	朝中措	（篮舆袅袅破重冈）
185	朝中措	（夜深残月过山房）
185	朝中措	（绿萍池沼絮飞忙）
186	浪淘沙	（身世酒杯中）
187	南歌子	（世事从头减）
188	鹧鸪天	（木落山高一夜霜）
189	鹧鸪天	（水底明霞十顷光）
190	念奴娇	（少年握槊）
191	水龙吟	（稼轩何必长贫）
192	水龙吟	（被公惊倒瓢泉）
193	江神子	（玉箫声远忆骖鸾）
194	江神子	（宝钗飞凤鬓惊鸾）
195	永遇乐	（紫陌长安）

196	定风波（少日春怀似酒浓）
197	菩萨蛮（香浮乳酪玻璃碗）
198	鹧鸪天（晚日寒鸦一片愁）
199	鹧鸪天（陌上柔桑破嫩芽）
200	踏　歌（攧厥）
200	小重山（倩得薰风染绿衣）
201	临江仙（老去惜花心已懒）
202	一络索（羞见鉴鸾孤却）
203	鹊桥仙（朱颜晕酒）
203	鹊桥仙（八旬庆会）
204	好事近（医者索酬劳）
205	蝶恋花（谁向椒盘簪彩胜）
206	水调歌头（寒食不小住）
207	满江红（莫折荼䕷）
208	沁园春（老子平生）
209	贺新郎（把酒长亭说）
211	贺新郎（老大那堪说）
212	贺新郎（细把君诗说）
213	破阵子（醉里挑灯看剑）
214	破阵子（少日春风满眼）
215	水调歌头（头白齿牙缺）
216	卜算子（刚者不坚牢）
216	最高楼（相思苦）
217	浣溪沙（寿酒同斟喜有余）
218	水调歌头（酒罢且勿起）

219	鹊桥仙	（松冈避暑）
220	满江红	（绝代佳人）
221	御街行	（山城甲子冥冥雨）
222	御街行	（阑干四面山无数）
222	卜算子	（修竹翠罗寒）
223	卜算子	（红粉靓梳妆）
224	卜算子	（欲行且起行）
224	归朝欢	（万里康成西走蜀）
225	玉楼春	（悠悠莫向文山去）
226	声声慢	（东南形胜）
227	玉楼春	（往年龙楸堂前路）
228	水调歌头	（日月如磨蚁）
229	水调歌头	（簪履竞晴昼）
230	寻芳草	（有得许多泪）
231	柳梢青	（姚魏名流）
231	谒金门	（遮素月）
232	谒金门	（山吐月）
233	定风波	（听我尊前醉后歌）
234	醉翁操	（长松）
235	踏莎行	（夜月楼台）
236	踏莎行	（弄影阑干）
236	清平乐	（月明秋晓）
237	清平乐	（东园向晓）
238	鹧鸪天	（梦断京华故倦游）
239	鹧鸪天	（趁得春风汗漫游）

239	菩萨蛮	（送君直上金銮殿）
240	菩萨蛮	（人间岁月堂堂去）
241	菩萨蛮	（阮琴斜挂香罗绶）
242	菩萨蛮	（万金不换囊中术）
243	虞美人	（群花泣尽朝来露）
243	定风波	（春到蓬壶特地晴）
244	念奴娇	（倘来轩冕）
245	念奴娇	（道人元是）
246	念奴娇	（洞庭春晚）
247	瑞鹤仙	（黄金堆到斗）
248	水调歌头	（相公倦台鼎）
249	清平乐	（此身长健）
249	一络索	（锦帐如云处高）
250	好事近	（明月到今宵）
251	好事近	（和泪唱阳关）
251	好事近	（云气上林梢）
252	东坡引	（玉纤弹旧怨）
253	东坡引	（君如梁上燕）
253	东坡引	（花梢红未足）
254	醉花阴	（黄花漫说年年好）
255	醉太平	（态浓意远）
255	乌夜啼	（晚花露叶风条、燕飞高）
256	如梦令	（燕子几曾归去）
256	忆王孙	（登山临水送将归）
257	金菊对芙蓉	（远水生光）

258	水调歌头（万事几时足）
259	浣溪沙（台倚崩崖玉灭瘢）
260	浣溪沙（妙手都无斧凿瘢）
260	渔家傲（道德文章传几世）
261	鹊桥仙（豸冠风采）
262	沁园春（有美人兮）
263	沁园春（我试评君）
264	沁园春（我醉狂吟）
265	江神子（簟铺湘竹帐垂纱）
266	江神子（暗香横路雪垂垂）
267	朝中措（年年黄菊艳秋风）
267	朝中措（年年金蕊艳西风）
268	朝中措（年年团扇怨秋风）
269	清平乐（少年痛饮）
270	清平乐（清泉奔快）
271	水龙吟（倚栏看碧成朱）
272	生查子（去年燕子来）
272	生查子（百花头上开）
273	生查子（青山招不来）
274	生查子（青山非不佳）
274	浣溪沙（寸步人间百尺楼）
275	浣溪沙（未到山前骑马回）
276	鹧鸪天（句里春风正剪裁）
277	西江月（明月别枝惊鹊）
278	好事近（彩胜斗华灯）

| 278 | 念奴娇（风狂雨横） |
| 279 | 最高楼（金闺老） |

281	**卷三　宦游三山之词**
283	浣溪沙（细听春山杜宇啼）
284	临江仙（记取年年为寿客）
285	贺新郎（翠浪吞平野）
286	贺新郎（觅句如东野）
287	贺新郎（碧海成桑野）
288	小重山（绿涨连云翠拂空）
289	水调歌头（说与西湖客）
290	添字浣溪沙（记得瓢泉快活时）
291	西江月（贪数明朝重九）
292	水调歌头（长恨复长恨）
293	鹧鸪天（抛却山中诗酒窠）
294	西江月（风月亭危致爽）
294	西江月（且对东君痛饮）
295	满江红（汉节东南）
296	鹧鸪天（指点斋樽特地开）
297	菩萨蛮（旌旗依旧长亭路）
298	定风波（少日犹堪话别离）
299	定风波（莫望中州叹黍离）
300	定风波（金印累累佩陆离）
301	满江红（宿酒醒时）
302	鹧鸪天（点尽苍苔色欲空）

302	鹧鸪天	（病绕梅花酒不空）
303	鹧鸪天	（桃李漫山过眼空）
304	行香子	（好雨当春）
305	水调歌头	（木末翠楼出）
306	最高楼	（吾衰矣）
307	清平乐	（诗书万卷）
307	感皇恩	（露染武夷秋）
308	一枝花	（千丈擎天手）
309	瑞鹤仙	（雁霜寒透幕）
310	念奴娇	（江南尽处）
311	念奴娇	（疏疏淡淡）
312	水龙吟	（举头西北浮云）
313	瑞鹤仙	（片帆何太急）
314	鹧鸪天	（欲上高楼去避愁）
314	柳梢青	（白鸟相迎）

317	**卷四　归隐瓢泉之词**	
319	沁园春	（一水西来）
320	祝英台近	（水纵横）
321	水龙吟	（听兮清珮琼瑶些）
322	兰陵王	（一丘壑）
323	卜算子	（一饮动连宵）
323	卜算子	（一个去学仙）
324	卜算子	（盗跖倘名丘）
325	水龙吟	（昔时曾有佳人）

326	菩萨蛮（淡黄宫样鞋儿小）
326	菩萨蛮（画楼影蘸清溪水）
327	鹧鸪天（敧枕婆娑两鬓霜）
328	江神子（乱云扰扰水潺潺）
329	鹧鸪天（莫避春阴上马迟）
329	行香子（归去来兮）
330	浣溪沙（梅子熟时到几回）
331	浣溪沙（百世孤芳肯自媒）
331	清平乐（春宵睡重）
332	杏花天（牡丹昨夜方开遍）
332	杏花天（牡丹比得谁颜色）
333	浪淘沙（不肯过江东）
334	虞美人（当年得意如芳草）
335	临江仙（忆醉三山芳树下）
336	临江仙（冷雁寒云渠有恨）
336	鹧鸪天（是处移花是处开）
337	水调歌头（高马勿捶面）
338	鹧鸪天（莫殢春光花下游）
339	添字浣溪沙（艳杏夭桃两行排）
339	添字浣溪沙（句里明珠字字排）
340	归朝欢（山下千林花太俗）
341	沁园春（叠嶂西驰）
342	沁园春（有酒忘杯）
343	南歌子（散发披襟处）
343	添字浣溪沙（日日闲看燕子飞）

344	添字浣溪沙（酒面低迷翠被重）
345	贺新郎（逸气轩眉宇）
346	浣溪沙（新葺茅檐次第成）
347	水调歌头（我亦卜居者）
348	鹊桥仙（风流标格）
348	鹊桥仙（轿儿排了）
349	西江月（粉面都成醉梦）
350	西江月（人道偏宜歌舞）
350	沁园春（杯汝来前）
351	沁园春（杯汝知乎）
352	丑奴儿（近来愁似天来大）
353	添字浣溪沙（总把平生入醉乡）
353	添字浣溪沙（杨柳温柔是故乡）
354	临江仙（一自酒情诗兴懒）
355	临江仙（夜雨南堂新瓦响）
356	临江仙（窄样金杯教换了）
356	临江仙（手捻黄花无意绪）
357	鹧鸪天（一夜清霜变鬓丝）
358	谒金门（归去未）
358	玉楼春（山行日日妨风雨）
359	玉楼春（人间反覆成云雨）
360	玉楼春（何人半夜推山去）
361	玉楼春（青山不解乘云去）
361	玉楼春（无心云自来还去）
362	玉楼春（瘦筇倦作登高去）

363	玉楼春	（风前欲劝春光住）
363	玉楼春	（三三两两谁家女）
364	临江仙	（只恐牡丹留不住）
365	念奴娇	（为沽美酒过溪来）
366	汉宫春	（行李溪头）
367	满江红	（几个轻鸥）
368	满江红	（我对君侯）
369	蓦山溪	（饭蔬饮水）
369	清平乐	（云烟草树）
370	鹧鸪天	（万事纷纷一笑中）
371	满庭芳	（西崦斜阳）
372	木兰花慢	（旧时楼上客）
373	木兰花慢	（路旁人怪问）
374	木兰花慢	（可怜今夕月）
375	踏莎行	（吾道悠悠）
376	声声慢	（停云霭霭）
377	永遇乐	（投老空山）
378	玉楼春	（客来底事逢迎晚）
379	浣溪沙	（草木于人也作疏）
379	蓦山溪	（小桥流水）
380	蓦山溪	（画堂帘卷）
381	鹧鸪天	（水荇参差动绿波）
381	鹧鸪天	（自古高人最可嗟）
382	鹧鸪天	（出处从来自不齐）
383	鹧鸪天	（晚岁躬耕不怨贫）

384	鹧鸪天（发底青青无限春）
384	鹧鸪天（老病那堪岁月侵）
385	最高楼（君听取）
386	南乡子（无处着春光）
387	鹧鸪天（老退何曾说着官）
388	贺新郎（下马东山路）
389	哨　遍（蜗角斗争）
390	哨　遍（一壑自专）
392	菩萨蛮（葛巾自向沧浪濯）
392	兰陵王（恨之极）
394	六州歌头（晨来问疾）
395	添字浣溪沙（强欲加餐竟未佳）
396	沁园春（甲子相高）
397	沁园春（我见君来）
398	鹧鸪天（掩鼻人间腐臭场）
399	鹧鸪天（翰墨诸公久擅场）
399	鹧鸪天（谁共春光管日华）
400	新荷叶（曲水流觞）
401	新荷叶（曲水流觞）
402	水调歌头（唤起子陆子）
403	水调歌头（我志在寥阔）
404	破阵子（宿麦畦中雉鷕）
405	鹧鸪天（石壁虚云积渐高）
405	鹧鸪天（上巳风光好放怀）
406	鹧鸪天（叹息频年廪未高）

407	鹧鸪天（秋水长廊水石间）
408	水调歌头（四座且勿语）
409	水调歌头（渊明最爱菊）
410	清平乐（清词索笑）
410	清平乐（溪回沙浅）
411	西江月（剩欲读书已懒）
412	西江月（金粟如来出世）
413	西江月（醉里且贪欢笑）
414	玉楼春（有无一理谁差别）
415	西江月（画栋新垂帘幕）
415	贺新郎（路入门前柳）
417	贺新郎（肘后俄生柳）
418	水调歌头（岁岁有黄菊）
419	念奴娇（未须草草）
420	念奴娇（是谁调护）
421	满江红（半山佳句）
422	水调歌头（万事一杯酒）
423	浣溪沙（花向今朝粉面匀）
423	浣溪沙（歌串如珠个个匀）
424	浣溪沙（父老争言雨水匀）
425	婆罗门引（落花时节）
426	婆罗门引（绿阴啼鸟）
427	婆罗门引（龙泉佳处）
428	婆罗门引（不堪鹧鸪）
429	念奴娇（龙山何处）

430	念奴娇（君诗好处）
431	最高楼（花知否）
432	最高楼（花好处）
433	归朝欢（我笑共工缘底怒）
434	鹊桥仙（少年风月）
435	上西平（恨如新）
436	锦帐春（春色难留）
436	武陵春（桃李风前多妩媚）
437	武陵春（走去走来三百里）
437	浣溪沙（这里裁诗话别离）
438	玉蝴蝶（古道行人来去）
439	玉蝴蝶（贵贱偶然浑似）
440	玉楼春（少年才把笙歌盏）
441	玉楼春（狂歌击碎村醪盏）
441	玉楼春（君如九酝台粘盏）
442	感皇恩（案上数编书）
443	贺新郎（曾与东山约）
444	贺新郎（拄杖重来约）
445	贺新郎（听我三章约）
446	生查子（高人千丈崖）
447	夜游宫（几个相知可喜）
448	行香子（白露园蔬）
449	品　令（更休说）
449	感皇恩（七十古来稀）
450	雨中花慢（旧雨常来）

451	雨中花慢（马上三年）
452	浪淘沙（金玉旧情怀）
453	江神子（看君人物汉西都）
454	行香子（少日尝闻）
454	鹧鸪天（壮岁旌旗拥万夫）
455	哨　遍（池上主人）
457	新荷叶（种豆南山）
458	新荷叶（物盛还衰）
459	婆罗门引（落星万点）
460	卜算子（一以我为牛）
461	卜算子（夜雨醉瓜庐）
461	卜算子（珠玉作泥沙）
462	卜算子（千古李将军）
463	卜算子（百郡怯登车）
463	卜算子（万里笏浮云）
464	定风波（百紫千红过了春）
465	定风波（野草闲花不当春）
466	粉蝶儿（昨日春如）
467	生查子（漫天春雪来）
468	菩萨蛮（看灯元是菩提叶）
469	水调歌头（十里深窈窕）
470	念奴娇（看公风骨）
471	喜迁莺（暑风凉月）
472	洞仙歌（旧交贫贱）
473	江神子（五云高处望西清）

474	西江月（一柱中擎远碧）
475	破阵子（菩萨丛中惠眼）
476	西江月（八万四千偈后）
476	太常引（论公耆德旧宗英）
477	太常引（仙机似欲织纤罗）
478	满江红（老子平生）
479	满江红（两峡崭岩）
480	鹧鸪天（绿鬓都无白发侵）
480	鹧鸪天（占断雕栏只一株）
481	鹧鸪天（翠盖牙签几百株）
482	鹧鸪天（浓紫深黄一画图）
482	鹧鸪天（去岁君家把酒杯）
483	菩萨蛮（游人占却岩中屋）
484	菩萨蛮（君家玉雪花如屋）
485	行香子（云岫如簪）
486	洞仙歌（松关桂岭）
487	千年调（左手把青霓）
488	临江仙（莫笑吾家苍壁小）
489	贺新郎（甚矣吾衰矣）
490	贺新郎（鸟倦飞还矣）
491	柳梢青（莫炼丹难）
492	江神子（两轮屋角走如梭）
493	临江仙（六十三年无限事）
493	临江仙（醉帽吟鞭花不住）
494	临江仙（鼓子花开春烂漫）

495	水龙吟（只愁风雨重阳）
496	水龙吟（老来曾识渊明）
497	鹧鸪天（泉上长吟我独清）
497	贺新郎（濮上看垂钓）
499	南乡子（日日老莱衣）
500	永遇乐（怪底寒梅）
501	贺新郎（绿树听鹈鴂）
502	永遇乐（烈日秋霜）
503	西江月（万事云烟忽过）
504	感皇恩（富贵不须论）
505	丑奴儿（鹅湖山下长亭路）
505	丑奴儿（年年索尽梅花笑）
506	临江仙（手种门前乌桕树）
506	玉楼春（琵琶亭畔多芳草）
507	鹊桥仙（溪边白鹭）
508	河渎神（芳草绿萋萋）
508	鹧鸪天（山上飞泉万斛珠）

511　卷五　再官两浙与终归铅山之词

513	浣溪沙（北陇田高踏水频）
513	汉宫春（秦望山头）
515	汉宫春（亭上秋风）
516	汉宫春（心似孤僧）
517	汉宫春（达则青云）
518	上西平（九衢中）

| 519 | 满江红（紫陌飞尘）
| 520 | 生查子（梅子褪花时）
| 520 | 生查子（悠悠万世功）
| 521 | 南乡子（何处望神州）
| 522 | 瑞鹧鸪（暮年不赋短长词）
| 523 | 瑞鹧鸪（声名少日畏人知）
| 524 | 瑞鹧鸪（胶胶扰扰几时休）
| 525 | 永遇乐（千古江山）
| 526 | 玉楼春（江头一带斜阳树）
| 527 | 瑞鹧鸪（江头日日打头风）
| 528 | 临江仙（老去浑身无着处）
| 529 | 临江仙（偶向停云堂上坐）
| 530 | 瑞鹧鸪（期思溪上日千回）
| 531 | 归朝欢（见说岷峨千古雪）
| 532 | 洞仙歌（贤愚相去）
| 533 | 六州歌头（西湖万顷）
| 534 | 西江月（堂上谋臣帷幄）
| 534 | 清平乐（新来塞北）

| 537 | **卷六 补遗**
| 539 | 生查子（一天霜月明）
| 539 | 菩萨蛮（与君欲赴西楼约）
| 540 | 念奴娇（妙龄秀发）
| 541 | 念奴娇（西真姊妹）
| 542 | 念奴娇（论心论相）

543	一剪梅（尘洒衣裾客路长）
544	一剪梅（歌罢尊空月坠西）
544	眼儿媚（烟花丛里不宜他）
545	乌夜啼（江头三月清明）
546	如梦令（韵胜仙风缥缈）
546	绿头鸭（叹飘零）
547	品　令（迢迢征路）
548	鹧鸪天（剪烛西窗夜未阑）
548	谒金门（山共水）
549	贺新郎（世路风波恶）
550	渔家傲（风月小斋模画舫）
551	出　塞（莺未老）
551	踏莎行（萱草齐阶）
552	好事近（春动酒旗风）
553	好事近（花月赏心天）
553	江城子（留仙初试砑罗裙）
554	惜奴娇（风骨萧然）
555	水调歌头（泰岳倚空碧）
556	水调歌头（客子久不到）
557	霜天晓角（雪堂迁客）
557	好事近（春意满西湖）
558	满江红（老子当年）
559	苏武慢（帐暖金丝）

卷一 宦游江、淮、两湖之词

汉宫春

【原文】

立春日^①

春已归来,看美人头上,袅袅春幡②。无端风雨,未肯收尽余寒③。年时燕子,料今宵、梦到西园④。浑未办、黄柑荐酒,更传青韭堆盘⑤。　　却笑东风从此,便薰梅染柳,更没些闲。闲时又来镜里,转变朱颜⑥。清愁不断,问何人、会解连环⑦?生怕见、花开花落,朝来塞雁先还⑧。

注释

❶此词作于宋孝宗隆兴元年(1163),时作者寓居京口(今江苏镇江),刚刚成家。　❷"春已"三句:谓从美人鬓发上的袅袅春幡,看到春已归来。春幡:古时风俗,每逢立春,剪彩绸为花、蝶、燕等状,插于妇女之鬓,或缀于花枝之下,曰春幡,也名幡胜、彩胜,此风宋时尤盛。　❸"无端"两句:言虽已春归,但仍时有风雨送寒,似冬日余寒犹在。无端:平白无故地。　❹"年时"两句:燕子尚未北归,料今夜当梦回西园。年时燕子:指去年南来之燕。西园:汉都长安西郊有上林苑,北宋都城汴京西门外有琼林苑,都称西园,专供皇帝打猎和游赏。此处指后者,以表现作者的故国之思。　❺"浑未办"两句:言已愁绪满怀,无心置办应节之物。浑:全然。黄柑荐酒:黄柑酿制的腊酒,立春日用以互献致贺。更传:更谈不上相互传送。　❻"却笑"五句:言"东风"自立春日起,忙于装饰人间花柳,闲来又到镜里,偷换人的青春容颜。

❼"清愁"两句：言清愁如连环绵绵不断，无人可解。 ❽"生怕见"两句：言怕见花开花落，转眼春逝，而朝来塞雁却已先我北还。塞雁：去年由塞北飞来的大雁。

满江红

【原 文】

暮春①

家住江南，又过了、清明寒食②。花径里、一番风雨，一番狼藉。红粉暗随流水去，园林渐觉清阴密③。算年年、落尽刺桐花，寒无力④。　庭院静，空相忆；无说处，闲愁极⑤。怕流莺乳燕，得知消息⑥。尺素如今何处也，彩云依旧无踪迹⑦。漫教人、羞去上层楼，平芜碧⑧。

【注 释】

❶此词作于宋孝宗隆兴二年（1164），时任江阴签判。　❷清明、寒食：农历中的两个节气。清明在公历四月五日前后，寒食则在清明的前一天。 ❸"花径"四句：写暮春景象。言风雨送春，红花落尽，绿叶茂盛。狼藉：形容落花飘零散乱。　❹"算年年"两句：言刺桐落尽，春寒无力，天将转暖。刺桐花：一名海桐，早春开花。叶与梧桐相似而枝干带刺，故有此名。寒无力：言春寒渐渐减退。　❺"庭院"四句：庭院一片寂静，空自怀远；心间相思深情，无人倾诉。　❻"怕流莺"两句：虽欲诉无人，但又怕莺燕窥破心事。
❼"尺素"两句：谓天涯海角，行人踪迹不定，欲写书信，不知寄向何处。尺

素：指书信。 ❽"漫教"两句：言田野一片荒芜，怕上层楼，纵目怀远。漫：空。平芜：平坦的草地。

水调歌头

【原文】

寿赵漕介庵①

千里渥洼种，名动帝王家②。金銮当日奏草，落笔万龙蛇③。带得无边春下，等待江山都老，教看鬓方鸦④。莫管钱流地，且拟醉黄花⑤。　唤双成，歌弄玉，舞绿华⑥。一觞为饮千岁，江海吸流霞⑦。闻道清都帝所，要挽银河仙浪，西北洗胡沙⑧。回首日边去，云里认飞车⑨。

【注释】

❶此词作于宋孝宗乾道四年（1168），时在建康（今江苏南京）通判任上。寿：祝寿。漕：漕司，即转运使，主管各路催征赋税、出入钱粮及水上运输等事宜。赵介庵：名彦端，字德庄，号介庵，为赵宋宗室。　❷"千里"两句：言赵有超群才能，名为天子所知晓。　❸"金銮"两句：言赵当年在朝廷上起草奏章，笔势遒劲飞动，如龙飞蛇舞。　❹"带得"三句：指赵由显谟阁学士出任江南东路转运副使，言赵从天上（即朝廷）带来无边春色，一任岁月荏苒、江山都老而他却依然容颜未老。鬓方鸦：鬓发乌黑。　❺"莫管"两句：在赵的寿宴上，作者劝赵暂时搁置处理得很有成效的漕务，面对菊花而把酒，一醉方休。　❻双成、弄玉、绿华：原都是神话传说中才貌双全的仙女，此处借指酒

宴上歌舞助兴、如同仙子般美妙的艺妓。 ❼"一觞"两句：言举杯祝赵长寿，并愿其如自己一样开怀畅饮。觞：古时酒杯。流霞：原指神话中的仙酒，能使人去饥，后世泛指美酒。 ❽"闻道"三句：意谓听说朝廷现在有北伐中原、驱逐金兵而恢复国土之意。清都帝所：传说中天帝所居住之处，此处借指南宋朝廷。 ❾"回首"两句：意谓祝赵早日返回天上（朝廷），驾车飞腾。即祝愿赵青云直上，奋志腾飞。日边：指天子身边。云里飞车：古代神话中的飞行工具，传说为奇肱氏所造。

浣溪沙

【原 文】

赠子文侍人名笑笑①

侬是欹崎可笑人②，不妨开口笑时频，有人一笑坐生春③。
歌欲颦时还浅笑④，醉逢笑处却轻颦，宜颦宜笑越精神⑤。

【注 释】

❶这首词约作于宋孝宗乾道四年（1168）或五年（1169），时作者任建康通判。子文：严焕字子文，于乾道二年至五年通判建康府，与稼轩同官。 ❷"侬是"句：侬，对人之称，吴地方言。欹崎：本指山之高峻，也以之比喻人之杰出不群。 ❸坐生春：意谓让在座的人欢喜高兴。生春，使人欢喜，让人高兴。 ❹颦：皱眉。 ❺宜：合适，适当。

满江红

【原文】

建康史帅致道席上赋①

鹏翼垂空,笑人世、苍然无物②。又还向、九重深处,玉阶山立③。袖里珍奇光五色,他年要补天西北④。且归来、谈笑护长江,波澄碧⑤。　　佳丽地,文章伯;金缕唱,红牙拍⑥。看尊前飞下,日边消息⑦。料想宝香黄阁梦,依然画舫清溪笛⑧。待如今、端的约钟山,长相识⑨。

【注释】

❶此词作于宋孝宗乾道五年（1169），时稼轩为建康通判。史致道：名正志，字致道，时为建康太守，兼行宫留守、沿江水军制置使，主张抗金。　❷言史氏如志向高远的鲲鹏展翅凌空，足以傲视天下众生。　❸此言史氏为朝廷重臣、国家柱石。九重深处：天的最高处，借指朝廷。玉阶山立：像山峰一样耸立在玉阶即金銮殿的台阶上，体现其在朝地位之不凡。　❹言史氏有抗金复国的才能与壮志。此处借典于女娲炼五彩石以补苍天的神话。　❺此言史氏现在来到建康，以建康太守兼行宫留守、沿江水军制置使的身份守卫长江，能使长江防线局势稳定。　❻此四句指在建康这样一个美好的地方，史氏作为文坛领袖，风流自得，以檀板按节，听唱《金缕》。　❼此两句意谓眼看史氏就会在酒宴上接到朝廷发来的诏书。此言祝愿史氏尽早奉诏入朝。日边消息：从天子那里传来的好消息，即诏书。　❽言史氏虽在秦淮河边的青溪画舫上听笛游乐，但他的心里一

定有入朝拜相的梦想。宝香黄阁：指丞相府邸。　❾言趁着在此间游乐，史氏不妨以钟山为伴，放松身心。

念奴娇

【原文】

登建康赏心亭，呈史留守致道。①

我来吊古，上危楼赢得，闲愁千斛②。虎踞龙蟠何处是？只有兴亡满目③。柳外斜阳，水边归鸟，陇上吹乔木。片帆西去，一声谁喷霜竹④？　却忆安石风流，东山岁晚，泪落哀筝曲⑤。儿辈功名都付与，长日惟消棋局⑥。宝镜难寻，碧云将暮，谁劝杯中绿⑦？江头风怒，朝来波浪翻屋⑧。

【注释】

❶此词作于宋孝宗乾道五年（1169），时作者在建康通判任上。　❷"我来"三句：言登亭凭吊古代遗迹，只落得满腔愁绪。危楼：高楼，此代指赏心亭。斛：古人以十斗为一斛。　❸"虎踞"二句：借感慨建都于建康的六个朝代皆已灭亡，只剩下陈迹满眼，以表明偏安江南不足以称王图霸于天下。　❹"柳外"五句：描绘所见西风中萧条的黄昏景色，谓斜阳将落，水鸟将息，陇木被西风劲吹而将叶落，江上渔夫的竹笛之音凄厉鸣咽。按：此处言万物息藏，表明作者心意幽怨。　❺"却忆"三句：借东晋名臣谢安晚年因功高而隐忧之事，表明自己忧谗畏讥的心境。东山岁晚：指谢安晚年。东山本为谢安出仕前所隐居处，可代指谢安，或代指隐居处。　❻"儿辈功名"二句：借谢安将淝水之战的前

线指挥权交给其弟谢石与其侄谢玄,自己则与客下棋的历史故事,表明作者眼见庸才掌握权要兵机,而自己却受到排挤,被迫长期闲处以消磨时光的不平感慨。 ❼"宝镜"三句:言自己抗金复国的忠肝义胆唯天可鉴、无人知晓,人生易老,唯有以酒消忧。宝镜:可以照人肝胆的秦代古镜。碧云将暮:暗指知音难寻,人生易老。 ❽"江头"二句:以江上风急浪高之态,比拟政治形势之险恶,表现了作者忧谗畏讥之心。

千秋岁

【原 文】

为金陵史致道留守寿①

塞垣秋草,又报平安好②。尊俎上,英雄表③。金汤生气象④,珠玉霏谈笑⑤。春近也,梅花得似人难老⑥。 莫惜金尊倒,凤诏看看到⑦。留不住,江东小。从容帷幄去,整顿乾坤了⑧。千百岁,从今尽是中书考⑨。

【注 释】

❶这首词作于宋孝宗乾道五年(1169)。金陵:今江苏南京。 ❷"又报"句:意谓边境平安无事。 ❸英雄表:英雄之仪表风采。 ❹"金汤"句:指史致道"重修镇淮桥、饮虹桥,上为大屋数十楹,极其壮丽"。生气象:新气象。 ❺"珠玉"句:写谈笑风生,言如珠玉。 ❻得似:怎似。 ❼凤诏:凤衔诏书,指皇帝的诏命。看看:犹言"转眼"。 ❽"从容"两句:意谓回到朝廷,运筹帷幄,整顿乾坤,收复中原,把国家治理好。 ❾中书考:指宰相。意谓和

唐代郭子仪一样，永为贤相，千古流芳。

满江红

【原　文】

中秋寄远①

快上西楼，怕天放、浮云遮月。但唤取、玉纤横管，一声吹裂②。谁做冰壶凉世界，最怜玉斧修时节③。问嫦娥、孤令有愁无？应华发④。　　云液满，琼杯滑；长袖舞，清歌咽⑤。叹十常八九，欲磨还缺⑥。但愿长圆如此夜，人情未必看承别⑦。把从前、离恨总成欢，归时说⑧。

注　释

①此词作于宋孝宗乾道中期（1169年前后），仕宦期内。寄远：寄语远人。②"但唤取"两句：请美人吹笛，驱散浮云，唤出明月。③冰壶：盛冰的玉壶。此喻月夜天地一片清凉洁爽。玉斧修时节：刚经玉斧修磨过的月亮，又圆又亮。④"问嫦娥"两句：想来月中嫦娥，孤冷凄寂，也应愁生白发。孤令：孤零。⑤"云液"四句：回忆当年歌舞欢聚的情景。云液满：斟满美酒。琼杯：玉杯。咽：指歌声凄清悲咽。⑥"叹十常"两句：叹明月十有八九悖人心意，欲圆还缺。磨：修磨，指把明月修圆磨亮。⑦"但愿"两句：愿明月如今夜常圆，人情未必总是别离。此化用苏轼《水调歌头》："但愿人长久，千里共婵娟。"⑧"把从前"两句：我欲化离恨为聚欢，待人归时再细细倾诉。

满江红

【原 文】

中秋①

美景良辰,算只是、可人风月②。况素节扬辉,长是十分清澈。着意登楼瞻玉兔③,何人张幕遮银阙④。倩飞廉、得得为吹开⑤,凭谁说?

弦与望⑥,从圆缺。今与昨,何区别?羡夜来手把,桂花堪折。安得便登天柱上,从容陪伴酬佳节。更如今、不听麈谈清⑦,愁如发。

注 释

❶此词作于宋孝宗乾道中期(1169年前后)。 ❷可人:谓使人满意、欢喜。❸着意:有意。瞻玉兔:观月,赏月。玉兔:指月。 ❹银阙:白银所造宫殿之城门,这里指月宫。 ❺飞廉:神话中的风伯。得得:特地。 ❻弦:月半圆时,状如弓弦,故谓之弦。望:月圆之时,常指农历每月十五日。 ❼麈(zhǔ)谈:魏晋人好执麈尾清谈,后称客座清谈为麈谈。麈尾是谈玄时所执的拂子。麈:兽名,即四不像。

满江红①

【原 文】

　　点火樱桃，照一架、酴醾如雪②。春正好，见龙孙穿破，紫苔苍壁③。乳燕引雏飞力弱，流莺唤友娇声怯④。问春归、不肯带愁归，肠千结⑤。　　层楼望，春山叠。家何在？烟波隔⑥。把古今遗恨，向他谁说⑦？蝴蝶不传千里梦，子规叫断三更月⑧。听声声、枕上劝人归，归难得⑨。

注 释

❶作年难考。文渊阁四库全书本题作"暮春"。　❷点火：谓樱桃颜色鲜艳，如同火焰燃烧。酴醾：蔷薇科观赏植物，暮春开花，色白有香。　❸"见"字疑为衍文。龙孙：竹笋的别名。紫苔苍壁：覆盖着紫色苔藓的山崖。　❹"乳燕"二句：为晚春特有景象。燕母领着力量娇弱的小燕子学习飞翔，飞来飞去的黄莺在软语召唤同伴。　❺"问春归"二句：言自己因感受到美好时光流逝，自己却无所作为而愁肠千结。肠千结：喻极度悲哀。　❻"层楼望"四句：表达眺望北方故乡却隔着重重春山、条条烟波之愁，暗示不能领兵北伐、恢复故土之恨。　❼古今遗恨：指山河分裂而自己报国无门之恨。　❽"蝴蝶"二句：谓梦中虽不见故乡，但子规深夜鸣叫，其声悲惨，使自己醒来后深深思念故乡。　❾"听声声"二句：谓深夜在枕上听子规一声接一声地呼唤自己"不如归去"，但故乡沦陷，又不能领兵北伐以遂平生志愿，故有家难归。

念奴娇

【原文】

西湖和人韵①

晚风吹雨,战新荷、声乱明珠苍璧②。谁把香奁收宝镜③,云锦红涵湖碧④。飞鸟翻空,游鱼吹浪,惯趁笙歌席。坐中豪气,看公一饮千石⑤。　　遥想处士风流⑥,鹤随人去⑦,老作飞仙伯。茅舍疏篱今在否,松竹已非畴昔⑧。欲说当年,望湖楼下⑨,水与云宽窄。醉中休问,断肠桃叶消息⑩。

注 释

❶这首词约作于宋孝宗乾道六年(1170)或七年(1171),时作者任司农寺主簿。西湖:指今杭州之西湖。　❷"声乱"句:言雨打新荷的声音仿佛和明珠苍璧落玉盘的声音一样悦耳动听。　❸香奁:古代妇女梳妆用的镜匣。　❹云锦:形容荷花。　❺千石:古时一百二十斤为一石。　❻处士:指林逋,北宋初年隐逸诗人。结庐西湖孤山,终身不仕,号西湖处士。　❼鹤随人去:《诗话总龟》载:"林逋隐于武林之西湖,不娶,无子。所居多植梅蓄鹤。泛舟湖中,客至则放鹤致之。因谓梅妻鹤子云。"　❽畴昔:往日,以前。　❾望湖楼:指望湖寺,在钱塘门外一里,又名看经楼。　❿桃叶:晋王献之爱妾名桃叶,尝渡此,献之作歌送之曰:"桃叶复桃叶,渡江不用楫。但渡无所苦,我自迎接汝。"

好事近

【原文】

西湖①

日日过西湖，冷浸一天寒玉②。山色虽言如画，想画时难邈③。前弦后管夹歌钟④，才断又重续。相次藕花开也⑤，几兰舟飞逐⑥。

【注释】

❶这首词作年难考。 ❷"冷浸"句：当是秋冬气象。寒玉：喻水月之类。❸难邈：难以描画之意。 ❹歌钟：乐器之一，用以节歌之钟。 ❺相次：依次。 ❻兰舟：木兰舟，舟的美称。

青玉案

【原文】

元夕①

东风夜放花千树，更吹落、星如雨②。宝马雕车香满路③。凤箫声动，玉壶光转，一夜鱼龙舞④。　　蛾儿雪柳黄金缕，笑语盈盈暗香去⑤。众里寻他千百度。蓦然回首，那人却在，灯火阑珊处⑥。

注释

❶作年难考。元夕：正月十五晚上，也称元宵节。　❷"东风"二句：元宵节的深夜灯火，如同东风一夜间吹放了千树繁花，又如同是天上吹落的细雨般繁密的星星。　❸"宝马"句：乘着宝马雕车的人，带来了满路芳香。宝马雕车：指富贵人家的华丽马车。　❹"凤箫"三句：极为动听的箫声，流波转动的月华，一夜不灭的各种花灯在风里摇曳，组成了元宵节热闹非凡的美景。
❺"蛾儿"两句：写元宵节一位观灯女子的装饰仪态之美，她笑语盈盈，穿戴齐整，暗香四溢。蛾儿、雪柳、黄金缕：都是宋代女子元宵节所戴的头饰。
❻"众里"四句：指所追慕的佳人与众不同，不爱热闹繁华而自守本心。这是词人心中理想人格的化身。灯火阑珊处：指灯火稀少、灯光暗淡的地方。

感皇恩

【原 文】

为范倅寿①

春事到清明，十分花柳。唤得笙歌劝君酒。酒如春好，春色年年如旧。青春元不老，君知否。　　席上看君，竹清松瘦。待与青春斗长久。三山归路②，明日天香襟袖③。更持金盏起，为君寿。

注 释

❶这首词作于宋孝宗乾道八年（1172）春，时作者知滁州任上。范倅：指范昂。倅：副职。 ❷"三山"句：祝愿范昂回到朝廷充任馆阁之职。三山：本指海上蓬莱、方壶、瀛洲三仙山，自汉代学者以东观为道家蓬莱山，后人遂有以"三山""三岛""蓬莱""瀛洲"等为朝廷馆阁之称者。 ❸天香襟袖：谓范昂将沐浴皇恩。天香：指宫中炉烟之香气。

感皇恩

【原 文】

寿范倅①

七十古来稀，人人都道。不是阴功怎生到②。松姿虽瘦，偏耐雪寒霜晓。看君双鬓底，青青好。　　楼雪初晴，庭闱嬉笑③。一醉何妨玉壶倒。从今康健，不用灵丹仙草。更看一百岁，人难老。

注 释

❶这首词作于宋孝宗乾道八年（1172）。 ❷阴功：犹言"阴德"。古人认为积有阴功的人可以长寿。 ❸庭闱：父母之居所。

声声慢

【原 文】

滁州旅次，登奠枕楼作，和李清宇韵。①

征埃成阵，行客相逢，都道幻出层楼②。指点檐牙高处，浪涌云浮③。今年太平万里，罢长淮、千骑临秋④。凭栏望，有东南佳气，西北神州⑤。　　千古怀嵩人去，还笑我、身在楚尾吴头⑥。看取弓刀，陌上车马如流⑦。从今赏心乐事，剩安排、酒令诗筹⑧。华胥梦，愿年年、人似旧游⑨。

注 释

❶此词当作于乾道八年（1172）秋，时奠枕楼初成，词人在滁州太守任上。❷"征埃"三句：谓来往行人看见奠枕楼，都惊讶于它的拔地而起。征埃成阵：谓路上车水马龙，热闹非凡，扬起阵阵尘埃。幻出层楼：谓奠枕楼如同凭空出现的一座神奇楼宇。❸"指点"二句：谓此楼高耸入云，屋檐如同掩映在云彩深处。❹"罢长淮"句：谓自己组织了不少民兵镇守淮河前线，但今年前线无战事。按：南宋时，淮河是宋朝和金国的国境线，金人常趁秋高粮足马肥之际兴兵南侵。❺"凭栏望"三句：谓登楼远眺，可见东南方的帝王之气，西北方的中原沦陷。按：此谓东南偏安，不顾西北中原沦陷。❻"千古"二句：言曾在滁州建怀嵩楼、终能回归故乡的唐人李德裕，当笑话我何以旅居在此，而不回归故乡。怀嵩人：指唐人李德裕。❼"看取"二句：谓放眼望去，可见自己招募的民兵在原野上有组织地训练，道路上行人商旅来往，一派繁荣

安定景象。 ⑧"从今"二句：谓既然滁州境内已平安富庶，士兵和百姓都安居乐业，自己没有机会满足抗金志愿，今后就和朋友们一起饮酒赋诗，尽享无事之乐了。诗筹：标有诗韵的筹子。参与的人一起分筹得韵或抽筹得韵，并依韵现场赋诗，以确定诗才高下。 ⑨"华胥梦"二句：愿自己和朋友能在这片安定和平的土地上，岁岁不老，欢乐长久。

声声慢

【原 文】

嘲红木犀。余儿时尝入京师禁中凝碧池，因书当时所见。①

开元盛日②，天上栽花，月殿桂影重重。十里芬芳，一枝金粟玲珑③。管弦凝碧池上，记当时、风月愁侬④。翠华远⑤，但江南草木，烟锁深宫。　　只为天姿冷淡，被西风酝酿，彻骨香浓。枉学丹蕉⑥，叶底偷染妖红。道人取次装束⑦，是自家、香底家风。又怕是，为凄凉、长在醉中。

【注 释】

❶这首词确切作年难考。木犀：桂花的别称，以木材纹理如犀而名。京师：指北宋故都开封。 ❷开元：唐玄宗李隆基的年号，其时为唐盛世。此处喻指北宋盛时。 ❸金粟：桂花的别名，以其花蕊似金粟点缀而得名。 ❹"管弦"二句：此处以唐喻宋，哀叹北宋旧京开封沦入金人之手。 ❺翠华远：皇帝仪仗所用之旗以翠羽为饰，称为翠华。这里指北宋徽、钦二帝被金人掳走，幽禁在北方极远的地方。 ❻丹蕉：红蕉，亦称美人蕉，花色红艳。 ❼取次：造次、随

意之意。

木兰花慢

【原 文】

滁州送范倅①

老来情味减,对别酒,怯流年②。况屈指中秋,十分好月,不照人圆。无情水都不管,共西风、只管送归船③。秋晚莼鲈江上,夜深儿女灯前④。　　征衫,便好去朝天,玉殿正思贤⑤。想夜半承明,留教视草,却遣筹边⑥。长安故人问我,道愁肠殢酒只依然⑦。目断秋霄落雁,醉来时响空弦⑧。

【注 释】

❶此词作于乾道八年(1172)滁州任上。范倅:范昂,时任滁州通判。本年秋,他任职期满,将归家小住而待朝廷新的征用。　❷"老来"三句:年华老去,我的心情已不容易兴奋,面对别宴上的酒樽,却是害怕时光流逝,而自己尚未有所作为。按:时词人年方三十余岁,还未老去。因其怀抱的复国大业未见可期,而自己又留此边州,难以发挥政治军事才干,故有"老来"之叹。❸"无情水"二句:故意责怪秋水秋风不留人住,表达自己对于范昂的惜别之情。　❹"秋晚"二句:设想友人深秋时节归家后享受莼菜鲈鱼之美味和儿女绕膝之乐趣。　❺"征衫"三句:劝告友人尽快去朝见天子,因为朝廷急需人才。　❻"想夜半"三句:想象范昂被天子重用,可以为天子起草诏书,或者被派去专门筹措边境事务。　❼"长安"二句:谓如果你在都城遇见我的朋友

问起我的近况，就告诉他们我依然借酒浇愁，心愿难以达成。 ❽"目断"二句：遥望天空大雁坠落，即使在酒醉中也能听到弓弦的响声。《战国策·楚策》记载，魏国人更羸和魏王在京台下仰见飞鸟，更羸拉响空弦而射下一只大雁。魏王问其故。更羸告知这是一只受箭伤未愈的孤雁，既失群而悲伤，又中箭而创痛。听到弓响，则欲展翅高飞，以致伤口迸裂，应声而坠。作者借此典故，欲表现自己如同失群孤雁般受伤而忧谗畏讥的心情，也暗含杀敌复土的深沉心绪。

西江月

【原 文】

为范南伯寿①

秀骨青松不老，新词玉佩相磨。灵槎准拟泛银河②，剩摘天星几个。　奠枕楼东风月，驻春亭上笙歌。留君一醉意如何？金印明年斗大③。

注 释

❶这首词作于宋孝宗乾道八年（1172），时作者知滁州任上。范南伯：范如山字南伯，邢台人，为稼轩内兄。　❷灵槎：能前往天河的船筏。准拟：准定，一定。　❸"金印"句：既劝其出仕，又隐含祝颂之意，希望范氏可以报效朝廷，求取功名。

水调歌头①

【原文】

　　落日古城角,把酒劝君留。长安路远,何事风雪敝貂裘②?散尽黄金身世,不管秦楼人怨,归计狎沙鸥③。明夜扁舟去,和月载离愁。　　功名事,身未老,几时休④?诗书万卷,致身须到古伊周⑤。莫学班超投笔,纵得封侯万里,憔悴老边州⑥。何处依刘客,寂寞赋《登楼》⑦?

【注释】

❶此词约为淳熙五年(1178)所作。　❷"落日"四句:劝慰朋友不必辛苦奔赴前程,不如暂留此处饮酒作乐。长安路远:通往政治中心的道路遥远。按:长安本是唐代都城,此处用以代指宋代政治中心临安。风雪敝貂裘:在风雪中穿着破旧的貂裘,表示建议不被君王采纳,而导致身世落魄。　❸"散尽"三句:言自己如同苏秦一样为图王霸而散尽黄金、身世落魄,今后将不顾妻子的埋怨而归隐江湖,与沙鸥相亲相近。　❹"功名"三句:言既然尚未年老力衰,就难免为建功立业、留名百世的念头所缠。　❺"诗书"二句:谓友人饱读诗书,应该以古代贤相伊尹和周公为榜样,将君国带向大治。　❻"莫学"三句:劝友人别学班超投笔从戎,实际上是劝友人别学自己走武功立业的道路,因为即使封侯于域外,也不过是在边远之州郡憔悴老去。　❼"何处"二句:以汉末王粲避难荆州依投刘表自况,表达壮志难酬、思念故乡的寂寞情绪。按:此种情绪是辛弃疾连续上奏《美芹十论》《九议》陈述复国方略而不被采纳的产物,而以刘表暗拟南宋积弱,不可凭恃,可见其雄心壮志。《登楼》:《登楼赋》,

王粲避难荆州,依附刘表时所作,表达其思乡之情。

一剪梅

【原文】

游蒋山,呈叶丞相。①

独立苍茫醉不归,日暮天寒,归去来兮②。探梅踏雪几何时。今我来思,杨柳依依③。　白石冈头曲岸西,一片闲愁,芳草萋萋④。多情山鸟不须啼。桃李无言,下自成蹊⑤。

注 释

❶此词作于宋孝宗淳熙元年(1174)春,时稼轩再官建康,任江东安抚司参议官。叶丞相:指叶衡。按:叶衡于是年冬始入相。此称丞相,当为后所追加。蒋山:钟山。　❷"独立"三句:状送别场景。　❸"探梅"三句:当年初春,踏雪游山,曾几何时,而今依依惜别。按:踏雪游山,当指稼轩通判建康时与叶氏共游情景。　❹"白石"三句:悬想别后思念之闲愁。　❺"桃李"二句:《史记·李将军列传》引谚语赞曰:"桃李不言,下自成蹊。"喻实至而名归。《索隐》:"桃李本不能言,但以华实感物,故人不期而往,其下自成蹊径也。"此颂叶氏有惠于人。

新荷叶

【原文】

和赵德庄韵①

人已归来，杜鹃欲劝谁归②？绿树如云，等闲借与莺飞③。兔葵燕麦，问刘郎、几度沾衣④。翠屏幽梦，觉来水绕山围⑤。

有酒重携，小园随意芳菲⑥。往日繁华，而今物是人非⑦。春风半面，记当年、初识崔徽⑧。南云雁少，锦书无个因依⑨。

注释

❶此词作于宋孝宗淳熙元年（1174）。时作者出任江东安抚司参议，重返建康（今江苏南京）。赵德庄：名彦端，号介庵，赵宋宗室。❷"人已"两句：言友人已经归来，杜鹃为谁声声劝归。❸"绿树"两句：言友人归时，已是暮春季节，大好春光等闲消逝。等闲：轻易地、白白地。❹"兔葵"两句：借唐诗人刘禹锡事。刘禹锡因参与永贞革新被贬朗州。十年后还京，重游玄都观欣赏桃花，作《赠看花诸君子》诗，云："玄都观里桃千树，尽是刘郎去后栽。"执政者以为讥刺朝政，又放外任。十四年后再返京城，玄都观已一片荒芜，感而赋诗云："种桃道士归何处，前度刘郎今又来。"诗前有长序，序云："重游玄都，荡然无复一树，唯兔葵燕麦动摇于春风耳。"兔葵燕麦：野草和野麦。两句意谓，友人虽返临安，但人事已有很大变化。❺"翠屏"两句：愿友人摆脱人间烦恼，优游于山水之间。❻"有酒"两句：谓携酒重游故园。随意芳菲：言芳草遍地。❼"往日"两句：谓故园风光依旧，但人事已非。

❽"春风"两句：回忆当年初识伊人情景。春风半面：春风中袖遮半面，写少女羞涩之态。崔徽：唐歌妓，曾与裴敬中相恋。此当借指赵当年所恋之人。

❾"南云"两句：叹雁少不能传书。古时有鸿雁传书的说法。

新荷叶

【原 文】

再和前韵①

春色如愁，行云带雨才归。春意长闲，游丝尽日低飞。闲愁几许，更晚风、特地吹衣。小窗人静，棋声似解重围。　　光景难携，任他鹈鸠芳菲②。细数从前，不应诗酒皆非。知音弦断，笑渊明、空抚余徽③。停杯对影，待邀明月相依。

【注 释】

❶这首词作期同上。　❷鹈鸠：指杜鹃。　❸徽：琴徽，系弦的绳。

菩萨蛮

【原文】

金陵赏心亭为叶丞相赋①

青山欲共高人语，联翩万马来无数②。烟雨却低回，望来终不来③。　人言头上发，总向愁中白。拍手笑沙鸥，一身都是愁④。

注 释

❶此词作于淳熙二年（1175），时在建康知府兼江东安抚司参议官任上。叶丞相：指叶衡，淳熙元年（1174）冬入相。　❷"青山"二句：谓青山似马，联翩而来，欲与高人雅士对谈。按：以马写山势变化，富有动感，此是词人个性化想象。　❸"烟雨"二句：谓青山似乎为烟雨所遮挡，徘徊未近，欲来未来。此处借青山笼罩于烟雨之中的朦胧之态，表示赏识自己的叶衡已经入相，自己和叶衡无缘接近。　❹"人言"四句：以毛色白多黑少的水边沙鸥为托词，自嘲头发因忧愁而变白。拍手笑：故作旷达之语。

菩萨蛮

【原 文】

江摇病眼昏如雾,送愁直到津头路①。归念乐天诗,人生足别离②。　　云屏深夜语,梦到君知否?玉箸莫偷垂③,断肠天不知。

【注 释】

❶这首词作年难考。津头:渡口。　❷"归念"二句:武瓘《劝酒》诗有"花发多风雨,人生足别离"句,作者误记为白居易诗。　❸玉箸:喻眼泪。

太常引

【原 文】

建康中秋夜为吕叔潜赋①

一轮秋影转金波,飞镜又重磨②。把酒问姮娥:被白发、欺人奈何③?　　乘风好去,长空万里,直下看山河。斫去桂婆娑,人道是、清光更多④。

【注 释】

❶作年不详。据其在建康而又叹白发句意,暂系于淳熙元年(1174)中秋。 ❷"一轮"二句:中秋月儿金黄圆亮,在天空缓缓转动,好似刚刚擦过的镜子一样。金波:指月光明亮柔和而带浅黄色。飞镜:飞天铜镜,比喻圆月。 ❸姮娥:神话传说中的嫦娥,此处代指月亮。白发欺人:对于白发日生感觉无奈,似受其欺负。 ❹"斫去"二句:如果把月中枝叶纷披的桂树砍掉,月光将更加皎洁。按:此有不满政治宵小败坏朝政、使国政昏庸之意。

水龙吟

【原 文】

登建康赏心亭①

楚天千里清秋,水随天去秋无际②。遥岑远目,献愁供恨,玉簪螺髻③。落日楼头,断鸿声里,江南游子④。把吴钩看了,栏杆拍遍,无人会,登临意⑤。 休说鲈鱼堪脍,尽西风、季鹰归未⑥?求田问舍,怕应羞见,刘郎才气⑦。可惜流年,忧愁风雨,树犹如此⑧!倩何人唤取,红巾翠袖,揾英雄泪⑨。

【注 释】

❶此词作年,或系于乾道六年(1170)任建康通判时,或系于淳熙元年(1174)任建康知府兼江东安抚司参议官时。 ❷"楚天"二句:登亭眺望,江南秋色无边,茫茫天水相接。 ❸"遥岑"三句:远望山岭韶秀,如同螺髻高

笏的佳人，低眉垂目而有愁态。 ❹"落日"三句：在落日映衬之下，在孤雁鸣叫声中，词人伫立于赏心亭上，兴起了江南游子客居漂泊之愁。 ❺"把吴钩"四句：看着手上锋利的宝刀，情绪激动处拍击栏杆，却没有人能够懂得他登高眺望的真正心意。吴钩：古代吴国所铸造的宝刀，弯月形，极为锋利。 ❻"休说"二句：借用西晋张翰见西风兴起而思念家乡的美味，进而弃官适志、归隐故乡之事，表明弃官归隐虽是他政治失意时的念头，却不能让他真正安心。季鹰：张翰的字。 ❼"求田"三句：如果不能实现平生抗金复土之愿，而是像许氾那样，在天下大乱时，只想着为自己准备富裕的田产，则会因不能具有刘备那样的胸怀而羞耻。求田问舍：买房置地。刘郎才气：刘备的胸怀气魄。 ❽"可惜"三句：叹息时光虚度，自己被人排挤，事业难成。忧愁风雨：指对自己遭受冷遇的隐忧。树犹如此：晋朝桓温北伐，途经金城，看见自己当年所种植的柳树已经有十围之粗。不禁感慨道："木犹如此，人何以堪？" ❾倩：请。红巾翠袖：歌舞女子的装束，代指歌女。揾：揩拭。英雄泪：英雄不能建功的感怆。

八声甘州

【原 文】

为建康胡长文留守寿。时方阅折红梅之舞，且有锡带之宠。①

把江山好处付公来，金陵帝王州②。想今年燕子，依然认得，王谢风流③。只用平时尊俎④，弹压万貔貅⑤。依旧钧天梦⑥，玉殿东头。　看取黄金横带，是明年准拟，丞相封侯⑦。有《红梅》新唱，香阵卷温柔⑧。且华堂、通宵一醉，待从今、更数八千秋⑨。公知否：邦人香火⑩，夜半才收。

注 释

❶这首词作于宋孝宗淳熙元年（1174）。折红梅：乐舞名。锡带：宋制，凡各路抚帅之政绩卓著者，多遣中使赐金带。锡，赐。 ❷帝王州：帝王所居之地。 ❸"燕子"三句：化用刘禹锡《乌衣巷》"朱雀桥边野草花，乌衣巷口夕阳斜。旧时王谢堂前燕，飞入寻常百姓家"诗意。 ❹尊俎：分别为古代所用之酒器和置肉之几。 ❺貔貅：一种猛兽，通常喻指勇猛之士。 ❻钧天：这里指天上的音乐。 ❼封侯：封为列侯。 ❽"有《红梅》"二句：折红梅为一种舞乐。歌舞者疑均为女子，故云"香阵卷温柔"。 ❾八千秋：《庄子·逍遥游》："上古有大椿者，以八千岁为春，八千岁为秋。" ❿香火：香烟灯火，用于祭祀鬼神。这里是说胡长文有惠于民，百姓敬重他。

洞仙歌

【原 文】

为叶丞相作①

江头父老，说新来朝野。都道今年太平也。见朱颜绿鬓，玉带金鱼②，相公是，旧日中朝司马③。　遥知宣劝处，东阁华灯④，别赐仙韶接元夜⑤。问天上、几多春，只似人间，但长见、精神如画。好都取、山河献君王，看父子貂蝉⑥，玉京迎驾⑦。

注 释

❶这首词约作于宋孝宗淳熙二年（1175）。叶丞相，指叶衡。 ❷玉带金鱼：

唐宋时期三品以上官员服饰。 ❸"相公"二句：以北宋名相司马光称颂叶衡。❹宣劝：指皇帝赐酒劝饮。东阁：指宰相招揽款待宾客之所。 ❺仙韶：朝廷所制的雅乐。 ❻貂蝉：貂蝉为侍从贵臣所着冠上之饰，其制为冠上加黄金珰，附蝉为饰，并插以貂尾。 ❼玉京：指帝都。

酒泉子①

【原文】

流水无情，潮到空城头尽白②。离歌一曲怨残阳，断人肠③。东风官柳舞雕墙，三十六宫花溅泪④。春声何处说兴亡，燕双双⑤。

注释

❶此词写于宋孝宗淳熙元年（1174）或淳熙二年（1175），时稼轩再官建康，任江东安抚司参议官。 ❷"流水"两句：流水无情送客，人因离愁头白。空城：石头城，即指建康。 ❸"离歌"两句：人听别离之歌，顿生断肠之痛。 ❹"东风"两句：写离宫院内的花柳春色。三十六宫花溅泪：谓离宫别院中，群花因感时而溅泪。 ❺"春声"两句：双燕声声，如诉历代兴亡。

摸鱼儿

【原 文】

观潮上叶丞相①

望飞来、半空鸥鹭,须臾动地鼙鼓②。截江组练驱山去,鏖战未收貔虎③。朝又暮,悄惯得、吴儿不怕蛟龙怒。风波平步④。看红旆惊飞,跳鱼直上,蹴踏浪花舞⑤。　　凭谁问,万里长鲸吞吐,人间儿戏千弩⑥。滔天力倦知何事,白马素车东去⑦。堪恨处,人道是、属镂怨愤终千古。功名自误⑧。漫教得陶朱、五湖西子,一舸弄烟雨⑨。

【注 释】

❶此词作于淳熙二年(1175)。是年作者被召入朝,任仓部郎官。按:此年七月,词人有江西提刑之任。观潮:观望钱塘江潮。　❷"望飞来"二句:形容潮水从远至近涌来时的声色。远望时白浪滔天,犹如鸥鹭半空群舞;近观时如战鼓齐擂,声震大地。鸥鹭:水上白色飞鸟,此处用以形容白浪滔天的景象。鼙鼓:古代军队进攻时所用的号令战鼓,此处形容潮水近岸时的巨大声响。　❸"截江"二句:江潮汹涌,横断大江,白浪如山,滚滚而去,如猛士激战。截江:横断江面。组练:"组甲披练"的简称。鏖战:激战。貔虎:猛兽,此处指勇士强兵。　❹"朝又暮"三句:言吴儿习惯水上生活,故不怕浪涛险恶,弄潮简直如同在平地上散步。　❺"看红旆"三句:吴儿手擎红旗,如同跃起的鱼儿一样,踏浪而舞。红旆:红色旌旗。蹴踏:踩踏。　❻"凭谁问"三句:

谁能告诉我，从长鲸口中喷发而出的汹涌怒潮，是不是被人间儿郎如同游戏般的千弓劲射所击退。 ❼"滔天"二句：为什么滔天的白浪显示出疲倦之态，带着失败的痕迹缓缓东去。 ❽"堪恨处"三句：最可恨的是，忠良的老臣伍子胥最终落得被昏庸的吴王夫差赐属镂剑令其自杀的下场，留下千古遗恨，这是因为建功留名之心误了他啊！ ❾"漫教得"二句：伍子胥徒然教会了越国谋臣范蠡在助越灭吴后功成身退，与佳人相伴江湖。漫教得：白白地教会了。陶朱：范蠡自称陶朱公。五湖：此处指江苏太湖。

满江红

【原 文】

赣州席上呈陈季陵太守①

落日苍茫，风才定、片帆无力。还记得、眉来眼去，水光山色②。倦客不知身近远③，佳人已卜归消息。便归来、只是赋行云④，襄王客。　些个事⑤，如何得。知有恨，休重忆。但楚天特地，暮云凝碧。过眼不如人意事，十常八九今头白。笑江州、司马太多情，青衫湿⑥。

【注 释】

❶这首词作于宋孝宗淳熙二年（1175），时作者任江西提点刑狱。 ❷"还记得"二句：王观《卜算子》："水是眼波横，山是眉峰聚。欲问行人去那边，眉眼盈盈处。" ❸倦客：疲惫之游客。 ❹行云：暗指男女合欢事。 ❺些个：一些，一点儿。宋代俗语。 ❻"笑江州"二句：白居易贬官江州司马，作

《琵琶行》，结句为"座中泣下谁最多，江州司马青衫湿"。

菩萨蛮

【原文】

书江西造口壁①

郁孤台下清江水，中间多少行人泪②。西北望长安，可怜无数山③。　青山遮不住，毕竟东流去④。江晚正愁余，山深闻鹧鸪⑤。

注释

❶此词作于淳熙二年（1175）或淳熙三年（1176），时在江西提刑任上。造口：皂口，在今江西省吉安市万安县东南。其地有皂口溪，流入赣江。 ❷"郁孤台"二句：滚滚东流的赣江水啊，其中有多少当年因金兵追杀而逃难的人的血泪。 ❸"西北"二句：遥望西北的北宋都城，可惜遥隔着千万重山峦。无数山：既是骋目所见的实景，又是他心中志愿遭遇阻碍的委婉表达。 ❹"青山"二句：羡慕江流不受山峦阻隔，而能浩荡东去。曲折表达自己志愿受阻、满腔勇力却不受重用的痛心。 ❺"江晚"二句：日暮时分我正陷入无限的愁苦，深山里的鹧鸪啼声，更加深了我的隐痛。暗指稼轩不能北上完成杀敌复土之念，是因为不得朝廷重用，缺乏机会。

水调歌头

【原 文】

和王正之右司吴江观雪见寄①

造物故豪纵,千里玉鸾飞②。等闲更把万斛,琼粉盖玻璃③。好卷垂虹千丈,只放冰壶一色,云海路应迷④。老子旧游处,回首梦耶非⑤? 谪仙人,鸥鸟伴,两忘机⑥。掀髯把酒一笑,诗在片帆西⑦。寄语烟波旧侣,闻道莼鲈正美,休制芰荷衣⑧。上界足官府,汗漫与君期⑨。

【注 释】

❶此词作于淳熙二年(1175)或淳熙三年(1176)。 ❷此言造物者本有豪迈之情,所以让雪片像白色的鸾鸟一样飞翔在广大的天地间。玉鸾:白色的鸾鸟,此处是雪的美称。 ❸此言造物者又轻松随意地将无数雪粉覆盖在吴江的地面上。琼粉:雪粉。玻璃:指水面结冰后平静透明如同玻璃。 ❹此言造物者将千丈彩虹收卷起来,只让天地一片洁白,如同一个大冰壶,又如同置身茫茫云海,让人迷路。垂虹:一语双关。既指彩虹垂地,又兼指吴江绝景垂虹亭、垂虹桥。冰壶:本指盛冰的玉壶。此借指雪后天地一片晶莹,人们如同居住在一个广大的玉壶中。 ❺此言吴江虽是他旧日游息之处,但在雪境净域中却如梦如幻,让他迷惑。 ❻谪仙人:从天上贬谪下来的仙人。鸥鸟伴:指可以和鸥鸟做伴的忘却心机之人,此处也指王正之。两忘机:两两忘机,彼此心怀澄澹,没有心机。指词人与王正之在吴江雪后的结伴同游、忘机相处之乐。 ❼此言两人

举杯饮酒，诗兴大发。 ❽此言我要告诉吴江的老朋友王正之，吴江的风物殊美，现在莼菜鲈鱼正当节令，正该好好享受，不要有屈原那样受打击后的牢骚委屈情绪。 ❾此言政坛高处的生活深受拘束，我愿与你相约遨游于无拘无束的散漫之境。按：此既是对于为官生涯受束缚的真切感受，也是对于王正之被罢职受委屈的安慰。汗漫：散漫，自由自在。

满江红①

【原文】

汉水东流，都洗尽、髭胡膏血②。人尽说、君家飞将，旧时英烈③。破敌金城雷过耳，谈兵玉帐冰生颊④。想王郎、结发赋从戎，传遗业⑤！ 腰间剑，聊弹铗；尊中酒，堪为别⑥。况故人新拥，汉坛旌节⑦。马革裹尸当自誓，蛾眉伐性休重说⑧。但从今、记取楚楼风，裴台月⑨。

注 释

❶此词作于淳熙四年（1177）。 ❷"汉水"二句：滚滚东流的汉水，可以洗尽金兵的膏血。此谓朋友此去可以彻底击败金寇。髭胡：文渊阁四库全书本作"蛮儿"，皆蛮兵之意。髭：唇上胡须。胡：指金兵。膏血：尸污血腥。 ❸"人尽说"二句：人人都在传说您家祖上"飞将军"李广那杰出的功业。飞将：西汉名将李广。李广善于用兵，作战英勇，屡败匈奴，被誉为"飞将军"。 ❹"破敌"二句：言李广在金城破敌，其速度疾若迅雷；他在军帐里谈论兵机，谈吐锋利，词锋颖锐。冰生颊：比喻谈吐锋利。 ❺"想王郎"二句：言李姓友人就像王粲一样自少年起就参与军务，真是继承了先辈李广的遗风。 ❻"腰间"四句：

词人弹剑作歌,深感报国无门,只能以杯中美酒,来作别将行汉中的友人。弹铗:弹击剑身。 ❼"况故人"二句:何况朋友新任汉中的主帅。拥:持有。汉坛旌节:借用刘邦筑坛拜将,重用韩信为大将军事。 ❽"马革"二句:您应该以驰骋沙场、做慷慨英勇的大丈夫为追求,不要再眷恋儿女柔情。蛾眉:女子修长而美丽的眉毛,代指美女。 ❾"但从今"二句:希望您还记得我们一起在湖北披襟迎风、在湖南共赏夜月的日子。

水调歌头

【原 文】

淳熙丁酉,自江陵移帅隆兴,到官之三月被召,司马监、赵卿、王漕饯别①。司马赋《水调歌头》,席间次韵②。时王公明枢密薨,座客终夕为兴门户之叹,故前章及之③。

我饮不须劝,正怕酒尊空。别离亦复何恨,此别恨匆匆④。头上貂蝉贵客,苑外麒麟高冢,人世竟谁雄⑤?一笑出门去,千里落花风⑥。 孙刘辈,能使我,不为公⑦。余发种种如是,此事付渠侬⑧。但觉平生湖海,除了醉吟风月,此外百无功⑨。毫发皆帝力,更乞鉴湖东⑩。

注 释

❶该词作于淳熙五年(1178)春,时在隆兴知府任上。按:稼轩去年冬由江陵知府改任隆兴知府兼江西安抚使。在任仅三个月,又奉诏入京。 ❷次韵:按照原作韵脚写诗或词为酬答。 ❸王公明枢密:指王炎,曾任枢密使。薨:古代

称诸侯之死为薨。唐代以后，二品以上官员之死，也可以称薨。门户之叹：叹息朝廷中政治集团的纷争。王炎生前与同僚多有不和。死后，其追随者受人排挤，此即门户之叹。 ❹酒尊：一种盛酒的器皿。亦复何恨：又有什么可恨的呢？ ❺"头上"三句：地位再高的政客也不能免于身归黄土，谁又能够久久称雄？按：此是对于王炎之死的感慨和觉悟，感慨权位的转瞬即逝，也是对于"门户之争"的一种否定。貂蝉贵客：头戴貂蝉冠的贵人。麒麟高冢：立着石麒麟的高大坟墓。 ❻"一笑"二句：一笑出门而去京城赴任，正值千里花落风吹的暮春时节。 ❼"孙刘辈"三句：朝廷上把持权力的权贵们，能够使我不做三公，却不能使我媚事他们。 ❽"余发"二句：我已经掉发衰老，门户之争的事情，就让他们去折腾吧。种种：头发稀少貌。 ❾"但觉"三句：但觉平生漂泊，除了醉吟风月、在创作上略有所成，在政治上却百无一成、毫无建树。 ❿"毫发"二句：一切都是天子的力量，我且向他请求到鉴湖的东边去归隐。

霜天晓角

【原 文】

旅兴①

吴头楚尾，一棹人千里②。休说旧愁新恨，长亭树，今如此③！
宦游吾倦矣，玉人留我醉④：明日万花寒食，得且住，为佳耳⑤。

【注 释】

❶此词作于淳熙五年（1178）春，时稼轩由江西奉诏入京。旅兴：旅途即兴

而作。 ❷"吴头"两句：言急流放舟，瞬息千里。吴头楚尾：江西一带位于古时吴国上游、楚国下游，故有此称。 ❸"休说"三句：叹时光流逝，年华虚度。长亭：路亭，供行人歇脚，也是人们饯行之处。 ❹"宦游"两句：谓自己倦于宦游生涯，愿得美人留醉。 ❺"明日"三句：希望能在寒食小住，以解旅途奔波之劳。

鹧鸪天

【原 文】

离豫章，别司马汉章大监。①

聚散匆匆不偶然，二年历遍楚山川②。但将痛饮酬风月，莫放离歌入管弦③。　萦绿带，点青钱，东湖春水碧连天④。明朝放我东归去，后夜相思月满船⑤。

注 释

❶此词作于淳熙五年（1178）春。时稼轩由隆兴知府任上奉诏入京。 ❷"聚散"二句：两年之内，调任频繁，足迹遍历湖北、江西这些属于古代楚国的地方，所以聚散匆匆并不是偶然之事。楚山川：楚国的山水。 ❸"但将"二句：只想面对豫章的风月清景开怀痛饮，请别演奏离别的悲歌败人饮兴。酬：答谢。 ❹"萦绿带"三句：眺望豫章东湖，湖岸像绿带萦绕，湖面的荷叶犹如钱币层层叠叠，湖水则深远清湛，与天相接。 ❺"明朝"二句：预想明天别离回京，会在夜月之下、船行途中，深深地思念这里的人事和风景。

念奴娇

【原文】

书东流村壁①

野棠花落,又匆匆过了,清明时节②。划地东风欺客梦,一夜云屏寒怯③。曲岸持觞,垂杨系马,此地曾轻别④。楼空人去,旧游飞燕能说⑤。　　闻道绮陌东头,行人曾见,帘底纤纤月⑥。旧恨春江流不断,新恨云山千叠⑦。料得明朝,尊前重见,镜里花难折⑧。也应惊问,近来多少华发⑨。

注　释

❶此词应作于淳熙五年(1178)清明节后。　❷野棠:野生海棠,农历二月开花,红白色。　❸"划地"二句:忽然又刮起东风,惊醒游客的睡梦,让他在云母屏风的背后,体会着一夜的轻寒。划地:无端地。欺客梦:惊醒客人的睡梦。云屏:云母屏风,即画有山水之类的屏风。　❹"曲岸"三句:回顾当年情景,犹历历在目,在杨柳树干上系马,在弯曲的江岸边举杯,当年我曾和她在这里离别。　❺"楼空"二句:暗示伊人身份犹如燕子楼中人,在为人侍妾前曾为艺妓。也有词人"人去楼空"的感慨。　❻"闻道"三句:听闻有人曾在街市东头见到伊人的影踪。绮陌:繁华的街市。帘底纤纤月:门帘下面的纤瘦美足。　❼"旧恨"二句:谓相思的旧愁犹如春江绵绵,难了难休;壮志难酬的新愁又生,重如高山重重,挤压心头。　❽"料得"三句:料想明朝,即使有机会重新在酒宴上和她见面,也已经是别人的侍妾,如同镜中花一样可望而不可即了。　❾"也应

二句：她也许会惊讶我为何满头白发，容颜如此衰老吧！

鹧鸪天

【原 文】

和张子志提举①

别后妆成白发新，空教儿女笑陈人②。醉寻夜雨旗亭酒③，梦断东风辇路尘④。　骑骎骎⑤，笮青云⑥，看公冠佩玉阶春。忠言句句唐虞际，便是人间要路津⑦。

注 释

❶此词作于宋孝宗淳熙五年（1178）。 ❷陈人：此为"旧人"或"老人"之意。 ❸旗亭：市楼。 ❹辇路：天子车驾常经之路。 ❺骎骎：一作"绿耳"，为周穆王八骏之一。 ❻笮：通"蹋"，踏。 ❼"忠言"二句：杜甫《奉赠韦左丞丈》："自谓颇挺出，立登要路津。致君尧舜上，再使风俗淳。"唐虞：唐尧虞舜。要路津：喻显要地位。

鹧鸪天

【原文】

　　樽俎风流有几人①，当年未遇已心亲②。金陵种柳欢娱地，庾岭逢梅寂寞滨③。　　樽似海，笔如神，故人南北一般春。玉人好把新妆样，淡画眉儿浅注唇。

【注释】

❶这首词作于淳熙五年（1178）。樽俎：盛酒肉的器具。樽以盛酒，俎以盛肉。　❷"当年"句：韩愈《答杨子书》："不待相见，相信已熟；既相见，不要约已相亲。"　❸庾岭逢梅：《诗话总龟》载，英州司马植梅三十株，大庾岭自此梅花夹道。大庾岭又名梅岭，在广东与江西两省交界处。

鹧鸪天

【原文】

　　　　　　　代人赋①

　　扑面征尘去路遥，香篝渐觉水沉销②。山无重数周遭碧，花不知名分外娇③。　　人历历，马萧萧，旌旗又过小红桥④。愁边剩有相思句,摇断吟鞭碧玉梢⑤。

注释

❶此词作于淳熙五年(1178)清明节后。代人赋:代人表述感情。 ❷"扑面"二句:飞尘满面,去路遥远,香篝里的水沉名香已经燃烧渐尽。 ❸"山无"二句:皆写景而含情。东流在群山的包围之中,山上有不知名却分外娇艳的野芳。 ❹"人历历"三句:写行人策马而去,再次经过来时的那座小红桥。 ❺"愁边"二句:旧日已逝,只剩下一腔忧愁要化为相思的词句,为搜句吟词不断地挥鞭助兴,以至于将碧玉般的柳鞭都摇断了。碧玉梢:柳枝。

鹧鸪天

【原文】

送人①

唱彻《阳关》泪未干,功名余事且加餐②。浮天水送无穷树,带雨云埋一半山③。　今古恨,几千般,只应离合是悲欢④。江头未是风波恶,别有人间行路难⑤。

注释

❶此词应作于淳熙五年(1178)清明节后,为诀别东流旧情事而作。 ❷"唱彻"二句:言伊人带泪唱《阳关曲》以送别行人,劝言功名是身外之物,应多保重自己。彻:尽。《阳关》:王维《渭城曲》中有"劝君更尽一杯酒,西出阳

关无故人"句，道离别时故人相送之情。经乐工衍为三叠，称《阳关三叠》，专供送别时歌唱。余事：多余的东西，身外之物。加餐：多吃饭。古人祝愿健康词语，引申为保重自己。 ❸"浮天"二句：写行人远去后眺望所见，江边树与水远，山上云裹峰低。浮天水：倒映着天空的水。带雨云：裹含雨意的烟云。 ❹"今古恨"三句：自古以来，人生可忧恨的事情有千百种，难道只有情人的离别使人悲哀吗？ ❺"江头"二句：言大自然的风波虽然惊险，但是人世的风波更加险恶。

满江红

【原文】

题冷泉亭①

直节堂堂，看夹道冠缨拱立②。渐翠谷、群仙东下，佩环声急③。谁信天峰飞堕地，傍湖千丈开青壁④。是当年、玉斧削方壶，无人识⑤。　山木润，琅玕湿；秋露下，琼珠滴⑥。向危亭横跨，玉渊澄碧⑦。醉舞且摇鸾凤影，浩歌莫遣鱼龙泣⑧。恨此中、风物本吾家，今为客⑨。

【注释】

❶此词作于淳熙五年（1178），时在大理寺少卿任上。 ❷"直节"二句：通往冷泉亭的道路上，杉树高耸直立，好似官员夹道拱手而立。直节堂堂：高耸挺拔貌，指杉树。拱立：拱手而立。 ❸"渐翠谷"二句：渐渐听到翠绿色山谷中传来的飞瀑急流之声，犹如一群仙子向东疾行，环佩叮咚。 ❹"谁信"

二句:谁信飞来峰是一块天外飞来的奇峰,张开成一道千丈清壁伫立在西湖边。 ❺"是当年"二句:飞来峰是神仙界的方壶山,被神仙玉斧所削成,可惜没有人知道它的来历。方壶:神话传说中的仙山。 ❻"山木润"四句:山间绿竹湿润,如同润洁的美玉;秋露坠落,如同白色的珍珠。琅玕:原指青色美玉,此处指翠竹。 ❼"向危亭"二句:跨越澄澈的冷泉潭水,来到高高的冷泉亭上。危亭:高处的亭子,指冷泉亭。玉渊:碧绿如玉的深潭,指冷泉。 ❽"醉舞"二句:醉后恣情,如同鸾鸟凤凰一样舞动,情极放歌,希望不要感动得鱼龙悲泣。 ❾"恨此中"二句:堪恨眼前风景,好似我的故乡济南,那里也是有山(千佛山)有湖(大明湖)有泉水(趵突泉),可惜我却不能回到故乡,只能作客他乡,深染乡愁。

满江红

【原 文】

再用前韵①

照影溪梅,怅绝代、佳人独立②。便小驻、雍容千骑,羽觞飞急③。琴里新声风响珮,笔端醉墨鸦栖壁④。是使君、文度旧知名,方相识⑤。 高欲卧,云还湿;清可漱,泉长滴⑥。快晚风吹赠,满怀空碧⑦。宝马嘶归红旆动,龙团试碾铜瓶泣⑧。怕他年、重到路应迷,桃源客⑨。

【注 释】

❶此词或谓作于淳熙五年(1178),作者任大理寺少卿时,但词中"雍容千

骑"的自拟，与大理寺少卿的身份不合，故应作于出任地方知府时。 ❷以容颜绝代而幽居深谷的佳人，比拟溪头临水自照的梅树。 ❸此言因为喜欢溪边梅树而一再为之停留宴饮。雍容千骑：为汉代太守的车马仪仗，此处用以代指自己的知府身份。 ❹此言琴声演奏得悦耳动听，如同风触环珮作响，醉后抒写在壁上的文字酣畅淋漓，如乌鸦栖壁。 ❺使君：太守的代称。文度：应指王坦之。又王诏校刊本"文度"作"文雅"。 ❻此言溪梅所处环境。欲想卧于高处，可惜有湿云相压；不如卧于溪头，自有清泉照影。 ❼此言晚风浩荡，吹得人胸中无一点尘俗之气。空碧：犹言"碧空"，为空虚安静的境界。 ❽此言骑马归去，煎茶解酒。红旆：红旗。龙团：宋代贡茶，为饼状，上有龙凤图案。铜瓶泣：形容炊具中水开声。 ❾言此会虽好，后约未必可寻。桃源客：据陶渊明《桃花源记》，武陵捕鱼人偶至桃花源，其中风景胜美、人物淳朴，渔人返家时虽处处标记，但再来寻找此地，却迷路不得复入。

水调歌头

【原 文】

舟次扬州，和杨济翁、周显先韵。①

落日塞尘起，胡骑猎清秋②。汉家组练十万，列舰耸层楼③。谁道投鞭飞渡④，忆昔鸣髇血污⑤，风雨佛狸愁⑥。季子正年少，匹马黑貂裘⑦。 今老矣，搔白首，过扬州⑧。倦游欲去江上，手种橘千头⑨。二客东南名胜，万卷诗书事业，尝试与君谋⑩。莫射南山虎，直觅富民侯⑪。

注 释

❶ 此词作于淳熙五年(1178)秋。时稼轩由大理寺少卿调任湖北转运副使,道经扬州而作。按:扬州为当时江北军事重镇。绍兴三十一年(1161),金主完颜亮大举南侵,一度占领扬州,后被南宋虞允文率兵击溃,完颜亮也被部属所杀。　❷ "落日"二句:追述绍兴三十一年(1161)金兵南侵事。言金人于秋季以大部兵马来犯,兵马纷乱,扬尘满天,气势汹汹。猎:打猎,实指发动战争。
❸ "汉家"二句:此言南宋以雄兵十万和高耸军舰来严阵以待。　❹ "谁道"句:追溯当年金主完颜亮的南侵惨败。　❺ "忆昔"句:回忆过去匈奴王被其儿子以响箭射杀,血污满身。鸣髇:鸣镝,即响箭。据《史记·匈奴传》,匈奴太子欲弑父夺位,作鸣镝。在一次随父出猎时,率先射出鸣镝。其部下随之而射击,其父死于乱箭之下。按:完颜亮兵败采石矶后,亦被部下所杀。此处是借用匈奴故事指完颜亮事。　❻ "风雨"句:佛狸在凄凄风雨中含恨死于宦官之手。佛狸:后魏太武帝拓跋焘的小名。他曾侵略刘宋,在受挫北撤时,死于宦官之手。按:此处叠用胡人兵败受死之事,表达对金兵的蔑视。　❼ "季子"二句:追忆当年的自己,穿黑貂裘骑在马上,英勇无敌,穿越扬州这个战场,来到南方。　❽ "今老矣"三句:今日再过扬州,却是白发萧骚、老态可掬,而事未成功,不堪回首当年勇锐。　❾ "倦游"二句:倦于宦游,打算归隐江上,种植千棵橘树以消忧。　❿ "二客"三句:称赞两位友人是江南名流,学富志高,自己愿意为之谋划前程。万卷诗书事业:指将君王带向尧舜盛世的事业。　⓫ "莫射"二句:劝告友人不要做力能射虎南山,却不得封侯之赏的将军李广;而要做以上书言事感动皇上,轻取宰相之位,数月之间即被封侯的田千秋。按:此为稼轩不平牢骚语。射南山虎:指李广。李广一生与匈奴大小七十余战,立功无数,却无封侯之赏,而被迫退居南山。李广为右北平太守时,一次出猎,曾误以为一块巨石是虎,拔箭怒射,箭裂穿石头。富民侯:指田千秋。汉武帝的太子被人谗害,懂得术数的田千秋上奏为太子斡旋,使武帝明白太子并无不臣之心,武帝感动,封田千秋为富民侯。

满江红

【原 文】

江行,简杨济翁、周显先。①

过眼溪山,怪都似、旧时曾识②。还记得、梦中行遍,江南江北③。佳处径须携杖去,能消几两平生屐④?笑尘劳、三十九年非,长为客⑤。　　吴楚地,东南坼;英雄事,曹刘敌⑥。被西风吹尽,了无尘迹⑦。楼观甫成人已去,旌旗未卷头先白⑧。叹人间、哀乐转相寻,今犹昔⑨。

注 释

❶此词作于淳熙五年(1178)秋。时稼轩由大理寺少卿调任湖北转运副使途中。简:书信。此处作动词用。　❷"过眼"二句:眼前山水奇怪,都像是曾经见过的。　❸"还记得"二句:记得是在梦中走遍了大江南北。　❹"佳处"二句:遇见好的山水就该拖着手杖去游赏,一辈子又能穿坏几双游山专用的木屐呢?　❺"笑尘劳"二句:自笑半世风尘劳碌,长年他乡作客为官,此并非自己的志向所在。　❻"吴楚地"四句:在这块把古吴、楚两国区分开来的土地上,曾经发生过曹操和刘备这两个英雄抗争的往事。坼:裂开。敌:匹敌。　❼了无尘迹:一点痕迹也没有了。　❽"楼观"二句:感慨宦迹不定,事业未建而人已经衰老。楼观甫成:楼台刚刚建成。旌旗未卷:未能卷旗出征。　❾"叹人间"二句:叹息人间悲哀和欢乐循环变化,古今皆然。转相寻:循环往复。

南乡子①

【原 文】

隔户语春莺，才挂帘儿敛袂行②。渐见凌波罗袜步③，盈盈，随笑随颦百媚生。　　著意听新声④，尽是司空自教成⑤。今夜酒肠还道窄，多情，莫放纱笼蜡炬明。

【注 释】

❶这首词作于淳熙五年（1178）。　❷敛：整理衣袖。　❸凌波罗袜步：形容女子步履轻盈的状态。　❹新声：新创作的乐曲。　❺司空：官名。

南乡子

【原 文】

舟行记梦①

欹枕橹声边，贪听咿哑聒醉眠②。梦里笙歌花底去，依然，翠袖盈盈在眼前③。　　别后两眉尖，欲说还休梦已阑④。只记埋冤前夜月，相看，不管人愁独自圆⑤。

注 释

❶此词可能作于宋孝宗淳熙五年(1178)秋,时稼轩由临安赴湖北任职,舟行江上,感梦而作。 ❷"欹枕"两句:橹声咿哑,倚枕醉眠。 ❸"梦里"三句:写梦境,笙歌花底,玉人历历在目。翠袖:着绿色衣衫的人,代指玉人。 ❹"别后"两句:言玉人欲诉别后相思,不想梦断人去。两眉尖:紧皱双眉,愁苦貌。 ❺"只记"三句:记叙玉人梦中之语,怨月无情,别时独圆。前夜月:指别时之月。

南歌子①

【原文】

万万千千恨,前前后后山。傍人道我轿儿宽,不道被他遮得、望伊难②。　今夜江头树,船儿系那边。知他热后甚时眠,万万不成眠后③、有谁扇?

注 释

❶此词疑作于宋孝宗淳熙五年(1178)秋。 ❷不道:不想,不料。伊:他。 ❸"知他"两句中的"后"字,均作语气助词,犹"啊"。

西江月

【原文】

江行采石岸,戏作渔父词。^①

千丈悬崖削翠,一川落日熔金^②。白鸥来往本无心,选甚风波一任^③。 别浦鱼肥堪鲙,前村酒美重酤。千年往事已沉沉,闲管兴亡则甚^④。

注 释

❶这首词作于宋孝宗淳熙五年(1178)秋夏之交。 ❷一川:满川。落日熔金:落日的光辉像熔化的金子那样通红。 ❸选甚:论什么,管什么。任:听任,任其所之。 ❹则甚:做什么。

破阵子

【原文】

为范南伯寿。时南伯为张南轩辟宰泸溪,南伯迟迟未行,因作此词以勉之。^①

掷地刘郎玉斗，挂帆西子扁舟②。千古风流今在此，万里功名莫放休。君王三百州③。　　燕雀岂知鸿鹄，貂蝉元出兜鍪④。却笑泸溪如斗大，肯把牛刀试手不⑤？寿君双玉瓯。

注释

❶此词作于宋孝宗淳熙五年（1178），时稼轩已在湖北转运副使任上。范南伯：范如山字南伯，是稼轩的内兄。张南轩：张栻字南轩，时任荆湖北路转运副使。辟：征召。宰：县令。　❷"掷地"两句：用范姓豪杰之事规勉南伯。掷地刘郎玉斗：据《史记·项羽本纪》，鸿门宴上，项羽不听范增劝谏，放走刘邦。范增怒将刘邦送给自己的一双玉斗（玉制酒杯）掷于地，使剑击破，愤愤而去。挂帆西子扁舟：指范蠡破吴后，携西施放舟五湖事。　❸"千古"三句：谓英雄理当立功万里，为君国效命。　❹"燕雀"两句：谓人当有鸿鹄之志，公侯将相原出于普通士卒。鸿鹄：两种凌云远举的大鸟。貂蝉：貂蝉冠，代指大官。元：通"原"。兜鍪：头盔，战时所着之冠。　❺"却笑"两句：劝南伯勿嫌地小职微，正可大才初试。如斗大：形容泸溪地小如斗。牛刀：喻大的才能。

临江仙

【原文】

为岳母寿①

住世都无菩萨行，仙家风骨精神②。寿如山岳福如云。金花汤沐诰③，竹马绮罗群④。　　更愿升平添喜事，大家祷祝殷勤。明年此地庆佳辰。一杯千岁酒，重拜太夫人。

注释

❶这首词当作于宋孝宗淳熙五年（1178）。　❷仙家风骨：谓其岳母有仙人之骨相，非凡之风采。　❸"金花"句：谓其岳母将获皇家封赠。据刘宰《故公安范大夫及夫人张氏行述》记载，其岳母为皇叔之女，身份贵重，将获封赏。金花诰：宋代册封妇人所用之辞令。　❹竹马绮罗：这里代指其孙子、孙女一辈人。竹马，为儿孙嬉戏之具。

摸鱼儿

【原文】

淳熙己亥，自湖北漕移湖南，同官王正之置酒小山亭，为赋。❶

更能消、几番风雨，匆匆春又归去❷。惜春长怕花开早，何况落红无数❸。春且住，见说道、天涯芳草无归路❹。怨春不语。算只有殷勤、画檐蛛网，尽日惹飞絮❺。　长门事，准拟佳期又误。蛾眉曾有人妒。千金纵买相如赋，脉脉此情谁诉❻？君莫舞，君不见、玉环飞燕皆尘土❼！闲愁最苦。休去倚危栏，斜阳正在，烟柳断肠处❽。

注释

❶此词作于淳熙六年（1179）三月，时稼轩奉命由湖北转运副使调任湖南转运副使。　❷"更能消"二句：还能经受得了几场风雨呢？这个春天又匆匆离去了。消：经得起。　❸"惜春"二句：因为爱惜春天，才总是担心它早来便

早去,更何况现在已经到了遍地落花的晚春时分。 ❹ "春且住"二句:春天啊,你还是不要那么匆忙离开吧,我听说无边的芳草已经长满了你将要离去的道路。此为恋春、留春之语。 ❺ "怨春"三句:怨春天无言离去,唯有屋檐下的蜘蛛网,还在整日殷勤招惹柳絮上身,聊作春色。 ❻ "长门事"五句:自比遭人嫉妒的陈皇后,因与汉武帝的婚约被破坏,所怀的无限忧愁,即使有善赋的司马相如来铺陈排比,也难以写其万分之一。此处比喻曾与君王相约的复国大业,因遭遇小人弄权而难以成就。按:稼轩借陈皇后失宠之愁,以喻抗金志士失路之忧。 ❼ "君莫舞"二句:申斥善妒而掌权的小人不要得意忘形,因为像杨玉环、赵飞燕那样专宠一时者都已经化为尘土。玉环飞燕:此二人用以借指专宠一时的政坛小人。 ❽ "闲愁"四句:言被放散偷闲的感觉最痛苦,如同怕登高楼,怕看见一片烟霭中残春落日的风景。闲愁:有两意,一为无言可喻之愁;一为贤人失位之愁。

水调歌头

【原 文】

淳熙己亥,自湖北漕移湖南,周总领、王漕、赵守置酒南楼,席上留别。①

折尽武昌柳,挂席上潇湘②。二年鱼鸟江上,笑我往来忙。富贵何时休问,离别中年堪恨,憔悴鬓成霜。丝竹陶写耳③,急羽且飞觞④。 序兰亭⑤,歌赤壁⑥,绣衣香⑦。使君千骑鼓吹,风采汉侯王。莫把骊驹频唱⑧,可惜南楼佳处,风月已凄凉。在家贫亦好,此语试平章⑨。

注 释

❶淳熙己亥：宋孝宗淳熙六年（1179）。时作者由湖北转运副使改官湖南转运副使。 ❷"折尽"二句：写作者自湖北漕移湖南。挂席：谓行舟扬帆。潇湘：湖南二水名，这里代指湖南。 ❸丝竹：弦乐器与管乐器，代指音乐。陶写：陶冶性情。 ❹急：急饮，连饮。羽：羽觞。筵席间以鸟羽插于觞上，以催人急饮。觞，酒杯。 ❺序兰亭：晋王羲之有《兰亭集序》，记述他和友人兰亭集会的趣事。 ❻歌赤壁：苏轼有《赤壁赋》，又有《念奴娇》（大江东去）词，以歌咏赤壁。 ❼绣衣：汉武帝时设绣衣直指官，衣绣衣，持斧，分部讨奸治狱。宋代的各路提点刑狱使，就是这一职官。 ❽骊驹：用作离别诗歌的代称。 ❾平章：品评。

满江红

【原 文】

贺王帅宣子平湖南寇①

笳鼓归来②，举鞭问、何如诸葛③？人道是、匆匆五月，渡泸深入④。白羽风生貔虎噪⑤，青溪路断魋鼯泣⑥。早红尘、一骑落平冈⑦，捷书急。　三万卷，《龙韬》客⑧。浑未得，文章力。把诗书马上，笑驱锋镝⑨。金印明年如斗大，貂蝉却自兜鍪出。待刻公、勋业到云霄，浯溪石⑩。

注 释

❶这首词作于宋孝宗淳熙六年(1179)。当时辛稼轩为湖南转运副使。王佐字宣子,会稽山阴(今浙江绍兴)人,淳熙六年(1179)正月,郴州宜章县陈峒武装起事,连破数县,时王宣子知潭州,率兵讨平之。 ❷"笳鼓"句:写王宣子平寇凯旋。 ❸"举鞭"句:山简镇襄阳,每出嬉游,有儿童歌曰:"举鞭问葛强,何如并州儿。"葛强家在并州,为山简的爱将。诸葛:指诸葛亮。这里借指王宣子。 ❹"匆匆"二句:诸葛亮《出师表》:"受命以来,夙夜忧叹……故五月渡泸,深入不毛。"泸,泸水。王宣子平陈峒,时间也恰在五月,故云。 ❺貔虎:猛兽,比喻军士。 ❻鼪:鼠狼,俗称黄鼠狼。鼯:鼠的一种,形似蝙蝠,能滑翔,故又名飞鼠。鼪鼯,是对起事军民的蔑称。 ❼平冈:平野。 ❽《龙韬》:中国古代有一部兵书叫《六韬》,《龙韬》是《六韬》之一。这里泛指兵略。 ❾锋镝:兵刃与箭镞,泛指兵器。 ❿浯溪石:指刻石记功。

木兰花慢

【原 文】

席上送张仲固帅兴元^①

汉中开汉业,问此地、是耶非^②?想剑指三秦,君王得意,一战东归^③。追亡事、今不见,但山川满目泪沾衣^④。落日胡尘未断,西风塞马空肥^⑤。 一编书是帝王师,小试去征西^⑥。更草草离宴,匆匆去路,愁满旌旗^⑦。君思我、回首处,正江涵秋影雁初飞^⑧。安得车轮四角?不堪带减腰围^⑨。

注 释

❶此词约作于淳熙七年（1180）秋，时稼轩在江西安抚使任上。　❷"汉中"二句：问汉中是不是汉朝开创基业的地方。按：秦朝灭亡后，项羽背负盟约，分封诸侯，立刘邦为汉王。刘邦建都南郑，统领今汉中一带，并以汉中为基地，开创汉家事业。　❸"想剑指"三句：追忆刘邦事业。刘邦一统三秦，春风得意，乘胜东来，与项羽争霸天下。三秦：项羽为阻遏刘邦东来争霸，将关中分为三块，并立秦朝降将章邯、司马欣、董翳为三王，称"三秦"。刘邦后来灭了三秦，一统关中。　❹"追亡事"二句：言如同萧何那样爱惜将才韩信，必为汉王刘邦追回他以争霸天下的往事，今天已不可见，只剩下满目山川，让人思往事而感慨流泪。按：此为自己怀才不遇之感慨。　❺"落日"二句：西望汉中，西风落日之下，金兵从未停止过耀武扬威的宣武举动，而我方的战马却被圈养在马厩里，不得到前线去厮杀。胡尘：代指金兵。塞马：指战马。　❻"一编书"二句：张良凭一部兵书，就可以成为帝王的老师，而今你如同张良一样，将你的出众才华稍加使用，就可以西去任职兴元知府。此以张良辅汉故事，勉励张仲固往汉中展奇才。　❼"更草草"三句：何况简单地饯行后，离别在即，连无知的旌旗也充满离愁。　❽"君思我"二句：设想对方于旅途中思念自己时，会想起今秋一起登高观赏大雁高飞于江天之上的风景。回首：回顾，回忆。　❾"安得"二句：此时怎么才能让车轮生出四个角不再转动，别后我将因思念你而消瘦。此处表达自己对于友人的惜别和思念之情。

阮郎归

【原文】

耒阳道中为张处父推官赋①

山前灯火欲黄昏，山头来去云。鹧鸪声里数家村，潇湘逢故人②。　挥羽扇，整纶巾，少年鞍马尘③。如今憔悴赋《招魂》，儒冠多误身④。

注释

❶此词作于淳熙六年（1179）至淳熙七年（1180）间，稼轩在湖南任上，当是巡视州郡适逢故人有感而作。推官：州郡所属的助理官员，常主军事。按：从词意推断，张处父少年时期曾有过一段军事生活，或彼时即任推官之职，现在正归隐田园。　❷潇湘：湖南二水名，此处代指湖南。耒阳正在湘水之滨。
❸"挥羽扇"三句：忆及张氏少年时的戎马生涯。羽扇纶巾：手执羽毛扇，头戴青丝带做成的帽子，这是魏晋时期儒将的服饰。鞍马尘：指驰骋战马。　❹"如今"两句：言友人如今仕途失意，唯赋《招魂》一类诗赋而已。《招魂》：《楚辞》篇名，或谓宋玉悼屈原之作，或谓屈原悼楚王之作。此谓缅怀往昔，自我招魂。儒冠多误身：谓书生迂腐，不谙人情世故，以致终身无成，害了自己。

霜天晓角

【原文】

暮山层碧,掠岸西风急。一叶软红深处①,应不是、利名客。
玉人还伫立②,绿窗生怨泣。万里衡阳归恨,先倩雁,寄消息③。

【注释】

①这首词作于宋孝宗淳熙六年(1179)或淳熙七年(1180),时作者任湖南转运使或湖南安抚使。软红:谓红尘。 ②伫立:长久地站立守望。 ③"万里"三句:衡阳,县名,宋属衡州。其地有回雁峰,相传南飞之雁至此而止,逢春北归。

减字木兰花

【原文】

长沙道中,壁上有妇人题字,若有恨者,用其意为赋。①

盈盈泪眼,往日青楼天样远②。秋月春花,输与寻常姊妹家③。
水村山驿,日暮行云无气力④。锦字偷裁,立尽西风雁不来⑤。

注释

❶此词作于淳熙六年（1179）至淳熙七年（1180）间，时稼轩在湖南安抚使任上。 ❷"往日"句：谓昔时美好生活已逝。青楼：美人所居之楼。 ❸"秋月"二句：谓年老色衰，难与他人比美。 ❹"水村"二句：谓身如行云，飘泊无定。 ❺"锦字"二句：谓托书无人。锦字：指书信。雁：古谓鱼、雁皆能传书。

满江红

【原文】

暮春

可恨东君①，把春去春来无迹。便过眼、等闲输了②，三分之一。昼永暖翻红杏雨，风晴扶起垂杨力③。更天涯、芳草最关情，烘残日。　湘浦岸，南塘驿。恨不尽，愁如织④。算年年辜负，对他寒食。便恁归来能几许⑤，风流已自非畴昔⑥。凭画栏、一线数飞鸿，沉空碧。

注释

❶这首词当作于宋孝宗淳熙七年（1180），时作者任湖南安抚使。东君：司春之神。 ❷等闲：随便，无端。 ❸"风晴"句：谓晴日和风把欲落的柳絮又吹了起来。 ❹愁如织：谓愁绪纷繁。 ❺恁：如此，这样。 ❻畴昔：往昔，从前。

满江红①

【原 文】

敲碎离愁,纱窗外、风摇翠竹②。人去后、吹箫声断,倚楼人独③。满眼不堪三月暮,举头已觉千山绿④。但试把、一纸寄来书,从头读⑤。　　相思字,空盈幅;相思意,何时足⑥?滴罗襟点点,泪珠盈掬⑦。芳草不迷行客路,垂杨只碍离人目⑧。最苦是、立尽月黄昏,栏杆曲⑨。

【注 释】

❶此词约作于淳熙七年(1180)春,时稼轩在湖南转运副使任上。　❷"敲碎"二句:纱窗外风摇翠竹,翠竹互击的声音好似敲碎了离人心上的离愁别恨,让人心绪不宁。　❸"人去后"二句:自意中人离去之后,再也听不见美妙的箫声,只剩下自己独自一人倚楼眺望。　❹"满眼"二句:正在感伤于暮春风景,转眼间已是千山浓绿,初夏已至。　❺"但试把"二句:只能反复地读意中人寄来的那封书信,聊寄相思。　❻"相思字"四句:相思的文字虽然写满了整张纸,而浓浓的相思情意,又岂是语言所能传达出来的?盈幅:满纸。　❼"滴罗襟"二句:罗衣的前襟被点点滴滴的泪珠打湿了。盈掬:满把,形容眼泪之多。　❽"芳草"二句:请求遍野的芳草不要长在意中人回家的道路上,使他找不到归路;只恨初夏渐渐深浓的垂杨挡住了自己眺望意中人的视线。　❾"最苦是"二句:终日徘徊在栏杆前眺望意中人,直到黄昏月上时分,此种幽苦,谁知其味。

满江红①

【原 文】

倦客新丰②,貂裘敝、征尘满目③。弹短铗、青蛇三尺,浩歌谁续④?不念英雄江左老,用之可以尊中国⑤。叹诗书、万卷致君人,翻沉陆⑥! 休感慨,浇醽醁;人易老,欢难足⑦。有玉人怜我,为簪黄菊。且置请缨封万户,竟须卖剑酬黄犊⑧。甚当年、寂寞贾长沙,伤时哭⑨。

注 释

❶此词作于淳熙六年(1179)至淳熙七年(1180)间。 ❷"倦客"句:用唐代马周未得赏识时潦倒于新丰的故事,形容自己怀才不遇的潦倒情状。 ❸"貂裘敝"句:暗用苏秦西行游说秦王未果之事。 ❹"弹短铗"二句:暗用冯谖客孟尝君故事。青蛇三尺:指三尺宝剑。青蛇比喻宝剑的寒光,三尺指剑身长度。浩歌:高歌,指冯谖弹剑所唱的歌声。 ❺"不念"二句:指责朝廷不重用人才,不晓得重用人才可以使国家强大的道理。 ❻"叹诗书"二句:可叹读书万卷,希望报效国家的自己,反而以退居江湖告终。沉陆:陆沉,指隐居。 ❼"休感慨"四句:自劝休再感慨,且放怀畅饮。因为人生易老,欢娱苦少。醽(líng)醁:指美酒。 ❽"且置"二句:姑且放下请战立功、封侯万户的念想,应该把宝剑卖掉来买耕牛,归田务农。缨:长绳,用以捆住俘虏。 ❾"甚当年"二句:汉代的贾谊为何要因为不甘于寂寞而伤时痛哭呢?按:此以贾谊自比,表明自己也为报国无门而痛苦。

满江红

【原 文】

　　风卷庭梧，黄叶坠、新凉如洗①。一笑折、秋英同赏，弄香挼蕊②。天远难穷休久望，楼高欲下还重倚。拼一襟、寂寞泪弹秋，无人会③。　　今古恨，沉荒垒。悲欢事，随流水。想登楼青鬓，未堪憔悴④。极目烟横山数点⑤，孤舟月淡人千里。对婵娟、从此话离愁⑥，金尊里。

【注 释】

❶这首词作于淳熙六年（1179）至淳熙七年（1180）间。"风卷"二句：谓梧桐叶落，清秋如洗。　❷"一笑"二句：谓笑折秋菊，共同玩赏。秋英：菊花。挼（ruó）蕊：把玩菊花。挼，揉搓。　❸"拼一襟"二句：写别后寂寞痛苦，再无知己。拼：不顾惜，豁出去。　❹青鬓：黑发，喻青春年少，代指被思念的人。未堪：受不了，难以忍受。　❺烟横山数点：烟霭茫茫中，远方几座山峰依稀横陈在那里。　❻婵娟：美好貌，亦作美人解，此处指月。

贺新郎①

【原 文】

柳暗凌波路②。送春归、猛风暴雨，一番新绿。千里潇湘葡萄涨，人解扁舟欲去。又樯燕、留人相语③。艇子飞来生尘步，唾花寒、唱我新番句④。波似箭，催鸣橹⑤。　　黄陵祠下山无数。听湘娥、泠泠曲罢，为谁情苦⑥。行到东吴春已暮，正江阔、潮平稳渡。望金雀、觚棱翔舞⑦。前度刘郎今重到，问玄都、千树花存否⑧？愁为倩，幺弦诉⑨。

【注 释】

❶此词作于淳熙七年（1180）暮春，此词当为送人归临安之作。　❷凌波路：指江边堤路。　❸潇湘：潇水、湘水，在湖南永州零陵合流，合称潇湘。葡萄：形容水色碧绿。樯：船上桅杆。　❹"艇子"两句：歌女飞舟来到，唱我新词为之送行。生尘步：形容女子娇美轻盈的步态。番：通"翻"，依旧谱，写新词。　❺"波似箭"两句：谓江流疾速，催舟早发。　❻"黄陵"三句：设想友人此去舟泊黄陵，倾听湘妃奏瑟。黄陵祠：二妃祠。传说帝舜南巡，娥皇、女英二妃从征，溺于湘江。民尊为湘水之神，立祠于江边黄陵山上。　❼"行到"三句：谓船近临安，远远可以望见京都殿阁。　❽"前度"两句：指友人重返京都，兼有问讯京都故人之意。　❾"愁为"两句：满腹离愁，唯凭弦丝倾诉。幺弦：琵琶的第四根弦，因最细，故称幺弦。

水调歌头

【原 文】

和赵景明知县韵①

官事未易了,且向酒边来②。君如无我,问君怀抱向谁开③?但放平生丘壑,莫管旁人嘲骂,深蛰要惊雷④。白发还自笑,何地置衰颓⑤? 五车书,千石饮,百篇才⑥。新词未到,琼瑰先梦满吾怀⑦。已过西风重九,且要黄花入手,诗兴未关梅⑧。君要花满县,桃李趁时栽⑨。

【注 释】

❶此词作于淳熙八年(1181)秋,作者时在江西安抚使任上。 ❷"官事"二句:官府之事(牵涉人际)很难清清白白地了断,不妨以饮酒为乐。 ❸"君如"二句:您如果没有遇见我,您的满怀衷肠将向谁诉说呢? ❹"但放"三句:不妨归身于山林丘壑,而不管他人的嘲笑,如龙蛇深蛰,等待惊雷发起春意,出仕机会重来。丘壑:高丘深壑,指隐士深藏的地方。惊蛰:我国农历二十四节气之一,是时春雷始鸣,蛰伏的万物惊奇。此暗喻赵景明会在适当时机出仕。 ❺"白发"二句:转而叹息自己的命运,言想寻一块地方安置自己衰老颓放的身体。 ❻"五车书"三句:极力称赞赵景明的学问与才华。五车书:赞赵之学问。千石饮,百篇才:赞赵之酒量、豪情与才华。 ❼"新词"二句:言还没有收到赵景明酬和本词的新作,却已经梦见满怀琼玉,对赵词充满美好的期待。琼瑰:多彩的美玉。 ❽"已过"三句:言现在已经过了

重九,希望赵的和词能够在黄花尚开的时节寄来,因为引起彼此诗兴的是秋风黄花,不是冬节梅花。这里表现了词人对于赵作的殷切盼望。 ❾"君要"二句:告诉赵景明如何建立为政之声名。相传晋潘岳为河阳县令,他让居民在县境内盛栽桃李。时人称为"河阳满县花"。

满庭芳

【原 文】

和洪丞相景伯韵①

倾国无媒,入宫见妒,古来颦损蛾眉②。看公如月,光彩众星稀③。袖手高山流水,听群蛙、鼓吹荒池④。文章手,直须补衮,藻火粲宗彝⑤。　痴儿公事了,吴蚕缠绕,自吐余丝⑥。幸一枝粗稳,三径新治⑦。且约湖边风月,功名事、欲使谁知⑧。都休问,英雄千古,荒草没残碑⑨。

【注 释】

❶此词作于淳熙八年(1181)春,稼轩时在江西安抚使任上。洪丞相景伯:洪适字景伯,江西上饶人。 ❷"倾国"三句:言美人遭妒,自古而然。喻贤才遭忌,写出洪适境遇。倾国无媒:谓美人与君主间缺少媒人。 ❸"看公"两句:言景伯才冠当朝,众不可及。 ❹"袖手"两句:谓景伯隐居田园,过着怡情山水的闲适生活。袖手:缩手于袖,表示不参与政事。高山流水:暗用伯牙、子期相知事。 ❺"文章手"三句:谓景伯文章高手,足以辅君治国。补衮:谓补救、规谏帝王的过失。藻火粲宗彝:绣水藻、火焰、宗彝于衮服,

使衮服益发光辉灿烂，此喻景伯有辅君治国之才。宗彝：宗庙祭祀用的礼器，此代指祀器上的兽饰。　❻"痴儿"三句：言景伯摆脱政事后，犹吴蚕余丝未尽，仍然关心国家大事，常常咏志抒怀。　❼"幸一枝"两句：谓景伯幸得隐居之所，一切整治停当。粗稳：初步安稳。三径：本意为三条小路，后世以"三径"指隐居之处。　❽"且约"两句：言且忘却功名之事，相约吟赏风月。　❾"都休问"三句：一切休问，君不见千古英雄，犹自埋没于荒草，无闻于人世。

满庭芳

【原 文】

　　和洪丞相景伯韵，呈景卢舍人。①

　　急管哀弦②，长歌慢舞，连娟十样宫眉③。不堪红紫，风雨晓来稀。惟有杨花飞絮，依旧是、萍满芳池。酴醾在，青虬快剪，插遍古铜彝④。　　谁将春色去，鸾胶难觅，弦断朱丝⑤。恨牡丹多病，也费医治。梦里寻春不见，空肠断、怎得春知。休惆怅，一觞一咏，须刻右军碑⑥。

【注 释】

　　❶这首词作于宋孝宗淳熙八年（1181）春，时作者任江西安抚使。景卢舍人：洪迈字景卢，洪适之弟。　❷急管：指音调急促。哀弦：谓弦乐器发出悲哀之声。　❸连娟：曲细。十样宫眉：《杨慎外集》："唐明皇令画工画《十眉图》，一曰鸳鸯眉，又名八字眉；二曰小山眉，又曰远山眉；三曰五岳眉；四曰三峰

眉;五曰垂珠眉;六曰月棱眉,又曰却月眉;七曰分梢眉;八曰涵烟眉;九曰拂云眉;十曰倒晕眉。" ❹铜彝:古代青铜祭器。 ❺"谁将"三句:写春已归去,朱弦难续。 ❻"一觞"二句:王羲之曾为右军参军,世称王右军。他胸怀旷达,爱好自然山水,其《兰亭集序》说:"一觞一咏,亦足以畅叙幽情。"

满庭芳

【原 文】

游豫章东湖再用韵①

柳外寻春,花边得句,怪公喜气轩眉②。阳春白雪③,清唱古今稀。曾是金銮旧客④,记凤凰、独绕天池⑤。挥毫罢,天颜有喜,催赐上方彝⑥。 只今江海上,钧天梦觉,清泪如丝。算除非,痛把酒疗花治。明日五湖佳兴,扁舟去、一笑谁知⑦。溪堂好,且拚一醉,倚杖读韩碑。

【注 释】

❶这首词作于淳熙八年(1181)。豫章,今江西南昌市,汉称豫章郡。 ❷轩眉:扬眉。 ❸阳春白雪:古乐曲名。 ❹金銮旧客:指友人曾任职学士院。 ❺天池:禁苑中池沼,亦称凤池或凤凰池。魏晋时,中书省地近凤凰池,故后用以借指中书省,唐以后则指宰相之职。洪适一度出任宰相,故本词有此语。
❻"天颜"二句:谓皇帝高兴给以奖励。 ❼"明日"二句:用范蠡泛舟五湖的典故。五湖,这里指太湖。

满江红

【原文】

席间和洪景卢舍人,兼简司马汉章大监。①

天与文章,看万斛、龙文笔力②。闻道是、一诗曾赐,千金颜色。欲说又休新意思,强啼偷笑真消息。算人人、合与共乘鸾③,銮坡客④。　倾国艳,难再得。还可恨,还堪忆。看书寻旧锦,衫裁新碧⑤。莺蝶一春花里活⑥,可堪风雨飘红白。问谁家、却有燕归梁,香泥湿⑦。

注释

❶这首词作于宋孝宗淳熙八年(1181)。 ❷"看万斛"句:韩愈《病中赠张十八》:"龙文百斛鼎,笔力可独扛。"龙文,形容文笔雄健。 ❸人人:诸人。 ❹銮坡客:洪迈曾任职学士院,故称之为銮坡客。 ❺"看书"二句:谓洪迈博览群书,且能创新。旧锦:指古籍。锦,锦帙,谓书也。衫裁新碧:此处喻其善读古书,推陈出新,撰写新作。 ❻"莺蝶"句:这里喻指洪氏归鄱阳后纵身大化中的舒适生活。 ❼"问谁家"二句:当指司马汉章所筑山雨楼而言。

西 河

【原文】

送钱仲耕自江西漕赴婺州①

西江水②,道似西江人泪。无情却解送行人,月明千里。从今日日倚高楼,伤心烟树如荠③。　　会君难,别君易。草草不如人意。十年着破绣衣茸④,种成桃李⑤。问君可是厌承明⑥,东方鼓吹千骑。　　对梅花、更消一醉。看明年、调鼎风味⑦。老病自怜憔悴。过吾庐、定有幽人相问,岁晚渊明归来未⑧。

注 释

❶这首词作于宋孝宗淳熙八年(1181)。钱仲耕:钱佃字仲耕,绍兴十五年(1145)进士,临政以安民为先务,先出为江西转运副使,继使福建,再使江西,奏免诸郡之赋。淳熙八年(1181),婺州饥且缺守,调知婺州(今浙江金华)。❷西江:指赣江。❸烟树如荠:远望烟中之树像荠菜似的。❹"十年"句:钱仲耕于淳熙元年(1174)出任江西转运副使,至淳熙八年(1181)出守婺州,虽不足十年,但为时已久,故以十年举其成数。绣衣:此处指地方高级官员。茸,同"绒"。❺种成桃李:言友人荐士甚多,政绩斐然。❻承明:汉代皇宫中有承明庐,为文学侍臣起草文稿和值班的地方,这里指南宋宫中草诏之处。❼"对梅花"二句:商朝傅说为相,殷高宗以和羹为喻,将其比之为调味的盐和梅。后即以"调鼎"喻宰相之职。此处用以祝颂友人将要入朝做官。❽"岁晚"句:陶渊明赋有《归去来兮辞》,此处以渊明自比。

贺新郎

【原 文】

赋滕王阁①

高阁临江渚②。访层城、空余旧迹,黯然怀古。画栋珠帘当日事,不见朝云暮雨③。但遗意、西山南浦④。天宇修眉浮新绿⑤,映悠悠、潭影长如故。空有恨,奈何许。　　王郎健笔夸翘楚⑥。到如今、落霞孤鹜,竞传佳句⑦。物换星移知几度,梦想珠歌翠舞。为徙倚、阑干凝伫。目断平芜苍波晚,快江风、一瞬澄襟暑。谁共饮,有诗侣。

注 释

❶这首词作于宋孝宗淳熙八年(1181)夏,时作者任江西安抚使。滕王阁:在今江西南昌市。　❷"高阁"句:写滕王阁的位置。渚:江中小洲。　❸"画栋"二句:写滕王阁昔日的美景已不见。　❹西山:又名南昌山,在新建县西大江之外。南浦:在旧南昌城广润门外,往来船只多停泊于此。　❺"天宇"句:韩愈《南山》:"天空浮修眉,浓绿画新就。"黄庭坚《念奴娇》(断虹霁雨):"净秋空,山染修眉新绿。"此合用之。　❻"王郎"句:王郎指王勃。翘楚:喻杰出之物。　❼落霞孤鹜:王勃《滕王阁序》:"落霞与孤鹜齐飞,秋水共长天一色。"此为历代传诵的名句。

昭君怨

【原文】

豫章寄张定叟①

长记潇湘秋晚,歌舞橘洲人散。走马月明中,折芙蓉②。
今日西山南浦,画栋珠帘云雨③。风景不争多④,奈愁何。

【注释】

❶这首词作于宋孝宗淳熙八年(1181),时作者任江西安抚使。张定叟:张枃字定叟,南宋抗金名将张浚之次子。 ❷"长记"四句:回忆作者曾和张枃同游橘洲,共赏荷花。橘洲,即橘子洲,在今长沙市西湘江中。 ❸"今日"二句:言作者今在江西南昌。 ❹不争:不相差。

沁园春

【原文】

带湖新居将成①

三径初成②,鹤怨猿惊,稼轩未来 。甚云山自许,平生意气;

衣冠人笑，抵死尘埃③？意倦须还，身闲贵早，岂为莼羹鲈脍哉④！秋江上，看惊弦雁避，骇浪船回⑤。　　东冈更葺茅斋，好都把轩窗临水开⑥。要小舟行钓，先应种柳；疏篱护竹，莫碍观梅⑦。秋菊堪餐，春兰可佩，留待先生手自栽⑧。沉吟久，怕君恩未许，此意徘徊⑨。

注 释

❶此词作于淳熙八年（1181）秋，时在江西安抚使任上。带湖：位于信州（今江西上饶）城北灵山下。稼轩于是年春，开始在此处营建家园。除花径竹扉、池塘茅亭，更辟稻田一片，以便来日躬耕。又临田造屋，起名"稼轩"，并取以自号。稼轩作此词时，带湖新居即将落成。❷三径：隐士的园圃。❸"甚云山"四句：为何自己平生所爱在于山水之间，却一直处身官场，奔走劳碌，从而为人所讥笑呢？云山：江上之山。自许：自我期许。意气：此处指志趣。衣冠：穿衣戴帽整齐，指官场仪表。抵死：到死，犹言"到今天"。尘埃：指红尘、尘世，与隐居生活相对。❹"意倦"三句：言仕宦的意念倦弱即可归隐，仕宦而无要事可做更要及早归隐，岂是为了隐居生活的口腹之乐。❺"秋江上"三句：看见秋江上空大雁躲避拉开的弓弦，小船因遭遇惊涛骇浪而调转回头，就知道人遭排挤应该急流勇退、全身避害了。❻葺茅斋：修筑茅屋。好都把：好把、都把的复合词。轩窗：小室的窗户。❼"要小舟"四句：言构筑优雅的隐居环境。❽"秋菊"三句：唯有秋菊春兰，留待着我亲手去栽种。按：菊与兰，为隐士志行高洁的象征。❾"沉吟久"三句：久久犹豫着，恐怕君王对我尚有恩情，不许我归隐，所以归隐的心意还未定下来。

沁园春

【原文】

送赵景明知县东归，再用前韵。①

伫立潇湘，黄鹄高飞，望君不来②。被东风吹堕，西江对语③，急呼斗酒，旋拂征埃。却怪英姿，有如君者，犹欠封侯万里哉④。空赢得，道江南佳句，只有方回⑤。　　锦帆画坊行斋⑥，怅雪浪黏天江影开⑦。记我行南浦，送君折柳⑧；君逢驿使，为我攀梅。落帽山前，呼鹰台下，人道花须满县栽。都休问，看云霄高处，鹏翼徘徊⑨。

注 释

❶这首词作于宋孝宗淳熙八年（1181）秋，时作者任江西安抚使。　❷"黄鹄"二句：谓淳熙七年（1180）稼轩在湖南与赵氏有词章往来而未能晤面，至此方得聚首也。黄鹄：俗名天鹅，善于高飞，喻逸士。　❸西江：西来的大江。❹封侯万里：借班超投笔从戎、立功异域、积功封侯之事，喻指赵景明前程远大，必将报国封侯。　❺"道江南"二句：北宋词人贺铸，字方回，其《青玉案》词为人传诵。下片有"彩笔新题断肠句"诸句，用多层比喻写相思之苦，受到历代词论家好评。此处借以喻指赵景明以诗才驰名。　❻行斋：行进中的船。　❼雪浪黏天：王安石《舟还江南阻风有怀伯兄》诗："白浪黏天无限断，玄云垂野少晴明。"　❽"我行南浦"二句：江淹《别赋》："送君南浦，伤如之何。"折柳，古代有折柳送别的习俗。　❾鹏翼：《庄子·逍遥游》："有鸟焉，

其名为鹏,背若太山,翼若垂天之云。"徘徊:回旋飞翔貌。

菩萨蛮①

【原文】

稼轩日向儿曹说②:带湖买得新风月③。头白早归来,种花花已开。　功名浑是错,更莫思量着。见说小楼东④,好山千万重。

【注释】

①此词作于淳熙八年(1181),时江西安抚使任上,带湖宅第将成而人尚未归去。②儿曹:儿辈。③带湖:稼轩新营宅第之所在。④小楼:当指带湖宅第的集山楼,见洪迈《稼轩记》。因登楼可望灵山群峰,故名集山楼。

蝶恋花

【原文】

和赵景明知县韵①

老去怕寻年少伴,画栋珠帘,风月无人管②。公子看花朱碧乱,新词搅断相思怨③。　凉夜愁肠千百转,一雁西风,锦字何时遣④。毕竟啼鸟才思短,唤回晓梦天涯远⑤。

注 释

❶此词疑作于淳熙八年(1181)。 ❷"老去"三句:言已经老去的自己怕和年轻人做伴,所以这里画栋珠帘的美妙风月也无福消受。画栋珠帘:藻绘的楼台及珍珠装饰的门帘,极言宴所的环境华美精致。风月:此处特指人间儿女之情。 ❸"公子"二句:言赵公子看到宴席上的歌舞诸妓,心里留恋,寄来的新词里有不尽的相思情。朱碧乱:穿红着绿,一片纷乱。 ❹"凉夜"三句:因相思之愁而深夜难眠,想凭借孤雁传达思念,却又觉得难以表达。雁、锦字:均代指书信。 ❺"毕竟"二句:言鸟儿才情短少,清晨它的鸣叫声将人从天涯远梦中惊醒。鸟:一作"乌"。

祝英台近

【原 文】

晚春①

宝钗分,桃叶渡,烟柳暗南浦②。怕上层楼,十日九风雨。断肠片片飞红,都无人管,更谁劝、流莺声住③? 鬓边觑,试把花卜归期,才簪又重数④。罗帐灯昏,哽咽梦中语:是他春带愁来,春归何处?却不解、带将愁去⑤。

注 释

❶此词作年难以确考,邓广铭以为作于中年为官时期。 ❷"宝钗分"三句:宝钗已分,桃叶已渡,晚春的烟柳笼罩着分别的水滨。宝钗分:古代妻妾

被抛弃时,有分钗断带给男子以表决绝的习惯。 ❸"怕上层楼"五句:以晚春景物的凋残,极言女子精神的痛苦和对命运的忧恐。风雨交加,落花无数,让人痛断肝肠,没有人再来管顾这凋残的风景,只有快乐飞翔的莺儿不住啼鸣,让人心烦意乱。 ❹"鬓边觑"三句:斜睨插于发鬓的花朵,不禁数花瓣以占卜何时能再回来,生怕数错了数字,理会错了意思,所以才数完插上发鬓,又拿下来重新数过。此表示女子犹对回到男主人家充满希望。 ❺"罗帐灯昏"五句:以女子梦中哭诉春愁难了,表达愁因春来、春去愁在的岁月无成之怨、别期无定之苦。

祝英台近①

【原 文】

绿杨堤,青草渡,花片水流去。百舌声中,唤起海棠睡②。断肠几点愁红,啼痕犹在,多应怨、夜来风雨。 别情苦,马蹄踏遍长亭,归期又成误。帘卷青楼,回首在何处③?画梁燕子双双,能言能语,不解说、相思一句④。

【注 释】

❶本词作年难以确考。 ❷百舌:鸟名,即反舌鸟,因其鸣声反复如百舌之鸟,故有此称。该鸟立春后鸣啭,夏至后无声。海棠睡:为"睡海棠"的倒文,言其夜睡晨开。 ❸"帘卷"两句:意即回首青楼何处? ❹"画梁"三句:谓双燕歌喉婉转,却不解传语相思。

惜分飞

【原文】

春思①

翡翠楼前芳草路②,宝马坠鞭暂驻。最是周郎顾,尊前几度歌声误③。　望断碧云空日暮,流水桃源何处④?闻道春归去,更无人管飘红雨⑤。

注释

❶此词作年难以确考。邓广铭以为作于中年为官时期。　❷翡翠楼:此处泛指妇人所居之所。　❸"周郎顾"二句:此言作者与那位歌妓以歌通情的形貌。周郎顾:三国周瑜精通音乐,即使是酒饮三爵之后,人奏曲有误,周瑜也能知道而回视奏曲者。时人有"曲有误,周郎顾"之语。后世以之指宴席上男子的风流倜傥。　❹"望断"二句:言极目眺望,不见神仙般的佳人,只见漫天的白云,心情迷茫。望断:极目眺望。　❺"闻道"二句:听说春天归去,却没有人管顾它,任它零落成漫天飘飞的桃花雨。极言春归人远之恨。

恋绣衾

【原文】

无题①

夜长偏冷添被儿。枕头儿、移了又移②。我自是、笑别人底,却元来、当局者迷③。　　如今只恨因缘浅,也不曾、抵死恨伊④。合手下、安排了,那筵席、须有散时⑤。

注释

❶这首词作期难以确考,应为作者中年为官时期。　❷"夜长"二句:写夜长被冷,孤单一人,难以入睡。　❸当局者迷:谓身当其事者反而糊涂。　❹抵死:宋人方言,作分外、总是讲。　❺"那筵席"句:喻指相爱终将结束。俗语云,天下没有不散的筵席,多以喻美事(如富贵、欢情等)终将结束,不会永恒不变。

减字木兰花

【原文】

宿僧房有作①

僧窗夜雨,茶鼎熏炉宜小住②。却恨春风,勾引诗来恼杀翁。狂歌未可,且把一尊料理我③。我到亡何④,却听侬家陌上歌⑤。

【注释】

❶这首词作期难以确考,应为作者中年为官时期。僧房:僧人居住的地方。❷茶鼎:烹茶用的鼎。熏炉:用以熏香或取暖,这里指前者。❸料理:犹言"安排"。❹亡何:无何。意谓饮酒之外更无余事。❺陌上歌:苏轼《陌上花》序云:"游九仙山,闻里中儿歌《陌上花》。父老云:吴越王妃,每岁春必归临安,王以书遗妃曰:'陌上花开,可缓缓归矣。'吴人用其语为歌。"

减字木兰花

【原文】

昨朝官告①,一百五年村父老。更莫惊疑,刚道人生七十稀。使君喜见②,恰限华堂开寿宴。问寿如何,百代儿孙拥太婆。

注 释

❶这首词作期难以确考,应为作者中年为官之时。官告:指过去授官的告身,犹如今天的委任状。从上下文看,这里的官告似乎是官府的告示或通报之类。 ❷使君:汉以后对州郡长官的尊称。

唐多令

【原 文】

淑景斗清明①,和风拂面轻。小杯盘、同集郊坰②。著个篘儿不肯上③,须索要、大家行④。 行步渐轻盈,行行语笑频。凤鞋儿、微褪些根。忽地倚人陪笑道,真个是、脚儿疼。

注 释

❶此词作期难以确考,应为作者中年为官之时。淑景:美景。 ❷郊坰:离城市很远的郊野。 ❸篘(jiāo):田器。 ❹须索:必须。

南乡子

【原文】

赠妓

好个主人家，不问因由便去嗏①。病得那人妆晃了②，巴巴③。系上裙儿稳也哪。　　别泪没些些，海誓山盟总是赊④。今日新欢须记取，孩儿。更过十年也似他。

注释

❶这首词作期难以确考，应为作者中年为官之时。嗏：语气助词。　❷妆晃：谓样子难看，引申为出丑之意。　❸巴巴：等待，期望。　❹赊：此有渺茫难凭之意。

鹧鸪天

【原文】

一片归心拟乱云，春来谙尽恶黄昏①。不堪向晚檐前雨，又待今宵滴梦魂。　　炉烬冷②，鼎香氛，酒寒谁遣为重温。何人柳外横双笛，客耳那堪不忍闻。

注释

❶这首词作年不可确考,当是中年宦游思归之作。谙尽:饱尝,深深地体味到。 ❷炉烬:炉灰。

鹧鸪天①

【原文】

困不成眠奈夜何②,情知归未转愁多。暗将往事思量遍,谁把多情恼乱他。 些底事,误人哪,不成真个不思家。娇痴却妒香香睡,唤起醒松说梦些③。

注释

❶此词作期不可确考,当是中年宦游思归之作。 ❷困不成眠:虽然困乏,但愁不能眠。奈夜何:怎生打发这一黑夜。 ❸"娇痴"两句:唤醒香香说梦消夜。香香:当为侍女名。醒松:同"惺忪",苏醒。些:语气助词,无义。

菩萨蛮①

【原文】

西风都是行人恨,马头渐喜归期近。试上小红楼,飞鸿字字愁②。 阑干闲倚处,一带山无数③。不似远山横④,秋波相共明。

注 释

❶这首词作年不可确考,似中年宦游思乡之作。　❷"试上"二句:秦观《减字木兰花》词:"困倚危楼,过尽飞鸿字字愁。"　❸"阑干"二句:欧阳修《踏莎行》:"寸寸柔肠,盈盈粉泪,楼高莫近危阑倚。平芜尽处是春山,行人更在春山外。"这两句由欧词化出。　❹远山:指眉。

卷二 归隐带湖之词

水调歌头

【原文】

盟鸥^①

带湖吾甚爱,千丈翠奁开^②。先生杖屦无事^③,一日走千回。凡我同盟鸥鹭,今日既盟之后,来往莫相猜^④。白鹤在何处?尝试与偕来^⑤。　　破青萍,排翠藻,立苍苔。窥鱼笑汝痴计,不解举吾杯^⑥。废沼荒丘畴昔,明月清风此夜,人世几欢哀^⑦?东岸绿阴少,杨柳更须栽。

注释

❶此词作于淳熙九年(1182)春,时带湖新居初成,稼轩罢官在家。按:上年冬,稼轩由江西安抚使改除两者东路提点刑狱公事,旋即被弹劾罢职。自淳熙八年(1181)冬到绍熙二年(1191)冬,稼轩在信州带湖赋闲十年。盟鸥:与鸥鸟结盟。表示摆脱官场束缚,回归自然。　❷甚:很,十分。翠奁:绿色的镜匣。　❸杖屦:手拄拐杖,脚穿麻鞋。　❹"凡我"三句:与鸥鸟白鹭结盟,愿意从今之后,彼此间不再有互相猜忌的心思。按:猜忌是人际尤其是官场交往之恶习,故词人特与鸥鸟结盟,表示愿意过简单、无机心的生活。　❺偕来:一同来。　❻"破青萍"五句:嘲笑鸥鸟推开水草、苦苦地寻找鱼儿来吃的样子,言不如自己以酒陶情的闲逸。　❼"废沼"三句:以前的带湖是废弃的池沼一方、荒废的山丘一垒,经过自己的设计与整治,现在已经是清风明月的好景观。自然的变化让词人触景兴感,想起人世间的悲欢穷达。

水调歌头

【原文】

严子文同傅安道和前韵,因再和谢之。①

寄我五云字,恰向酒边开②。东风过尽归雁,不见客星回③。闻道琐窗风月,更著诗翁杖屦,合作雪堂猜④(子文作雪斋,寄书云:近以旱,无以延客)。岁旱莫留客,霖雨要渠来⑤。 短灯檠,长剑铗,欲生苔⑥。雕弓挂壁无用,照影落清杯⑦。多病关心药裹,小摘亲钼菜甲,老子政须哀⑧。夜雨北窗竹,更倩野人栽⑨。

【注 释】

❶此词作于淳熙九年(1182)春,时稼轩初罢官,闲居带湖。 ❷"寄我"二句:谓友人严子文来函。五云字:一种书法体。 ❸"东风"二句:谓友人函至人不至。 ❹"闻道"三句:悬想友人闲适生涯。雪堂:苏轼被贬黄州时,寓居临皋,曾在东坡筑"雪堂",此借指注文所云"雪斋"。 ❺"岁旱"二句:承上"近以旱,无以延客"文意,盼友人之来如旱天之盼霖雨。 ❻"短灯"三句:短灯残照,长剑生苔,谓见弃于世。短灯檠:矮座简陋之灯,贫寒时用,富贵则弃。长剑铗:用齐人冯谖弹铗作歌之事。 ❼"雕弓"二句:杯弓蛇影,喻杜生疑虑,自我惊扰。此状忧谗畏讥之心态。 ❽"多病"三句:自怜赋闲无为。药裹:药囊。钼:同"锄"。菜甲:菜荚,菜蔬初生之叶。政:同"正"。哀:怜悯。 ❾"夜雨"二句:谓无所事事,聊以栽竹自遣。

水调歌头

【原 文】

汤朝美司谏见和，用韵为谢。①

白日射金阙，虎豹九关开。见君谏书频上，谈笑挽天回②。千古忠义肝胆，万里蛮烟瘴雨，往事莫惊猜③。政恐不免耳，消息日边来④。　　笑吾庐，门掩草，径封苔⑤。未应两手无用，要把蟹螯杯⑥。说剑论诗余事，醉舞狂歌欲倒，老子颇堪哀⑦。白发宁有种？——醒时栽⑧。

注 释

❶此词作于淳熙九年（1182），时为闲居带湖初期。汤朝美司谏：汤邦彦，字朝美，镇江人。　❷"白日"四句：形容汤朝美在庄严华美的朝堂上，频频上奏谏书，于谈笑之间轻易地使龙颜大悦。金阙：形容朝堂的华贵。虎豹九关开：虎豹蹲伏在天门之外，天门九重逐一打开。此处形容朝廷的威严。谏书：议论政事之奏章。谈笑：形容轻易、容易。挽天回：挽回天颜，使天子转怒为喜。　❸"千古"三句：言汤朝美怀揣对国家的忠义之心出使金国，没想到遭受金国的侮辱，更没想到因此而被远贬到蛮烟瘴雨的新州（今广东新兴）。词人劝慰汤朝美不要在心理上困于此次受辱与被贬的惊恐。　❹"政恐"二句：言汤朝美不久将被天子重新起用。　❺"笑吾庐"三句：言自家门庭冷落，草掩苔封，已经为世间所遗忘。　❻"未应"二句：言自己现在一手持蟹螯，一手持酒杯，双手也不是没有用啊！　❼"说剑"三句：言谈论英雄事或品赏文人诗，

都不过是闲事闲情,自己现在是醉舞狂歌之人,倒也有几分可怜。 ❽"白发"二句:言白发不是天生的,都是在清醒时因愁而生的。宁有种:难道是天生的吗?

踏莎行

【原 文】

赋稼轩,集经句。①

进退存亡②,行藏用舍③,小人请学樊须稼④。衡门之下可栖迟,日之夕矣牛羊下⑤。　去卫灵公,遭桓司马,东西南北之人也⑥。长沮桀溺耦而耕,丘何为是栖栖者⑦?

【注 释】

❶此词作于淳熙九年(1182),时为闲居带湖初期。集经句:集句体词,集合儒家经典中的语句为词。 ❷进退存亡:意谓唯有圣人才能知道何时该仕进、何时该退隐、何时该存世、何时该辞世,而不失掉应有的原则。 ❸行藏用舍:意谓被世间取用就出而为之用,被世间舍弃则退而自隐,能够做到这样的,只有我(孔子)和你(颜回)两人而已。 ❹小人:原是孔子对于劳动人民的称呼,此处自称,即劳动者的意思。樊须:孔子弟子,字子迟,春秋时期鲁国人。稼:种植植物。 ❺"衡门"二句:谓安贫寡欲,便可以怡然自得。衡门栖迟:意谓横木为门,即可栖身;泌泉有水,即可充饥。 ❻"去卫灵公"三句:言孔子四处奔求,四处碰壁。孔子既失意于鲁国的卫灵公,又碰上宋国的司马桓魋要杀他,只有改装逃亡。孔子那时正处于逆境。东西南北之人:指四方漂泊之人。 ❼"长沮"二句:谓愿意像隐士长沮和桀溺一样躬耕田园,不愿像孔

子那样栖栖惶惶、奔走劳心。耦耕：古时的一种耕作方式，两人配合耕田。

蝶恋花

【原文】

和杨济翁韵，首句用丘宗卿书中语。①

点检笙歌多酿酒②，蝴蝶西园，暖日明花柳。醉倒东风眠永昼，觉来小院重携手。　　可惜春残风雨又，收拾情怀，闲把诗僝僽③。杨柳见人离别后，腰肢近日和他瘦。

注 释

❶这首词疑作于宋孝宗淳熙九年（1182）。　❷点检：反省检查之意。　❸"闲把"句：犹言闲来只以诗为陶写之具。僝僽（chánzhòu）：排遣。

蝶恋花

【原文】

继杨济翁韵饯范南伯知县归京口①

泪眼送君倾似雨，不折垂杨，只倩愁随去②。有底风光留不住③，烟波万顷春江橹④。　老马临流痴不渡，应惜障泥⑤，忘了寻春路。身在稼轩安稳处⑥，书来不用多行数⑦。

注释

❶这首词作期同上。京口：今江苏镇江。按：范氏居京口。　❷"不折"二句：古人有折柳送别之习。此言不折垂杨，只请愁心随去。倩：请。表示牵挂之意。　❸有底：所有的、一切。　❹江橹：江中的行船。　❺障泥：马鞯，垫在鞍下，垂覆马背左右两旁以挡泥土，故又称障泥。　❻稼轩：指带湖宅第。❼"书来"句：有信来就好，不一定写得多。

蝶恋花

【原文】

席上赠杨济翁侍儿①

小小年华才月半②，罗幕春风，幸自无人见。刚道羞郎低粉面，傍人瞥见回娇盼。　昨夜西池陪女伴，柳困花慵，见说归来晚。劝客持觞浑未惯③，未歌先觉花枝颤。

注释

❶这首词作期同上。　❷月半：谓杨济翁侍儿年方十五岁。　❸觞：酒杯。

六么令

【原 文】

用陆氏事，送玉山令陆德隆。①

酒群花队，攀得短辕折。谁怜故山归梦，千里莼羹滑②。便整松江一棹，点检能言鸭③。故人欢接，醉怀双橘，堕地金圆醒时觉④。　长喜刘郎马上，肯听诗书说⑤。谁对叔子风流，直把曹刘压⑥。更看君侯事业，不负平生学。离觞愁怯，送君归后，细写茶经煮香雪。

【注 释】

❶这首词写于宋孝宗淳熙九年（1182），时作者罢官闲居带湖家中。　❷千里莼羹：谓千里湖产的莼菜所制的羹汤。　❸松江：江名，这里指甫里，晚唐诗人陆龟蒙曾居此，自号甫里先生。　❹"故人"三句：用陆绩怀橘的故事。　❺"刘郎"二句：《史记·陆贾列传》："陆生时时前说称《诗》《书》，高帝骂之曰：'乃公居马上而得之，安事《诗》《书》？'陆生曰：'居马上得之，宁可以马上治之乎？'"刘郎，指汉高祖刘邦。　❻"谁对"二句：《晋书·羊祜传》："祜与陆抗相对，使命交通，抗称祜之德量，虽乐毅、诸葛孔明不能过也。抗尝病，祜馈之药，抗服之无疑心。人多谏抗，抗曰：'羊祜岂鸩人者。'时谈以为华元、子反复见于今日。"曹、刘：指魏与蜀而言。

六么令

【原 文】

再用前韵①

倒冠一笑,华发玉簪折。阳关自来凄断②,却怪歌声滑。放浪儿童归舍,莫恼比邻鸭。水连山接,看君归兴,如醉中醒、梦中觉。　　江上吴侬问我,一一烦君说。坐客尊酒频空,剩欠真珠压③。手把渔竿未稳,长向沧浪学④。问愁谁怯,可堪杨柳,先作东风满城雪。

注 释

❶这一首词和前一首《六么令》作年、动因及词韵相同,亦为送陆德隆所作。　❷阳关:《阳关曲》,离别之歌。　❸"剩欠"句:意即甚少酿造酒。真珠:指酒。压:压酒,即酿酒。　❹"手把"二句:言其尚未习惯于赋闲生活。

太常引

【原文】

寿韩南涧尚书①

君王著意履声间，便令押、紫宸班②。今代又尊韩，道吏部、文章泰山③。　一杯千岁，问公何事，早伴赤松闲④。功业后来看，似江左、风流谢安⑤。

注释

❶这首词作于宋孝宗淳熙九年（1182）。❷押紫宸班：谓上朝时领袖百官。宋制，凡朝会奏事，例由参知政事、宰相分日知印押班，其余官员则随班朝谒。故押班即领班之意。❸"今代"二句：以韩愈比韩元吉。韩愈官至吏部侍郎，唐代著名文学家。❹赤松闲：指辞官归隐。赤松：赤松子，传说中的仙人。❺谢安：东晋著名宰相。

蝶恋花

【原文】

洗尽机心随法喜①，看取尊前，秋思如春意。谁与先生宽发齿②，醉时惟有歌而已。　　岁月何须溪上记，千古黄花，自有渊明比。高卧石龙呼不起③，微风不动天如醉④。

注 释

❶这首词大约作于宋孝宗淳熙九年（1182），作者罢官闲居带湖初期。机心：智巧变诈之心。法喜：佛语法喜，谓见法生欢喜。　❷宽发齿：人老则齿落发白，故多用齿发为年龄象征。宽发齿即延长齿落发白之期，亦即延年益寿之意。　❸石龙：谓雨岩石浪。　❹"微风"句：黄庭坚《二月丁卯喜雨吴体为北门留守文潞公作》："微风不动天如醉，润物无声春有功。"

蝶恋花①

【原 文】

　　何物能令公怒喜，山要人来，人要山无意。恰似哀筝弦下齿②，千情万意无时已。　　自要溪堂韩作记③，今代机云④，好语花难比。老眼狂花空处起，银钩未见心先醉⑤。

注 释

❶这首词作期同上，并与上篇同韵。　❷哀筝：哀婉的筝声。弦下齿：琴头架弦的齿状横木。　❸韩作记：这里指韩元吉为作者写的《稼轩记》。　❹"今代"句：以二陆比二韩。韩元吉从兄韩元龙，字子云，仕终直龙图阁、浙西提举，与韩元吉俱以文字显名于当世，故作者比之为陆机和陆云。　❺银钩：一种草书体。

水调歌头

【原 文】

九日游云洞和韩南涧尚书韵①

今日复何日,黄菊为谁开?渊明谩爱重九,胸次正崔嵬。酒亦关人何事?政自不能不尔,谁遣白衣来②?醉把西风扇,随处障尘埃③。　为公饮,须一日,三百杯④。此山高处东望,云气见蓬莱⑤。翳凤骖鸾公去,落佩倒冠吾事,抱病且登台⑥。归路踏明月,人影共徘徊⑦。

注 释

❶此词作于淳熙九年(1182)秋,时为闲居带湖初期。九日:指重阳节。重阳节素有登高祓除的风俗。　❷"渊明"五句:以陶渊明重九时无聊东篱下比拟自己的重阳节感受。陶渊明不是热爱重九,而是因为心里积存着许多块垒。酒与人有何相关呢?只是不能不以酒忘忧,谁会让白衣使者来送酒呢?
❸"醉把"二句:意谓面对当权弹劾者的汹汹气势,自己唯有像王公对庾公那样,以扇子障蔽其气焰。西风扇:西风中的扇子不为纳凉,而为障蔽尘埃。
❹"为公饮"三句:意谓韩南涧尚书是一个可以让自己开怀畅饮、毫无芥蒂的人。这体现了辛弃疾对于韩的无比信赖。三百杯:极言其多。　❺"此山"二句:站在这云洞山最高处向东眺望,可以看见神山蓬莱的郁郁云气。此为美言云洞山的神奇。　❻"翳凤"三句:意谓韩南涧顺利完成自己的人生志业,可以自在随神仙遨游了,自己则受弹劾而志意落魄、避世归隐,姑且来抱病登高。

翳凤骖鸾：以乘鸾跨凤比喻成仙得道或出仕为高官。落佩倒冠：服饰散落，衣帽颠倒，比喻志意落魄，避世归隐。　❼"归路"二句：月下归去，唯有形影相吊而已。暗示自己的心情孤寂。

水调歌头

【原文】

再用韵呈南涧①

千古老蟾口，云洞插天开②。涨痕当日何事，汹涌到崔嵬③？攫土抟沙儿戏，翠谷苍涯几变，风雨化人来④。万里须臾耳，野马骤空埃⑤。　笑年来，蕉鹿梦，画蛇杯⑥。黄花憔悴风露，野碧涨荒莱⑦。此会明年谁健，后日犹今视昔，歌舞只空台⑧。爱酒陶元亮，无酒正徘徊⑨。

【注释】

❶此词作于淳熙九年（1182），时为闲居带湖初期。　❷"千古"二句：谓山顶的云洞，像是一个时代久远的蟾蜍嘴。蟾口：蟾蜍口，为古代受水与吐水的器具。　❸"涨痕"二句：当年水势为什么如此汹涌汗漫，浸泡了山陵呢？崔嵬：此处指云洞所在的山顶。　❹"攫土"三句：是因为造物者神力无穷，变幻自然以游戏，一会儿将山陵劫夺，漫漫为水谷；一会儿将尘沙聚拢，堆垛为山陵。攫：抢夺。抟：捏聚成团。翠谷苍涯几变：高山为深谷，深谷为高山，经历了多次变化。化人：会幻术的人，此处指造物者。　❺"万里"二句：极言变化之速。万里之隔，须臾可达；田野间漂浮的水汽，瞬间可化为空无。野

马：田野间蒸腾浮游的水汽。 ❻ "笑年来"三句：笑叹近来感受的人世，如覆樵之鹿、弓影之蛇，真假杂陈，令人疑惧。蕉：此处通"樵"。 ❼ "黄花"二句：形容云洞周围景象，兼以显示自我心境，菊花在风露中衰残，碧绿的野草长满山坡。荒莱：荒草，野草。 ❽ "此会"三句：岁月如流，人生空幻，歌舞繁华的楼台，最后也将人散楼空。 ❾ "爱酒"二句：以陶渊明自况，欲以饮酒忘世、隐居弃世来了断生涯。元亮：陶渊明的字。

水调歌头

【原 文】

再用韵答李子永提干①

君莫赋幽愤，一语试相开②：长安车马道上，平地起崔嵬③。我愧渊明久矣，犹借此翁漱洗，素壁写归来④。斜日透虚隙，一线万飞埃⑤。 断吾生，左持蟹，右持杯⑥。买山自种云树，山下斫烟莱⑦。百炼都成绕指，万事只须称好，人世几舆台⑧。刘郎更堪笑，刚赋《看花》回⑨。

【注 释】

❶此词作于淳熙九年（1182）。 ❷"君莫"二句：据《晋书·嵇康传》，嵇康谨言慎行，被牵累下狱后，作《幽愤诗》以抒发心中愤懑。此处指李子永词作中的情感。开：开导。 ❸长安：唐朝都城，也是政界要人聚居之地，此借指临安官场。平地起崔嵬：喻宦海风波突起。 ❹"我愧"三句：词人将不为五斗米而折腰的陶渊明视为自己的人格榜样，借陶渊明的高风亮节来洗涤心中苦

闷,并将陶的《归去来兮辞》写在自己的墙壁上。 ❺"斜日"二句:此为参禅悟道语,谓人间万事都是光中的幻影。 ❻"断吾生"三句:将饮酒持蟹而悠然度过此生。断:决定。 ❼"买山"二句:谓植树开荒的归田生活。 ❽"百炼"三句:经历宦海沧桑、人世历练,自己如百炼刚化为绕指柔,万事只是称好,因为人世间不知有多少猾吏在等着搬弄是非。几舆台:多少狡猾的官吏。 ❾"刘郎"二句:笑刘禹锡不该写《戏赠看花诸君子》诗,以致一再遭贬。意谓自己不会再对朝廷政治作任何评论。

水调歌头

【原 文】

提干李君索余赋秀野、绿绕二诗①,余诗寻医久矣②,姑合二榜之意③,赋《水调歌头》以遗之。然君才气不减流辈,岂求田问舍而独乐其身耶?

文字觑天巧④,亭榭定风流。平生丘壑,岁晚也作稻粱谋⑤。五亩园中秀野,一水田将绿绕,稏䆉不胜秋。饭饱对花竹,可是便忘忧。　　吾老矣,探禹穴⑥,欠东游。君家风月几许,白鸟去悠悠。插架牙签万轴,射虎南山一骑,容我揽须不。更欲劝君酒,百尺卧高楼。

【注 释】

❶这首词作于宋孝宗淳熙九年(1182),时作者罢官闲居带湖家中。提干李君:指李子永。 ❷诗寻医:谓不作诗也。 ❸二榜:二题,即上文所说的"秀

野""绿绕"两个诗题。 ❹"文字"句：意谓其诗造诣极高，已经探求到自然的奥妙。 ❺"平生"二句：谓其志在山水。稻粱谋：指鸟觅食。这里是说从李子永索赋二诗看，似有谋稻粱之意。 ❻探禹穴：禹穴在浙江绍兴会稽山，相传为夏禹的葬地或藏书处。

小重山

【原 文】

席上和人韵送李子永提干①

旋制离歌唱未成②，阳关先画出③，柳边亭。中年怀抱管弦声。难忘处，风月此时情。　夜雨共谁听。尽教清梦去，两三程。商量诗价重连城④。相如老，汉殿旧知名⑤。

【注 释】

❶这首词写于宋孝宗淳熙九年（1182），时作者罢官闲居带湖家中。 ❷离歌：骊歌（骊驹之歌的省称），为告别之歌。 ❸阳关：送行时所唱的《阳关曲》。 ❹连城：极言诗价之重。 ❺"相如"句：《史记·司马相如列传》："相如既病免，家居茂陵。天子曰：'司马相如病甚，可往从悉取其书，若不然，后失之矣。'"汉殿，汉宫。这里以司马相如借指李子永。

贺新郎

【原 文】

赋水仙①

云卧衣裳冷。看萧然、风前月下,水边幽影②。罗袜生尘凌波去,汤沐烟波万顷③。爱一点、娇黄成晕④。不记相逢曾解佩,甚多情、为我香成阵⑤。待和泪,收残粉⑥。　　灵均千古怀沙恨,记当时、匆匆忘把,此仙题品⑦。烟雨凄迷僝僽损,翠袂摇摇谁整⑧?漫写入、瑶琴幽愤⑨。弦断《招魂》无人赋,但金杯、的皪银台润⑩。愁殢酒,又独醒⑪。

【注 释】

❶此词作年莫可确考,当为闲居带湖时期所作。今依广信书院本次序置之于淳熙九年(1182)诸作后。　❷"云卧"三句:以仙女夜降人间形容水仙幽姿。❸"罗袜"二句:言水仙如同凌波微步的洛水女神一样款款远去,沐浴于万顷烟波之中。　❹娇黄成晕:水仙花瓣外围为娇嫩的黄色,因其为圆形,所以说"成晕"。　❺"不记"二句:我不记得与她之间曾有过类似郑交甫遇仙女解佩饰相赠的过往情事,为何她却为我多情,散发出阵阵香味来环绕我。　❻"待和"二句:谓待花开透后,将含泪为她收拾残瓣。　❼"灵均"三句:谓带着千古遗恨投水而死的屈原生前遍题芳草,却忘记题写一下水仙花。　❽"烟雨"二句:形容水仙衰残之态。她如同烟雨凄迷中的憔悴仙子,她的翠袖披垂,有谁来为她整理好呢?烟雨凄迷:形容仙子憔悴貌。翠袂:翠袖。摇摇:披垂不

振貌。整：整理。 ❾"漫写入"句：谓自己虽然把她的幽愤心情写入琴曲，却并无助益。指为水仙赋写《贺新郎》以咏叹之。漫：空，表示此举无益。 ❿"弦断"二句：此接上句而言，谓水仙无知音，无人为其赋写《招魂》，缺少了这一朵凋残水仙的水仙世界，依然是金杯闪烁、银台光润的风景。金杯银台：亦名金盏银台，水仙的两个品种。单瓣的称金盏，复瓣的称银台。的皪：色泽鲜亮貌。 ⓫"愁殢酒"二句：言作者不忍见此花凋残而去，因此让自己饮酒忘情，可惜又独自醒来，难以避愁。

贺新郎

【原文】

赋海棠①

著厌霓裳素②。染胭脂、苎罗山下，浣沙溪渡③。谁与流霞千古酝④，引得东风相误。从奥入、吴宫深处⑤。鬓乱钗横浑不醒⑥，转越江、划地迷归路。烟艇小，五湖去⑦。　　当时倩得春留住，就锦屏一曲，种种断肠风度⑧。才是清明三月近，须要诗人妙句。笑援笔、殷勤为赋。十样蛮笺纹错绮⑨，粲珠玑、渊掷惊风雨⑩。重唤酒，共花语。

【注释】

❶这首词作年同上。 ❷霓裳素：素霓裳。 ❸"苎罗山"二句：以西施喻海棠，谓其花如胭脂。 ❹流霞：指美酒，传说为天上仙人的饮品。 ❺"从奥"句：指勾践施美人计，献西施入吴宫，深得吴王夫差宠爱。从奥：怂恿。

⑥"鬓乱"句：此用杨贵妃醉酒之姿以喻海棠之态。　⑦"转越江"三句：世传越灭吴，西施随范蠡去，泛舟五湖，不知所终。划地：作"反而"或"无端"解。此喻落花随流水之意。　⑧断肠风度：昔有妇人思情人不见，常洒泪于北墙之下，日久洒泪的地上生草开花，色如妇面，名曰断肠花，又名八月春，即今之秋海棠。　⑨十样蛮笺：四川所产的彩笺。　⑩惊风雨：杜甫《寄李十二白二十韵》："笔落惊风雨，诗成泣鬼神。"

贺新郎

【原 文】

赋琵琶①

凤尾龙香拨。自开元、《霓裳》曲罢，几番风月②？最苦浔阳江头客，画舸亭亭待发③。记出塞、黄云堆雪。马上离愁三万里，望昭阳宫殿孤鸿没。弦解语，恨难说④。　辽阳驿使音尘绝。琐窗寒、轻拢慢捻，泪珠盈睫。推手含情还却手，一抹《梁州》哀彻⑤。千古事、云飞烟灭⑥。贺老定场无消息，想沉香亭北繁华歇⑦。弹到此，为呜咽⑧。

【注 释】

❶这首词作年同上。　❷"凤尾"三句：那弹奏过《霓裳羽衣曲》的名贵琵琶，自唐代开元年间以后，又经过了多少风月年华的打磨。凤尾：琴槽的形状。龙香拨：龙香柏木削就的拨子。极言琵琶的精致名贵。　❸"最苦"二句：浔阳江上，送客舟头，商妇为离人所演奏的一曲琵琶，最能引发迁谪者的离愁。

见白居易《琵琶行》。 ❹ "记出塞"五句：由琵琶又追忆起汉代王昭君出塞之事。想象在黄云堆雪的苦寒季节里，昭君出塞，离开故土，在马上以琵琶声聊遣悲愁，遥望天边孤鸿，看着它往昭阳宫殿飞去，却无法让它捎去思乡的书信。琵琶虽然能够一路弹奏，却难以表达昭君心中的别恨。 ❺ "辽阳"五句：继续吟咏昭君故事。言自昭君去后，汉朝派往匈奴的使者越来越少。在雕花的寒窗下，昭君含泪轻拢慢捻，推手又却手，弹奏着《梁州》这一悲哀的乐曲。辽阳驿使：往来于辽阳驿道上的汉和匈奴的使者。因昭君和亲，两地息兵，故两地使者往来反不及前时。音尘绝：音信全无。 ❻ "千古事"句：言汉代昭君的事迹，已经随时间烟灭。 ❼ "贺老"二句：连琵琶技艺出众的唐朝琵琶名师贺怀智也已经消失不见，想来沉香亭北争艳的百花也应该凋零消歇了。定场：俗称压场子，谓演奏者技艺高超，能使场中鸦雀无声。 ❽ "弹到此"二句：犹言弹奏到这里，琵琶曲转为呜咽之声。亦指词写至此，心意呜咽而结束。

满江红

【原 文】

送汤朝美司谏自便归金坛①

瘴雨蛮烟，十年梦、尊前休说②。春正好、故园桃李，待君花发③。儿女灯前和泪拜，鸡豚社里归时节④。看依然、舌在齿牙牢，心如铁⑤。　　活国手，封侯骨；腾汗漫，排阊阖⑥。待十分做了，诗书勋业⑦。当日念君归去好，而今却恨中年别⑧。笑江头、明月更多情，今宵缺⑨。

注 释

❶ 此词作于淳熙十年（1183）春，时罢职闲居于带湖。自便：撤销编管，自行居住。金坛：在今江苏镇江。　❷"瘴雨"二句：不要在宴席上提起流落在湿热荒蛮之地的那些如梦魇般的日子。汤朝美曾被流放到新州，新州当时僻远蛮荒，多致病的瘴气。　❸"春正好"二句：言友人当于初春返乡，故乡的桃李都有情义，在等待着他的归来。　❹"儿女"二句：想象友人回家后儿女倍感欣慰及其与父老乡亲同庆春社的情景。社：指春社，即春天祭祀土地神的节日。　❺"看依然"二句：友人虽然被放归故里，但依然是有救国之才的铁血男儿。舌在齿牙牢：用张仪故事。张仪是战国时期著名的纵横家。他游说入秦，首创连横之说，担任秦国宰相。在他未发达前，曾遭到楚国宰相门人的痛打。其妻曰："子毋读书游说，安得此辱乎？"张仪谓其妻曰："视吾舌尚在不？"其妻笑曰："舌在也。"仪曰："足矣！"意即有舌头在就还可以游说天下。　❻"活国手"四句：赞美汤朝美爱民治国，又骨相不凡，所以能够仕途腾达。活国手：爱民治国的能手。封侯骨：有封侯的骨相。腾汗漫：腾跃于太空之中。汗漫：指太空。排阊阖：推开天门。　❼"待十分"二句：期待友人高度成就诗书事业。诗书勋业：指穷则独善其身，以诗歌创作和经籍研究来成就自己的事业。　❽"当日"二句：表达词人对友人复杂的离情，当其在信州时，词人希望友人可以脱离编管而获人身自由；当其真正自由回乡时，词人心里却充满不舍之情。　❾"笑江头"二句：言连明月亦若有情相待，今夜竟亏缺而不肯圆满。

水调歌头

【原 文】

席上用王德和推官韵，寿南涧。①

上界足官府，公是地行仙②。青毡剑履旧物，玉立近天颜③。莫怪新来白发，恐是当年柱下，《道德》五千言④。南涧旧活计，猿鹤且相安⑤。　歌秦缶，宝康瓠，世皆然⑥。不知清庙钟磬，零落有谁编⑦？莫问行藏用舍，毕竟山林钟鼎，底事有亏全⑧？再拜荷公赐，双鹤一千年。

注 释

❶此词作于淳熙十年（1183），时稼轩闲居带湖。　❷"上界"两句：言南涧不满官场拘束，自图逍遥闲散。　❸"青毡"两句：谓南涧出身书香官宦世家。青毡旧物：借指家传旧物，亦喻高贵世家。剑履：佩剑着履上朝见君，这是一种殊荣。　❹"莫怪"三句：贺南涧长寿。柱下：柱下史，指老子。　❺"南涧"两句：谓南涧归隐，与猿鹤相娱。　❻"歌秦缶"三句：世人皆喜秦缶、宝瓠之类的寻常陋器。歌秦缶：击缶以歌。康瓠：空壶，破瓦器。　❼钟磬：编钟与编磬，古时两种编列有序的打击乐器。　❽"莫问"三句：谓南涧无论在朝在野，两者皆宜。山林钟鼎：分别喻退隐与出仕。

清平乐

【原文】

为儿铁柱作①

灵皇醮罢,福禄都来也②。试引鹓鹙花树下,断了惊惊怕怕③。

从今日日聪明,更宜潭妹嵩兄④。看取辛家铁柱,无灾无难公卿。

【注释】

❶这首词当作于宋孝宗淳熙十年(1183)前,作者罢居带湖期间。 ❷"灵皇"二句:当是宋代为儿童祈福的一种习俗。灵皇:古代臣称君为灵皇。醮:祭祀。 ❸"试引"二句:为儿童驱惊,也应是宋代的民风习俗。鹓鹙:鸾凤一类的鸟,这里指少子。 ❹潭妹嵩兄:此为稼轩子女。

临江仙

【原 文】

即席和韩南涧韵①

风雨催春寒食近,平原一片丹青②。溪头唤渡柳边行。花飞蝴蝶乱,桑嫩野蚕生③。　　绿野先生闲袖手,却寻诗酒功名④。未知明日定阴晴⑤。今宵成独醉,却笑众人醒⑥。

注 释

❶此词作年难考。　❷丹青:国画的颜料。此处指原野如同图画一样美丽。❸唤渡:召唤渡船。野蚕:蚕分数种,一为家蚕,一为野蚕,一为柞蚕等。❹"绿野"二句:言韩南涧自在归隐田园,以吟诗饮酒自乐。绿野先生:唐朝宰相裴度退隐后,在洛阳建别墅,与白居易、刘禹锡等诗酒相娱,袖手不问政治。诗酒功名:以诗酒为功名,言放情诗酒娱乐。　❺"未知"句:言对于政治气候变化莫测的忧心。　❻"今宵"二句:言今晚自己独自喝醉,以醉忘忧,却嘲笑众人清醒,不知如此逃世。

洞仙歌

【原 文】

开南溪初成赋①

婆娑欲舞,怪青山欢喜,分得清溪半篙水②。记平沙鸥鹭,落日渔樵,湘江上、风景依然如此③。　东篱多种菊,待学渊明,酒兴诗情不相似④。十里涨春波,一棹归来,只做个、五湖范蠡。是则是、一般弄扁舟,争知道他家,有个西子⑤。

注 释

❶此词约作于淳熙十年(1183)秋,时稼轩罢居带湖。南溪:当是稼轩园林中新开辟的一条溪水。　❷"婆娑"三句:溪水初来,青山欣喜欲舞。婆娑:翩翩起舞貌。怪:难怪。分得清溪半篙水:新辟的南溪引来半篙秋水。　❸"记平沙"三句:以"记"字领起回忆,由南溪山水联想到湘江风景依旧。　❹"东篱"三句:谓愿学陶渊明种菊,但酒兴诗情又不全然相似。　❺"十里"六句:用范蠡助越灭吴,载西施泛舟五湖事。棹:船桨,代指船。争:怎。

唐河传

【原文】

效花间体①

春水,千里,孤舟浪起,梦携西子②。觉来村巷夕阳斜。几家,短墙红杏花③。　　晚云做造些儿雨,折花去,岸上谁家女。太狂颠④。那边,柳绵,被风吹上天。

注释

❶此词作年未详。花间体:流行于晚唐五代的一种词体,也称花间词派,花间词内容不外风月艳情,风格大率浓艳绮丽。　❷"春水"四句:言春水泛舟,梦中会艳。　❸"觉来"三句:醒来但见夕照村巷,红杏出墙。　❹"晚云"四句:晚来小雨初过,岸边少女折花而去。些儿雨:一点点小雨。狂颠:此作活泼、欢快讲。

水龙吟

【原 文】

甲辰岁寿韩南涧尚书①

渡江天马南来,几人真是经纶手②?长安父老,新亭风景,可怜依旧③。夷甫诸人,神州沉陆,几曾回首④。算平戎万里,功名本是,真儒事,公知否⑤?　况有文章山斗,对桐阴、满庭清昼⑥。当年堕地,而今试看,风云奔走⑦。绿野风烟,平泉草木,东山歌酒⑧。待他年整顿、乾坤事了,为先生寿⑨。

【注 释】

❶此词作于淳熙十一年(1184),时作者罢职闲居带湖。寿:祝寿。 ❷"渡江"二句:自打宋室南渡以来,有几人真有治国之才呢?经纶手:治国能手。 ❸"长安"三句:谓一边是中原被占领区的父老日夜盼望王师,一边是南方士大夫徒然作新亭对哭之状而无复土良策,这种景观,南宋和东晋没有什么两样。长安父老:此处指金人统治下的中原人民。 ❹"夷甫"三句:指责当权者空谈误国。夷甫:西晋王衍字夷甫,做宰相而崇尚清谈,不理国政,导致西晋覆灭。 ❺"算平戎"四句:抗金复土的大任,正有待饱读诗书、有致君尧舜之志的抗金志士来完成。平戎万里:指驱逐金人、恢复广大的故土。 ❻"况有"二句:追述韩元吉的文才和家世。 ❼"当年"三句:言韩元吉出生即如渥洼神马从天而降,如今正赶上风云际会的好时候。走:风云际会,指君臣遇合,又指遭遇良机。 ❽"绿野"三句:以前代建功立业的三位贤相激励韩元吉。

绿野风烟：指唐代宰相裴度，为人持正，有平藩之功，晚年建"绿野堂"别墅，与白居易等人诗酒往来。平泉草木：指唐代宰相李德裕，力主削弱藩镇，曾于洛阳城外筑"平泉庄"别墅，广搜奇花异草。东山歌酒：指东晋宰相谢安，谢安未出仕前隐居于东山，歌酒相娱。 ❾"待他年"二句：慷慨激昂，直以复国大业相号召，谓待完成复国大业后，再为先生祝寿。

满江红

【原 文】

送李正之提刑入蜀①

蜀道登天，一杯送、绣衣行客②。还自叹、中年多病，不堪离别③。东北看惊诸葛表，西南更草相如檄。把功名、收拾付君侯，如椽笔④。　儿女泪，君休滴；荆楚路，吾能说⑤。要新诗准备，庐山山色。赤壁矶头千古浪，铜鞮陌上三更月⑥。正梅花、万里雪深时，须相忆⑦。

注 释

❶此词作于淳熙十一年（1184），时作者罢职闲居带湖。 ❷"蜀道"二句：谓以杯酒送别前往蜀地做提刑的朋友。蜀道登天：谓通往蜀地的道路极为险峻难行。 ❸"还自叹"二句：谓作者叹息自己已值中年，况且多病，尤其不堪承受与朋友离别之苦。 ❹"东北"四句：以蜀中著名的历史人物相勉励，期待友人继承诸葛亮、司马相如的辉煌功绩，在文治武功上续写新篇章。东北看惊：指曹魏

有惊于西蜀北伐。此处借指友人令金人闻风丧胆。草:草书,形容下笔行文很快,才气充足。檄:檄文,指《谕巴蜀檄》。功名:指文治武功。如椽笔:如同架屋所用的椽子那么大的笔,指巨笔、大手笔。 ❺ "儿女泪"四句:离别时,不要流下感伤的泪水,让我来为你描绘入蜀路上的美景。 ❻ "要新诗"四句:请友人以诗歌描写一路所见的美好景色,庐山的雄姿丽景,赤壁矶上引人遐想的巨浪,襄阳路上的多情皓月。 ❼ "正梅花"二句:谓友人到达蜀中时,应正逢白雪万里、梅花绽放,希望他寄来报平安的书信,以慰思念。

蝶恋花

【原 文】

用赵文鼎提举送李正之提刑韵送郑元英①

莫向城头听漏点②,说与行人,默默情千万。总是离愁无近远,人间儿女空恩怨。 锦绣心胸冰雪面③,旧日诗名,曾道空梁燕④。倾盖未偿平日愿⑤,一杯早唱阳关劝。

【注 释】

❶这首词作于宋孝宗淳熙十一年(1184),时作者罢官闲居带湖家中。 ❷漏点:漏刻,指漏壶所报的时间。 ❸锦绣心胸:谓其富有诗才。冰雪面:言其"肌肤若冰雪",极其洁白。 ❹"旧日"二句:称赞郑元英之诗才。 ❺倾盖:盖,车盖。谓行车相遇,停车而语,车盖相傍,因此称初交相知、一见如故为倾盖。

蝶恋花

【原 文】

客有"燕语莺啼人乍远"之句,用为首句。①

燕语莺啼人乍远,却恨西园②,依旧莺和燕。笑语十分愁一半,翠围特地春光暖③。 只道书来无过雁,不道柔肠,近日无肠断。柄玉莫摇湘泪点④,怕君唤作秋风扇⑤。

注 释

❶这首词作年难考。 ❷燕语莺啼:谓离别是在春季。西园:西方之园也。 ❸翠围:翠色围绕。特地:特别,特意。 ❹湘泪:湘竹亦称湘妃竹。《博物志》:"尧之二女,舜之二妃,曰湘夫人。舜崩,二妃啼,以涕挥竹,竹尽斑。"相传二妃后为水神,故又称湘娥。 ❺秋风扇:团扇。

鹧鸪天

【原 文】

徐衡仲惠琴不受①

千丈阴崖百丈溪,孤桐枝上凤偏宜②。玉音落落虽难合,横理庚庚定自奇③。　　人散后,月明时,试弹《幽愤》泪空垂④。不如却付骚人手,留和《南风》解愠诗⑤。

注 释

❶此词约作于淳熙十一年(1184),时稼轩罢居上饶。惠琴:赠琴。 ❷"千丈"两句:孤桐傍崖临溪而生,最宜凤凰栖息。意谓此琴系桐木做成。按:古人以桐木制琴为贵。凤偏宜:传说凤凰非梧桐不栖。 ❸"玉音"两句:言琴的声音、纹理都很奇特。玉音:指琴音。落落:孤独貌。横理庚庚:琴身的木质呈现出横向的纹理。庚庚:横貌。 ❹"人散"三句:谓琴之于我,唯弹《幽愤》之曲。 ❺"不如"两句:不如将琴留给你自己,好与《南风》诗唱和。解愠:解除愤怒。

鹧鸪天

【原 文】

用前韵,和赵文鼎提举赋雪。①

莫上扁舟访剡溪②,浅斟低唱正相宜。从教犬吠千家白③,且与梅成一段奇。　　香暖处,酒醒时,画檐玉箸已偷垂④。笑君解释春风恨,倩拂蛮笺只费诗⑤。

注 释

❶这首词与前词同韵,当作于同一时间,即宋孝宗淳熙十一年(1184),时作者罢官闲居带湖家中。　❷"莫上"句:《世说新语·任诞篇》:"王子猷居山阴,夜大雪……忽忆戴安道,时戴在剡,即便夜乘小舟就之,经宿方至。造门,不前而返。人问其故,王曰:'吾本乘兴而行,兴尽而返,何必见戴?'"　❸犬吠千家白:谓南方少雪,故犬见之多惊异而吠。　❹玉箸:喻眼泪。这里比喻冰雪融化后从画檐上流下之水柱。　❺蛮笺:蜀笺,唐代产生于蜀地的一种彩色花纸。

水龙吟①

【原文】

次年南涧用前韵为仆寿。仆与公生日相去一日,再和以寿南涧。

玉皇殿阁微凉,看公重试薰风手②。高门画戟③,桐阴阁道④,青青如旧。兰佩空芳,蛾眉谁妒⑤,无言搔首。甚年年却有,呼韩塞上,人争问、公安否⑥。　金印明年如斗⑦。向中州、锦衣行昼⑧。依然盛事,貂蝉前后⑨,凤麟飞走⑩。富贵浮云⑪,我评轩冕⑫,不如杯酒。待从公,痛饮八千余岁,伴庄椿寿⑬。

【注释】

①本词作于宋孝宗淳熙十二年(1185),时作者罢居带湖。　②"玉皇"二句:谓韩元吉的文采受到皇帝赏识,政治上理应有所作为。薰风手:谓能致太平盛世之手。　③画戟:唐制,三品以上官员可私门立戟。　④桐阴:谓韩元吉为"桐阴世家"。　⑤蛾眉谁妒:屈原《离骚》:"众女嫉余之蛾眉兮。"　⑥"呼韩"二句:汉时匈奴有呼韩邪单于,此处借指金国。　⑦"金印"句:金印斗大,言功勋卓著。　⑧"向中州"句:谓韩元吉功成名就、衣锦还乡。　⑨貂蝉:貂蝉冠。王公大臣在朝廷举行重大政治活动时方才戴冠。　⑩凤麟:本谓祥瑞,后用以拟才俊之士。　⑪富贵浮云:《论语·述而》:"不义而富且贵,于我如浮云。"　⑫轩冕:官者所用之车与帽,代指功名富贵。　⑬庄:庄子。

菩萨蛮

【原 文】

乙巳冬南涧举似前作,因和之。①

锦书谁寄相思语,天边数遍飞鸿数②。一夜梦千回,梅花入梦来。 涨痕纷树发,霜落沙洲白。心事莫惊鸥,人间千万愁。

【注 释】

❶这首词作于宋孝宗淳熙十二年(1185),时作者罢官闲居带湖家中。 ❷飞鸿:指鸿雁。

虞美人

【原 文】

寿赵文鼎提举①

翠屏罗幕遮前后,舞袖翻长寿。紫髯冠佩御炉香,看取明年归奉、万年觞②。 今宵池上蟠桃席③,咫尺长安日④。宝烟飞焰万花浓,试看中间白鹤、驾仙风。

注 释

❶这首词同以下两首《虞美人》皆疑作于宋孝宗淳熙十二年（1185）或淳熙十三年（1186）。　❷归奉、万年觞：意谓祝颂友人为国立功。　❸池上蟠桃席：传说中西王母的瑶池蟠桃盛会。此处喻指友人寿宴。　❹"咫尺"句：言其离皇帝并不太远。长安：帝都之通称。日：日边，谓皇帝身边。

虞美人

【原文】

送赵达夫①

一杯莫落他人后，富贵功名寿。胸中书传有余香，看写兰亭小字、记流觞②。　问谁分我渔樵席，江海消闲日。看君天上拜恩浓，却怕画楼无处、著春风。

注 释

❶这首词作期同上。　❷"兰亭"句：晋代王羲之宴集会稽山阴之兰亭，作《兰亭集序》，记叙他和友人修禊的盛况和乐趣。流觞：把酒杯置于水中，杯随曲水流动，停在谁面前，谁即取饮。

虞美人①

【原文】

夜深困倚屏风后,试请毛延寿②。宝钗小立白翻香,旋唱新词犹误、笑持觞。　　四更山月寒侵席,歌舞催时日。问他何处最情浓?却道小梅摇落、不禁风。

注 释

❶这首词作期同上。词中所咏为一能歌善舞的女子,但不知是不是赵文鼎寿宴上的舞者。　❷毛延寿:汉代画工,善画人像。

水调歌头

【原文】

和信守郑舜举蔗庵韵①

万事到白发,日月几西东②。羊肠九折歧路,老我惯经从③。竹树前溪风月,鸡酒东家父老,一笑偶相逢④。此乐竟谁觉?天外有冥鸿⑤。　　味平生,公与我,定无同⑥。玉堂金马,自有佳处着诗翁⑦。"好锁云烟窗户,怕入丹青图画,飞去了无踪⑧。"此语更痴绝，真有虎头风⑨。

注 释

❶此词作于淳熙十二年（1185），时作者罢职闲居带湖。 ❷"万事"二句：日出月落，人间扰扰万事到白发时都可以放下。 ❸"羊肠"二句：言人间行路难，如在曲折盘旋的羊肠小道上行走，且面对许多岔路的选择，而自己现在已经习惯了。 ❹"竹树"三句：言自己偶然遇见前溪的清风明月，偶然以鸡酒相邀于父老乡亲，无心遇见，会心一笑。鸡酒东家父老：以陶渊明晚年隐居生活来排遣自己的心情。 ❺"此乐"二句：言此种快乐，与猎人不能捕获的飞鸿的快乐相近。冥鸿：高飞的鸿雁。 ❻"味平生"三句：言细细品味人生，您和我一定不会相同。 ❼"玉堂金马"二句：言友人更适合走由金马门到玉堂殿的富贵道路。 ❽"好锁"三句：要锁住窗户内的云烟图，不要让它们飞入自然、成仙得道，再也找不到踪迹。此借郑舜举语，表明其室内墙壁上的丹青高妙入神。 ❾"此语"二句：这种痴心童稚的话，真是很有顾虎头的风格啊！顾恺之，字长康，小字虎头。世谓顾有三绝：画绝、文绝、痴绝。

千年调

【原 文】

蔗庵小阁名卮言，作此词以嘲之。①

卮酒向人时，和气先倾倒②。最要然然可可，万事称好③。滑稽坐上，更对鸱夷笑④。寒与热，总随人，甘国老⑤。　　少年使酒，出口人嫌拗⑥。此个和合道理，近日方晓：学人言语，未会十分巧⑦。看他们，得人怜，秦吉了⑧。

注 释

❶此词约作于淳熙十二年（1185）。卮言：阁名。蔗庵建成后，郑汝谐又为其小阁取名为"卮言"。卮言：一为无心之言、支离之言，郑汝谐取其意以表示自谦；一为随人意而变、缺乏主见之言，辛弃疾取其意以嘲世。　❷"卮酒"二句：做人应该如"卮"这种酒器，满脸和气，一见权贵就倾倒。卮：古代的一种酒器，满即倾倒，空即仰身。　❸"最要"二句：最要紧的是须万事唯唯诺诺，连连称好。　❹"滑稽"二句：和滑稽、鸱夷在一起，花言取媚，巧语取容。滑稽：古代的一种斟酒器。鸱夷：古代的一种皮制酒袋。按：滑稽从鸱夷中获得酒，故对鸱夷笑媚取容。酒卮从滑稽中得酒，故对滑稽笑媚取容。三种酒器在一起，性情相投，故气氛圆满。　❺"寒与热"三句：言具有酒卮、滑稽、鸱夷特点的人，就像中药里的甘草一样，无论寒症热症，都能调和迎合。甘国老：甘草，它性味甘平，能调和百药、治疗百病，所以享有"国老"之美称。　❻"少年"二句：言自己少年时说话不顺世俗，惹人生厌。使酒：喝酒任性。拗：别扭、不顺，指不合世俗庸常之情。　❼"此个"四句：言此种折中调和的处世之道，自己刚刚懂得，可是他们那一套应酬的语言技巧，还未学到家。　❽"看他们"三句：言他们正像秦吉了一样，很会学舌讨巧，所以博得人们的喜爱。秦吉了：鸟名，一名鹩哥，黑身黄眉，比鹦鹉还要善学人言。

南歌子

【原 文】

独坐蔗庵①

玄入《参同契》，禅依不二门②。细看斜日隙中尘，始觉人间，何处不纷纷③。　　病笑春先到，闲知懒是真④。百般啼鸟苦撩人，除却提壶，此外不堪闻⑤。

注 释

❶此词约作于淳熙十二年（1185），郑汝谐离开信州之前。　❷"玄入"二句：精心参悟佛、道两家哲理。《参同契》：道教丹经。　❸"细看"三句：谓人间万事都是光中的幻影。　❹"病笑"二句：病中最先知暖春的到来，闲中方识得疏懒的真趣。　❺"百般"三句：任众鸟啼声百般喧闹，我只喜欢听见"提壶"的声音。提壶：鸟名，生于山林间，因其啼声如"提壶"而得名。

杏花天

【原文】

无题①

病来自是于春懒,但别院、笙歌一片。蛛丝网遍玻璃盏,更问舞裙歌扇。　　有多少、莺愁蝶怨,甚梦里、春归不管。杨花也笑人情浅,故故沾衣扑面②。

注释

❶这首词疑作于宋孝宗淳熙十三年(1186),作者罢官闲居带湖期间。　❷故故:可作"频频"讲,也可作"故意"或"特意"讲。

念奴娇

【原文】

和韩南涧载酒见过雪楼观雪①

兔园旧赏②,怅遗踪、飞鸟千山都绝③。缟带银杯江上路④,惟有南枝香别⑤。万事新奇,青山一夜,对我头先白。倚岩千树,玉龙飞上琼阙⁶。　　莫惜雾鬓云鬟，试教骑鹤⁷，去约尊前月。自与诗翁磨冻砚，看扫《幽兰》新阕⁸。便拟明年，人间挥汗，留取层冰洁。此君何事，晚来曾为腰折。

注 释

❶此词当作于宋孝宗淳熙十三年（1186）冬。　❷兔园：梁孝王所筑园囿名，为梁孝王招待宾客与游乐的场所。　❸"怅遗踪"句：出自柳宗元《江雪》诗："千山鸟飞绝，万径人踪灭。孤舟蓑笠翁，独钓寒江雪。"　❹缟带银杯：用韩愈诗咏雪。韩愈《咏雪赠张籍》诗："随车翻缟带，逐马散银杯。"　❺南枝：南向之梅枝。　❻玉龙：喻飞雪。　❼骑鹤：跨鹤。意为骑鹤上升仙界。　❽《幽兰》：古琴曲名。

临江仙①

【原 文】

小靥人怜都恶瘦②，曲眉天与长颦。沉思欢事惜腰身。枕添离别泪，粉落却深匀。　　翠袖盈盈浑力薄，玉笙袅袅愁新③。夕阳依旧倚窗尘。叶红苔郁碧，深院断无人。

注 释

❶这首词连同以下两首《临江仙》作年均难确考。　❷小靥：脸上的小酒窝。　❸袅袅：细微柔弱。

临江仙

【原文】

逗晓莺啼声昵昵，掩关高树冥冥①。小渠春浪细无声。井床听夜雨②，出藓辘轳青。　　碧草旋荒金谷路③，乌丝重记兰亭④。强扶残醉绕云屏。一枝风露湿，花重入疏棂⑤。

【注释】

❶掩关：闭门。　❷井床：井口的围栏，其形或四角、或八角。　❸金谷：金谷园。这里借指所游之园。　❹乌丝：乌丝栏，即有墨线格条的卷册。兰亭：这里指王羲之同友人兰亭宴集的盛况。　❺"一枝"二句：化用杜甫《春夜喜雨》："晓看红湿处，花重锦官城。"

临江仙

【原文】

春色饶君白发了①，不妨倚绿偎红。翠鬟催唤出房栊。垂肩金缕窄，蘸甲宝杯浓②。　　睡起鸳鸯飞燕子，门前沙暖泥融③。画楼人把玉西东④。舞低花外月，唱彻柳边风。

注释

❶饶：犹"添"也，不足而求增益也。 ❷蘸甲：酒斟满，捧觞必蘸指甲，故谓蘸甲。 ❸"睡起"二句：化用杜甫《绝句》："泥融飞燕子，沙暖睡鸳鸯。" ❹玉西东：指酒杯。

临江仙①

【原文】

金谷无烟宫树绿，嫩寒生怕春风②。博山微透暖薰栊。小楼春色里，幽梦雨声中③。　别浦鲤鱼何日到？锦书封恨重重④。海棠花下去年逢。也应随分瘦，忍泪觅残红⑤。

注释

❶此词约作于淳熙十三年（1186）春，时作者罢职闲居带湖。 ❷"金谷"二句：描绘楼外寒食时分的景象，春风带来轻寒恻恻，树荫渐浓，不举烟火，家园一片岑寂。金谷：金谷园，此处用来指作者自己的带湖隐居所。无烟：时值寒食，不举烟火，故曰无烟。 ❸"博山"三句：描写佳人梦中情景。室内，博山炉中的香气透过罩在其上的薰栊袅袅散出；室外，细雨如梦般滋润着小楼春色，而佳人正做着伤离怨别的相思幽梦。博山：指博山炉，香炉的一种。薰栊：熏干或熏香衣服的笼子。 ❹"别浦"二句：言彼此相隔极远，彼此给予对方的相思书信，不知何时才能到达对方的手中，书信里封存着无限离愁别恨。别浦：偏远的水面。鲤鱼：代指书信，尤其代指客居在外者给予自己的书信。锦书：代指书信，尤其指妻寄夫的书信。 ❺"海棠花下"三句：言去年彼此

在海棠花下相见，春光怡人；今隔许久，想来彼之思我亦如我之思彼，故今彼应如我之消瘦，亦如我一般忍泪看残花，却无法留住好时光。

丑奴儿

【原 文】

醉中有歌此诗以劝酒者，聊隐括之。①

晚来云淡秋光薄，落日晴天。落日晴天。堂上风斜画烛烟。
从渠去买人间恨②，字字都圆。字字都圆。肠断西风十四弦③。

注 释

❶这首词作年同上。隐括：把一种文体的内容改写成另一种文体，这里指把诗改写成词。　❷从渠：由他、任凭他。　❸十四弦：古乐器名，因有十四根弦而得名。

丑奴儿①

【原 文】

寻常中酒扶头后②，歌舞支持。歌舞支持。谁把新词唤住伊。
临岐也有旁人笑③，笑已争知④。笑已争知。明月楼空燕子飞。

注释

❶这首词作期同上。 ❷中酒：醉酒。扶头：醉酒状。 ❸临岐：行至歧路。指分别。 ❹争知：怎知。

一剪梅

【原文】

中秋无月①

忆对中秋丹桂丛，花在杯中，月在杯中②。今宵楼上一尊同，云湿纱窗，雨湿纱窗③。　浑欲乘风问化工，路也难通，信也难通④。满堂唯有烛花红，杯且从容，歌且从容⑤。

注释

❶此词约作于淳熙十三年（1186）秋，时作者罢职闲居带湖。 ❷"忆对"三句：回忆昔日对花赏月，花光月影，圆满至极。 ❸"今宵"三句：这个中秋夜，虽有酒樽似往日，却无明月似旧时，唯有云雨交加，打湿窗户。 ❹"浑欲"三句：很想乘风登天一问造化，为何将自己置于如此孤独无欢之境地，奈何天路不通，投书无门。浑欲：直欲。化工：自然的创造力。 ❺"满堂"三句：谓虽然不见天上明月，好在还有满室烛光，有酒可饮，有歌可听，姑且享受这一刻。

一剪梅

【原文】

记得同烧此夜香，人在回廊，月在回廊。而今独自睚昏黄①，行也思量，坐也思量。　　锦字都来三两行②，千断人肠，万断人肠。雁儿何处是仙乡，来也恓惶③，去也恓惶。

注释

①此词作年同上。睚，同"捱"，熬，忍受。昏黄：谓暮色。　②锦字：代指书信。都来：总共。　③恓惶：烦恼不安。

江神子

【原文】

和人韵①

梅梅柳柳斗纤秾，乱山中，为谁容②。试着春衫、依旧怯东风。何处踏青人未去，呼女伴，认骄骢③。　　儿家门户几重重，记相逢，画楼东。明日重来、风雨暗残红。可惜行云春不管，裙带褪，鬓云松。

注释

❶这首词确切作年难考。作年应不晚于淳熙十四年(1187)。 ❷为谁容:为谁梳妆打扮。 ❸骄骢:骏马。骢,青白杂毛的马,也泛指马。

江神子

【原文】

和人韵①

剩云残日弄阴晴,晚山明,小溪横。枝上绵蛮②,休作断肠声。但是青山山下路,春到处,总堪行。　　当年彩笔赋芜城③,忆平生,若为情。试取灵槎,归路问君平④。花底夜深寒色重,须拚却,玉山倾⑤。

注释

❶这首词作年同上。 ❷绵蛮:鸟鸣声。这里代指鸟。 ❸彩笔:五色笔。赋芜城:南朝宋鲍照有《芜城赋》,这里借指作者早年所写文学作品。 ❹灵槎:神异的木筏。君平:严遵,字君平,蜀人也。隐居不仕。常卖卜成都市,日得百钱以自给。 ❺拚(pàn)却:甘愿。玉山倾:喻酒醉人倒。

江神子

【原 文】

和人韵①

梨花著雨晚来晴,月胧明,泪纵横。绣阁香浓,深锁凤箫声②。未必人知春意思,还独自,绕花行。　酒兵昨夜压愁城③,太狂生,转关情。写尽胸中,块垒未全平④。却与平章珠玉价⑤,看醉里,锦囊倾。

注 释

❶这首词作期同上。　❷凤箫声:秦穆公时有萧史者善吹箫,作鸾凤之音,穆公以女弄玉妻之。萧史日教弄玉作凤鸣,居数年,凤凰来止。又数年,夫妇皆随凤凰飞去。　❸"酒兵"句:谓以酒浇愁。　❹胸中块垒:指郁结胸中的牢骚不平之气。　❺平章:品评。

江神子

【原 文】

博山道中书王氏壁①

一川松竹任横斜,有人家,被云遮。雪后疏梅,时见两三花。比着桃源溪上路,风景好,不争些②。　旗亭有酒径须赊,晚寒些,怎禁他③。醉里匆匆,归骑自随车④。白发苍颜吾老矣,只此地,是生涯。

【注 释】

❶这首词当作于淳熙十四年(1187)前后。 ❷"比着桃源"三句:博山景色之美不亚于桃源溪路。 ❸"旗亭"三句:谓赊酒以御晚寒。旗亭:此指酒楼。 ❹"归骑"句:韩愈《嘲少年》诗:"只知闲信马,不觉误随车。"

丑奴儿

【原文】

书博山道中壁①

烟迷露麦荒池柳，洗雨烘晴②。洗雨烘晴，一样春风几样青。
提壶脱袴催归去③，万恨千情。万恨千情，各自无聊各自鸣。

注释

❶此词作期同上。 ❷烘晴：天气晴若火烧，极言天气之晴朗温暖。 ❸提壶：鸟名。脱袴：亦鸟名，以啼声似"脱袴"而得名。

丑奴儿

【原文】

书博山道中壁①

少年不识愁滋味，爱上层楼。爱上层楼，为赋新词强说愁②。
而今识尽愁滋味，欲说还休。欲说还休，却道天凉好个秋③。

注释

❶此词约作于淳熙十四年（1187）秋，时作者罢职闲居带湖。　❷强说愁：不识愁而勉强说愁。　❸"却道"句：却只说得一句"好一个凉爽的秋天啊"。

丑奴儿①

【原文】

此生自断天休问，独倚危楼②。独倚危楼，不信人间别有愁③。君来正是眠时节，君且归休④。君且归休，说与西风一任秋⑤。

注释

❶本词约作于淳熙十四年（1187）秋，时作者罢职闲居带湖。　❷"此生"二句：言独倚高楼，所想的是要自己决定自己的一生，不需要也不允许老天插手过问。　❸"不信"句：谓如果我不自愁，不相信别人可以将愁强加于我。　❹"君来"二句：您来的时候，正逢我欲酣眠，您请回去吧。君：此处泛指可以改变他隐沦命运的人或者力量。眠时节：醉眠的时候。归休：归去吧。休：语助词。　❺"说与"句：告诉西风，尽管去造一个秋天出来。

丑奴儿近

【原文】

博山道中效李易安体①

千峰云起,骤雨一霎儿价②。更远树斜阳,风景怎生图画③。青旗卖酒④,山那畔别有人家。只消山水光中,无事过这一夏⑤。

午醉醒时,松窗竹户,万千潇洒⑥。野鸟飞来,又是一般闲暇⑦。却怪白鸥,觑着人欲下未下⑧。旧盟都在,新来莫是,别有说话⑨?

注 释

❶此词约作于淳熙十四年(1187)夏,时作者罢职闲居带湖。博山道中:在通往博山寺的道路上。李易安体:李易安,即李清照,号易安居士,山东济南人,其词清新婉丽,人称"易安体"。稼轩此词,以浅俗语、寻常语度入音律而有清新之思,故称"效李易安体"。 ❷"千峰"二句:所有的山峰都被云层包围,忽然间下了一阵暴雨。一霎儿:一会儿。 ❸怎生图画:意谓无法画出,极言风景之美。 ❹青旗:古代酒店多用青色布帘作为标记,称青旗,亦称青帘。 ❺"只消"二句:只需要这种山光水色,愿意在其中无忧无虑地度过这个夏天。消:需要。 ❻"午醉"三句:午醉醒来后,对着门前窗下的掩映松竹,感觉十分潇洒。 ❼"野鸟"二句:野鸟飞来,又别有一种闲暇之感。 ❽"却怪"二句:为什么白色的沙鸥偷眼看我,想落下来又不敢呢? ❾"旧盟都在"三句:我和它们的旧时盟约还在,难道它们近来又有什么想法了吗?

清平乐

【原 文】

博山道中即事①

柳边飞鞚,露湿征衣重②。宿鹭窥沙孤影动,应有鱼虾入梦③。一川明月疏星,浣纱人影娉婷④。笑背行人归去⑤,门前稚子啼声⑥。

【注 释】

❶此词约作于淳熙十四年(1187)夏,时作者罢职闲居带湖。即事:即景生情。 ❷"柳边"二句:在柳堤上策马飞驰而过时,露水打湿了我出行的衣服。鞚:马笼头,代指马。征衣:出行的衣服。 ❸"宿鹭"二句:看一眼沙洲上睡着的白鹭,发觉它的身影在摇动,应该是在梦中捕捉鱼虾吧。 ❹"一川"二句:长河里投映着星月的光辉,洗衣女子的背影优美。娉婷:形容女子姿态美好。 ❺"笑背"句:形容浣纱女子的羞涩淳朴之态。 ❻"门前"句:幼儿在门前啼哭了。表明浣纱育子是乡村少妇的日常生活。

清平乐

【原 文】

独宿博山王氏庵①

绕床饥鼠,蝙蝠翻灯舞②。屋上松风吹急雨,破纸窗间自语③。平生塞北江南,归来华发苍颜④。布被秋宵梦觉,眼前万里江山⑤。

注 释

❶此词约作于淳熙十四年(1187)秋,时作者罢职闲居带湖。 ❷"绕床"二句:形容小庵荒芜,连老鼠和蝙蝠都不畏惧人而大胆扰人。翻灯舞:绕着灯火飞来飞去。 ❸"屋上"二句:形容小庵破旧,糊窗的破纸沙沙作响,似乎在自言自语。 ❹"平生"二句:总结平生,曾驰骋于塞北江南,归隐以来,渐觉头发花白、容颜苍老。归来:指罢官归隐。 ❺"布被"二句:秋夜梦醒于小庵之中,眼前依稀是魂牵梦萦的万里江山。

鹧鸪天

【原 文】

博山寺作①

不向长安路上行,却教山寺厌逢迎②。味无味处求吾乐,材不材间过此生③。　宁作我,岂其卿,人间走遍却归耕④。一松一竹真朋友,山鸟山花好弟兄⑤。

注 释

❶此词约作于淳熙十四年(1187),时作者罢职闲居带湖。　❷长安路:指京城之路,代指求取功名之路。厌逢迎:山寺倦于接待,极言自己去寺次数之多。　❸"味无味"二句:在有味与无味之间探求自己的心灵所乐,在成材和不成材之间度过自己的一生。　❹"宁作我"三句:宁愿独立不迁、坚持自我,不愿屈志奉承别人以求取虚名,遍历人生百味,还是归耕为好。　❺"一松"二句:松竹和花鸟才是我真正的好朋友、好弟兄。

点绛唇

【原文】

留博山寺,闻光风主人微恙而归,时春涨桥断。①

隐隐轻雷,雨声不受春回护②。落梅如许,吹尽墙边去。
春水无情,碍断溪南路。凭谁诉,寄声传语,没个人知处。

【注释】

❶这首词作年同上。光风主人:未详。 ❷回护:谓庇护。

点绛唇①

【原文】

身后虚名,古来不换生前醉。青鞋自喜,不踏长安市②。
竹外僧归,路指霜钟寺③。孤鸿起,丹青手里,剪破松江水④。

【注释】

❶这首词作年同上。 ❷长安:国都的泛称。这里指南宋首都临安。 ❸霜

钟寺：张继《枫桥夜泊》："月落乌啼霜满天，江枫渔火对愁眠。姑苏城外寒山寺，夜半钟声到客船。"此处用之。　❹"丹青"二句：此处喻孤鸿起飞，打破了江天的平静。

念奴娇

【原文】

　　赋雨岩，效朱希真体。①

　　近来何处，有吾愁、何处还知吾乐②。一点凄凉千古意，独倚西风寥廓③。并竹寻泉，和云种树，唤做真闲客④。此心闲处，未应长藉丘壑⑤。　　休说往事皆非，而今云是，且把清尊酌⑥。醉里不知谁是我，非月非云非鹤⑦。露冷松梢，风高桂子，醉了还醒却⑧。北窗高卧，莫教啼鸟惊着⑨。

【注释】

　❶此词作期同上。朱希真：朱敦儒，字希真，洛阳人，南北宋之交著名词人，有《樵歌》三卷。他南渡后部分词作有家国之感，沉咽凄凉，但更多的则是狂放林泉，表现出一种乐天知命式的冲淡清远。　❷"近来"两句：谓近来已到了愁乐两忘的境界。　❸"一点"两句：独立西风，放眼天宇，唯余一点凄凉情味。　❹"并竹"三句：过着竹里寻泉、云中植树的生活，堪称真正的闲人。　❺"此心"两句：心境的闲适，并非完全依靠山水的陶冶。　❻"休说"三句：休论今是昨非，唯举杯一醉而已。　❼"醉里"两句：醉中忘却自我，月乎？云乎？鹤乎？一切似是而非。　❽"露冷"三句：深夜酒醒，依然

一片寂静,唯见露滴松梢,唯闻风摇桂叶。　❾"北窗"两句:醒了再睡,莫让晨鸟惊梦。

水龙吟

【原 文】

题雨岩。岩类今所画观音补陀。岩中有泉飞出,如风雨声。①

补陀大士虚空,翠岩谁记飞来处②?蜂房万点,似穿如碍,玲珑窗户③。石髓千年,已垂未落,嶙峋冰柱④。有怒涛声远,落花香在,人疑是、桃源路⑤。　　又说春雷鼻息,是卧龙、弯环如许⑥。不然应是:洞庭张乐,湘灵来去⑦。我意长松,倒生阴壑,细吟风雨⑧。竟茫茫未晓,只应白发,是开山祖⑨。

【注 释】

❶此词作期同上。　❷"补陀"两句:雨岩的状态如观音凌空,有谁知道它从何处飞来?虚空:凌空。　❸"蜂房"三句:雨岩如万点蜂窝,其间似相通又似各不关联,宛若一扇扇玲珑小窗。　❹"石髓"三句:千年石乳倒悬其间,犹如条条奇兀峻峭的冰柱。石髓:石钟乳。　❺"有怒涛"三句:山泉喷涌,落花飘香,人疑进入桃源仙境。怒涛声远:飞泉声似怒涛,渐渐远去。桃源路:通向桃花源的路。　❻"又说"两句:或谓春雷般的泉声源于泉底卧龙的鼻息。　❼"不然"三句:或谓泉声犹如洞庭仙乐、湘神鼓瑟。　❽"我意"三句:我谓泉声如风雨中的山涧松涛,细吟微啸。　❾"竟茫茫"三句:大自然之所以美的奥秘茫茫难晓,我是身临其境的第一人。

山鬼谣

【原 文】

　　雨岩有石，状怪甚，取《离骚·九歌》，名曰山鬼，因赋《摸鱼儿》，改今名。①

　　问何年、此山来此？西风落日无语。看君似是羲皇上，直作太初名汝②。溪上路，算只有、红尘不到今犹古③。一杯谁举？笑我醉呼君，崔嵬未起，山鸟覆杯去④。　　须记取：昨夜龙湫风雨，门前石浪掀舞⑤。四更山鬼吹灯啸，惊倒世间儿女⑥。依约处，还问我，清游杖屦公良苦⑦。神交心许。待万里携君，鞭笞鸾凤，诵我远游赋⑧。

【注 释】

　　❶此词约作于淳熙十四年（1187）至淳熙十五年（1188）间，时作者罢职闲居带湖。　❷"问何年"四句：追问这怪石何年飞到这山上来，西风中，这怪石默然不应。看上去，这石头好像是羲皇以上人，索性就给它命名为"太初"吧。　❸"溪上路"二句：言溪边有小路通往怪石，怪石不受红尘侵扰，所以自有之以来，风貌古朴，一切未变。　❹"一杯"四句：自笑醉中举杯邀怪石同酌，怪石尚未动身，山鸟却飞来，踏翻酒杯而去。君：指怪石。崔嵬：高大耸立貌，指怪石。覆杯：打翻酒杯。　❺"须记取"三句：言人们应记得昨夜龙潭边风雨大作，庵堂外如浪的巨石如浪花般乘势翻腾起舞。龙湫：龙潭，指深潭。雨岩的龙潭由瀑布冲击汇流而成。　❻"四更"二句：山鬼深夜呼啸而

至,吹灯灭火,使世间无识者心惊胆战。山鬼吹灯啸:此处山鬼不指怪石,而是指可以吹灯灭火的呼啸狂风。 ❼"依约处"三句:依稀恍惚间听到怪石问我:您拄着手杖、穿着登山麻鞋独自出游是不是很辛苦? ❽"神交"四句:忽然间和怪石成了精神投契的好友。准备携怪石、乘鸾凤、朗吟着远游之词,一起避弃人世,作万里高天之游。神交心许:精神相通,心意互许。

生查子

【原 文】

独游雨岩①

溪边照影行,天在清溪底。天上有行云,人在行云里②。
高歌谁和余?空谷清音起③。非鬼亦非仙,一曲桃花水④。

【注 释】

❶此词作期同上。 ❷"天上"两句:云影在水中游动,人影倒映水中,似在白云里行走。 ❸和:唱和。清音:指空谷中的流水声。 ❹桃花水:水边盛开桃花,故名。

蝶恋花

【原 文】

月下醉书雨岩石浪①

九畹芳菲兰佩好,空谷无人,自怨蛾眉巧②。宝瑟泠泠千古调,朱丝弦断知音少③。 冉冉年华吾自老,水满汀洲,何处寻芳草④?唤起湘累歌未了,石龙舞罢东风晓⑤。

注 释

❶此词约作于淳熙十四年(1187)至淳熙十五年(1188)间,时作者罢职闲居带湖。 ❷"九畹"三句:美人(即稼轩)以芳兰为佩虽然美好,但无人赏识,只有寂寞空谷,自怨美貌。九畹:数量词,古人以十二亩为一畹,九畹泛指地亩广大。 ❸"宝瑟"二句:美人演奏珍贵的古瑟,瑟音如流水般清越,可恨缺少知音,即使将丝弦弹奏到断线,也没有人来倾听欣赏。 ❹"冉冉"三句:我的年华渐渐老去,远望一片苍茫白水覆盖了平地,去哪里寻找希望的芳草呢? ❺"唤起"二句:深夜里,唤起和我一样忠君爱民却含冤而死的屈原和我一起浩歌吧,让石浪为我们伴舞。一曲歌还未唱罢,松涛声已为之起,而天色已经拂晓。

蝶恋花

【原文】

用前韵,送人行。①

意态憨生元自好,学画鸦儿,旧日偏他巧②。蜂蝶不禁花引调③,西园人去春风少。　　春已无情秋又老,谁管闲愁,千里青青草。今夜倩簪黄菊了,断肠明日霜天晓。

注释

❶这首词作期同上。　❷"意态"三句:生,语助词,无义。鸦儿,谓鸦黄,女子涂额所用的黄色化妆粉。　❸引调:引动,招惹。

定风波

【原文】

用药名招婺源马荀仲游雨岩。马善医。①

山路风来草木香,雨余凉意到胡床②。泉石膏肓吾已甚③,多病,提防风月费篇章④。　　孤负寻常山简醉⑤,独自,故应知子草玄忙⑥。湖海早知身汗漫⑦，谁伴，只甘松竹共凄凉⑧。

注释

❶这首词作年同上。用药名：谓词中嵌入许多中药名称。 ❷"山路"二句：木香、雨余凉（禹余粮）为药名。胡床：一种可以折叠的轻便坐具，也叫交椅。 ❸"泉石"句：指酷爱山林生活，如病入膏肓，不可救药。 ❹提防风月：其中含中药"防风"二字。 ❺孤负：辜负。 ❻"故应知"句：谓马氏写作医书。 ❼湖海早知：内含"海早（藻）"二字。汗漫：此指散漫无定貌。 ❽只甘松竹：嵌入中药名"甘松"二字。

定风波

【原文】

再和前韵，药名。①

仄月高寒水石乡，倚空青碧对禅房②。白发自怜心似铁，风月，使君子细与平章③。　　平昔生涯筇竹杖，来往，却惭沙鸟笑人忙④。便好剩留黄娟句，谁赋，银钩小草晚天凉⑤。

注释

❶此词作年同上。 ❷"仄月"两句：高山流水，月照禅房。仄月：谓月光斜照。按：寒水石、空青为药名。 ❸"白发"三句：老来情意渐薄，风月之事留待阁下品评吟咏。君：指友人马荀仲。按：怜（莲）心、使君子为药名。

④ "平昔"三句：整日游赏山水，沙鸟亦笑我无事奔忙。筇：竹名，可为手杖。按：筇（邛）竹、蔪（蚕）沙为药名。 ⑤ "便好"三句：晚天凉爽，请友人吟赋诗词，并以高妙的小草书法挥写之。银钩：状书法笔势之遒劲。按：留（硫）黄、小草（即远志苗）为药名。

满江红

【原 文】

游南岩和范廓之韵①

笑拍洪崖，问千丈、翠岩谁削？依旧是、西风白鸟，北村南郭②。似整复斜僧屋乱，欲吞还吐林烟薄③。觉人间、万事到秋来，都摇落④。　呼斗酒，同君酌；更小隐，寻幽约⑤。且丁宁休负，北山猿鹤⑥。有鹿从渠求鹿梦，非鱼定未知鱼乐⑦。正仰看、飞鸟却应人，回头错⑧。

注 释

❶此词当作于淳熙九年（1182）至淳熙十三年（1186）间。范廓之：指稼轩门人范开。　❷"笑拍"四句：笑拍着仙人洪崖的肩膀，问他这巍峨的南岩是谁削成？像别处的风景一样，南岩也是处身在苍莽村郭之间，有西风、白鸟相伴。　❸"似整"二句：为近观南岩所见，寺庙错落，林树含烟。　❹"觉人间"二句：由南岩所见，感受到人间万事都逃脱不了逢秋衰败与死亡的命运。　❺"呼斗酒"四句：今日要一斗酒来和你对酌，来日要和你一起隐居山林，同寻林泉之美。呼酒：唤酒，索要酒。斗酒：以斗所装的酒，形容量多。　❻"且

丁宁"二句：叮嘱廓之勿久恋仕途，须不辜负归隐之约。 ⑦"有鹿"二句：那些有蕉叶覆鹿之梦的人，就让他们去追求他们的梦鹿去吧，而我如同游鱼一般自在游处的快乐，不是自在隐居的人，也一定不能体会。 ⑧"正仰看"二句：言将心力集中于自然花鸟，对于人事则漫不用心。

满江红

【原 文】

和廓之雪①

天上飞琼②，毕竟向、人间情薄。还又跨、玉龙归去③，万花摇落。云破林梢添远岫④，月临屋角分层阁。记少年、骏马走韩卢，掀东郭⑤。　吟冻雁，嘲饥鹊。人已老，欢犹昨。对琼瑶满地，与君酬酢⑥。最爱霏霏迷远近⑦，却收扰扰还寥廓⑧。待羔儿、酒罢又烹茶⑨，扬州鹤。

【注 释】

①这首词作期同上。廓之：范开字廓之，稼轩门生。 ②飞琼：这里指飞雪。 ③玉龙：喻指飞雪。 ④远岫：远山。 ⑤韩卢、东郭：疾犬与狡兔。此处追忆少年时雪地游猎的情景。 ⑥"对琼瑶"二句：写宾主对雪饮酒。酬酢：宾主相互敬酒，泛指应酬。 ⑦霏霏：雪花纷飞貌。 ⑧寥廓：旷远、广阔。 ⑨羔儿：羊羔酒。

念奴娇

【原文】

赋白牡丹，和范廓之韵。①

对花何似，似吴宫初教，翠围红阵②。欲笑还愁羞不语，惟有倾城娇韵。翠盖风流，牙签名字③，旧赏那堪省。天香染露，晓来衣润谁整。　　最爱弄玉团酥④，就中一朵，曾入扬州咏。华屋金盘人未醒，燕子飞来春尽。最忆当年，沉香亭北，无限春风恨⑤。醉中休问，夜深花睡香冷。

注释

❶这首词约作于宋孝宗淳熙九年（1182）至十三年（1186）之间。　❷"似吴宫"二句：《史记·孙子列传》载，孙武以兵法见于吴王，吴王让他以妇人试之，宫中妇人左右、前后跪起皆中规矩绳墨，无敢出声。　❸牙签：藏书的标签。这里指用以标明牡丹品种的标签。　❹弄玉团酥：均为白牡丹之品种。　❺"沉香亭"二句：据《松窗杂录》记载，开元中，宫中开始重视牡丹，得红、紫、浅红、通白者四种，移植于兴庆池东沉香亭前。会花盛开，唐明皇召太真妃月夜赏牡丹，令李白进《清平调》词三章，其第三章云："名花倾国两相欢，长得君王带笑看。解释春风无限恨，沉香亭北倚栏杆。"

乌夜啼

【原 文】

山行，约范廓之不至。①

江头醉倒山公，月明中。记得昨宵归路、笑儿童。　溪欲转，山已断，两三松。一段可怜风月②、欠诗翁。

注 释

❶这首词作期同上。　❷可怜：可爱。

乌夜啼

【原 文】

廓之见和，复用前韵。①

人言我不如公，酒频中②。更把平生湖海、问儿童。　千尺蔓，云叶乱，系长松。却笑一身缠绕、似衰翁。

注 释

❶本词作期同上。　❷酒频中：指不断醉酒。中酒：醉酒。

定风波

【原 文】

大醉自诸葛溪亭归，窗间有题字令戒饮者，醉中戏作。❶

昨夜山公倒载归，儿童应笑醉如泥❷。试与扶头浑未醒❸，休问，梦魂犹在葛家溪。　欲觅醉乡今古路❹，知处，温柔东畔白云西❺。起向绿窗高处看，题遍，刘伶元自有贤妻❻。

注 释

❶此词作期同上。　❷"昨夜"二句：用晋人山简醉酒事。　❸扶头：一为沉醉，一为易醉之酒，这里可能指后者，即扶头酒。　❹醉乡：王绩有《醉乡记》。　❺温柔、白云：指温柔乡与白云乡。　❻"刘伶"句：《世说新语·任诞篇》："刘伶病酒，渴甚，从妇求酒。妇捐酒毁器，涕泣谏曰：'君饮太过，非摄生之道，必宜断之。'伶曰：'甚善。我不能自禁，唯当祝鬼神，自誓断之耳，便可具酒肉。'妇曰：'敬闻命。'供酒肉于神前，请伶祝誓。伶跪而祝曰：'天生刘伶，以酒为名，一饮一斛，五斗解酲，妇人之言，慎不可听。'便饮酒进肉，隗然已醉矣。"

鹧鸪天

【原文】

送廓之秋试①

白苎新袍入嫩凉②,春蚕食叶响回廊③。禹门已准桃花浪④,月殿先收桂子香⑤。 鹏北海⑥,凤朝阳⑦,又携书剑路茫茫。明年此日青云上⑧,却笑人间举子忙。

【注释】

❶这首词作于宋孝宗淳熙十三年(1186),时作者罢官闲居带湖家中。 ❷白苎新袍:宋代举子都穿苎麻袍。 ❸"春蚕"句:形容科场下笔答卷之声。 ❹"禹门"句:以鲤鱼跳过龙门化为龙,祝颂廓之秋试高中。 ❺"月殿"句:以月殿折桂喻科举及第。收桂子香,隐含蟾宫折桂之意。 ❻鹏北海:《庄子·逍遥游》载大鹏由北海徙往南海,"水击三千里,抟扶摇而上者九万里"。后以鹏程万里喻人前程远大。 ❼凤朝阳:以鸣凤朝阳比喻贤才遇时而起。 ❽青云上:喻仕途得意,位居高显。

鹧鸪天

【原 文】

鹅湖寺道中①

一榻清风殿影凉，涓涓流水响回廊②。千章云木钩辀叫③，十里溪风稏䄻香。　　冲急雨，趁斜阳，山园细路转微茫。倦途却被行人笑，只为林泉有底忙④？

【注 释】

❶此词约作于淳熙十三年（1186），时稼轩罢居带湖。　❷"一榻"两句：清风徐来，一榻清凉；人卧回廊，听水流响。　❸千章：千株大木。钩辀：鹧鸪鸣声。　❹有底：犹"有如许"或"有甚"也。

鹧鸪天

【原 文】

游鹅湖，醉书酒家壁。①

春入平原荠菜花②，新耕雨后落群鸦。多情白发春无奈，晚日青帘酒易赊③。　　闲意态，细生涯④，牛栏西畔有桑麻。青裙缟袂谁家女，去趁蚕生看外家⑤。

注释

①此词作年同上。　②荠菜：一种野菜，开小白花，茎嫩，叶可食。　③"多情"两句：春色虽浓，无奈白发扰人，且去酒店消愁。　④细生涯：平凡的农家生活。　⑤"青裙"两句：谁家少妇趁闲回娘家探亲。青裙缟袂：黑裙白衣。趁蚕生：趁新蚕出生之前的空隙。

鹧鸪天

【原文】

鹅湖归，病起作。①

翠木千寻上薜萝②，东湖经雨又增波③。只因买得青山好，却恨归来白发多。　　明画烛，洗金荷④，主人起舞客齐歌。醉中只恨欢娱少，明日醒时奈病何。

注释

①这首词作期同上，时作者罢官闲居带湖家中。　②千寻：古代八尺为一寻，千寻极言其高。薜萝，蔓生植物。　③东湖：这里似指鹅湖。一说指带湖。　④金荷：荷叶形的金属酒盏。

鹧鸪天

【原文】

鹅湖归，病起作。①

枕簟溪堂冷欲秋，断云依水晚来收②。红莲相倚浑如醉，白鸟无言定自愁③。　　书咄咄，且休休，一丘一壑也风流④。不知筋力衰多少，但觉新来懒上楼⑤。

【注释】

❶此词约作于淳熙十三年（1186），时作者罢职闲居带湖。　❷"枕簟"二句：晚来浮云消散，词人卧在临溪的小堂中，微感秋意。簟：竹席子。断云依水：投影于溪水的孤云、片云。收：消失。　❸"红莲"二句：红莲粲然开放，亭亭连缀，如同酒醉后以酡红的颜面相偎伴，白鸟默默站立水面，心中一定含有无法吐出的忧愁。　❹"书咄咄"三句：把心中常有的"咄咄怪事"之感放下，自家的一丘一壑也有别样的风流潇洒。书咄咄：书写咄咄怪事。　❺"不知"二句：不知病后的筋力衰减多少，近来感到懒于登楼观景。筋力：筋骨力气。

鹧鸪天

【原文】

鹅湖归,病起作。①

着意寻春懒便回,何如信步两三杯②?山才好处行还倦,诗未成时雨早催③。　携竹杖,更芒鞋,朱朱粉粉野蒿开④。谁家寒食归宁女,笑语柔桑陌上来⑤。

注 释

❶此词约作于淳熙十三年(1186)至淳熙十四年(1187)间,时作者罢职闲居带湖。　❷"着意"二句:有意出门寻找春色,因病懒而回,哪里比得上在家园附近随意漫步、随心饮上两三杯小酒呢?信步:随意漫步。　❸"山才好"二句:才看见好山却已倦于攀登,还没有写成吟好山的诗歌急雨却来催要。　❹"携竹杖"三句:拖着登山的竹杖、穿着登山的草鞋,一路上看见多少鲜艳的花朵开放在无名的野蒿上。朱朱粉粉:形容颜色绚丽。　❺"谁家"二句:寒食时节,几个回家看望父母的出嫁女儿,正穿过桑叶轻柔的小路,一边笑着、一边说着话儿走来。归宁:出嫁的闺女回娘家探望父母。

满江红

【原 文】

病中俞山甫教授访别,病起寄之。①

曲几团蒲②,方丈里、君来问疾。更夜雨、匆匆别去,一杯南北。万事莫侵闲鬓发,百年正要佳眠食③。最难忘、此语重殷勤,千金直④。　　西崦路⑤,东岩石。携手处,今陈迹。望重来犹有,旧盟如日。莫信蓬莱风浪隔⑥,垂天自有扶摇力。对梅花,一夜苦相思,无消息。

注 释

❶此词作期难以确考,为闲居带湖之作。教授,宋代学官名。　❷曲几团蒲:曲几为以弯曲不直之木制成的茶几;团蒲是蒲草编织而成的圆坐垫。　❸"万事"二句:当是友人离别时相劝之语,即下文所说的"此语"。　❹直:通"值"。谓友人临别赠言,一语千金。　❺西崦:西方之山。　❻蓬莱:传说中的海外仙岛。

鹧鸪天

【原 文】

重九席上①

戏马台前秋雁飞,管弦歌舞更旌旗。要知黄菊清高处,不入当年二谢诗②。　倾白酒,绕东篱,只于陶令有心期③。明朝九日浑潇洒,莫使樽前欠一枝。

【注 释】

❶这首词及以下《鹧鸪天》四首、《清平乐》三首,皆写村居生活,详其语意,当作于罢居带湖最初三年内。　❷"要知"二句:谓二谢(谢灵运、谢朓)诗中没有写过菊花。　❸"倾白酒"三句:谓陶渊明饮酒绕篱咏菊,可视为异代知音。绕东篱:化用"采菊东篱下"诗句。陶令:指陶渊明,因其曾为彭泽令,故云。心期:两相期许,即视陶渊明为异代知音之意。

鹧鸪天

【原 文】

重九席上再赋①

有甚闲愁可皱眉，老怀无绪自伤悲②。百年旋逐花阴转，万事长看鬓发知③。　溪上枕，竹间棋，怕寻酒伴懒吟诗④。十分筋力夸强健，只比年时病起时⑤。

注 释

❶此词约作于淳熙十四年（1187）至淳熙十五年（1188）间，时作者罢职闲居带湖。　❷"有甚"二句：有什么闲愁闲恨值得人眉头紧锁，是衰老无用的感觉使我感到百事无滋无味而自寻伤悲。　❸"百年"二句：一生的光景像花影一样倏忽而逝，看见我满头的白发就知道世间万事的滋味不过如此。百年：指一生。旋：转眼间。逐花阴转：跟随着花阴而转动。花阴：花的投影。　❹"溪上枕"三句：在溪上就枕而倚卧，在竹林里下几局棋，就可以消磨时日，已经怕和人饮酒，也懒得写诗了。溪上枕：比喻隐居生活。　❺"十分"二句：即使努力夸自己筋力强健，也不过是比年初病才痊愈那会儿稍强些。

鹧鸪天

【原 文】

败棋赋梅雨①

漠漠轻阴拨不开,江南细雨熟黄梅。有情无意东边日,已怒重惊忽地雷。　云柱础②,水楼台,罗衣费尽博山灰③。当时一识和羹味,便道为霖消息来④。

> 注 释

❶这首词作年同上。　❷柱础:柱下石也。　❸"罗衣"句:谓为熏罗衣费尽炉烟。博山:指博山炉。　❹为霖:降为霖雨。

鹧鸪天

【原文】

元溪不见梅①

千丈冰溪百步雷,柴门都向水边开。乱云剩带炊烟去,野水闲将日影来。　穿窈窕,历崔嵬②,东林试问几时栽。动摇意态虽多竹,点缀风流却欠梅。

注释

❶此词作年同上。　❷"穿窈窕"二句:陶渊明《归去来兮辞》:"既窈窕以寻壑,亦崎岖而经丘。"故此处窈窕指沟壑,崔嵬指山岭。

鹧鸪天

【原文】

戏题村舍①

鸡鸭成群晚未收,桑麻长过屋山头。有何不可吾方羡,要底都无饱便休②。　新柳树,旧沙洲,去年溪打那边流③。自言此地生儿女,不嫁余家即聘周④。

注释

❶此词作期同上。 ❷"有何"两句:谓归农耕稼有何不可,我正羡慕温饱便休、清心寡欲的农家生活。要底都无饱便休:一饱就罢,别无他求。 ❸"新柳"三句:言新柳旧洲,溪水改道,自然环境稍见变迁。 ❹"自言"两句:村人自言世代繁衍,周、余两家联姻已久。意谓乡俗民风绝少变化。

清平乐

【原文】

村居①

茅檐低小②,溪上青青草。醉里吴音相媚好,白发谁家翁媪③。
大儿锄豆溪东,中儿正织鸡笼。最喜小儿亡赖④,溪头卧剥莲蓬。

注释

❶此词作年不详,当作于带湖隐居时期。 ❷茅檐:代指茅屋。 ❸"醉里"二句:我的醉耳中忽然传来软媚的吴音对话,抬头一看是谁家的白发老公公、老婆婆在相互取悦逗乐呢?相媚好:相互逗乐取悦。媚好:兼指吴音柔美悦耳。翁媪:老翁、老妇。 ❹亡赖:无赖,顽皮。

清平乐

【原 文】

检校山园，书所见。^①

连云松竹，万事从今足^②。拄杖东家分社肉，白酒床头初熟^③。西风梨枣山园，儿童偷把长竿^④。莫遣旁人惊去，老夫静处闲看^⑤。

注 释

❶ 此词作期同上。检校：原意查核，此有巡视游赏之意。山园：家园，稼轩带湖宅第建于灵山之麓，故称山园。 ❷"连云"两句：满眼葱茏松竹，人居此间，可称万事俱足。连云：和天上云彩连成一片。 ❸"拄杖"两句：秋社分肉，糟床酒熟，足可醉饱逍遥。床头：指糟床，酿酒器具。 ❹"西风"两句：山园梨枣秋熟，邻儿把竿偷打。 ❺"莫遣"两句：谓切莫惊动偷枣顽童，且让我暗中闲看一番。

清平乐

【原 文】

检校山园,书所见。①

断崖修竹,竹里藏冰玉②。路转清溪三百曲,香满黄昏雪屋③。行人系马疏篱,折残犹有高枝④。留得东风数点,只缘娇懒春迟⑤。

注 释

① 此亦闲居带湖之作,作期同上。 ②修竹:长竹。冰玉:冰清玉洁,指梅花。 ③雪屋:覆雪之屋。 ④"行人"两句:篱边梅树不堪行人系马攀折,幸好高枝尚存。 ⑤"留得"两句:言高枝上数点梅花之所以不落,是因为等待春天的来临。只缘:只因为。娇懒春迟:春天娇懒,迟迟未至。

满江红

【原 文】

送信守郑舜举被召^①

湖海平生,算不负苍髯如戟^②。闻道是、君王着意,太平长策^③。此老自当兵十万,长安正在天西北^④。便凤凰、飞诏下天来,催归急^⑤。　　车马路,儿童泣;风雨暗,旌旗湿^⑥。看野梅官柳,东风消息^⑦。莫向蔗庵追语笑,只今松竹无颜色^⑧。问人间、谁管别离愁,杯中物^⑨。

注 释

❶此词写于淳熙十三年(1186)冬,时稼轩罢居带湖。信守:信州太守。❷"湖海"两句:谓友人一生志在四海,不愧有大丈夫般的英雄气概。湖海:古称不恋家园、志在四方之人为湖海之士。❸闻道:听说。着意:专注,用心。长策:良策。❹"此老"两句:言友人熟谙兵韬武略,自当筹划收复西北故都。❺"便凤凰"两句:谓君王飞诏催郑入京。凤凰飞诏:谓凤凰衔诏,自天飞来。凤凰:传说中的一种神鸟,美喻奉诏使者。❻"车马路"四句:言信州人民不忍郑某离去。❼"看野梅"两句:野梅飘香,新柳抽芽,预示着春天即将来临。❽"莫向"两句:故居人去,笑语声歇,连松竹也失去了昔日美好的光彩。蔗庵:郑舜举在信州的府第名。❾"问人间"两句:人间能解离愁者,唯酒而已。杯中物:指酒。

洞仙歌

【原文】

红梅①

冰姿玉骨,自是清凉[态]②。此度浓妆为谁改③。向竹篱茅舍,几误佳期,招伊怪,满脸颜红微带。　　寿阳妆鉴里,应是承恩,纤手重匀异香在。怕等闲、春未到,雪里先开,风流煞、说与群芳不解。更总做、北人未识伊,据品调,难作杏花看待④。

> **注 释**
>
> ❶这首词作年难考。邓本编次于此。　❷原文"清凉"下脱一字,邓广铭臆补为"态"。　❸浓妆为谁:谓其为何开红花。　❹"更总"三句:谓纵然北人未识,也不能说它是杏花。

洞仙歌

【原文】

访泉于奇师村,得周氏泉,为赋。①

飞流万壑,共千岩争秀②。孤负平生弄泉手③。叹轻衫短帽,几许红尘,还自喜,濯发沧浪依旧④。　　人生行乐耳⑤,身后虚名,何似生前一杯酒⑥。便此地、结吾庐,待学渊明,更手种门前五柳⑦。且归去、父老约重来,问如此青山,定重来否⑧。

【注释】

❶此词约作于淳熙十三年(1186)至淳熙十四年(1187)间,时罢职闲居带湖。奇师村:在铅山县,后被作者改名为期思。周氏泉:作者后来常说的瓢泉。❷"飞流"二句:奇师村周围环境清幽佳美,有千岩竞秀、万壑飞泉。❸"孤负"句:平生喜泉却不及玩赏此泉,不免辜负了这双手。孤负:辜负,此犹言"错过"。弄泉手:玩赏泉水的手,指隐士的生活方式。❹"叹轻衫"四句:叹息自己曾经穿着轻衫、戴着短帽,风尘仆仆地奔走在人世间,欣慰的是现在又能在清清的泉水里洗去尘劳。轻衫短帽:为劳碌者的打扮。濯发沧浪:在清澈的水流中清洗头发。❺"人生"句:生命是用来寻找快乐的。❻"身后"二句:身后的名声与自己的快乐无关,是虚有的,它哪里比得上一杯及时的清酒带给人的快乐多。❼"便此地"三句:我要在此地造个茅屋,并且还要学一学陶渊明,在屋前种下五棵柳树。❽"且归去"三句:归去后想邀约亲人和朋友再来观赏,不知像这样美好的青山风景,他们会不会和我一起再来呢?

水龙吟[①]

【原 文】

盘园任帅子严挂冠得请,取执政书中语,以高风名其堂,来索词,为赋《水龙吟》。芗林,侍郎向公告老所居,高宗皇帝御书所赐名也,与盘园相并云。

断崖千丈孤松,挂冠更在松高处。平生袖手,故应休矣,功名良苦。笑指儿曹,人间醉梦,莫嗔惊汝。问黄金余几,旁人欲说,田园计、君推去。　　叹息芗林旧隐,对先生、竹窗松户。一花一草,一觞一咏[②],风流杖屦。野马尘埃,扶摇下视,苍然如许。恨当年、《九老图》中[③],忘却画、盘园路。

【注 释】

[①]这首词约作于宋孝宗淳熙十三年(1186)或淳熙十四年(1187),时作者罢官闲居带湖家中。　[②]一觞一咏:谓饮酒赋诗。王羲之《兰亭集序》:"一觞一咏,亦足以畅叙幽情。"　[③]《九老图》:《新唐书·白居易传》载,居易"尝与胡杲、吉旻、郑据、刘真、卢真、张浑、狄兼谟、卢贞燕集,皆高年不事者,人慕之,绘为《九老图》"。

水调歌头

【原文】

寿韩南涧七十^①

上古八千岁，才是一春秋。不应此日，刚把七十寿君侯。看取垂天云翼，九万里风在下，与造物同游^②。君欲计岁月，尝试问庄周。　醉淋浪^③，歌窈窕，舞温柔。从今杖屦南涧^④，白日为君留。闻道钧天帝所^⑤，频上玉卮春酒^⑥，冠盖拥龙楼^⑦。快上星辰去，名姓动金瓯^⑧。

注 释

❶这首词作于宋孝宗淳熙十四年（1187），时作者罢官闲居带湖家中。　❷造物：创造万物者。　❸淋浪：乱也。　❹南涧：南侧之涧谷。　❺钧天帝所：天帝所居之处。　❻玉卮：玉制的酒杯。这里似指宋孝宗为南宋高宗献酒祝寿、父子怡愉的情景。　❼龙楼：太子所居之宫室，因门楼上有铜龙，故名。也可泛指帝王宫阙。　❽"名姓"句：意谓韩南涧为皇帝所重用。

最高楼

【原 文】

醉中有索四时歌者,为赋。①

长安道②,投老倦游归③。七十古来稀。藕花雨湿前湖夜,桂枝风澹小山时④。怎消除,须殢酒⑤,更吟诗。　也莫向、竹边辜负雪。也莫向、柳边辜负月。闲过了,总成痴。种花事业无人问,对花情味只天知。笑山中,云出早,鸟归迟。

【注 释】

❶这首词确切作年难考。四时,指春夏秋冬四季。　❷长安:古都名。诗文中多用以泛指国都,这里指南宋首都临安。　❸投老:临老、到老。　❹"桂枝"句:写"四时歌"之秋歌。"藕花"句和下片开头二句分别写了夏、冬、春歌。　❺殢酒:病酒,困酒。

最高楼

【原 文】

和杨民瞻席上用前韵赋牡丹①

西园买,谁载万金归②。多病胜游稀。风斜画烛天香夜,凉生翠盖酒酣时。待重寻,居士谱③,谪仙诗④。　　看黄底、御袍元自贵⑤。看红底、状元新得意⑥。如斗大,只花痴。汉妃翠被娇无奈⑦,吴娃粉阵恨谁知。但纷纷,蜂蝶乱,笑春迟。

注 释

❶这首词作期同上。　❷万金:指牡丹。　❸居士谱:欧阳修号"六一居士",著有《洛阳牡丹记》。居士谱指此。　❹谪仙诗:指李白《清平调》词。　❺御袍黄:牡丹名品之一。　❻状元红:牡丹名品之一。　❼汉妃翠被:当是形容牡丹之"娇无奈"状,但出处不详。

菩萨蛮

【原文】

雪楼赏牡丹,席上用杨民瞻韵。①

红牙签上群仙格,翠罗盖底倾城色。和雨泪阑干②,沉香亭北看。 东风休放去,怕有流莺诉。试问赏花人,晓妆匀未匀。

【注 释】

❶这首词作年同上。雪楼:带湖宅第楼名。 ❷阑干:纵横貌。

生查子

【原文】

山行寄杨民瞻①

昨宵醉里行,山吐三更月。不见可怜人,一夜头如雪。
今宵醉里归,明月关山笛②。收拾锦囊诗,要寄扬雄宅③。

注 释

❶这首词作期同上。 ❷"明月"句：踏着明月倾听《关山月》笛曲。 ❸扬雄宅：扬雄为西汉著名辞赋家，晚年埋头研究哲学、语言文字学，因不附时，乃草《太玄经》，淡泊自守。

生查子

【原 文】

民瞻见和，复用前韵。①

谁倾沧海珠，簸弄千明月②。唤取酒边来，软语裁春雪③。
人间无凤凰，空费穿云笛④。醉倒却归来，松菊陶潜宅。

注 释

❶这首词作期同上。 ❷"谁倾"二句：赞美杨民瞻的词句句如珍珠。簸弄：播弄，玩弄。 ❸软语：温柔婉曲之语。春雪：谓《阳春白雪》。 ❹穿云笛：言笛声有穿云裂石之力。

西江月

【原 文】

和杨民瞻赋丹桂韵①

宫粉厌涂娇额,浓妆要压秋花。西真人醉忆仙家②,飞佩丹霞羽化③。　十里芬芳未足,一亭风露先加。杏腮桃脸费铅华,终惯秋蟾影下④。

注 释

❶此词作期同上。　❷西真人:指居于瑶池西真阁之仙女。　❸羽化:道家称飞升成仙为羽化。　❹秋蟾:秋月。古代神话称月宫有蟾蜍,故称秋月为秋蟾。

八声甘州

【原 文】

夜读《李广传》,不能寐,因念晁楚老、杨民瞻约同居山间,戏用李广事,赋以寄之。①

故将军饮罢夜归来,长亭解雕鞍②。恨灞陵醉尉,匆匆未识,桃李无言③。射虎山横一骑,裂石响惊弦④。落魄封侯事,岁晚田园⑤。　谁向桑麻杜曲,要短衣匹马,移住南山。看风流慷慨,谈笑过残年⑥。汉开边、功名万里,甚当时健者也曾闲⑦。纱窗外,斜风细雨,一阵轻寒⑧。

【注 释】

❶此词具体作年不详,为闲居带湖之作。《李广传》:指司马迁《史记·李将军列传》。　❷"故将军"二句:用李广宿灞陵事。李广闲居终南山时,有一次深夜饮归,路经灞陵亭,恰好亭尉醉酒,不准李广通过。李广的随从申称,是"故将军"。亭尉曰:"今将军尚不得夜行,何况故将军。"命令李广宿于亭下。　❸"恨灞陵"三句:可恨灞陵亭尉醉眼朦胧,匆忙之间竟然没有认出李广这个世间公认的英雄。　❹"射虎"二句:李广神勇无比,能发箭射穿巨石。山横一骑:单人匹马独立山冈,显示李广的英雄气概。裂石响惊弦:惊雷般的弓弦响处,巨石应声而裂,形容其神力过人。　❺"落魄"二句:言李广屡建战功却无封侯之赏,晚年落寞闲居于田园。　❻"谁向"五句:谁愿归往终南山下的杜曲田园,可以穿猎装、骑匹马,追随在终南山闲居的英雄李广,看他依旧英气不减、意气豪迈,

和他一起在谈笑间度过英雄的暮年。　❼"汉开边"二句：西汉武帝时注重开疆拓土，是大丈夫立功于万里之外的好时候，为什么当时的英雄人物也曾被迫赋闲隐居呢？　❽"纱窗外"三句：言思及此，不禁感受到纱窗外透入的阵阵寒意。

昭君怨

【原　文】

送晁楚老游荆门①

夜雨剪残春韭，明日重斟别酒。君去问曹瞒，好公安②。
试看如今白发，却为中年离别。风雨正崔嵬③，早归来。

注　释

❶这首词作期同上，写于作者罢官闲居带湖期间。　❷曹瞒：曹操，小字阿瞒。公安：县名，宋属江陵，隶荆湖北路。　❸崔嵬：胸中不平也。

昭君怨

【原　文】

人面不如花面，花到开时重见①。独倚小阑干，许多山。
落叶西风时候，人共青山都瘦。说道梦阳台，几曾来。

注 释

❶此词作期同上。"人面"二句：谓花依旧而人已不见。崔护《题都城南庄》诗："去年今日此门中，人面桃花相映红。人面不知何处去，桃花依旧笑春风。"此用崔护游都城遇美女的故事。

临江仙

【原 文】

醉宿崇福寺，寄祐之以仆醉先归。①

莫向空山吹玉笛，壮怀酒醒心惊。四更霜月太寒生②。被翻红锦浪，酒满玉壶冰。　小陆未须临水笑③，山林我辈钟情④。今宵依旧醉中行。试寻残菊处，中路候渊明。

注 释

❶此词当作于宋孝宗淳熙十四年（1187）之前。　❷太寒生：生为语助词，无义。常与"太"字同用，如"太憨生""太狂生"等。　❸"小陆"句：此处以陆机自比，而以祐之比陆云。　❹钟情：感情专注。

临江仙

【原 文】

再用韵送祐之弟归浮梁①

钟鼎山林都是梦,人间宠辱休惊②。只消闲处过平生。酒杯秋吸露,诗句夜裁冰③。　记取小窗风雨夜,对床灯火多情④。问谁千里伴君行?晓山眉样翠,秋水镜般明⑤。

【注 释】

❶此词约作于淳熙十四年(1187)之前。　❷"钟鼎"二句:无论是钟鸣鼎食的富贵生活还是山林清僻的闲居生活都是不真实的幻梦,对于人间的荣宠和羞辱都不用吃惊。　❸"只消"三句:只需要在清闲处度过一生,能在秋夜吸饮着如露的美酒,写下如同冰雪一样清俊的诗句。　❹"记取"二句:请记住在小窗风雨的夜晚,我们对床而眠、挑灯夜谈的手足情谊。　❺眉样翠:形容山色青翠如黛。镜般明:形容秋水明净无瑕。

菩萨蛮①

【原 文】

功名饱听儿童说,看公两眼明如月。万里勒燕然,老人书一编②。　　玉阶方寸地,好趁风云会③。他日赤松游,依然万户侯。

【注 释】

❶这首词作年同上。　❷老人书:用张良得兵书事。　❸风云会:指人才聚集干一番事业的机会。

菩萨蛮

【原 文】

送祐之弟归浮梁①

无情最是江头柳,长条折尽还依旧。木叶下平湖,雁来书有无。　　雁无书尚可,妙语凭谁和。风雨断肠时,小山生桂枝。

注释

❶这首词作期同上。

蝶恋花

【原文】

送祐之弟①

衰草残阳三万顷,不算飘零,天外孤鸿影②。几许凄凉须痛饮,行人自向江头醒。　　会少离多看两鬓。万缕千丝,何况新来病。不是离愁难整顿,被他引惹其他恨。

注释

❶这首词作期同上,大约作于作者罢官闲居带湖期间。　❷孤鸿影:这里借指飘零在外的祐之弟。

鹊桥仙

【原文】

和范先之送祐之弟归浮梁①

小窗风雨，从今便忆，中夜笑谈清软。啼鸦衰柳自无聊，更管得、离人肠断②。　诗书事业，青毡犹在③，头上貂蝉会见④。莫贪风月卧江湖，道日近、长安路远。

注释

❶这首词当作于宋孝宗淳熙十四年（1187）以前，作者罢官闲居带湖期间。❷更管得：哪管得。　❸青毡：指家传旧物，或喻高贵世家。　❹貂蝉：貂蝉冠。

满江红

【原文】

和杨民瞻送祐之弟还侍浮梁①

尘土西风，便无限、凄凉行色。还记取、明朝应恨，今宵轻别。珠泪争垂华烛暗,雁行欲断哀筝切②。看扁舟、幸自涩清溪,休催发。　　白石路,长亭侧。千树柳,千丝结。怕行人西去,棹歌声阕③。黄卷莫教诗酒污④,玉阶不信仙凡隔⑤。但从今、伴我又随君,佳哉月。

注 释

❶这首词作期同上。　❷雁行:喻兄弟。　❸阕:乐终、曲终。　❹黄卷:书籍。　❺玉阶:代指朝廷。

朝中措

【原 文】

崇福寺道中归寄祐之弟①

篮舆袅袅破重冈②,玉笛两红妆。这里都愁酒尽,那边正和诗忙。　　为谁醉倒,为谁归去,都莫思量。白水东边篱落,斜阳欲下牛羊。

注 释

❶这首词作期同上,时作者罢官闲居带湖家中。　❷篮舆:竹轿。

朝中措

【原 文】

夜深残月过山房①,睡觉北窗凉。起绕中庭独步,一天星斗文章②。 朝来客话,山林钟鼎,那处难忘。君向沙头细问,白鸥知我行藏③。

注 释

❶这首词作年同上。山房:指山中书室。 ❷星斗文章:谓星斗焕发异彩。 ❸行藏:这里指行踪。

朝中措

【原 文】

绿萍池沼絮飞忙,花入蜜脾香①。长怪春归何处,谁知个里迷藏。 残云剩雨,些儿意思②,直恁思量③。不是莺声惊觉,梦中啼损红妆。

注 释

❶这首词作期同上,时作者罢官闲居带湖家中。蜜脾:蜜蜂以蜜蜡造成的连片的蜂巢,也叫蜜排。 ❷些儿:些少、一点儿。宋代俗语。 ❸直恁:竟然这样。宋代俗语。

浪淘沙

【原文】

山寺夜半闻钟①

身世酒杯中,万事皆空②。古来三五个英雄。雨打风吹何处是,汉殿秦宫③? 梦入少年丛,歌舞匆匆④。老僧夜半误鸣钟。惊起西窗眠不得,卷地西风⑤。

注 释

❶此词约作于淳熙十四年(1187)之前,时作者罢职闲居带湖。 ❷"身世"二句:且以杯酒忘怀自己所经历的一切,因为人间万事最后也不过归于虚无。身世:指人生的经历和遭遇。空:虚无。 ❸"古来"三句:自古以来,不过只有三五个人称得上是英雄,而这三五个建立了秦、汉基业的英雄,也已经消失在岁月风雨的磨洗之中。 ❹"梦入"二句:正梦见自己和青少年们在一起,歌舞相伴、英雄快意,可惜一梦匆匆。 ❺"老僧"三句:原来是老僧夜半敲钟,惊醒梦中人,听着呼啸的西风拍打窗户,再难入眠。

南歌子

【原 文】

山中夜坐①

世事从头减,秋怀彻底清②。夜深犹送枕边声,试问清溪,底事未能平③? 月到愁边白,鸡先远处鸣④。是中无有利和名,因甚山前,未晓有人行⑤?

注 释

❶此词约作于淳熙十四年(1187)之前。 ❷"世事"二句:从根本上去除对世间万事的关心,将老之时,胸中已经清澈无尘。 ❸"夜深"三句:清溪到深夜还向我的枕边传送着呜咽的声音,我想问它,是因为什么而不能平静? ❹"月到"二句:月光白得像在发愁,远处的雄鸡先叫了。 ❺"是中"三句:在这山中生活并没有什么利与名可以争夺,为什么天还没有亮山边小路上就有人早行赶路了呢?

鹧鸪天①

【原 文】

木落山高一夜霜,北风驱雁又离行②。无言每觉情怀好,不饮能令兴味长③。　频聚散,试思量,为谁春草梦池塘④？中年长作东山恨,莫遣离歌苦断肠⑤。

注 释

❶此词约作于淳熙十四年（1187）。　❷"木落"二句：一夜秋霜后,木叶脱落,山空而势高；北风乍起,雁群南飞,又一只大雁离开雁阵而去。　❸"无言"二句：言兄弟相见,纵使不交谈也不对饮,也常觉心情愉快、兴味悠长。
❹"频聚散"三句：谓频频有兄弟之间的相聚与离别,让人学会了以梦来表达思念。　❺"中年"二句：人到中年,最容易像谢安所说的那样,对于离别比从前更有感触,请不要再让她们演奏令人伤心的离歌了。

鹧鸪天

【原 文】

席上再用韵①

水底明霞十顷光,天教铺锦衬鸳鸯②。最怜杨柳如张绪③,却笑莲花似六郎④。　方竹簟,小胡床,晚风消得许多凉⑤。背人白鸟都飞去,落日残鸦更断肠。

【注 释】

❶这首词作年同上。　❷"水底""铺锦"句:极言豪华奢靡。此处借以形容晚霞倒映水中,水底呈五彩斑斓之状。　❸"杨柳"句:《南史·张绪传》载,宋明帝每见张绪,辄叹赏其清淡。人献弱柳数枝,武帝植于灵和殿前,常赏玩咨嗟,曰:"此杨柳风流可爱,似张绪当年时。"　❹六郎:唐代张昌宗、张易之颇得武则天欢心,贵甲天下,时人称张易之为五郎、张昌宗为六郎。　❺消得:禁不得、受不了。

念奴娇

【原文】

双陆和陈仁和韵①

少年握槊②,气凭陵、酒圣诗豪余事③。袖手旁观初未识,两两三三而已。变化须臾,鸥翻石镜,鹊抵星桥外。捣残秋练,玉砧犹想纤指④。 堪笑千古争心,等闲一胜,拚了光阴费。老子忘机浑谩与⑤,鸿鹄飞来天际。武媚宫中,韦娘局上⑥,休把兴亡记。布衣百万,看君一笑沉醉。

【注释】

❶这首词作于宋孝宗淳熙十四年(1187),时作者罢官闲居带湖家中。双陆,一种博具。 ❷握槊:古代博戏之一。 ❸酒圣诗豪:谓有酒量和诗才。 ❹"鸥翻"四句:当是描述双陆博戏的情景。 ❺浑谩与:姑且漫然应付之意。 ❻韦娘:指唐中宗皇后韦氏。

水龙吟

【原文】

题瓢泉①

稼轩何必长贫？放泉檐外琼珠泻②。乐天知命，古来谁会，行藏用舍③？人不堪忧，一瓢自乐，贤哉回也④。料当年曾问：饭蔬饮水，何为是、栖栖者⑤？　　且对浮云山上，莫匆匆、去流山下⑥。苍颜照影，故应零落，轻裘肥马⑦。绕齿冰霜，满怀芳乳，先生饮罢⑧。笑挂瓢风树，一鸣渠碎，问何如哑⑨？

注释

❶此词当作于淳熙十四年（1187）。　❷"稼轩"二句：屋檐外有瓢泉的珠玉倾泻，何以要说稼轩一直贫穷呢？长贫：一直贫穷。琼珠泻：泉水如珍珠流泻。　❸"乐天"三句：自古以来，懂得知晓命运而顺应天意，用之则行、舍之则藏的人，古来有几个？意谓自己就是这样的人。　❹"人不"三句：用孔子称赞颜回安贫乐道的话来表达自己想和颜回一样的用心。　❺"料当年"三句：此代颜回发问，孔子既然以颜回的饭蔬饮水、安贫乐道为贤德，何以自己却忙忙碌碌、栖栖惶惶？　❻"且对"二句：告诫泉水且与山上浮云相伴，而不要匆匆流下山去，以免被污染浑浊或在人间掀起波浪。　❼"苍颜"三句：看见泉水中自己的容颜苍老，知道自己与轻裘肥马的富贵生活已是无缘。　❽"绕齿"三句：稼轩饮罢泉水，但觉口齿清凉，满怀甘香。冰霜：形容泉水清冽。芳乳：形容泉水甘甜如乳汁。　❾"笑挂瓢"三句：嘲笑自己像瓢一样，

如果挂在有风的树上而有响声，进而被人厌恶击碎，倒不如从此避世自遁、哑默无声。挂瓢风树：把瓢挂在有风的树上。鸣：指瓢被风吹动而发出响声。渠：指瓢。

水龙吟

【原文】

用瓢泉韵戏陈仁和兼简诸葛元亮，且督和词。①

被公惊倒瓢泉，倒流三峡词源泻②。长安纸贵③，流传一字，千金争舍。割肉怀归，先生自笑，又何廉也④。但衔杯莫问，人间岂有，如孺子、长贫者⑤。　谁识稼轩心事，似风乎、舞雩之下⑥。回头落日，苍茫万里，尘埃野马。更想隆中，卧龙千尺，高吟才罢。倩何人与问⑦，雷鸣瓦釜，甚黄钟哑⑧。

注释

❶这首词作于宋孝宗淳熙十四年（1187），时作者罢官闲居带湖家中。
❷"倒流"句：化用杜甫《醉歌行》"词源倒流三峡水，笔阵独扫千人军"诗意，形容陈仁和善于作词。　❸长安纸贵：谓陈仁和的诗词大受欢迎。　❹"割肉"三句：作者自注，"渠坐事失官"。据《汉书·东方朔传》记载，伏日，皇帝赐群臣肉。天很晚了，负责分肉的大官丞还没来，东方朔便拔剑割肉而去。皇帝知道后，把他召来，并让他自己反思。"朔再拜曰：'朔来！朔来！受赐不待诏，何无礼也！拔剑割肉，一何壮也！割之不多，又何廉也！归遗细君，又何仁也！'上笑曰：'使先生自责，乃反自誉。'复赐酒一石，肉百斤，归遗细君。"　❺"人间"二句：

用陈平的故事,说明陈仁和不会长期贫困。《史记·陈丞相世家》载,张负的孙女嫁了五个丈夫都死了,没人敢再娶她。陈平愿意娶她,张负的儿子又嫌陈平贫贱。张负说:"人固有好美如陈平而长贫贱者乎?"便把孙女嫁给了陈平。孺子:陈平之字。 ❻风乎舞雩:《论语·先进》:"浴乎沂,风乎舞雩,咏而归。"风,吹风。舞雩:舞雩台,古代祷雨之地。 ❼与问:给问。 ❽黄钟:乐器,喻礼乐之士。甚黄钟哑:为催促诸葛元亮和词之意。

江神子

【原 文】

和陈仁和韵①

玉箫声远忆骖鸾②,几悲欢,带罗宽。且对花前,痛饮莫留残。归去小窗明月在,云一缕,玉千竿③。 吴霜应点鬓云斑④,绮窗闲,梦连环⑤。说与东风,归意有无间。芳草姑苏台下路⑥,和泪看,小屏山⑦。

注 释

❶这首词作于宋孝宗淳熙十四年(1187),时作者罢官闲居带湖家中。 ❷玉箫声远:指情人远逝。骖鸾:乘鸾。 ❸"云一缕"二句:写对竹烧香。 ❹"吴霜"句:形容容颜衰老。 ❺梦连环:梦见还家。古人常以手持连环表示还家之意。 ❻姑苏台:在今江苏苏州,为春秋时吴王阖闾所建,供其与西施游玩。 ❼小屏山:屏风上所画之山。

江神子

【原 文】

和陈仁和韵①

宝钗飞凤鬓惊鸾,望重欢,水云宽。肠断新来,翠被粉香残。待得来时春尽也,梅著子,笋成竿。　　湘筠帘卷泪痕斑,珮声闲,玉垂环。个里温柔,容我老其间。却笑将军三羽箭,何日去,定天山②。

注 释

❶这首词当作于宋孝宗淳熙十四年(1187),时作者罢官闲居带湖家中。
❷"却笑"三句:据《新唐书·薛仁贵传》,薛仁贵奉旨讨伐铁勒九姓,敌方令骁骑数来挑战,仁贵连发三箭,射杀三人,九姓气慑而降。仁贵虑为后患,皆坑之。军中歌曰:"将军三箭定天山,壮士长歌入汉关。"此处借以抒写有才而不为世用的愤慨。

永遇乐

【原文】

送陈仁和自便东归。陈至上饶之一年,得子,甚喜。①

紫陌长安,看花年少,无限歌舞。白发怜君,寻芳较晚,卷地惊风雨。问君知否,鸱夷载酒②,不似井瓶身误③。细思量,悲欢梦里,觉来总无寻处。　　芒鞋竹杖,天教还了,千古玉溪佳句④。落魄东归,风流赢得,掌上明珠去⑤。起看清镜,南冠好在,拂了旧时尘土⑥。向君道,云霄万里,这回稳步。

注 释

❶这首词作于宋孝宗淳熙十四年(1187),时作者罢官闲居带湖家中。自便:自由,即撤销编管,自由行动居住。　❷鸱夷:古代一种皮制的酒袋。　❸井瓶身误:化用李白《寄远十一首》:"金瓶落井无消息,令人行叹复坐思。"　❹"芒鞋"三句:谓信江美景因得陈诗佳句而生辉。玉溪:指信江,因其源出怀玉山,故有玉溪之称。　❺掌上明珠:谓陈喜得贵子。　❻"南冠"二句:谓陈解除编管,获得自由。南冠:指囚人,陈仁和曾谪居信州,故云。

定风波

【原 文】

暮春漫兴①

少日情怀似酒浓,插花走马醉千钟②。老去逢春如病酒,唯有,茶瓯香篆小帘栊③。　卷尽残花风未定,休恨,花开元自要春风④。试问春归谁得见?飞燕,来时相遇夕阳中⑤。

注 释

❶此词约作于淳熙十四年(1187),时作者罢职闲居带湖。漫兴:随意兴感,兴到之作。　❷"少日"二句:年轻的时候情怀比烈酒还要浓郁,每逢春来,总是骑名马而访名花,千杯不醉。插花走马:形容豪放不羁之貌。　❸"老去"三句:年华老去,情怀转淡,每逢春来,就像因喝酒生病的人怕再连饮一样,只是以一盏茶、一盘香终日盘桓在小窗下静享清欢。病酒:因饮酒过量而生病。瓯:一种茶盏。　❹"卷尽"三句:不要恨东风卷尽了所有的花朵,要知道当年也是这东风吹开了所有的繁花。元自:本来。　❺"试问"三句:要问是谁看见了春天的归宿,那一定是春燕吧!春天去往的地方,就是春燕所来的地方,它们曾在夕阳下相遇。

菩萨蛮

【原 文】

坐中赋樱桃①

香浮乳酪玻璃碗,年年醉里尝新惯②。何物比春风,歌唇一点红③。　江湖清梦断,翠笼明光殿④。万颗写轻匀⑤,低头愧野人⑥。

【注 释】

❶这首词作于宋孝宗淳熙十四年(1187)。坐中,与"座中"同,指酒宴之间。　❷尝新:品尝新收获的五谷和果品。　❸"歌唇"句:用樱桃小口比喻樱桃圆小红润。　❹"江湖"二句:言樱桃从野外摘下送入宫中。翠笼:装运樱桃的器具。　❺写:同"泻",倾倒而下。　❻"低头"句:杜甫《独酌成诗》:"苦被微官缚,低头愧野人。"

鹧鸪天

【原文】

代人赋[①]

晚日寒鸦一片愁,柳塘新绿却温柔[②]。若教眼底无离恨,不信人间有白头[③]。 肠已断,泪难收,相思重上小红楼[④]。情知已被云遮断,频倚栏杆不自由[⑤]。

注 释

[①]此词约作于淳熙十四年(1187)。代人赋:代替他人抒发情感。 [②]"晚日"二句:夕阳下寒鸦飞集,像是点点离愁;柳塘边小草新生,却又给人温柔的新希望。柳塘新绿:指春草初生。 [③]"若教"二句:若不是因为心中的离愁别恨难以排遣,也不会白了头发。 [④]"肠已断"三句:相思害得人愁肠已断,眼泪还是忍不住地流淌,还是要再次登上可以远眺的小红楼来眺望伊人。小红楼:指女子所居之处。 [⑤]"情知"二句:心里完全知道和伊人的感情已经被重重化不开的乌云隔断,只是不由自主地频频倚栏眺望等待。

鹧鸪天

【原 文】

代人赋①

陌上柔桑破嫩芽，东邻蚕种已生些②。平冈细草鸣黄犊，斜日寒林有暮鸦③。　　山远近，路横斜，青旗沽酒有人家④。城中桃李愁风雨，春在溪头荠菜花⑤。

注 释

❶此词约作于淳熙十四年（1187）。　❷"陌上"二句：田埂上桑树冒出嫩芽，东邻家幼蚕已经开始孵化。柔桑：柔软的桑树枝。破：冒出。生些：孵化了一部分。　❸"平冈"二句：小山坡上春草初生，牛犊撒欢鸣叫，夕阳下疏林浅寒，乌鸦点缀枝头。　❹"山远近"三句：远近都是山，纵横都是路，青旗招展的地方是卖酒的人家。　❺"城中"二句：当城里的桃树、李树还在寒风冷雨中无计可施的时候，春天的溪头已经盛开了荠菜花。

踏 歌

【原 文】

撷厥①。看精神、压一庞儿劣②。更言语、一似春莺滑③。一团儿、美满香和雪。　　去也。把春衫、换却同心结。向人道、不怕轻离别。问昨宵、因甚歌声咽。　　秋被梦，春闱月。旧家事、却对何人说④。告弟弟莫趁蜂和蝶。有春归花落时节。

注 释

❶这首词作年同上，时作者罢官闲居带湖家中。撷厥：形容体态轻盈状。❷精神压一：谓精神饱满，压倒一切。庞儿劣：脸庞俊俏。　❸春莺滑：言其声音像莺声一样悦耳动听。　❹旧家事：旧日事，往事。

小重山

【原 文】

茉莉①

倩得薰风染绿衣②。国香收不起③，透冰肌。略开些子未多时④。窗儿外，却早被人知。　　越惜越娇痴，一枝云鬟上，那人宜。莫将他去比荼蘼。分明是，他更韵些儿。

注 释

❶这首词约作于宋孝宗淳熙十四年（1187），作者罢官闲居带湖期间。 ❷倩：请。薰风：和风。 ❸国香：谓香气冠绝也。 ❹些子：一些，一点儿。

临江仙

【原 文】

探梅①

老去惜花心已懒，爱梅犹绕江村②。一枝先破玉溪春。更无花态度，全是雪精神③。　剩向青山餐秀色，为渠着句清新④。竹根流水带溪云。醉中浑不记，归路月黄昏⑤。

注 释

❶此词当作于淳熙十四年（1187）以前，时作者罢职闲居带湖。 ❷"老去"二句：年纪大了之后，爱花的心情已经减退，但还是因为爱梅花而走遍江村。懒：指衰减。 ❸"一枝"三句：溪边一树梅花绽放报春，她一点也没有春花的娇媚，显示出傲霜耐雪的神韵。破：指绽放。玉溪：形容溪水清洁如玉。 ❹"剩向"二句：一直对着这深山里的绝代佳人饱览秀色，并且为她写下清新脱俗的诗句。剩向：一直向着。青山餐秀色：谓梅花是避世独立的空谷佳人，自己可以欣赏之。餐秀色：秀色可餐，指面对美好的容颜可以忘记饥饿。 ❺"竹根"三句：

以竹杖探路而竹杖时时入水,因为沉醉于欣赏梅花与启动诗思,忘记了时间在流逝,归来已是黄昏月上时分。

一络索

【原 文】

闺思①

羞见鉴鸾孤却②,倩人梳掠。一春长是为花愁,甚夜夜、东风恶。　　行绕翠帘珠箔,锦笺谁托。玉觞泪满却停觞,怕酒似、郎情薄。

【注 释】

❶这首词约作于淳熙十四年(1187),作者罢官闲居带湖期间。　❷鉴鸾:鸾镜。后多用以比喻人失偶的悲哀。

鹊桥仙

【原文】

为人庆八十席上戏作①

朱颜晕酒，方瞳点漆②，闲傍松边倚杖。不须更展画图看，自是个、寿星模样。　　今朝盛事，一杯深劝，更把新词齐唱。人间八十最风流，长贴在、儿儿额上③。

【注释】

❶这首词约作于宋孝宗淳熙十五年（1188）左右，作者罢官闲居带湖期间。❷方瞳：瞳孔呈方形。道家谓眼方者寿千岁，因以方瞳为仙人之征。　❸"人间"两句：宋代习俗，用朱笔于小儿额上书"八十"字样，以求长生。

鹊桥仙

【原文】

庆岳母八十①

八旬庆会，人间盛事，齐劝一杯春酿②。胭脂小字点眉间③，犹记得、旧时宫样。　　彩衣更着,功名富贵,直过太公以上④。大家着意记新词,遇着个、十年便唱。

注 释

❶这首词约作于宋孝宗淳熙十五年(1188)左右。　❷春酿:春酒。　❸"胭脂"句:谓其儿时用朱笔于眉间写上"八十"字样以求长生。　❹太公:指姜太公。此处极言其高寿。

好事近

【原 文】

医者索酬劳,那得许多钱物。只有一个整整①,也盒盘盛得。

下官歌舞转凄惶,剩得几枝笛。觑着这般火色②,告妈妈将息③。

注 释

❶这首词当作于宋孝宗淳熙十五年(1188)之前。整整:指《清波别志》所说的"吹笛婢女"。　❷火色:颜面潮红之色。　❸将息:保养,调养。

蝶恋花

【原 文】

戊申元日立春席间作①

谁向椒盘簪彩胜，整整韶华，争上春风鬓②。往日不堪重记省，为花长把新春恨③。　　春未来时先借问，晚恨开迟，早又飘零近④。今岁花期消息定，只愁风雨无凭准⑤。

注 释

❶此词作于淳熙十五年（1188）立春日，时作者罢职闲居带湖。　❷"谁向"三句：是谁为椒盘插上了漂亮的彩胜，就好像是齐齐整整的美丽花朵争着要插上年轻女子的鬓发。此形容椒盘装饰之美。椒盘：一种古代风俗中用来装置椒实的盘子，古代正月初一，子孙要为父母长辈准备椒酒以祝福其长寿，把椒实放在盘中，饮酒时则取椒放在酒中，称为椒酒。　❸"往日"二句：不堪重新回忆往事，那时总是因为爱惜花朵因春生恨。　❹"春未来"三句：承上文，说明如何生春恨，新春未来时我就先向它发问花期，它来得晚我会恨花迟开，它来得早我会恨花早落。　❺"今岁"二句：今年的花期已有准信，怕只怕风雨无定而耽误花时。

水调歌头

【原 文】

送郑厚卿赴衡州①

寒食不小住,千骑拥春衫②。衡阳石鼓城下,记我旧停骖③。襟以潇湘桂岭,带以洞庭青草,紫盖屹西南④。文字起《骚》《雅》,刀剑化耕蚕⑤。　　看使君,于此事,定不凡⑥。奋髯抵几堂上,尊俎自高谈⑦。莫信君门万里,但使民歌五袴,归诏凤凰衔⑧。君去我谁饮,明月影成三⑨。

注 释

❶此词作于淳熙十五年(1188),时稼轩闲居带湖。　❷"寒食"两句:言友人寒食节也未能住下,匆匆赶赴衡州。　❸"衡阳"两句:石鼓山畔,衡阳城下,我曾停过马。按:淳熙六年(1179),稼轩曾任湖南转运副使和湖南安抚使,衡阳为其属地,常去视察,故有此语。骖:古时指驾在车两旁的马,这里泛指车马。　❹"襟以"三句:言衡阳地区风景佳丽,地势险要。　❺"文字"两句:希望友人到任后注重教化,关心农事。《骚》《雅》:屈原的《离骚》和《诗经》中的《大雅》《小雅》,用以代指中华优秀传统文化。　❻"看使君"三句:借用谢安语,称颂友人的政事才干。　❼"奋髯"两句:着意整顿吏治,严肃果断而又从容不迫。奋髯抵几:振须拍案,形容激动而严厉。俎:古代宴会时放肉的器物,这里的"尊俎"代指酒与食物。　❽"莫信"三句:休说君门遥不可及,只要政绩卓著,即可奉诏归朝。五袴:称颂官吏的用语。　❾"君

去"两句：叹友人一去，自己孤独无伴。

满江红

【原文】

饯郑衡州厚卿席上再赋①

莫折荼蘼②，且留取、一分春色。还记得、青梅如豆，共伊同摘。少日对花浑醉梦，而今醒眼看风月。恨牡丹、笑我倚东风，头如雪。　　榆荚阵，菖蒲叶。时节换，繁华歇。算怎禁风雨，怎禁鹈鴂③。老冉冉兮花共柳，是栖栖者蜂和蝶。也不因、春去有闲愁，因离别。

注 释

❶这首词作于宋孝宗淳熙十五年（1188），时作者罢官闲居带湖家中。　❷荼蘼：一作酴醾，花名。古人认为开到荼蘼花事了，故作者说"莫折荼蘼"，且留取一分春色。　❸鹈鴂：鸟名。

沁园春

【原 文】

戊申岁，奏邸忽腾报谓余以病挂冠，因赋此。①

老子平生，笑尽人间，儿女怨恩②。况白头能几，定应独往；青云得意，见说长存③。抖擞衣冠，怜渠无恙，合挂当年神武门④。都如梦，算能争几许，鸡晓钟昏⑤。　　此心无有亲冤，况抱瓮、年来自灌园⑥。但凄凉顾影，频悲往事；殷勤对佛，欲问前因⑦。却怕青山，也妨贤路，休斗尊前见在身⑧。山中友，试高吟楚些，重与《招魂》⑨。

注 释

❶此词作于淳熙十五年（1188）。"奏邸"句：传抄奏章的官邸忽然凭空传出我因病辞官的消息。此处的奏邸，当指杜撰信息的阁门院子。腾报：凭空传出。按：稼轩于淳熙八年（1181）冬被劾罢官，至今已有近七年时间闲居于上饶带湖，今年忽然有"以病挂冠"之传闻，不禁啼笑皆非，回忆前尘，兼怀愤慨，因作此词，以明视听。　❷"老子"三句：言自己平生不是琐屑计较的人。　❸"况白头"四句：何况离满头白发的老年能有多远，理应独自归隐；富贵荣华，也不过是听说可以长存而谁也没有见过它长存的东西。　❹"抖擞"三句：检视官服，现在还完好无缺，真该在当年挂冠归去。抖擞：展开并检视。怜：爱惜。渠：指衣冠。无恙：指官服完好无损。　❺"都如梦"三句：一切如梦，争什么长短，论什么早晚。意谓纵然奏邸无端给自己"延官"七年，又有什么意思。

❻ "此心"二句：我心境澄澈，没有亲疏恩怨之别，何况隐居灌园，已与人无涉。抱瓮灌园：指质朴的田园生活。 ❼ "但凄凉"四句：有时也顾影凄凉，经常因怀念往事而添增悲伤；有时则殷勤向佛礼问，希望探索到自己遭受奇祸的原因。 ❽ "却怕"三句：自己虽然已经归隐青山，不想似乎依然妨碍了别人，还是不要在尊前如此快乐自在吧。 ❾ "山中友"三句：谓既然邸报如此，只好劳请归隐的朋友再次为自己高吟《楚辞·招魂》，召唤我回归到田园中去了。

贺新郎

【原文】

陈同父自东阳来过余①，留十日，与之同游鹅湖，且会朱晦庵于紫溪②。不至，飘然东归③。既别之明日，余意中殊恋恋，复欲追路，至鹭鸶林，则雪深泥滑，不得前矣。独饮方村，怅然久之，颇恨挽留之不遂也。夜半投宿吴氏泉湖四望楼，闻邻笛悲甚，为赋《乳燕飞》以见意。又五日，同父书来索词，心所同然者如此，可发千里一笑。

把酒长亭说。看渊明、风流酷似，卧龙诸葛④。何处飞来林间鹊，蓦踏松梢残雪。要破帽、多添华发⑤。剩水残山无态度，被疏梅、料理成风月。两三雁，也萧瑟⑥。　佳人重约还轻别⑦。怅清江、天寒不渡，水深冰合。路断车轮生四角，此地行人销骨⑧。问谁使、君来愁绝？铸就而今相思错，料当初、费尽人间铁⑨。长夜笛，莫吹裂⑩。

注 释

❶此词作于淳熙十五年（1188）冬。陈同父：陈亮字同父（同甫），学者称龙川先生，南宋杰出的思想家。为人才气豪迈，喜谈兵，主抗战，因此屡遭迫害，曾三次被诬入狱。与稼轩志同道合，交往甚密，且有诗词唱和。过：探访。 ❷朱晦庵：朱熹，字元晦，晚年自称晦庵，南宋著名哲学家、理学家，学术著作极富，影响深远。早年主战，晚年主和，与辛、陈政见相左。 ❸意谓朱熹爽约未至，陈亮飘然东归。 ❹"把酒"三句：一个人在长亭把酒独饮，认为躬耕陇亩的陶渊明和未出山时的卧龙先生诸葛亮十分相似。 ❺"何处"三句：责怪林间鸟雀踏雪，雪落破帽，使头上好似又添得几许白发。 ❻"剩水"四句：描写长亭所见，谓冬天的山水了无生意，唯有几树梅花勉强点缀着风景。天上两三只冬飞的大雁，带给人萧瑟之感。 ❼"佳人"句：陈亮重诺践约，千里远来，却又轻视离别，匆匆而去。 ❽"怅清江"四句：惆怅地对着清江而发愁，因为江上因寒冷而结冰，自己再难继续追赶挽留陈亮。道路已断，车轮如生角般难行，不禁对此情景黯然神伤。车轮生四角：比喻无法前进。 ❾"铸就"二句：极写与陈亮的情谊之深，鹅湖之会犹如费尽人间之铁，铸造出一把巨大的相思错刀。此处"错"字谐音双关，既指错刀，也指错误。辛词仅取"错刀"之意，喻友谊的深厚坚实。 ❿"长夜笛"二句：谓自己不堪深夜笛声之悲，被激起思友之情。

贺新郎

【原 文】

同父见和，再用韵答之。①

老大那堪说。似而今、元龙臭味，孟公瓜葛②。我病君来高歌饮，惊散楼头飞雪③。笑富贵、千钧如发④。硬语盘空谁来听？记当时、只有西窗月⑤。重进酒，换鸣瑟⑥。　　事无两样人心别。问渠侬、神州毕竟，几番离合⑦？汗血盐车无人顾，千里空收骏骨⑧。正目断、关河路绝⑨。我最怜君中宵舞，道男儿到死心如铁⑩，看试手，补天裂⑪。

注 释

❶此词作于淳熙十六年（1189）春，时作者罢职闲居带湖。去年冬，友人陈亮来访，有"鹅湖之会"，别后，同父索词，稼轩作《贺新郎》词以寄。同父和韵作词，词气慷慨，稼轩深受感染，再用原韵酬答。　❷"老大"三句：老去无可称说，而今值得一提的是我和元龙情趣相投，与孟公有了瓜葛。元龙：三国时，陈登字元龙，是一个以天下为己任的名士。此处暗指陈亮。臭味：气味、志趣。孟公：西汉名士陈遵字孟公。他性情豪爽，嗜酒好客。此处亦暗指陈亮。　❸"我病"二句：在我孤郁生病的时候，你来陪我高歌畅饮，豪放的意气将我楼上的飞雪惊散。意谓将包围着我生命的寒意豁然惊散。　❹"笑富贵"句：常人视富贵如有千钧之重，而我辈将千钧的富贵视若一根毛发般无足轻重。　❺"硬语"二句：议论时政，慷慨激烈，倾听者唯有西窗明月。　❻"重进酒"二句：

换乐添酒,拟做彻夜长谈。此处有"酒逢知己千杯少"的意思。 ❼"事无"三句:国事依旧没有头绪,但是有人先前主战,现在却主和,准备苟安江南。我想问一问那些人,自古以来,神州大地究竟经历了几次分裂?言下之意是,他们应承担国家分裂的责任。渠侬:吴语称他人为渠侬,此指主和派执政者。 ❽"汗血"二句:喻陈亮怀才不遇,斥责统治者不识人才、埋没人才。 ❾"正目断"句:纵目远望,通往中原的道路已经断绝。意谓南北久隔,人心不再思动、思变、思恢复。 ❿"我最"二句:最敬佩陈亮有"闻鸡起舞"的爱国激情和坚持抗金、永不妥协的信念。 ⓫"看试手"二句:期待陈亮大显身手,完成统一河山的大业。补天裂:用古代神话中女娲补天的故事,比喻收复中原、统一河山。

贺新郎

【原文】

用前韵送杜叔高①

细把君诗说②。恍余音、钧天浩荡,洞庭胶葛③。千丈阴崖尘不到,惟有层冰积雪。乍一见、寒生毛发④。自昔佳人多薄命,对古来,一片伤心月。金屋冷,夜调瑟⑤。　　去天尺五君家别⑥。看乘空、鱼龙惨淡,风云开合⑦。起望衣冠神州路,白日销残战骨。叹夷甫诸人清绝⑧!夜半狂歌悲风起,听铮铮、阵马檐间铁。南共北,正分裂⑨。

注释

❶此词作于淳熙十六年（1189），时作者罢职闲居带湖。　❷君：指杜叔高。说：评论、品赏。　❸"恍余音"二句：言叔高之诗如同在天地之间演奏的《钧天》仙乐、《咸池》古曲，余音袅袅。胶葛：空旷深远貌。此处形容乐音悠扬嘹亮。　❹"千丈"三句：言叔高之诗如同高崖积雪，不染尘埃，一读之下，让人顿生敬畏之心。阴崖：背阳的悬崖。寒生毛发：表示害怕，此处指敬畏。　❺"自昔"五句：才人运蹇一如佳人薄命，自古而然。只能像居住在无人赏识的金屋内，对月弹奏宝瑟、自遣愁肠的佳人一样，以诗句排遣自己的心声。　❻"去天"句：赞美杜叔高来自一个文才名世的不凡家庭。　❼"看乘空"二句：仰望天空，正是风云际会、鱼龙欲变未变之时。此有诱导叔高为国效命之意。　❽"起望"三句：远望神州大地，昔日衣冠满路，如今则是白日销毁战骨，而南宋执政者还在清谈误国。　❾"夜半"四句：半夜一曲高歌，令悲风四起，檐间铁马也为之不平而叮叮作响。高歌是因为北金南宋、国土分裂。檐间铁：古时悬挂在屋檐下的铁片，风吹则互击作响，俗称"铁马"。

破阵子

【原 文】

为陈同甫赋壮词以寄之①

醉里挑灯看剑，梦回吹角连营②。八百里分麾下炙，五十弦翻塞外声③。沙场秋点兵④。　马作的卢飞快，弓如霹雳弦惊⑤。了却君王天下事，赢得生前身后名⑥。可怜白发生⑦！

注 释

❶此词或作于带湖隐居时期,或作于绍熙四年(1193)秋陈亮考中进士并被光宗亲擢第一名时,彼时稼轩在福州知府兼福建安抚使任上。 ❷"醉里"二句:夜醉入梦,梦醒似乎听见军中号角在成片的营地之间吹响。 ❸"八百里"二句:承上写梦中情景,大块啖牛肉,听各种军中乐器演奏塞外音乐,过上了豪迈热烈的军旅生活。八百里:牛名。分:分享。麾下:部下。炙:烤肉。五十弦:本指瑟,此处泛指军中乐器。翻:演奏。塞外声:指雄浑悲壮的军乐。 ❹"沙场"句:在秋天的战场上检阅部队。 ❺"马作"二句:写鏖战情景。的卢:一种烈性快马。霹雳:雷声,比喻射箭时的弓弦声。 ❻"了却"二句:抒发宏伟抱负。天下事:指恢复中原。赢得:博得。 ❼"可怜"句:慨叹壮志未酬,人已将老。

破阵子

【原 文】

赠行

少日春风满眼,而今秋叶辞柯①。便好消磨心下事,莫忆寻常醉后歌。可怜白发多。　明日扶头颠倒②,倩谁伴舞婆娑。我定思君拼瘦损③,君不思兮可奈何。天寒将息呵④。

注 释

❶此词作年难考。秋叶辞柯:秋天到了,树叶从枝上落下。柯:树枝。

❷扶头颠倒：指饮扶头酒后进入颠之倒之的醉态。扶头：扶头酒，谓易醉之酒。
❸拼：甘愿。　❹将息：保重身体之意。

水调歌头

【原 文】

元日投宿博山寺，见者惊叹其老。①

头白齿牙缺，君勿笑衰翁。无穷天地今古，人在四之中②。臭腐神奇俱尽，贵贱贤愚等耳，造物也儿童③。老佛更堪笑，谈妙说虚空④。　坐堆豗⑤，行答飒⑥，立龙钟。有时三盏两盏，淡酒醉蒙鸿⑦。四十九年前事，一百八盘狭路⑧，拄杖倚墙东。老境竟何似，只与少年同。

【注 释】

❶这首词作于宋孝宗淳熙十六年（1189）元日。　❷四之中：指上文之"天地今古"，简言之为"时空"。　❸"臭腐"三句：谓天下万物原本一体。　❹老佛：指佛教中的佛陀。　❺堆豗：无精打采、病困不堪貌。　❻答飒：疏懒的样子。　❼蒙鸿：鸿蒙，谓宇宙形成之前的混沌状态。这里指醉眼模糊状。　❽"一百"句：谓世路曲折艰险。盘：盘道，盘曲的山路。

卜算子

【原文】

齿落①

刚者不坚牢,柔底难摧挫。不信张开口角看,舌在牙先堕②。已缺两边厢,又豁中间个。说与儿曹莫笑翁,狗窦从君过③。

注释

①此词作年难考。 ②"刚者"四句:刚强的东西不坚固,柔软的东西难以摧残。不信的话可以看看你的口中,柔软的舌头长在,坚硬的牙齿却早已脱落。③儿曹:晚辈,稼轩常以之指称自己看不上的人。狗窦:狗洞。从:任凭。

最高楼

【原文】

送丁怀忠教授入广。渠赴调都下,久不得书,或谓从人辟置,或谓径归闽中矣。①

相思苦,君与我同心。鱼没雁沉沉②。是梦他松后追轩冕③,

是化为鹤后去山林④。对西风，直怅望，到如今。　　待不饮、奈何君有恨。待痛饮、奈何吾又病。君起舞，试重斟。苍梧云外湘妃泪⑤，鼻亭山下鹧鸪吟⑥。早归来，流水外，有知音。

注 释

❶这首词作于宋孝宗淳熙十六年（1189）春，时作者闲居带湖家中。　❷鱼没、雁沉：均谓毫无音信。　❸"是梦他"句：谓求取更高功名。轩冕：指官车官帽，代指功名。后："松后"与下句"鹤后"之"后"，类似现代口语中的"啊"字，不作先后解。　❹"化鹤"句：谓回归故里。　❺"苍梧"句：相传舜南巡，崩于苍梧之野，二妃追至，哭之极哀，后投水而死，为湘水之神，遂称湘妃，亦曰湘君或湘夫人。　❻"鼻亭山"句：鼻亭山，在湖南道州境内，相传舜封其弟象于此，故山下有象庙。鹧鸪，鸟名，其鸣声凄厉，易动人归思。按：鼻亭公指舜弟象，舜南巡不返，象因爱兄而来，而鹧鸪鸣声似说"行不得也哥哥"，稼轩用此，表示对取道湖南去广东的丁怀忠的惜别之情。

浣溪沙

【原 文】

寿内子①

寿酒同斟喜有余，朱颜却对白髭须，两人百岁恰乘除②。婚嫁剩添儿女拜③，平安频拆外家书④，年年堂上寿星图。

注 释

❶这首词疑作于宋孝宗淳熙十六年（1189）。内子：妻子。 ❷乘除：此词中的"乘除"，当指两人年龄相加恰好为一百岁。 ❸剩添：当作"屡添""多添"解。 ❹外家：这里指岳父家。

水调歌头

【原 文】

送信守王桂发①

酒罢且勿起，重挽使君须②。一身都是和气，别去意何如。我辈情钟休问，父老田头说尹③，泪落独怜渠。秋水见毛发，千尺定无鱼。　望清阙，左黄阁④，右紫枢⑤。东风桃李陌上，下马拜除书⑥。屈指吾生余几，多病妨人痛饮，此事正愁余。江湖有归雁，能寄草堂无⑦。

注 释

❶这首词约作于宋孝宗淳熙十六年（1189），时作者罢官闲居带湖家中。❷"重挽"句：言与民众关系和谐密切。使君，指王桂发。 ❸"父老"句：此处称赞王桂发在信州有善政，得民心。尹：府尹，知府。 ❹黄阁：谓中书门下省，为丞相理政处。 ❺紫枢：指枢密院。为国家的军事机关。 ❻除书：授官之诏令。 ❼草堂：古代文人避世隐居处称为草堂，这里指作者所居带湖宅第。

鹊桥仙

【原文】

己酉山行书所见①

松冈避暑,茅檐避雨,闲去闲来几度②。醉扶怪石看飞泉③,又却是、前回醒处。 东家娶妇,西家归女④,灯火门前笑语。酿成千顷稻花香,夜夜费、一天风露⑤。

【注释】

❶此词作于淳熙十六年(1189)夏,时作者罢职闲居带湖,或移居瓢泉小住。 ❷几度:好几回。 ❸怪石、飞泉:指博山脚下的"雨岩"景色。 ❹归女:嫁女儿。 ❺"酿成"二句:清风白露夜夜降临,辛苦酿就稻花新米的香味。此谓风调雨顺,丰收在望。

满江红

【原文】

送徐抚干衡仲之官三山,时马叔会侍郎帅闽。①

绝代佳人,曾一笑、倾城倾国。休更叹、旧时青镜,而今华发。明日伏波堂上客,老当益壮翁应说。恨苦遭、邓禹笑人来,长寂寂。　诗酒社,江山笔。松菊径,云烟屐。怕一觞一咏②,风流弦绝。我梦横江孤鹤去③,觉来却与君相别。记功名、万里要吾身,佳眠食。

注 释

❶这首词作于宋孝宗淳熙十六年(1189),时作者罢官闲居带湖家中。　❷一觞一咏:指饮酒赋诗。　❸横江孤鹤:苏轼《后赤壁赋》:"时夜将半,四顾寂寥,适有孤鹤,横江东来。"

御街行

【原 文】

山中问盛复之提干行期①

山城甲子冥冥雨②,门外青泥路。杜鹃只是等闲啼③,莫被他催归去。垂杨不语,行人去后,也会风前絮。　　情知梦里寻鹓鹭,玉殿追班处④。怕君不饮太愁生,不是苦留君住。白头笑我,年年送客,自唤春江渡。

注　释

❶这首词大约作于宋孝宗淳熙十六年(1189),时作者罢官闲居带湖家中。❷"山城"句:杜甫《雨》诗:"冥冥甲子雨,已度立春时。"❸杜鹃:又名子规,以其啼声类似"不如归去",故能动人归思。❹"情知"二句:言其寻问盛氏行期,犹如梦中追随其加入朝官行列。鹓鹭:谓朝官之行列,因其整齐有序如鹓与鹭也。

御街行①

【原文】

阑干四面山无数。供望眼、朝与暮。好风催雨过山来,吹尽一帘烦暑。纱厨如雾,簟纹如水,别有生凉处。　　冰肌不受铅华污②。更旎旎③、真香聚。临风一曲最妖娇④,唱得行云且住⑤。藕花都放,木犀开后⑥,待与乘鸾去⑦。

【注释】

❶这首词的作期同上。　❷冰肌:喻皮肤洁白。铅华:脂粉。　❸旎旎:指香气浓郁柔和。　❹妖娇:自得貌,自纵恣貌。这里是宛转自如的意思。　❺"唱得"句:指"响遏行云",谓歌曲美妙嘹亮,能使行云住听。　❻木犀:桂花的别称。　❼乘鸾:谓升天。

卜算子

【原文】

寻春作①

修竹翠罗寒,迟日江山暮。幽径无人独自芳,此恨知无数。

只共梅花语，懒逐游丝去②。著意寻春不肯香，香在无寻处。

注释

❶此词作于淳熙十六年（1189）或绍熙元年（1190）。　❷游丝：虫类所吐之丝飞扬空际的谓之游丝。

卜算子

【原文】

为人赋荷花

红粉靓梳妆①，翠盖低风雨②。占断人间六月凉，明月鸳鸯浦。根底藕丝长，花里莲心苦。只为风流有许愁，更衬佳人步。

注释

❶这首词作年同上。靓：妆饰艳丽。这里以人喻物，谓红色荷花如美人抹了红粉一样艳丽。　❷翠盖：翠绿色的荷叶。

卜算子

【原文】

闻李正之茶马讣音①

欲行且起行,欲坐重来坐。坐坐行行有倦时,更枕闲书卧。病是近来身,懒是从前我。静扫瓢泉竹树阴,且恁随缘过。

注释

❶此词当作于淳熙十六年(1189)或绍熙元年(1190)。茶马:茶马司,为宋都大提举茶马司的简称。因李正之曾任茶马提举,故称之为李正之茶马。

归朝欢

【原文】

寄题三山郑元英巢经楼。楼之侧有尚友斋,欲借书者就斋中取读,书不借出。①

万里康成西走蜀②,药市船归书满屋③。有时光彩射星躔④,何人汗简雠天禄⑤。好之宁有足。请看良贾藏金玉。记斯文⑥,千年未丧，四壁闻丝竹⑦。　　试问辛勤携一束⑧，何似牙签三万轴。古来不作借人痴⑨，有朋只就云窗读。忆君清梦熟。觉来笑我便便腹。倚危楼，人间谁舞，扫地八风曲⑩。

注 释

❶这首词疑作于宋孝宗淳熙十六年（1189），时作者罢官闲居带湖家中。 ❷"万里"句：郑元英于宋孝宗淳熙十一年（1184）入蜀为官，此句点明此事。郑康成：后汉郑玄字康成，经学家，这里以同姓之人喻郑元英。 ❸"药市"句：谓郑元英购书药市，船载而归，建楼贮藏。 ❹星躔：星宿的位置、次序。这里指星宿。 ❺"何人"句：谓又有谁在藏书楼校书。汗简：汗青，指书册。雠：校雠，校对文字。天禄：天禄阁，为汉刘向校书处，这里指藏书的地方。 ❻斯文：谓礼乐教化制度。 ❼"四壁"句：谓古籍因藏书而得以保存流传下来。 ❽"试问"句：谓郑元英携书归闽。 ❾"古来"句：意思是不要把书借给别人。 ❿扫地八风曲：指五经扫地。

玉楼春

【原 文】

寄题文山郑元英巢经楼①

悠悠莫向文山去，要把襟裾牛马汝②。遥知书带草边行③，正在雀罗门里住。　　平生插架昌黎句，不似拾柴东野苦④。侵天且拟凤凰巢，扫地从他鹁鸰舞⑤。

注 释

❶这首词作于宋孝宗淳熙十六年（1189），时作者罢官闲居带湖家中。　❷"要把"句：韩愈《符读书城南》诗："人不通古今，马牛而襟裾。"　❸书带草：郑玄字康成，居城南山中教授，山下草如薤，叶长尺余，人号康成"书带草"。此以郑康成喻郑元英。　❹"不似"句：孟郊字东野，湖州人。其诗以清苦为主调。孟郊《喜卢仝书船归洛》云："我愿拾遗柴，巢经于空虚。"　❺鸲鹆：俗名八哥。

声声慢

【原 文】

送上饶黄倅职满赴调①

东南形胜②，人物风流，白头见君恨晚。便觉君家叔度，去人未远③。长怜士元骥足，道直须、别驾方展④。问个里，待怎生销杀，胸中万卷。　况有星辰剑履。是传家合在，玉皇香案⑤。零落新诗，我欠可人消遣。留君再三不住，便直饶、万家泪眼。怎抵得，这眉间、黄色一点⑥。

注 释

❶这首词作期难考。　❷东南形胜：柳永《望海潮》："东南形胜，三吴都会，钱塘自古繁华。"这里似仅用其字面之意。　❸"便觉"二句：谓黄倅与其先人黄宪之气度相去不远。　❹"长怜"二句：谓黄倅似庞士元，须放到更高

的职务上，方能施展其才华。骥足：喻俊逸之才。 ❺"况有"三句：谓黄倅家世煊赫，其人应到皇帝身旁供职。 ❻眉间一点黄：旧以为眉间黄色为有喜事的征兆。

玉楼春

【原 文】

席上赠别上饶黄倅。龙裖，雨岩堂名。通判雨，当时民谣。吏垂头，亦渠摄郡时事。①

往年龙裖堂前路，路上人夸通判雨。去年拄杖过瓢泉②，县吏垂头民笑语。　学窥圣处文章古③，清到穷时风味苦。尊前老泪不成行，明日送君天上去④。

【注 释】

❶这首词作年同上，都是为上饶黄倅而作的。 ❷瓢泉：在江西上饶铅山县，后稼轩迁居于此。 ❸窥：窥见，达到。 ❹天上：这里指朝廷。

水调歌头

【原 文】

送杨民瞻①

日月如磨蚁,万事且浮休②。君看檐外江水,滚滚自东流③。风雨瓢泉夜半,花草雪楼春到,老子已菟裘④。岁晚问无恙,归计橘千头⑤。 梦连环,歌《弹铗》,赋《登楼》⑥。黄鸡白酒,君去村社一番秋⑦。长剑倚天谁问,夷甫诸人堪笑,西北有神州⑧。此事君自了,千古一扁舟⑨。

注 释

❶此词约作于淳熙末年(1189)或绍熙初年(1190),时作者罢职闲居带湖,或移居瓢泉小住。 ❷"日月"二句:日月旋转,时光飞逝,世间万物注定了有生有灭。日月如磨蚁:据《晋书·天文志》载,有人以磨盘比喻宇宙,以磨盘上的蚂蚁比喻太阳和月亮。磨盘飞快地向左转,蚂蚁虽然向右爬去,但仍然不得不随着磨盘向左运行。 ❸"君看"二句:以江水滚滚东流为喻,言时光飞逝,不为我而停留。 ❹"风雨"三句:瓢泉夜半的风雨和雪楼春来的花草可以证明,老夫我已经过着退隐的生活了。已菟裘:已经造好了隐居所。 ❺"岁晚"二句:如果有人问我年纪大了还安好吗,我会告诉他我已经为归隐生活做好了长久的打算。 ❻"梦连环"三句,感慨杨民瞻如同客居的冯谖、王粲一样,因为感到怀才不遇,所以日夜思念着返回家乡。 ❼"黄鸡"二句:言杨民瞻到达家乡时,正逢以黄鸡白酒祭祀秋社的好时光。村社:乡村社日,即祭祀土

地神的日子。 ❽"长剑"三句：可笑执政者清谈误国，抗金志士请缨无门，使中原沦陷的大地长期不得恢复。 ❾"此事"二句：面对英雄失路而主和派误国的局势，你要做出自己的人生选择，你也可以学范蠡功成身退、泛舟五湖。

水调歌头

【原文】

簪履竞晴昼①，画戟插层霄。红莲幕底风定，香雾不成飘。螺髻梅妆环列②，凤管檀槽交奏③，回雪无纤腰。觞酒荡寒玉④，冰颊醉江潮。　颂丰功，祝难老，沸民谣。晓庭梅蕊初绽，定报鼎羹调。龙衮方思勋旧，已覆金瓯名姓，行看紫泥褒⑤。重试补天手，高插侍中貂⑥。

注 释

❶这首词作年难考。簪履：簪与履，犹言"衣冠"。喻指显贵。 ❷螺髻梅妆：螺形发髻与梅花额妆。均代指美女。 ❸凤管檀槽：谓管弦乐器。凤管：指笙。檀槽：以旃檀木制作的琵琶。 ❹寒玉：喻指物之清冷者。 ❺紫泥：古人书信用泥封，泥上盖印；皇帝诏书则用紫泥。后称皇帝诏书为紫泥封，简称紫泥。 ❻侍中：官名，魏以后地位渐重，实际已相当于宰相，至南宋乃废。插貂：指插貂尾，古代以貂尾作为达官显宦冠上的饰物。

寻芳草

【原 文】

调陈莘叟忆内①

有得许多泪,更闲却、许多鸳被②。枕头儿、放处都不是。旧家时③、怎生睡。　　更也没书来,那堪被、雁儿调戏。道无书、却有书中意。排几个、人人字④。

【注 释】

❶这首词作年难考。调：调笑，取笑。内：内人，指妻子。　❷"有得"二句：朱滔起兵，召士子从军，有士子容止可观，滔召问有妻否？曰有，乃令作《寄内》诗，其中四句说："惯从鸳被暖，怯向雁门寒。瘦尽宽衣带，啼多渍枕檀。"乃放归。　❸旧家时：旧时、从前。　❹人人字：指雁飞时排成"人"字形。

柳梢青

【原文】

和范先之席上赋牡丹①

姚魏名流②,年年揽断③,雨恨风愁。解释春光,剩须破费,酒令诗筹。　玉肌红粉温柔,更染尽、天香未休。今夜簪花,他年第一,玉殿东头④。

【注释】

❶这首词大约作于宋光宗绍熙元年(1190)。　❷姚魏:姚黄、魏紫,牡丹的两个名贵品种。　❸揽断:揽尽、占断,与"把断"同义。　❹玉殿:玉饰之宫殿。

谒金门

【原文】

和廓之五月雪楼小集韵①

遮素月,云外金蛇明灭②。翻树啼鸦声未彻,雨声惊落叶。

宝蜡成行嫌热，玉腕藕丝谁雪③。流水高山弦断绝④，怒蛙声自咽⑤。

> **注 释**

❶这首词作于宋光宗绍熙元年（1190）。　❷金蛇：喻闪电。　❸"玉腕"句：杜甫《陪诸贵公子丈八沟携妓纳凉晚际遇雨》："公子调冰水，佳人雪藕丝。"　❹"流水"句：用伯牙善弹琴、子期善听琴的典故，写弦为知音而绝。按：范廓之善鼓琴。　❺怒蛙：盖以此激励士卒锐气。

谒金门①

> **【原 文】**

山吐月，画烛从教风灭。一曲瑶琴才听彻，金蕉三两叶②。

骤雨微凉还热，似欠舞琼歌雪。近日醉乡音问绝，有时清泪咽。

> **注 释**

❶这首词与上篇《谒金门》同韵，当作于同一时间。　❷"金蕉"句：金蕉，谓酒杯。此句意即饮酒两三杯也。

定风波

【原文】

席上送范廓之游建康①

听我尊前醉后歌,人生无奈别离何②。但使情亲千里近,须信,无情对面是山河③。　寄语石头城下水,居士,而今浑不怕风波④。借使未成鸥鸟伴,经惯,也应学得老渔蓑⑤。

【注释】

❶此词作于绍熙元年(1190),时作者罢职闲居带湖,或移居瓢泉小住。❷尊前:酒樽前、宴席上。醉后歌:醉歌。无奈别离何:拿别离没有办法,即总有别离让人无奈。　❸"但使"三句:如果彼此有情,即使相隔千里也如同近在身边;倘若彼此无情,即使在对面亦如相隔千山万水。　❹"寄语"三句:请告诉建康的山水,如今的我,一点都不害怕风波相加。风波:本指水上风浪,此处喻指政治风浪。　❺"借使"三句:即使还不能做到完全忘机,成为鸥鸟的伴侣,但是长久在此已经习惯,也学会了过老渔夫那样简单的生活。借使:即使。

醉翁操①

【原 文】

顷余从廓之求观家谱②,见其冠冕蝉联③,世载勋德。廓之甚文而好修④,意其昌未艾也⑤。今天子即位⑥,覃庆中外⑦,命国朝勋臣子孙之无见任者官之。先是,朝廷屡诏甄录元祐党籍家⑧;合是二者,廓之应仕矣。将告诸朝,行有日,请予作歌以赠。属予避谤,持此戒甚力,不得如廓之请。又念廓之与予游八年⑨,日从事诗酒间,意相得欢甚,于其别也,何独能恝然⑩。顾廓之长于《楚辞》而妙于琴,辄拟《醉翁操》,为之词以叙别。异时廓之绾组东归⑪,仆当买羊沽酒,廓之为鼓一再行⑫,以为山中盛事云。

长松。之风。如公。肯余从,山中。人心与吾兮谁同。湛湛千里之江,上有枫。噫,送子于东,望君之门兮九重。女无悦己,谁适为容。　不龟手药,或一朝兮取封⑬。昔与游兮皆童,我独穷兮今翁。一鱼兮一龙⑭,劳心兮忡忡。噫,命与时逢,子取之食兮万钟⑮。

【注 释】

❶这首词作于宋光宗绍熙元年(1190),时作者罢官闲居带湖家中。　❷廓之:范廓之,稼轩门人。　❸冠冕蝉联:犹言世代在朝为官。　❹好修:好学。　❺其昌未艾:谓廓之家族方兴未艾。艾:停止。　❻今天子即位:指孝宗传位于

皇太子赵惇，是为光宗。　❼覃庆：普庆。　❽甄录：甄别录用。　❾"又念"句：范廓之于淳熙九年（1182）受学于稼轩，至作此词以别，共八年。　❿恝然：淡然置之。　⓫绾组：同"绾绶"，组与绶，皆丝带。古人佩印用组（绶），遂引申为官印或做官的代称。　⓬为鼓一再行：谓鼓琴一两曲。　⓭"不龟手"二句：作者喻指廓之能因时而显其能。取封：谓裂地之封赏。　⓮"一鱼"句：龙可腾飞于天，鱼则只能浮沉于水中，即云泥异路之意。　⓯万钟：指优厚的俸禄。

踏莎行

【原 文】

庚戌中秋后二夕，带湖篆冈小酌。①

夜月楼台，秋香院宇，笑吟吟地人来去②。是谁秋到便凄凉？当年宋玉悲如许③。　　随分杯盘，等闲歌舞，问他有甚堪悲处④？思量却也有悲时，重阳节近多风雨⑤。

注 释

❶此词作于宋光宗绍熙元年（1190），闲居带湖期间。中秋后二夕：中秋节后的第二个晚上。篆冈：地名，当在带湖之侧。　❷"夜月"三句：月照楼台，香飘庭院，人们嬉笑欢洽。　❸"是谁"两句：临秋而悲者，有当年的宋玉。　❹"随分"三句：今我随意对酒歌舞，何悲之有？随分：随意，唐宋人习用语。等闲：轻易平常。　❺"思量"两句：细思沉吟，却也不是全无悲意。因近重阳，天多风雨。

踏莎行

【原 文】

赋木樨①

弄影阑干，吹香岩谷，枝枝点点黄金粟②。未堪收拾付薰炉，窗前且把《离骚》读③。　　奴仆葵花④，儿曹金菊，一秋风露清凉足。傍边只欠个姮娥⑤，分明身在蟾宫宿⑥。

注 释

❶这首词作年难考。木樨：桂花的别称。　❷黄金粟：桂花的别名。因其花蕊如金粟点缀。　❸《离骚》：屈原的代表作，魏以来读《离骚》被视为高雅的标识。　❹奴仆葵花：以葵花为奴仆。　❺姮娥：嫦娥。　❻蟾宫：月宫。

清平乐

【原 文】

赋木犀词①

月明秋晓，翠盖团团好。碎剪黄金教恁小②，都着叶儿遮了。

折来休似年时③，小窗能有高低。无顿许多香处④，只消三两枝儿。

注 释

❶这首词作年难考。　❷碎剪黄金：指黄色桂花，俗称金桂。恁：如此，这般。　❸年时：去年。　❹顿：安顿，安置。

清平乐

【原 文】

再赋①

东园向晓，阵阵西风好。唤起仙人金小小，翠羽玲珑装了。
一枝枕畔开时，罗帏翠幕垂低。恁地十分遮护，打窗早有蜂儿。

注 释

❶这首词作年难考。

鹧鸪天

【原 文】

郑守厚卿席上谢余伯山用其韵①

梦断京华故倦游②，只今芳草替人愁。《阳关》莫作三叠唱③，越女应须为我留。　　看逸韵，自名流，青衫司马且江州。君家兄弟真堪笑，个个能修五凤楼。

【注 释】

❶这首词约作于宋光宗绍熙二年（1191）。　❷故倦游：《史记·司马相如列传》："长卿故倦游。"《集解》引郭璞云："厌游宦也。"　❸《阳关》三叠：因歌者采王维《阳关曲》以入乐，将每句均裁截为二字、四字、三字三个段落，重叠歌唱之，遂有《阳关》三叠之称。

鹧鸪天

【原文】

和人韵,有所赠。①

趁得春风汗漫游②,见他歌后怎生愁。事如芳草春长在,人似浮云影不留。　　眉黛敛,眼波流,十年薄幸谩扬州。明朝短棹轻衫梦,只在溪南罨画楼③。

注 释

❶这首词作期同上,时作者罢官闲居带湖家中。　❷汗漫:谓放浪不羁,无拘无束。　❸罨画楼:似指如画之楼。

菩萨蛮

【原文】

送郑守厚卿赴阙①

送君直上金銮殿,情知不久须相见。一日甚三秋②,愁来不自由。　　九重天一笑,定是留中了③。白发少经过,此时愁奈何。

注释

❶这首词的确切作年难考,大约作于光宗绍熙二年(1191)。 ❷"一日"句:《诗·王风·采葛》:"一日不见,如三秋兮。" ❸"九重"二句:言皇帝开口一笑,一定是留君在京供职。留中:君王把奏章留在禁中,不批示、不交议,称为留中。此指友人留京重用。

菩萨蛮

【原文】

送曹君之庄所①

人间岁月堂堂去,劝君快上青云路。圣处一灯传②,工夫萤雪边③。 曲生风味恶④,辜负西窗约⑤。沙岸片帆开,寄书无雁来?

注释

❶这首词作年难考。 ❷一灯传:佛教以灯喻法,故记载其衣钵相传的史迹之书谓之《传灯录》。 ❸"工夫"句:谓要达圣域,必须苦读。萤雪:谓囊萤映雪读书之事。 ❹曲生:谓酒。 ❺西窗约:李商隐《夜雨寄北》诗:"君问归期未有期,巴山夜雨涨秋池。何当共剪西窗烛,却话巴山夜雨时。"此处用之。

菩萨蛮

【原 文】

双韵赋摘阮①

阮琴斜挂香罗绶②,玉纤初试琵琶手。桐叶雨声干,真珠落玉盘③。　　朱弦调未惯,笑倩春风伴④。莫作别离声,且听双凤鸣⑤。

注 释

❶这首词作年同上。摘:弹奏。阮咸:乐器名,琵琶之类,相传为晋阮咸所创制,故名。　❷阮琴:阮咸。绶:丝带。　❸"珍珠"句:白居易《琵琶行》:"嘈嘈切切错杂弹,大珠小珠落玉盘。"　❹"朱弦"二句:谓调试朱弦以琵琶伴奏。　❺双凤鸣:谓如凤凰和鸣。

菩萨蛮

【原 文】

赠张医道服为别,且令馈河豚。①

万金不换囊中术,上医元自能医国②。软语到更阑③,绨袍范叔寒④。　江头杨柳路,马踏春风去。快趁两三杯,河豚欲上来⑤。

【注 释】

❶这首词作年同上。馈:赠。　❷上医:第一流的医者。　❸"软语"句:谓同张医亲切话别直到深夜。　❹"绨袍"句:《史记·范雎列传》:"范雎既相秦,秦号曰张禄,而魏不知,以为范雎已死久矣。魏闻秦且东伐韩、魏,魏使须贾于秦,范雎闻之,为微行,敝衣间步之邸,见须贾……须贾意哀之,留与坐饮食,曰:'范叔一寒如此哉。'乃取其一绨袍以赐之。"此借言序中赠张医道服事。　❺"河豚"句:苏轼《题惠崇春江晚景二首》:"蒌蒿满地芦芽短,正是河豚欲上时。"按:春江水发,河豚鱼沿江逆水而上,渔人谓之"抢上水"。

虞美人

【原 文】

赋荼蘼①

群花泣尽朝来露，争怨春归去。不知庭下有荼蘼，偷得十分春色、怕春知。　　淡中有味清中贵，飞絮残红避。露华微浸玉肌香，恰似杨妃初试、出兰汤②。

【注 释】

❶这首词作年难考。　❷"恰似"句：将荼蘼花比作刚出浴的杨贵妃。

定风波

【原 文】

施枢密圣与席上赋①

春到蓬壶特地晴②，神仙队里相公行。翠玉相挨呼小字，须记，笑簪花底是飞琼③。　　总是倾城来一处，谁妒，谁携歌舞到园亭。柳妒腰肢花妒艳，听看，流莺直是妒歌声④。

注释

❶这首词作于宋光宗绍熙元年（1190），时作者罢官闲居带湖家中。　❷蓬壶：蓬莱，山名。这里借指施圣与的园亭。　❸飞琼：仙女名。　❹"流莺"句：形容歌声之美。

念奴娇

【原文】

瓢泉酒酣，和东坡韵。①

倘来轩冕，问还是、今古人间何物②？旧日重城愁万里，风月而今坚壁③。药笼功名，酒垆身世，可惜蒙头雪④。浩歌一曲，坐中人物三杰⑤。　休叹黄菊凋零，孤标应也，有梅花争发⑥。醉里重揩西望眼，惟有孤鸿明灭⑦。万事从教，浮云来去，枉了冲冠发⑧。故人何在？长庚应伴残月⑨。

注释

❶此词作于绍熙元年（1190）或二年（1191），时作者罢职隐居带湖，或移居瓢泉小住。　❷"倘来"二句：古往今来，功名富贵究竟是何物？倘来轩冕：意谓功名富贵不是人立身之本，一旦拥有，也不过是寄身之物而不会久远相伴。　❸"旧日"二句：旧时我的忧愁深重，如同被万里重城包围，而今风月竟然也避开我，使我无法解忧释愁。重城：表示忧愁如城相围。坚壁：本意为坚守壁垒，不与对方作战，此处指躲藏。　❹"药笼"三句：自己志在建功立业，不

想因出身微贱，致使白发无成。 ❺"浩歌"二句：高歌抒怀，知我者唯座中三友。 ❻"休叹"三句：黄菊虽然凋零，但不必感叹，因为严冬时节已有寒梅争相怒放。喻抗金事业后继有人。孤标：孤傲的风采品格。 ❼"醉里"二句：醉眼拭目遥望西北，唯见孤雁远去而不见消息报来。孤鸿明灭：孤雁时隐时现。 ❽"万事"三句：万事如浮云，来去生灭俱不可捉摸，只是枉费了自己曾面对国家危亡而怒发冲冠。 ❾"故人"二句：感慨故人寥落，如同晨星、残月一样，光芒将退。

念奴娇

【原　文】

再用前韵，和洪莘之通判丹桂词。①

道人元是，道家风②、来作烟霞中物。翠幰裁犀遮不定③，红透玲珑油壁④。借得春工，惹将秋露，薰做江梅雪。我评花谱，便应推此为杰。　　憔悴何处芳枝，十郎手种，看明年花发。坐断虚空香色界⑤，不怕西风起灭。别驾风流⑥，多情更要，簪满嫦娥发。等闲折尽⑦，玉斧重倩修月。

【注　释】

❶这首词大约作于绍熙元年（1190）或绍熙二年（1191），时作者闲居带湖家中。 ❷道人：道人指得道之人或有道术之人。此处的道人、道家当对洪莘之及丹桂而言。 ❸翠幰：翠绿色的车幔。犀，犀牛皮，可裁作车之饰物。 ❹油壁：妇女所乘之油壁车，因车壁以油涂饰而得名。 ❺坐断：坐定之意。 ❻别

驾：官名，汉置，为州刺史之佐吏。此处指洪莘之。 ❼折尽：指折尽神话传说里的月中之桂。

念奴娇

【原 文】

洞庭春晚①，旧传恐是，人间尤物②。收拾瑶池倾国艳，来向朱栏一壁。透户龙香，隔帘莺语，料得肌如雪。月妖真态，是谁教避人杰③。　　酒罢归对寒窗，相留昨夜，应是梅花发。赋了高唐犹想像④，不管孤灯明灭。半面难期⑤，多情易感，愁点星星发。绕梁声在⑥，为伊忘味三月⑦。

【注 释】

❶这首词约作于宋光宗绍熙元年（1190）或绍熙二年（1191）。洞庭春：为酒名。　❷尤物：旧称绝色女子。亦指物之绝美者。　❸人杰：当指狄仁杰。　❹"赋了"句：意谓不见伊人，虽已赋词，意犹未尽。　❺难期：难以实现。　❻绕梁声：余音绕梁。　❼忘味三月：《论语·述而》："子在齐闻《韶》，三月不知肉味。"极言《韶》乐之美。

瑞鹤仙

【原 文】

寿上饶倅洪莘之，时摄郡事，且将赴漕举。①

黄金堆到斗，怎得似、长年画堂劝酒。蛾眉最明秀。向水沉烟里②，两行红袖，笙歌拥就③。争说道、明年时候。被姮娥、做了殷勤，仙桂一枝入手④。　知否。风流别驾，近日人呼，文章太守⑤。天长地久，岁岁上、乃翁寿。记从来人道，相门出相⑥，金印累累尽有。但直须，周公拜前，鲁公拜后。

注 释

❶这首词作于宋光宗绍熙二年（1191），时作者罢官闲居带湖家中。　❷水沉：沉香，名贵香料。　❸拥就：迁就，体贴。这里主要指体贴温存之义。　❹"明年"三句：祝其月中折桂，金榜题名。　❺文章太守：欧阳修《朝中措》词："文章太守，挥毫万字，一饮千钟。"　❻相门出相：《史记·孟尝君列传》："文闻将门必有将，相门必有相。"按：洪莘之伯父洪适曾一度为相，故云。

水调歌头

【原 文】

送施枢密圣与帅江西。信之谶云:"水打乌龟石,方人也大奇。"方人也实"施"字。①

相公倦台鼎②,要伴赤松游。高牙千里东下③,箫鼓万貔貅④。试问东山风月,更着中年丝竹,留得谢公不⑤。孺子宅边水,云影自悠悠⑥。　占古语,方人也,正黑头⑦。穿龟突兀,千丈石打玉溪流。金印沙堤时节⑧,画栋珠帘云雨,一醉早归休。贱子亲再拜⑨,西北有神州。

【注 释】

❶这首词作于宋光宗绍熙二年(1191),时作者罢官闲居带湖家中。　❷"相公"句:谓其厌倦做官,离开了枢密院。　❸"高牙"句:谓其以资政殿大学士出知泉州。高牙:高大的牙旗,指高官的仪仗。　❹貔貅:猛兽,喻指勇猛之军士。　❺谢公:这里借指施圣与。　❻"孺子"二句:王勃《滕王阁序》:"人杰地灵,徐孺下陈蕃之榻。"《滕王阁诗》:"闲云潭影日悠悠,物换星移几度秋。"　❼"占古语"三句:谓施圣与正是黑头公。黑头:谓年少官至公卿之位。　❽沙堤:唐代故事,宰相初拜,京兆使人载沙填路,自府第至于城东街,名沙堤。　❾贱子:作者自称。

清平乐

【原文】

寿信守王道夫①

此身长健，还却功名愿。枉读平生三万卷，满酌金杯听劝。
男儿玉带金鱼②，能消几许诗书。料得今宵醉也，两行红袖争扶。

注释

❶这首词作于宋光宗绍熙二年（1191）秋，时作者罢官闲居带湖家中。 ❷金鱼：唐制，三品以上官员穿紫服，佩金符，刻鲤鱼形，谓之金鱼。

一络索

【原文】

信守王道夫席上，用赵达夫赋金林檎韵。①

锦帐如云处高，不知重数。夜深银烛泪成行，算都把、心期付②。　莫待燕飞泥污，问花花诉。不知花定有情无，似却怕、新词妒。

注释

❶这首词作于宋光宗绍熙二年（1191），时作者罢官闲居带湖家中。林檎：果名，即沙果，也称花红、来禽、文林郎果。或谓此果味甘，果林能招众禽，故有林檎、来禽之名。　❷心期：心中的期许或两心相许。

好事近

【原文】

中秋席上和王路钤①

明月到今宵，长是不如人约。想见广寒宫殿②，正云梳风掠。夜深休更唤笙歌③，檐头雨声恶。不是小山词就④，这一场寥索。

注释

❶这首词作年难考。邓广铭先生认为，以下十一首词，当作于闲居带湖期内，姑且附次于绍熙二年（1191）诸词之后。　❷广寒宫：月宫。　❸笙歌：合笙之歌。　❹小山词：北宋晏几道之词。

好事近

【原文】

送李复州致一席上和韵①

和泪唱阳关②,依旧字娇声稳。回首长安何处③,怕行人归晚。垂杨折尽只啼鸦④,把离愁勾引。却笑远山无数,被行云低损⑤。

【注释】

❶这首词作年同上。 ❷阳关:阳关曲。 ❸长安:为汉、唐故都,这里借指南宋都城临安。 ❹垂杨折尽:我国古代有折柳送别的习俗。 ❺"却笑"二句:谓远山被行云遮断。

好事近

【原文】

和城中诸友韵

云气上林梢,毕竟非空非色①。风景不随人去,到而今留得。老无情味到篇章②,诗债怕人索③。却笑近来林下④,有许多词客。

注释

❶这首词作年同上。佛教谓色即是空，有形之万物为色，而万物为因缘所生，本非实有，故云。　❷情味：兴趣，情趣。　❸诗债：谓知交索诗或索和未及酬答者。　❹林下：指山林隐居之地。

东坡引

【原文】

玉纤弹旧怨①，还敲绣屏面。清歌目送西风雁。雁行吹字断，雁行吹字断②。　夜深拜月③，琐窗西畔。但桂影、空阶满。翠帷自掩无人见。罗衣宽一半，罗衣宽一半。

注释

❶这首词作年同上。玉纤：美人手指。　❷"雁行"句：雁飞成"人"字形。风吹字断，谓雁群失散，喻所念之人不见踪影，音讯全无。　❸拜月：祷祝月圆人团圆。

东坡引

【原 文】

君如梁上燕①,妾如手中扇②。团团清影双双伴。秋来肠欲断,秋来肠欲断。　　黄昏泪眼,青山隔岸。但咫尺、如天远。病来只谢旁人劝。龙华三会愿③,龙华三会愿。

【注 释】

❶这首词作年同上。梁上燕:这里以梁上燕喻"君"自由自在,从容安闲。❷"妾如"句:谓其虽被宠爱,但也有被抛弃的可能。　❸"龙华"句:谓烧香许愿,以求团圆。龙华:指龙华会,庙会的一种。三愿:冯相三愿,"春日宴,绿酒一杯歌一遍,再拜陈三愿:一愿郎君千岁,二愿妾身长健,三愿如同梁上燕,岁岁长相见"。

东坡引①

【原 文】

花梢红未足,条破惊新绿。重帘下遍阑干曲。有人春睡熟,有人春睡熟。　　鸣禽破梦,云偏目蹙②。起来香腮褪红玉。花时爱与愁相续。罗裙过半幅,罗裙过半幅。

注释

❶这首词作年同上。　❷云：这里指鬓云、鬓发。

醉花阴

【原 文】

为人寿

黄花漫说年年好①，也趁秋光老。绿鬓不惊秋，若斗樽前②，人好花堪笑。　蟠桃结子知多少③，家住三山岛④。何日跨归鸾，沧海飞尘，人世因缘了。

注 释

❶这首词作年同上。漫说：徒说，空说。　❷樽：酒樽。　❸蟠桃：相传西王母曾设蟠桃宴祝寿。　❹"家住"句：三山谓海中的瀛洲、方壶、蓬莱三神山，居其地者均长生不老。

醉太平①

【原文】

春晚

态浓意远，眉颦笑浅。薄罗衣窄絮风软，鬓云欺翠卷。　南园花树春光暖，红香径里榆钱满②。欲上秋千又惊懒，且归休怕晚。

【注释】

❶这首词作年同上。　❷香径：花间小路。

乌夜啼①

【原文】

晚花露叶风条、燕飞高。行过长廊西畔、小红桥。　歌再起，人再舞，酒才消。更把一杯重劝、摘樱桃②。

【注释】

❶此词当作于带湖期内，姑附于绍熙二年（1191）诸作之后。　❷摘樱桃：

听歌观舞、醉摘樱桃对古代文人来说是一大趣事。

如梦令①

【原 文】

赋梁燕

燕子几曾归去,只在翠岩深处。重到画梁间,谁与旧巢为主。深许②,深许,闻道凤凰来住。

> 注 释
>
> ❶这首词作年同上。 ❷许:处也。

忆王孙

【原 文】

秋江送别,集古句。①

登山临水送将归②。悲莫悲兮生别离③。不用登临怨落晖④。昔人非⑤。惟有年年秋雁飞⑥。

注 释

❶此词作期同上。此词所集为诗句。　❷"登山"句:《楚辞·九辩》:"憭栗兮若在远行,登山临水兮送将归。"　❸"悲莫"句:《九歌·少司命》:"悲莫悲兮生别离,乐莫乐兮新相知。"　❹"不用"句:杜牧《九日齐山登高》:"但将酩酊酬佳节,不用登临怨落晖。"　❺"昔人非"句:苏轼《陌上花》:"陌上花开蝴蝶飞,江山犹是昔人非。"　❻"惟有"句:李峤《汾阴行》:"不见只今汾水上,唯有年年秋雁飞。"

金菊对芙蓉

【原 文】

重阳①

远水生光,遥山耸翠,霁烟深锁梧桐②。正零瀼玉露,淡荡金风③。东篱菊有黄花吐,对映水、几簇芙蓉。重阳佳致,可堪此景,酒酽花浓。　追念景物无穷。叹少年胸襟,忒煞英雄。把黄英红萼,甚物堪同。除非腰佩黄金印,座中拥、红粉娇容。此时方称情怀,尽拚一饮千钟④。

注 释

❶这首词各本俱不收,唯见于《草堂诗余》后集《节序门》。　❷深锁梧桐:李煜《乌夜啼》:"寂寞梧桐深院锁清秋。"　❸淡荡金风:重阳节前后,天气尚不冷,有似"小阳春",故作者以"淡荡"二字写之。淡荡:谓恬静舒畅。　❹一饮千

钟:谓豪饮。

水调歌头

【原 文】

题永丰杨少游提点一枝堂①

万事几时足?日月自西东②。无穷宇宙,人是一黍太仓中③。一葛一裘经岁,一钵一瓶终日,老子旧家风④。更着一杯酒,梦觉大槐宫⑤。 记当年,吓腐鼠,叹冥鸿⑥。衣冠神武门外,惊倒几儿童⑦。休说须弥芥子,看取鲲鹏斥鷃,小大若为同⑧?君欲论齐物,须访一枝翁⑨。

注 释

❶此词约作于绍熙二年(1191)至绍熙三年(1192)之间,时作者罢职隐居带湖,或移居瓢泉小住。 ❷"万事"二句:人对于世界的欲求永远无法满足,就如同日月总是周而复始地转动一样。 ❸"无穷"二句:人在宇宙之中是如此渺小,就像一粒粟米在巨大的粮仓中。 ❹"一葛"三句:老夫我的生活需求极为简单,夏一葛冬一裘,饥一钵渴一瓶,如此即可了此生涯。葛:指葛布单衣。裘:指裘皮棉衣。经岁:指一年所需。钵:圆形瓦器,可盛放食物。瓶:盛水器皿。终日:指一天所需。 ❺"更着"二句:再饮上一杯酒,就可以梦入大槐宫,然后再从梦中醒来,发现富贵繁华的虚妄。 ❻"记当年"三句:想起当年有人为了一点儿自身利益弹劾我,于是我叹息着脱离尘网,成为高天上的冥鸿。 ❼儿童:是稼轩对于政治庸才的特有蔑称。 ❽"休说"三句:意

谓芥子可以纳须弥于其中是一件很神奇的事,先不要说须弥与芥子的大与小,就来论一论鲲鹏与斥鷃,鲲鹏高飞远举,而斥鷃跟跄于蓬蒿,但是它却并不羡慕鲲鹏的高飞远举,那么应怎么来看待鲲鹏与斥鷃的大与小呢?须弥:佛教中的山名,喻大。芥子:芥菜的种子,喻小。斥鷃:鹌鹑。 ❾"君欲"二句:谓欲辩"齐物"的哲理,须拜访"一枝堂"的主人杨少游。

浣溪沙

【原 文】

席上赵景山提干赋溪台,和韵。①

台倚崩崖玉灭瘢②,青山却作捧心颦③,远林烟火几家村。
引入沧浪鱼得计,展成寥阔鹤能言④,几时高处见层轩⑤。

【注 释】

❶这首词的确切作年难以考知,但不类宦游各地之作,且南宋只有提举坑冶司设于信州境内,因知其作于作者罢官闲居带湖期间。 ❷"台倚"句:谓溪台位于陡峭的山崖下,通体如玉,光洁可爱。此借颂溪台为青山增美。瘢:创痕。崩:高也。 ❸捧心颦:这里以东施效颦状青山如眉黛。 ❹"展成寥阔"句:谓台高且广,鹤也获得活动之地了。 ❺层轩:高轩。

浣溪沙①

【原 文】

妙手都无斧凿瘢,饱参佳处却成警,恰如春入浣花村②。
笔墨今宵光有艳,管弦从此悄无言,主人席次两眉轩③。

注 释

①这首词作期同上。　②浣花村:杜甫在成都所居处。　③眉轩:眉毛扬起,谓喜悦状。

渔家傲①

【原 文】

为余伯熙察院寿。信之谶云②:"水打乌龟石,三台出此时。"伯熙旧居城西,直龟山之北。溪水啮山足矣③,意伯熙当之耶。伯熙学道有新功,一日语余云:"溪上尝得异石,有文隐然,如记姓名,且有长生等字。"余未之见也。因其生朝,姑撷二事为词以寿之。

道德文章传几世,到君合上三台位。自是君家门户事④,当此际,龟山正抱西江水。　三万六千排日醉,鬓毛只恁青青地。江里石头争献瑞，分明是，中间有个长生字。

注 释

❶这首词作年难考。 ❷谶：预言吉凶祸福的文字。 ❸啮：咬。 ❹君家门户事：为君一家之事。

鹊桥仙①

【原文】

寿余伯熙察院

豸冠风采②，绣衣声价，曾把经纶少试。看看有诏日边来③，便入侍、明光殿里④。 东君未老，花明柳媚，且引玉船沉醉⑤。好将三万六千场，自今日、从头数起。

注 释

❶这首词作期同上。 ❷豸冠：獬豸冠，也称法冠，执法者服之。 ❸诏：诏书。日边：天子左右，皇帝身边。 ❹明光殿：汉宫殿名。这里指友人奉诏入朝为官。 ❺玉船：玉制酒器。

沁园春①

【原 文】

期思旧呼奇狮②,或云棋师,皆非也。余考之荀卿书云③:"孙叔敖,期思之鄙人也④。"期思属弋阳郡,此地旧属弋阳县。虽古之弋阳、期思,见之图记者不同,然有弋阳则有期思也。桥坏复成,父老请余赋,作《沁园春》以证之。

有美人兮,玉佩琼琚,吾梦见之⑤。问斜阳犹照,渔樵故里;长桥谁记,今古期思⑥?物化苍茫,神游仿佛,春与猿吟秋鹤飞⑦。还惊笑,向晴波忽见,千丈虹霓⑧。　觉来西望崔嵬,更上有青枫下有溪⑨。待空山自荐,寒泉秋菊;中流却送,桂棹兰旗⑩。万事长嗟,百年双鬓,吾非斯人谁与归⑪?凭栏久,正清愁未了,醉墨休题⑫。

【注 释】

①此词作于绍熙三年(1192)赴闽之前。　②期思:瓢泉所在地。　③荀卿:指荀子,战国时著名学者,主性恶说。　④孙叔敖:春秋时楚国令尹。鄙人:边鄙之人。　⑤"有美人"三句:我梦见了一位朝夕思慕、身佩美玉的"美人"。美人:指孙叔敖。　⑥"问斜阳"四句:感慨时间流逝,风物变迁。古代孙叔敖出生的地方,如今仅仅是渔夫樵子的家园而已。　⑦"物化"三句:神游长桥畔,唯有猿吟鹤飞,而美人已物化无踪,令人有沧海桑田之感。　⑧"还惊笑"三

句：谓桥坏复成，一似长虹卧波。千丈虹霓：指期思长桥。　❾"觉来"二句：神游醒来，西望高山，山上有青枫，山下有溪水。崔嵬：高峻不平的样子。　❿"待空山"四句：且让空山有情，自献寒泉秋菊祭奠孙叔敖；桥下流水却有意迎送，让人扬起旗帜比赛泛舟。　⓫"万事"三句：古来万事可叹，如今双鬓已白，唯有孙叔敖是我心仪之人，我愿意以他为榜样，归依于他。　⓬"凭栏久"三句：谓久久倚着桥栏沉思，心中之愁无穷无尽，醉后的笔墨也难以题写。

沁园春

【原　文】

答余叔良①

我试评君，君定何如，玉川似之②。记李花初发，乘云共语，梅花开后，对月相思。白发重来，画桥一望，秋水长天孤鹜飞。同吟处，看佩摇明月，衣卷青霓。　　相君高节崔嵬③，是此处耕岩与钓溪④。被西风吹尽，村箫社鼓，青山留得，松盖云旗⑤。吊古愁浓，怀人日暮，一片心从天外归⑥。新词好，似凄凉楚些⑦，字字堪题。

【注　释】

❶这首词作期同上。　❷玉川：唐代诗人卢仝，自号玉川子，诗风奇特，著有《玉川子诗集》。　❸相：察看。　❹耕岩与钓溪：分别指傅说和姜尚。傅说，殷高宗时贤相，入相前，隐于傅岩耕田。姜尚，周朝开国元勋，出仕前，隐于

磻溪垂钓。 ❺松盖云旗：以松为盖，以云为旗，喻友人声誉殊佳。 ❻"一片"句：意谓余叔良诗，不论吊古还是怀人，情浓意远，都是苦吟的结果。 ❼楚些：指《楚辞》。

沁园春

【原 文】

答杨世长①

我醉狂吟，君作新声，倚歌和之②。算芬芳定向，梅间得意，轻清多是，雪里寻思③。朱雀桥边，何人会道，野草斜阳春燕飞④。都休问，甚元无霁雨，却有晴霓⑤。　　诗坛千丈崔嵬，更有笔如山墨作溪。看君才未数，曹刘敌手，风骚合受，屈宋降旗⑥。谁识相如，平生自许，慷慨须乘驷马归。长安路，问垂虹千柱，何处曾题⑦。

注 释

❶这首词作期同上。　❷倚歌和之：本指依歌声伴奏，这里指和词。　❸"算芬芳"四句：意谓杨世长所作新声，轻清芬芳，乃从雪里、梅间寻觅而得。算：想来。　❹"朱雀"三句：化用刘禹锡《乌衣巷》："朱雀桥边野草花，乌衣巷口夕阳斜。旧时王谢堂前燕，飞入寻常百姓家。"　❺"甚元无"二句：杜牧《阿房宫赋》："复道行空，不霁何虹？"甚：为何。元：同"原"。　❻"看君"四句：谓其诗可敌曹刘屈宋。曹刘：曹植、刘桢。屈宋：屈原、宋玉。　❼垂虹：指桥。

江神子

【原 文】

闻蝉蛙戏作①

簟铺湘竹帐垂纱②,醉眠些,梦天涯。一枕惊回、水底沸鸣蛙。借问喧天成鼓吹③,良自苦,为官哪④? 心空喧静不争多,病维摩,意云何。扫地烧香、且看散天花。斜日绿阴枝上噪,还又问,是蝉么⑤?

注 释

❶这首词作年难考。戏作:谓游戏之作。 ❷簟:竹席。 ❸鼓吹:乐曲。
❹为官哪:《晋书·惠帝纪》:"帝又尝在华林园,闻虾蟆声,谓左右曰:'此鸣者为官乎,私乎?'或对曰:'在官地为官,在私地为私。'" ❺"斜日"三句:王籍《入若耶溪》诗:"蝉噪林逾静,鸟鸣山更幽。"此处用之。

江神子

【原文】

赋梅,寄余叔良。①

暗香横路雪垂垂,晚风吹,晓风吹②。花意争春、先出岁寒枝③。毕竟一年春事了,缘太早,却成迟④。 未应全是雪霜枝,欲开时,未开时。粉面朱唇、一半点胭脂⑤。醉里谤花花莫恨,浑冷淡,有谁知⑥?

【注释】

❶此词作期同上。 ❷"暗香"三句:写寒梅凌雪开放。暗香:幽香,代指梅花。垂垂:降落貌。 ❸"花意"句:寒梅岁末开花,意欲争春。 ❹"毕竟"三句:从一年的花时来看,梅花欲早反迟。 ❺"未应"四句:梅花欲开未开之时,未必全是雪霜丰姿,它白里透红,犹有胭脂红色。 ❻"醉里"三句:请梅花莫恨我醉后乱语,要知道素雅太过,又有谁来欣赏呢?冷淡:清冷淡泊。知:欣赏,赏识。

朝中措

【原文】

为人寿

年年黄菊艳秋风,更有拒霜红①。黄似旧时宫额②,红如此日芳容。　青青未老,尊前要看,儿辈平戎③。试酿西江为寿,西江绿水无穷。

【注释】

❶这首词作年同上。拒霜:木芙蓉之异名,又名木莲、华木,冬凋夏茂,季秋开花,耐寒不落,故名。　❷宫额:宫妆之额,或以额上点涂黄色。　❸儿辈平戎:用谢安的典故。

朝中措

【原文】

为人寿

年年金蕊艳西风①,人与菊花同。霜鬓经春重绿②,仙姿不饮长红。　焚香度日尽从容,笑语调儿童。一岁一杯为寿,从今更数千钟。

注释

❶这首词作年同上。金蕊:黄色花蕊,亦为菊花之别称。　❷霜鬓:谓白色的鬓发。

朝中措

【原文】

九日小集,时杨世长将赴南宫。①

年年团扇怨秋风,愁绝宝杯空②。山下卧龙风度,台前戏马英雄③。　而今休矣,花残人似,人老花同④。莫怪东篱韵减,只今丹桂香浓⑤。

注释

❶此词作年难考,约作于作者带湖归隐晚期。九日:重阳节。赴南宫:指参加礼部主持的贡举生考试。　❷"年年"二句:以前过重阳节时,不再用团扇纳凉,只怕杯中酒不足饮。　❸"山下"二句:不登山者似有卧龙的风度,登上高台的人好似戏马台上的英雄。卧龙:隐居或者尚未崭露头角的杰出人物。戏马英雄:指能够登上高台驰骋射击的英雄。具体可指项羽,项羽曾在徐州西南的高台上驰射,后人称此台为项羽戏马台。又可以指南朝宋武帝刘裕,刘裕

也曾在重阳节登览过戏马台。❹"而今"三句：今年的重阳节就算了吧，花和我一样，衰老凋残。❺"莫怪"二句：以花作喻，言自己如同韵味清减的菊花，而年轻人则如香气正浓的丹桂一样。东篱：指菊花。借陶渊明采菊东篱的典故。丹桂：贴近"将赴南宫"，有蟾宫折桂之意，谓杨世长获得乡荐，将赴礼部参加考试。

清平乐

【原文】

忆吴江赏木樨①

少年痛饮，忆向吴江醒②。明月团团高树影，十里水沉烟冷③。大都一点宫黄，人间直恁芬芳④。怕是秋天风露，染教世界都香⑤。

注释

❶此闲居带湖之作。按：稼轩在隆兴二年（1164）冬或乾道元年（1165）春，江阴签判任满后，曾有一段流寓吴江的生活。木樨：桂花。❷"少年"两句：回忆当年曾在秋夜畅饮，酒醒吴江。❸"明月"两句：描绘江边月下赏桂的情景。高树影：兼指月中桂影（传说月中有仙桂，更有吴刚伐桂之说）和秋月映照下的人间桂影。水沉烟冷：江水沉寂，烟雾清冷。❹"大都"两句：桂花形小色淡，却给人间带来如此芬芳。❺"怕是"两句：桂花凭借秋风秋露，要将整个世界染香。

清平乐

【原文】

题上卢桥①

清泉奔快,不管青山碍②。十里盘盘平世界,更着溪山襟带③。古今陵谷茫茫,市朝往往耕桑④。此地居然形胜,似曾小小兴亡⑤。

注释

❶此词作年难考,约作于作者带湖归隐晚期。上卢桥:在上饶境内。 ❷"清泉"二句:桥下清泉急速奔流,根本不管青山的阻拦。碍:阻拦。 ❸"十里"二句:上卢桥方圆十里曲折盘旋,山水像带子一般环绕着它。盘盘:回旋曲折貌。更着:更有。溪山襟带:以山为衣襟,以水为衣带。 ❹"古今"二句:古往今来,沧海桑田的变化难以预测,繁华的都市也会转化为耕作的田野。 ❺"此地"二句:今天这里居然成为形胜之地,好似也曾经历过小小的兴衰。形胜:兼指地势险要和风景优美。

水龙吟

【原 文】

寄题京口范南伯知县家文官花。花先白,次绿,次绯,次紫。《唐会要》载学士院有之。①

倚栏看碧成朱,等闲褪了香袍粉。上林高选②,匆匆又换,紫云衣润。几许春风,朝薰暮染,为花忙损。笑旧家桃李,东涂西抹,有多少、凄凉恨。　　拟倩流莺说与,记荣华、易消难整。人间得意,千红万紫,转头春尽③。白发怜君,儒冠曾误④,平生官冷⑤。算风流未减,年年醉里,把花枝问。

【注 释】

❶这首词作年难考。　❷上林:上林苑,秦朝旧苑,汉武帝增而广之。此当借指题序所言唐学士院。　❸"人间得意"三句:写繁花易尽。　❹"白发"二句:写范氏怀才不遇。　❺平生官冷:杜甫《醉时歌》:"诸公衮衮登台省,广文先生官独冷。"按:范南伯一生仅任泸溪及公安两地县令,官终忠训郎,故有此语。

生查子

【原 文】

去年燕子来，帘幕深深处。香径得泥归，都把琴书污①。
今年燕子来，谁听呢喃语。不见卷帘人，一阵黄昏雨。

注 释

❶这首词作年难考。因这四首《生查子》有两首与西岩有关，故编次于带湖期内。

生查子

【原 文】

重叶梅①

百花头上开，冰雪寒中见。霜月定相知，先识春风面。
主人情意深，不管江妃怨②。折我最繁枝，还许冰壶荐。

注 释

❶这首词作年同上。 ❷江妃怨：开元中，高力士出使闽粤，见江采蘋少而丽，选归侍明皇，得宠，性喜梅，玄宗戏称"梅妃"。后杨玉环夺宠，梅妃迁上阳东宫。玄宗封珍珠一斛赐之，梅妃不受，以诗付使者，令进上。诗云："柳叶双眉久不描，残妆和泪污红绡。长门尽日无梳洗，何必珍珠慰寂寥。"

生查子

【原 文】

独游西岩①

青山招不来，偃蹇谁怜汝②？岁晚太寒生，唤我溪边住③。
山头明月来，本在天高处。夜夜入清溪，听读《离骚》去④。

注 释

❶此词作年难考，约作于带湖归隐晚期。西岩：据《上饶县志》，在今江西上饶市南部。它形如覆钟，中空而有螺形悬石，并时见滴水沿石而下，是游览胜地。 ❷"青山"二句：西岩啊，人们招手你也不来俯就，你那骄傲的样子有谁怜爱呢？青山：指西岩。偃蹇：原意高耸，可引申为骄傲、傲慢。 ❸"岁晚"二句：岁暮时西岩多情，召唤我来为它做伴。 ❹"山头"四句：山头的明月，本来是在九天的最高处。可是为听我读《离骚》，它每夜都映入清溪。读《离骚》：指表达对生命的痛苦沉思。

生查子

【原 文】

独游西岩①

青山非不佳,未解留侬住。赤脚踏层冰,为爱清溪故。
朝来山鸟啼,劝上山高处。我意不关渠,自要寻兰去。

【注 释】

❶这首词作期同上。

浣溪沙

【原 文】

黄沙岭①

寸步人间百尺楼,孤城春水一沙鸥,天风吹树几时休。
突兀趁人山石狠②,朦胧避路野花羞,人家平水庙东头。

注 释

❶这首词作年不可确考,因黄沙岭在上饶境内,故很可能作于罢官闲居带湖期间。 ❷趁:追赶。

浣溪沙

【原 文】

漫兴作①

未到山前骑马回,风吹雨打已无梅,共谁消遣两三杯。
一似旧时春意思②,百无是处老形骸③,也曾头上戴花来。

注 释

❶这首词作年同上。漫兴作:兴之所至,随意抒写。 ❷一似:好像。意思:意味。 ❸老形骸:犹言"这副老骨头"。

鹧鸪天

【原文】

黄沙道中即事①

句里春风正剪裁,溪山一片画图开②。轻鸥自趁虚船去,荒犬还迎野妇回③。　松共竹,翠成堆,要擎残雪斗疏梅④。乱鸦毕竟无才思,时把琼瑶蹴下来⑤。

【注 释】

❶此作者带湖之作,作年难考。黄沙道:黄沙岭上的道路。　❷"句里"二句:正在构思着关于春天的诗句,如画的山水突然展现在我眼前。　❸"轻鸥"二句:空船上轻鸥飞舞,荒野里犬迎人归。趁:追逐。虚船:空无所有之船。　❹"松共竹"三句:翠绿一片的松树和青竹,举着一堆残雪,好像要与旁边刚开的梅花相媲美。　❺"乱鸦"二句:飞舞的乌鸦毕竟没有诗才和诗情,不时地把松竹上的白雪踢下来。琼瑶:美玉,此指白雪。蹴:踢。

西江月

【原文】

夜行黄沙道中①

明月别枝惊鹊,清风半夜鸣蝉②。稻花香里说丰年,听取蛙声一片③。　七八个星天外,两三点雨山前④。旧时茅店社林边,路转溪桥忽见⑤。

注 释

❶此作者闲居带湖之作,作年难考。　❷"明月"二句:月光太亮,惊动了长枝条上的乌鹊;清风凉爽,半夜时分送来蝉鸣。　❸"稻花"二句:青蛙藏身在扬花的稻田里,一片喧闹,似在倾诉着丰年的喜悦。　❹"七八个星"二句:天外星星转少,山前雨意渐浓。以连续数量词对偶,在诗词中少见,故新颖巧致。　❺"旧时"二句:转过溪桥,记忆中社林边的茅店忽然显现。此二句为倒装语法。社林:土地庙边的树林。

好事近

【原文】

席上和王道夫赋元夕立春①

彩胜斗华灯②,平地东风吹却。唤取雪中明月,伴使君行乐③。红旗铁马响春冰,老去此情薄。惟有前村梅在,倩一枝随著。

注释

❶这首词作于宋光宗绍熙三年(1192)正月,时作者罢官闲居带湖家中。❷彩胜:旛胜。 ❸使君:对州郡长官的尊称。这里指王道夫。

念奴娇

【原文】

和信守王道夫席上韵①

风狂雨横,是邀勒园林,几多桃李。待上层楼无气力,尘满栏杆谁倚。就火添衣,移香傍枕,莫卷珠帘起。元宵过也,春寒犹自如此。　　为问几日新晴,鸠鸣屋上,鹊报檐前喜②。揩拭老来诗句眼,要看拍堤春水。月下凭肩,花边系马,此兴今休矣。溪南酒贱,光阴只在弹指③。

注 释

❶这首词作于宋光宗绍熙三年(1192)正月。 ❷"鹊报"句:鹊性最恶湿,故遇雨后新晴,则喜而噪。 ❸"溪南"二句:韩愈《醉后》诗:"人生如此少,酒贱且勤置。"

最高楼

【原文】

庆洪景卢内翰七十①

金闺老②,眉寿正如川③。七十且华筵。乐天诗句香山里④,杜陵酒债曲江边⑤。问何如,歌窈窕,舞婵娟。　更十岁、太公方出将⑥。又十岁、武公才入相⑦。留盛事,看明年。直须腰下添金印,莫教头上欠貂蝉⑧。向人间,长富贵,地行仙⑨。

注 释

❶这首词作于宋光宗绍熙三年(1192)春,时洪景卢之子洪莘之犹在信州通判任上,作者罢居带湖家中。 ❷金闺:指金马门,汉代朝廷征召天下有才之士的待诏之处,为著作之庭。 ❸眉寿:祝颂长寿。古以豪眉为寿者相。 ❹"乐天"句:白居易字乐天,晚年自号香山居士。 ❺杜陵酒债:杜甫居杜陵,自称

杜陵布衣。曲江：曲江池，在长安东南。其地有芙蓉苑、杏园、慈恩寺等，为唐代著名游览胜地。　❻"更十岁"句：世传姜太公年七十余钓于渭滨，其后遇文王出猎，载与俱归，立为师，时太公已八十岁了。　❼"又十岁"句：《史记·卫康叔世家》："武公即位，修康叔之政，百姓和集。四十二年，犬戎杀周幽王，武公将兵往佐周平戎，甚有功，周平王命武公为公。"　❽"腰下添金印"二句：谓腰悬金印，头着貂蝉冠。　❾地行仙：犹言如人间仙人，长寿快活。

卷三 宦游三山之词

浣溪沙

【原 文】

壬子春赴闽宪,别瓢泉。^①

细听春山杜宇啼,一声声是送行诗^②,朝来白鸟背人飞^③。
对郑子真岩石卧,赴陶元亮菊花期^④,而今堪诵《北山移》^⑤。

【注 释】

❶此词作于绍熙三年(1192)春。稼轩上年冬接诏出任福建提点刑狱使,此年春离开瓢泉赴任。闽宪:福建提点刑狱。 ❷"细听"二句:仔细倾听春山上杜鹃鸟的啼鸣,一声声地,像是为我写下的送别之诗。 ❸"朝来"句:白鸟即沙鸥,作者初至带湖,与之结盟,今则背盟出仕,故白鸟有恨,且畏人之机心,乃背人飞去。按:此句有内疚、自嘲之意。 ❹"对郑子真"二句:言当初罢职,欲效法郑子真与陶元亮,卧于岩石间,把酒赏菊,终老田园。 ❺"而今"句:而今违心出任闽宪,当自己吟诵《北山移文》而自嘲背盟。《北山移》:指南齐孔稚珪的《北山移文》。此文为孔稚珪假托山灵讽刺周颙而作。因周颙曾与孔稚珪同隐居于钟山,后来周颙应诏出仕,期满进京,经过钟山时,孔稚珪作此文,假托山灵讽刺周颙,并拒绝周颙再入钟山。北山:钟山。

临江仙

【原 文】

和信守王道夫韵,谢其为寿。时仆作闽宪。①

记取年年为寿客,只今明月相随。莫教弦管便生衣②。引壶觞自酌,须富贵何时。　　入手清风词更好,细书白茧乌丝。海山问我几时归③。枣瓜如可啖,直欲觅安期④。

注 释

❶这首词作于宋光宗绍熙三年(1192)夏,时作者任福建提点刑狱。　❷弦管生衣:谓弦管如久置不用,则将蛛网尘封。　❸"海山"句:写海山盼其归去。　❹"枣瓜"二句:《史记·封禅书》载方士李少君语:"臣常游海上,见安期生。安期生食巨枣,大如瓜。安期生,仙者,通蓬莱中,合则见人,不合则隐。"

贺新郎

【原 文】

三山雨中游西湖，有怀赵丞相经始。①

翠浪吞平野。挽天河、谁来照影，卧龙山下②。烟雨偏宜晴更好，约略西施未嫁③。待细把、江山图画。千顷光中堆滟滪，似扁舟、欲下瞿塘马④。中有句，浩难写⑤。　　诗人例入西湖社⑥。记风流、重来手种，绿阴成也⑦。陌上游人夸故国，十里水晶台榭。更复道、横空清夜⑧。粉黛中洲歌妙曲，问当年、鱼鸟无存者。堂上燕，又长夏。

注 释

❶这首词作于宋光宗绍熙三年（1192）。西湖：指福州西湖。赵丞相：指赵汝愚，历官福建安抚使、四川制置使兼知成都府、吏部尚书和同知枢密院事等。淳熙九年（1182）帅福建时，奏请朝廷疏浚西湖，以兴利除害，发展农桑。按：赵汝愚于绍熙五年（1194）始官右丞相。此称丞相，必是后改。　❷卧龙山：《三山志》谓此山在北关外。　❸"烟雨"二句：化用苏轼《饮湖上初晴后雨》："欲把西湖比西子，淡妆浓抹总相宜。"　❹堆滟滪、瞿塘马：滟滪堆，在长江瞿塘峡口，为长江三峡的险滩。李肇《国史补》引民谚说："滟滪大如马，瞿塘不可下。滟滪大如牛，瞿塘不可留。"这里借指福州西湖中的孤山。　❺"中有"二句：这两句大约是暗指人们对疏浚西湖的种种责难。　❻西湖社：这里借指福州西湖文人聚会结社。　❼"记风流"二句：据《唐诗纪事》，杜牧游湖

州,识一民女,年十余岁。与其相约十年后来娶,后十四年,杜牧出守湖州,该女已嫁人生子。因赋《叹花》诗说:"自是寻春去校迟,不须惆怅怨芳时。狂风落尽深红色,绿叶成荫子满枝。"赵汝愚曾于淳熙九年(1182)和绍熙元年(1190)先后两次帅闽,故化用杜牧诗写其"重来",颂其遗泽。 ❽复道:楼阁间有上下两重通道而架空者称为复道。

贺新郎

【原 文】

和前韵①

觅句如东野②。想钱塘、风流处士③,水仙祠下④。更忆小孤烟浪里,望断彭郎欲嫁⑤。是一色、空濛难画。谁解胸中吞云梦,试呼来、草赋看司马。须更把,上林写⑥。　　鸡豚旧日渔樵社。问先生、带湖春涨,几时归也。为爱琉璃三万顷⑦,正卧水亭烟榭。对玉塔、微澜深夜。雁鹜如云休报事⑧,被诗逢敌手皆勍者⑨。春草梦,也宜夏。

注 释

❶这首词亦作于宋光宗绍熙三年(1192)。　❷东野:唐代诗人孟郊字东野,其诗均苦思而得,深为韩愈所推重。　❸风流处士:指林逋。　❹水仙祠:在杭州西湖。　❺小孤、彭郎:小孤山在今江西九江彭泽县北。彭郎矶在其对岸。按:小孤、彭郎与西湖无关,仅因福州西湖中有孤山,联类而及。　❻"谁解"四句:运用司马相如作《子虚赋》和《上林赋》的典故。　❼琉璃三万顷:指

福州西湖烟波浩渺。 ⑧雁鹜：这里喻文吏。 ⑨劲者：强手，劲敌。

贺新郎

【原 文】

又和①

碧海成桑野②。笑人间、江翻平陆，水云高下。自是三山颜色好，更着雨婚烟嫁。料未必、龙眠能画③。拟向诗人求幼妇④，倩诸君、妙手皆谈马。须进酒，为陶写⑤。　　回头鸥鹭瓢泉社。莫吟诗，莫抛尊酒，是吾盟也⑥。千骑而今遮白发，忘却沧浪亭榭⑦。但记得、灞陵呵夜⑧。我辈从来文字饮⑨，怕壮怀、激烈须歌者。蝉噪也，绿阴夏。

注 释

❶这首词作于宋光宗绍熙三年（1192）。 ❷"碧海"句：用沧海变桑田之意。 ❸龙眠：北宋大画家李公麟之号。 ❹幼妇：指绝妙好词。 ❺陶写：陶冶性情，排遣忧闷。写：通"泻"，宣泄。 ❻"鸥鹭瓢泉社"四句：意谓自己曾与鸥鹭结盟，终将退隐。 ❼沧浪亭榭：指作者带湖之家园。 ❽灞陵呵夜：用李广夜归灞陵被亭尉呵斥事。 ❾文字饮：指文人诗文酒会。

小重山

【原 文】

三山与客泛西湖①

绿涨连云翠拂空,十分风月处,着衰翁②。垂杨影断岸西东,君恩重,教且重芙蓉③。 十里水晶宫,有时骑马去,笑儿童④。殷勤却谢打头风,船儿住,且醉浪花中⑤。

注 释

❶此词作于绍熙三年(1192)。三山:代称福州。 ❷"绿涨"三句:西湖绿波漾云,翠木参天,自己有幸住在这风景最美处。 ❸"垂杨"三句:在西湖无柳的东西两岸,可以种植一些芙蓉花来添景。按:言君恩重而让种芙蓉,实有无事可干的无奈。此与稼轩在福建提点刑狱任上遭受排挤的处境有关。 ❹"十里"三句:兴来骑马去游西湖,不禁为儿童拍手取笑。 ❺"殷勤"三句:有时泛舟游湖,不想却遭遇迎面而来的风阻拦,我于是不再划船前行,索性酣醉于浪花之中。按:稼轩多次用打头风、江上风比喻打压他的政治力量。

水调歌头

【原 文】

三山用赵丞相韵,答帅幕王君,且有感于中秋近事,并见之于末章。①

说与西湖客,观水更观山。淡妆浓抹西子,唤起一时观。种柳人今天上,对酒歌翻《水调》,醉墨卷秋澜②。老子兴不浅,歌舞莫教闲③。　看尊前,轻聚散,少悲欢④。城头无限今古,落日晓霜寒⑤。谁唱黄鸡白酒,犹记红旗清夜,千骑月临关⑥。莫说西州路,且尽一杯看⑦。

【注 释】

❶此词作于绍熙三年(1192)秋。赵丞相:赵汝愚。帅幕:帅府幕宾。❷"种柳人"三句:谓幸有赵汝愚当年在此疏浚和美化西湖,他吟咏西湖的墨迹犹在,如同秋水扬波,醉墨淋漓。种柳人:指赵汝愚。今天上:谓赵被朝廷召回任职。醉墨卷秋澜:形容草书的兴会淋漓。　❸"老子"二句:老夫我的兴致也不减于赵相,定使湖边歌舞不休。　❹"看尊前"三句:虽是离宴,人们却看轻聚散,少动悲欢之情。　❺"城头"二句:城外落日继晓霜,循环无穷,今古皆然,司空见惯。　❻"谁唱"三句:是谁在唱起归隐之歌,还记得当年月照旌旗、千骑临关的英雄往事吗?黄鸡白酒:谓退隐后的田园生活。　❼"莫说"二句:不要说仕进是违心的,且喝尽杯中酒吧。西州路:指西州城,东晋名臣谢安虽然见重于朝廷,但始终有退隐东山之志。后因病请求还乡,不许,被召

还京师。当他入京经过西州门时,深感违意逆志之痛。

添字浣溪沙

【原 文】

三山戏作①

记得瓢泉快活时,长年耽酒更吟诗。蓦地捉将来断送,老头皮②。 绕屋人扶行不得,闲窗学得鹧鸪啼③。却有杜鹃能劝道:不如归④!

注 释

❶此词作于绍熙三年(1192) ❷断送老头皮:要了老汉的性命。 ❸"绕屋"二句:老病与忙交加,即便行走不远也需要人搀扶。一个人闲处时则在无人的窗下学会了鹧鸪的啼叫。 ❹"却有"二句:杜鹃劝说道,不如归去。按:杜鹃鸟的啼鸣声若"不如归去"。

西江月

【原 文】

三山作①

贪数明朝重九，不知过了中秋。人生有得许多愁，只有黄花如旧。　　万象亭中殢酒②，九仙阁上扶头③。城鸦唤我醉归休，细雨斜风时候④。

注 释

❶这首词作于宋光宗绍熙三年（1192）。 ❷万象亭：因筑台建亭，尽揽四山之胜，故名曰万象。殢酒：病酒，醉酒。 ❸九仙阁：福州府公厅有九仙楼、赏心阁。扶头：扶头酒，也指醉酒状态。 ❹"细雨"句：张志和《渔父词》："青箬笠，绿蓑衣，斜风细雨不须归。"

水调歌头

【原 文】

壬子三山被召,陈端仁给事饮饯,席上作。①

长恨复长恨,裁作短歌行②。何人为我楚舞,听我楚狂声③?余既滋兰九畹,又树蕙之百亩,秋菊更餐英④。门外沧浪水,可以濯吾缨⑤。 一杯酒,问何似,身后名?人间万事,毫发常重泰山轻⑥。悲莫悲生别离,乐莫乐新相识,儿女古今情⑦。富贵非吾事,归与白鸥盟⑧。

【注 释】

❶此词作于绍熙三年(1192)冬。稼轩奉诏赴临安对问,友人为其饯行,稼轩即席为词。 ❷"长恨"二句:将无限的愁恨,写入眼前的这首小词。 ❸"何人"二句:感慨世间没有知音为之伴舞,让他唱出楚国狂人的歌声。楚狂声:指讽刺当政危殆,不足以合作的声音。 ❹"余既"三句:化用屈原《离骚》诗句,亦用其洁身自好、勤修美德的本意。 ❺"门外"二句:以隐居之处门外的沧浪之水洗涤冠缨,表示性爱洁净,愿意归隐。 ❻"一杯酒"五句:与身后永恒的名声相比,生前杯酒带来的快乐究竟谁更重要?看穿人间万事便知,有时泰山(代指永恒之声名)反而很轻,而毫毛(及时之快乐)反而很重。 ❼"悲莫悲"三句:最快乐的莫过于新相知,而最悲哀的莫过于生别离,这是人之常情,是自古以来人间儿女难免之情感。 ❽"富贵"二句:言自己并不愿涉足官场求取富贵,只愿意回归自然与白鸥忘机相伴。

鹧鸪天

【原文】

三山道中①

抛却山中诗酒窠,却来官府听笙歌②。闲愁做弄天来大,白发栽埋日许多③。　　新剑戟,旧风波,天生余懒奈余何④?此身已觉浑无事,却教儿童莫恁么⑤。

注释

❶此词作于绍熙四年(1193)春,时方由福州出发,在奉诏赴京对问途中。
❷"抛却"二句:埋怨自己不该离开安乐的隐居之所来出仕。诗酒窠:谓作诗吟酒的安乐窝。　❸"闲愁"二句:闲愁有天大,以致白发每日都增加许多。
❹"新剑戟"三句:官场上新的权力斗争如同剑戟交碰,老的遗留问题犹如风波隐伏,而自己却天性疏懒,不愿参与那些无聊庸俗的官场斗争。剑戟:古代的两种武器,比喻官场斗争的硬碰硬。　❺"此身"二句:此生已然不觉有事值得计较,一切随意即可,但是不能教儿辈有如此的生命态度。

西江月

【原文】

癸丑正月四日，自三山被召，经从建宁，席上和陈安行舍人韵。①

　　风月亭危致爽，管弦声脆休催。主人只是旧情怀，锦瑟旁边须醉。　　玉殿何须侬去②，沙堤正要公来。看看红药又翻阶③，趁取西湖春会。

注释

❶此词作于宋光宗绍熙四年（1193）。 ❷"玉殿"句：言自己无须召赴朝廷。 ❸红药：芍药。

西江月

【原文】

用韵和李兼济提举①

　　且对东君痛饮，莫教华发空催。琼瑰千字已盈怀②，消得津头一醉。　　休唱阳关别去③，只今凤诏归来。五云两两望三台④，已觉精神聚会。

注释

❶这首词作于宋光宗绍熙四年（1193）正月。 ❷琼瑰：喻指优美如珠玉之诗文。 ❸阳关：送别曲。 ❹五云：五色祥云，或以之指帝王所在。三台：《晋书·天文志》："三台六星，两两而居，起文昌，列抵太微。一曰天柱，三公之位也。在人曰三公，在天曰三台，主开德宣符也。"

满江红

【原文】

和卢国华①

汉节东南②，看驷马、光华周道③。须信是、七闽还有④，福星来到。庭草自生心意足，榕阴不动秋光好⑤。问不知、何处著君侯⑥，蓬莱岛⑦。　　还自笑，人今老。空有恨，萦怀抱。记江湖十载，厌持旌纛⑧。濩落我材无所用⑨，易除殆类无根潦⑩。但欲搜、好语谢新词，羞琼报⑪。

注释

❶这首词作于宋光宗绍熙四年（1193）。 ❷"汉节"句：谓卢国华来到地处东南沿海的福建出任提点刑狱。 ❸"驷马"句：谓卢国华乘车过处，大路

生辉。驷马：四匹马所拉之车。 ❹七闽：指古代居住在今福建和浙江南部的闽人，因分为七族，故称七闽。 ❺榕阴：榕为常绿乔木，高四五丈，干既生枝，枝复生根，下垂至地，又复为干，故其荫极广大。福州榕树最多，故号榕城。 ❻君侯：对卢国华的尊称。 ❼蓬莱岛：海中仙山名。指蓬莱、方丈、瀛洲。福州因其城中有三山，因以三山为代称。蓬莱亦为三神山之代称，故此蓬莱岛当代指福州。 ❽"记江湖"二句：作者自乾道八年（1172）至淳熙八年（1181），曾屡任郡守、提刑、漕使、安抚使等职，为期恰为十年左右。旌纛（dào）：指地方大吏出巡时仪仗所用的大旗。 ❾濩（huò）落：谓大而平浅，无所容物。 ❿无根潦（lǎo）：谓无源之积水。 ⓫琼报：《诗·卫风·木瓜》："投我以木桃，报之以琼瑶。匪报也，永以为好也。"琼瑶：泛指佩玉，这里借指自己的和诗。

鹧鸪天

【原 文】

　　指点斋樽特地开①，风帆莫引酒船回②。方惊共折津头柳，却喜重寻岭上梅。　　催月上，唤风来，莫愁瓶罄耻金罍③。只愁画角楼头起，急管哀弦次第催④。

【注 释】

❶这首词作于宋光宗绍熙四年（1193）。指点：指挥、指派。斋樽：室内之酒坛。 ❷酒船：载酒之船。 ❸金罍：酒器，尊形，饰以金，刻云雷之象。 ❹急管哀弦：节奏急促的乐曲声。次第：迅急之辞。

菩萨蛮

【原 文】

和卢国华提刑^①

旌旗依旧长亭路^②，尊前试点莺花数^③。何处捧心颦^④，人间别样春。　　功名君自许，少日闻鸡舞^⑤。诗句到梅花，春风十万家。

注 释

❶这首词作于宋光宗绍熙四年（1193）。绍熙三年（1192）春，作者出任福建提点刑狱。四年（1193）秋，改任福建安抚使，提点刑狱由卢国华接任。是年冬，卢国华调任建安转运使，这首词当为送别时的唱和之作。　❷"旌旗"句：谓卢国华依旧要和友人作别，走上长亭之路。长亭：古代设在大路旁供送别之用的亭馆。　❸莺花：一指莺与花，谓春天可资玩赏的景物。一喻妓女。这里可能是指后者，因为作者在篇末自注说："时籍中有放自便者。"籍即歌妓乐籍。　❹捧心颦：喻指美女。　❺闻鸡舞：用祖逖闻鸡起舞的典故。

定风波

【原 文】

三山送卢国华提刑，约上元重来。①

少日犹堪话别离，老来怕作送行诗②。极目南云无过雁，君看：梅花也解寄相思③。　无限江山行未了，父老，不须和泪看旌旗④。后会丁宁何日是？须记：春风十里放灯时⑤。

【注 释】

❶此词作于绍熙四年（1193）冬，时在福建安抚使任上。上元：农历正月十五夜称上元节。❷"少日"两句：以少日即年轻时为比，谓自己现在年事已高，最怕离别送行这样的事了。❸"极目"三句：谓南方虽无大雁传书，梅花也可帮助彼此互通友情。❹"无限"三句：谓友人万里江山尚未行遍，而大丈夫志在四方，父老乡亲不要含泪相送。旌旗：指提点刑狱使出行时的仪仗。❺"后会"三句：指题序所云，约友人上元节再来相会。放灯：上元节也称放灯节。古时有上元放灯、观灯的习俗。

定风波

【原 文】

再用韵,时国华置酒,歌舞甚盛。①

莫望中州叹黍离,元和圣德要君诗②。老去不堪谁似我?归卧,青山活计费寻思③。　谁筑诗坛高十丈?直上,看君斩将更搴旗④。歌舞正浓还有语:记取,须髯不似少年时⑤!

【注 释】

❶此词作于绍熙四年(1193)冬,时在福建安抚使任上。卢国华由闽宪移漕建宁,设酒辞别,稼轩于宴席上"再用韵"以勉之。　❷"莫望"二句:不要为沦陷的中原地区叹息,将来抗金复土的大业会让你作诗歌颂。中州:指中原沦陷地区。叹黍离:表示故国之思和兴废之感。元和圣德:元和,唐宪宗李纯的年号。元和年间,唐王朝曾平定淮西藩镇吴元济之乱,威慑各地藩镇割据势力,使国家稍趋统一。诗人纷纷作诗歌颂。此处借指抗金复土的事业。　❸"老去"三句:谁像我一样老大无成,只能为归卧青山而费尽心力。　❹"谁筑"三句:赞美卢国华诗才出众,鼓励他成为诗坛擂台赛上的夺魁者。　❺"歌舞"三句:规勉友人不要像年轻人一样沉溺于歌舞。

定风波

【原文】

自和①

金印累累佩陆离②,河梁更赋断肠诗③。莫拥旌旗真个去,何处,玉堂元自要论思④。 且约风流三学士⑤,同醉,春风看试几枪旗⑥。从此酒酣明月夜,耳热,那边应是说侬时。

注 释

❶这首词作于宋光宗绍熙四年(1193),时作者任福建安抚使。 ❷陆离:参差众多貌。 ❸"河梁"句:李陵《与苏武》诗:"携手上河梁,游子暮何之?"此句化用其意为卢国华送别。 ❹"玉堂"句:谓其若到朝廷去,那是要谋划国事的。 ❺风流三学士:在唐代谓翰林院、弘文馆、集贤院三院学士为三学士。他们为文学侍从之臣,备皇帝顾问,多由当代名儒充任。 ❻枪旗:茶名,为早茶之一。

满江红

【原 文】

卢国华由闽宪移漕建安,陈端仁给事同诸公饯别,余为酒困,卧青涂堂上,三鼓方醒。国华赋词留别,席上和韵。青涂,端仁堂名也。①

宿酒醒时,算只有、清愁而已。人正在、青涂堂上,月华如洗。纸帐梅花归梦觉②,莼羹鲈脍秋风起。问人生、得意几何时,吾归矣③。　君若问,相思事。料长在,歌声里。这情怀只是,中年如此。明月何妨千里隔,顾君与我何如耳④。向樽前、重约几时来,江山美。

【注 释】

❶这首词作于宋光宗绍熙四年(1193)。　❷纸帐梅花:朱敦儒《鹧鸪天》词:"道人还了鸳鸯债,纸帐梅花醉梦间。"　❸"莼羹"三句:用张翰弃官还吴的故事。　❹"顾君"句:《史记·陈丞相世家》载,吕媭向吕后进谗言云:"陈平为相非治事。日饮醇酒,戏妇女。"陈平闻,日益甚。吕太后闻之,私独喜。面质吕媭于陈平曰:"鄙语曰:'儿妇人口不可用。'顾君与我何如耳。无畏吕媭之谗也。"

鹧鸪天

【原 文】

　　点尽苍苔色欲空，竹篱茅舍要诗翁①。花余歌舞欢娱外，诗在经营惨淡中②。　　听软语，笑衰容，一枝斜坠翠鬟松。浅颦深笑谁堪醉，看取萧然林下风③。

【注 释】

　❶这首词作于宋光宗绍熙四年（1193）冬，时作者任福建安抚使。要：同"邀"。　❷惨淡经营：这里指精心作诗。　❸林下风：指超逸的风致。

鹧鸪天

【原 文】

　　用前韵赋梅。三山梅开时，犹有青叶甚盛。余时病齿。①

　　病绕梅花酒不空，齿牙牢在莫欺翁。恨无飞雪青松畔，却放疏花翠叶中。　　冰作骨，玉为容，当年宫额鬓云松②。直须烂醉烧银烛③，横笛难堪一再风④。

注 释

❶这首词作于宋光宗绍熙四年（1193）冬，时作者任福建安抚使。 ❷宫额：指梅额、梅花妆。 ❸烧银烛：苏轼《海棠》诗："只恐夜深花睡去，故烧高烛照红妆。" ❹横笛：横吹之笛，即今所用的七孔笛。这里代指笛曲。

鹧鸪天①

【原 文】

桃李漫山过眼空，也曾恼损杜陵翁②。若将玉骨冰姿比，李蔡为人在下中③。　寻驿使，寄芳容，陇头休放马蹄松④。吾家篱落黄昏后，剩有西湖处士风⑤。

注 释

❶此词作于宋光宗绍熙四年（1193），为赋梅之作。 ❷"桃李"两句：言桃李虽艳，过眼即逝，无怪杜甫为之恼恨。 ❸"若将"两句：若将桃李与梅花相比，则前者不过人中李蔡而已，实在中下之品。"李蔡"句：语出《史记·李将军列传》。李蔡为李广的族弟，为人在下中，名声远不如李广。李广没有爵邑之赐，官不过九卿，而李蔡却被封侯，位至三公。 ❹"寻驿使"三句：谓梅花能沟通友谊，寄托相思。 ❺"吾家"两句：谓梅生性幽僻，有隐士之风。剩有：颇有。西湖处士：指北宋初年名士、诗人林逋。

行香子

【原文】

三山作①

好雨当春②,要趁归耕,况而今、已是清明。小窗坐地,侧听檐声③。恨夜来风,夜来月,夜来云④。 花絮飘零,莺燕丁宁,怕妨侬、湖上闲行⑤。天心肯后,费甚心情⑥。放霎时阴,霎时雨,霎时晴⑦。

注 释

❶此词作于绍熙五年(1194)春,作者时在福建安抚使任上。 ❷好雨当春:杜甫《春夜喜雨》:"好雨知时节,当春乃发生。" ❸"小窗"二句:坐在小窗前,侧耳听着屋檐滴水的声音。 ❹"恨夜来风"三句:怅恨春夜风云变化,阴晴不定。 ❺"花絮"三句:春花和柳絮一起飘零,春天将去,莺儿和燕子对我说,雨后路上泥泞,可能会妨碍了去湖上散步的好兴致。 ❻"天心"二句:若是天意应允我的求闲之意,我又何必费尽心思、琢磨猜测。 ❼"放霎时阴"三句:言天意难测,忽阴忽雨忽晴,不知其是何用心。

水调歌头

【原 文】

题张晋英提举玉峰楼①

木末翠楼出②,诗眼巧安排③。天公一夜,削出四面玉崔嵬④。畴昔此山安在,应为先生见晚,万马一时来。白鸟飞不尽,却带夕阳回。　　劝公饮,左手蟹,右手杯。人间万事变灭,今古几池台。君看庄生达者,犹对山林皋壤,哀乐未忘怀。我老尚能赋,风月试追陪。

注 释

❶这首词作于宋光宗绍熙五年(1194),时作者任福建安抚使。　❷木末:树梢。　❸诗眼:全诗中最精彩的关键性诗句。此处借指依山建楼,独具匠心。　❹玉崔嵬:喻玉峰楼。

最高楼

【原 文】

吾拟乞归,犬子以田产未置止我,赋此骂之。①

吾衰矣,须富贵何时②。富贵是危机③。暂忘设醴抽身去,未曾得米弃官归④。穆先生,陶县令,是吾师⑤。　待葺个、园儿名"佚老",更作个、亭儿名"亦好",闲饮酒,醉吟诗⑥。千年田换八百主,一人口插几张匙⑦?便休休,更说甚,是和非⑧!

注 释

❶此词作于绍熙五年(1194),时作者在福建安抚使任上。乞归:向朝廷请求罢仕归隐。犬子:原为对自己儿子的爱称,后为在别人面前对自己儿子的谦称。止我:劝阻我。　❷"吾衰矣"二句:我已经衰老,而富贵不知何时才会来。　❸富贵是危机:富贵中酝酿着政治上的危机。　❹"暂忘"二句:应该效法古人,及早弃官抽身,归隐田园。　❺穆先生:穆生。陶县令:陶渊明。吾师:我的老师。　❻"待葺个"四句:想象今后悠闲的隐居生活,修筑园亭,诗酒自娱。葺:修建。佚老:老来安逸。　❼"千年田"二句:富贵无常,人应知足戒贪。　❽"便休休"三句:不要再说什么是非了,一切都作罢了。

清平乐

【原文】

寿赵民则提刑。时新除,且素不喜饮。①

诗书万卷,合上明光殿。案上文书看未遍,眉里阴功早见②。十分竹瘦松坚,看君自是长年。若解尊前痛饮③,精神便是神仙。

【注释】

❶这首词作于宋光宗绍熙五年(1194),时作者任福建安抚使。新除:指新任提刑之职。 ❷阴功:阴德。古人认为积有阴功的人长寿。 ❸"若解"句:谓如果懂得饮酒之乐,和词序"素不喜饮"相照应。

感皇恩①

【原文】

露染武夷秋,千蛮耸翠②。练色泓澄玉清水③,十分冰鉴,未吐玉壶天地④。精神先付与、人中瑞。　青锁步趋⑤,紫微标致⑥,凤翼看看九十里⑦。任挥金碗,莫负凉飔佳致。瑶台人度曲⑧，千秋岁。

注 释

❶这首词大约作于作者帅闽期间。 ❷蛮：当为"峦"字之误。 ❸"练色"句：形容九曲溪溪水深广清澈。 ❹玉壶：玉制之壶。喻高洁之意。这里似借喻秋月。 ❺青锁：同"青琐"，宫门上镂刻的青色图纹，后借指宫门。步趋：行走，后转为追随、相随之意。 ❻紫微：唐开元元年，改中书省为紫微省，中书令为紫微令，中书舍人为紫微舍人。 ❼凤翼：凤凰之羽翼，喻俊杰之士。 ❽瑶台：美玉砌成之台，极言其华丽。度曲：这里指按谱唱歌。

一枝花

【原 文】

醉中戏作

千丈擎天手，万卷悬河口①。黄金腰下印，大如斗②。更千骑弓刀，挥霍遮前后③。百计千方久。似斗草儿童，赢个他家偏有。

算枉了、双眉长恁皱。白发空回首。那时闲说向，山中友。看丘陇牛羊，更辨贤愚否④。且自栽花柳。怕有人来，但只道、今朝中酒⑤。

注 释

❶这首词作年难考。悬河口：谓极有口才。 ❷"黄金"二句：极言功高位

显。　❸"更千骑"二句：极言官员出巡时仪仗之盛大。　❹"丘陇"两句：感叹人世变化无常。　❺中酒：醉酒。

瑞鹤仙

【原 文】

赋梅①

雁霜寒透幕，正护月云轻，嫩冰犹薄②。溪奁照梳掠，想含香弄粉，艳妆难学③。玉肌瘦弱，更重重、龙绡衬着④。倚东风、一笑嫣然，转盼万花羞落⑤。　　寂寞。家山何在？雪后园林，水边楼阁⑥。瑶池旧约，鳞鸿更仗谁托⑦？粉蝶儿只解，寻桃觅柳，开遍南枝未觉⑧。但伤心、冷落黄昏，数声画角⑨。

注 释

❶此词作年不详，邓广铭先生以为作于仕闽时期。　❷"雁霜"三句：严霜将寒意送进帘幕，月边一缕淡云，地面薄冰初生。　❸"溪奁"三句：梅花临水照镜，以幽香娇粉，造成一种人间百花难学的幽艳妆容。　❹"玉肌"二句：言梅花如同玉肌清瘦的佳人，穿着重重鲛绡制成的绢纱之衣。龙绡：鲛绡，传说中海中鲛人所织成的一种细致、轻薄、柔软的绢纱。　❺"倚东风"二句：在东风初起的季节，梅花眼波流转，嫣然一笑，能令人间万花羞惭失色。　❻"寂寞"四句：如此梅花却有无限寂寞，因为她离开了故乡，只能在雪后的园林里、水边的楼阁旁为人作点缀。　❼"瑶池"二句：梅花虽然和天上瑶池有旧约，可是该托谁捎去思乡的书信。瑶池旧约：传说中，红梅本是天上西

王母在瑶池边所种植的碧桃下凡所化,故她本来生长在瑶池仙境。 ❽"粉蝶儿"三句:言蝴蝶无知,只知道亲近桃柳等寻常俗物,却看不见幽香美色的梅花已经开满了朝南的树枝。 ❾"但伤心"二句:梅花只能在黄昏画角的吹送中自伤零落。

念奴娇

【原 文】

戏赠善作墨梅者①

江南尽处,堕玉京仙子②,绝尘英秀。彩笔风流,偏解写、姑射冰姿清瘦③。笑杀春工,细窥天巧,妙绝应难有。丹青图画,一时都愧凡陋。 还似篱落孤山,嫩寒清晓,只欠香沾袖。淡伫轻盈,谁付与、弄粉调朱纤手。疑是花神,朅来人世④,占得佳名久。松篁佳韵,倩君添做三友⑤。

【注 释】

❶这首词作年难考。墨梅:墨画之梅。 ❷玉京仙子:指善作墨梅者。玉京:道家书中称天帝居处为玉京。 ❸姑射:山名,藐姑射之省称,借指美貌仙人。这里喻指墨梅。 ❹"朅来"句:"朅"为发语词,以"来"为义。言疑是花神来到人世也。 ❺"松篁"二句:松、竹、梅素有"岁寒三友"之称,盖言其经冬不凋谢也。篁:竹。

念奴娇

【原文】

题梅①

疏疏淡淡，问阿谁、堪比天真颜色。笑杀东君虚占断②，多少朱朱白白③。雪里温柔，水边明秀，不借春工力。骨清香嫩，迥然天与奇绝。　　常记宝箧寒轻④，琐窗人睡起，玉纤轻摘。漂泊天涯空瘦损，犹有当年标格⑤。万里风烟，一溪霜月，未怕欺他得。不如归去，阆苑有个人惜⑥。

【注释】

❶这首词作年难考。　❷东君：司春之神。　❸朱朱白白：形容花朵颜色甚多。　❹宝箧：名园。箧，禁苑或苑囿四围的竹篱。　❺标格：风范，风度。　❻阆苑：传说中神仙居住之地。

水龙吟

【原文】

过南剑双溪楼①

举头西北浮云,倚天万里须长剑②。人言此地,夜深长见,斗牛光焰③。我觉山高,潭空水冷,月明星淡④。待燃犀下看,凭栏却怕,风雷怒,鱼龙惨⑤。　　峡束沧江对起,过危楼、欲飞还敛⑥。元龙老矣,不妨高卧,冰壶凉簟⑦。千古兴亡,百年悲笑,一时登览⑧。问何人又卸,片帆沙岸,系斜阳缆⑨?

【注释】

❶此词作于绍熙三年(1192)至绍熙五年(1194)间,时作者在福建提刑或福建安抚使任上,写于闽中巡视途中。南剑:宋代州名。　❷"举头"二句:抬头仰望着西北的蔽天浮云,应有一把倚天剑把浮云除去。　❸"人言"三句:人们说这里的水中有宝剑,深夜里可以见到宝剑直冲斗牛的剑气。光焰:指地下宝剑生出的神光紫气。　❹"我觉"三句:站在峡谷下,设想剑溪夜晚险峻、空旷、寒冷的景象,表现了作者遭受阻碍的特殊心境。　❺"待燃犀"四句:想点燃犀牛角看下剑溪,又害怕看见风雷震怒、鱼龙发威的情景。　❻"峡束"二句:峡谷约束着剑溪、樵川汇合后其势欲飞的江水,使江水经过双溪楼时,其奔腾之势有所收敛。　❼"元龙"三句:以汉代"湖海之士"即陈登自喻,表示自己也曾有经略天下的大志,而今老去,只想高卧在双溪楼这个清凉洁净的世界里。　❽"千古兴亡"三句:承前"高卧"而来,言在此登楼远眺,一时

间似可总揽千年间国家的兴亡、百年间人生的悲喜。 ❾"问何人"三句：试问是谁在夕阳下、沙岸边，系缆维舟，不再远行。按：此言自己的所为和心态。斜阳：日落时分，代指人生的晚年。

瑞鹤仙

【原 文】

南剑双溪楼①

片帆何太急。望一点须臾，去天咫尺。舟人好看客。似三峡风涛，嵯峨剑戟。溪南溪北。正遐想，幽人泉石。看渔樵、指点危楼，却羡舞筵歌席。　　叹息。山林钟鼎②，意倦情迁，本无欣戚③。转头陈迹，飞鸟外，晚烟碧。问谁怜旧日，南楼老子，最爱月明吹笛。到而今、扑面黄尘，欲归未得。

注 释

❶这首词约作于宋光宗绍熙三年（1192）岁末作者被召赴京途中。　❷山林钟鼎：喻隐退和仕进。　❸欣戚：愉悦与悲伤。

鹧鸪天①

【原文】

欲上高楼去避愁,愁还随我上高楼。经行几处江山改,多少亲朋尽白头②。　归休去,去归休③,不成人总要封侯?浮云出处元无定,得似浮云也自由④。

注释

❶此词广信书院本未收,疑作于闽中,故编次于此。　❷"经行"两句:所经之处江山易貌,亲朋尽已白头。　❸归休:致仕归去。　❹"浮云"两句:谓浮云原本行踪无定,如真似浮云,大可自由逍遥。出处无定:出没无定,犹言浮云行踪不定。

柳梢青

【原文】

三山归途,代白鸥见嘲。①

白鸟相迎,相怜相笑,满面尘埃。华发苍颜,去时曾劝,闻早归来②。　而今岂是高怀,为千里莼羹计哉③!好把《移文》④,

从今日日，读取千回。

注 释

❶此词作于绍熙五年（1194）秋，时稼轩二度罢仕，朝廷委以虚职，主管建宁府武夷山冲佑观。遂由闽返乡，再过赋闲生活。　❷"白鸟"六句：白鸟，即白鸥。稼轩初居带湖时，曾与白鸥为盟，一心寄情山水。　❸"而今"二句：反用张翰弃官归乡的典故自嘲遭弹劾而被放逐。　❹《移文》：指孔稚珪的《北山移文》。

卷四 归隐瓢泉之词

沁园春

【原文】

再到期思卜筑^①

一水西来，千丈晴虹，十里翠屏^②。喜草堂经岁，重来杜老，斜川好景，不负渊明^③。老鹤高飞，一枝投宿，长笑蜗牛戴屋行^④。平章了，待十分佳处，着个茅亭^⑤。　　青山意气峥嵘，似为我归来妩媚生^⑥。解频教花鸟，前歌后舞；更催云水，暮送朝迎^⑦。酒圣诗豪，可能无势，我乃而今驾御卿^⑧。清溪上，被山灵却笑，白发归耕^⑨。

注释

❶此词作于绍熙五年（1194）秋冬之间，时作者罢职闲居带湖。期思：在今江西上饶铅山县。按：稼轩闲居带湖时，曾在期思买得瓢泉，也曾在期思初修小筑，并往返于带湖、瓢泉之间。再卜筑：再次选地盖房。古人修筑新居前，习惯请卜者看地形、观风水以确定宅地，故称卜宅、卜居、卜筑。❷"一水"三句：描绘瓢泉山水之美，西边有十里如画的青崖，一条高高的飞瀑将流水从西山带来。千丈晴虹：高高的飞瀑如同晴天的彩虹。十里翠屏：翠绿的山崖绵延十里之长。❸"喜草堂"四句：以杜甫重归浣花草堂、陶渊明重游斜川作比，表达自己再度隐居时的喜悦。❹"老鹤"三句：欲学老鹤，觅得一枝栖身；不愿学蜗牛，身为造屋所累。老鹤：代指饱尝世事的老者。一枝：谓大小适宜即可。❺"平章了"三句：对瓢泉品评一番，要在最美好的地方建一个

茅亭。着:建造。 ❻"青山"二句:青山看上去格外高峻不凡、风景优美,好像是因为我归来而增添了若干美丽的风采。 ❼"解频教"四句:谓青山懂得频频让花鸟绕着我又歌又舞;又催动了云朵和流水对我朝暮相迎送。 ❽"酒圣"三句:作为酒圣诗豪的我,怎么能够没有势力呢?从今以后,我就统御青山啦。 ❾"清溪上"三句:伫立清溪边,听到山灵嘲笑我,白发始返田园归耕不是太迟了吗?

祝英台近

【原 文】

与客饮瓢泉,客以泉声喧静为问。余醉,未及答。或者以"蝉噪林逾静"代对,意甚美矣。翌日为赋此词以褒之。①

水纵横,山远近,拄杖占千顷②。老眼羞明,水底看山影③。试教水动山摇,吾生堪笑,似此个、青山无定④。　　一瓢饮⑤,人间"翁爱飞泉,来寻个中静;绕屋声喧,怎做静中境⑥"?"我眠君且归休,维摩方丈,待天女、散花时问⑦。"

【注 释】

❶此词大约作于绍熙五年(1194)或庆元元年(1195),时稼轩二次罢居信州带湖。 ❷"水纵横"三句:拄杖游遍瓢泉的重山叠水。 ❸"老眼"两句:老眼怕光,只能欣赏水上的青山倒影。 ❹"试教"三句:水波荡而山影摇,笑自己一生恰如山影飘摇无定。 ❺一瓢饮:此借指一瓢酒,即题序之"饮瓢泉"。 ❻"人问"四句:你来瓢泉求静,而泉声喧嚣,何以至静? ❼"维

摩"两句：用维摩讲经、天女散花的佛经故事作答。

水龙吟

【原文】

用"些"语再题瓢泉，歌以饮客，声韵甚谐，客皆为之釂。①

听兮清珮琼瑶些，明兮镜秋毫些②。君无去此③，流昏涨腻，生蓬蒿些④。虎豹甘人，渴而饮汝，宁猿猱些⑤。大而流江海，覆舟如芥，君无助，狂涛些⑥。　路险兮山高些，块予独处无聊些⑦。冬槽春盎，归来为我，制松醪些⑧。其外芳芬，团龙片凤，煮云膏些⑨。古人兮既往，嗟予之乐，乐箪瓢些。

【注释】

❶此词为庆元元年（1195）之作。用"些"语：用"些"字作语尾叹声。"些"，为古代楚地方言中的语尾助词，仅表声，无实义。釂（jiào）：喝尽杯中之酒，犹言"干杯"。　❷"听兮"两句：赞美瓢泉声脆如玉珮叮咚，水明如镜可察秋毫。秋毫：秋天鸟兽身上新长出来的极细小的毛，用以形容极细微的东西。　❸君：指瓢泉。去：离开。　❹"流昏"两句：浊水会污染你的清白，野草会窒息你的生命。　❺"虎豹"三句：与其为食人的虎豹解渴，宁肯让吃果的猿猱饮用。　❻"大而"四句：一旦汇入江海，你切莫推波助澜、覆舟杀生。大：壮大，指泉水与其他水合流。　❼"路险"两句：外面山高路险，而我这里却独处无聊。　❽"冬槽"三句：请瓢泉归来为我酿酒。　❾"其外"三句：请瓢泉归来为我煮茶。团龙、片凤：皆茶名。云膏：形容煎好后的茶如云脂油

膏般软滑宜口。

兰陵王

【原文】

赋一丘一壑①

一丘壑,老子风流占却②。茅檐上、松月桂云,脉脉石泉逗山脚。寻思前事错,恼杀晨猿夜鹤③。终须是、邓禹辈人,锦绣麻霞坐黄阁④。　　长歌自深酌。看天阔鸢飞,渊静鱼跃⑤,西风黄菊香喷薄。怅日暮云合,佳人何处,纫兰结佩带杜若⑥。入江海曾约。

遇合,事难托⑦。莫击磬门前,荷蒉人过⑧。仰天大笑冠簪落⑨。待说与穷达⑩,不须疑著。古来贤者,进亦乐,退亦乐⑪。

【注释】

❶此词约作于庆元元年(1195)秋。　❷"一丘壑"两句:谓有幸占断此处山水风流。一丘壑:一丘一壑,即一山一水。　❸"寻思"两句:不该错入仕途,徒使猿鹤怨恨。　❹"终须"两句:谓功名当是邓禹辈之事。麻霞:色彩斑斓。黄阁:指丞相府。　❺"看天阔"两句:喻心境之舒展自在。　❻"怅日暮"三句:日将暮而佳人未来,令人惆怅。　❼"遇合"两句:君臣遇合之事难有凭托。遇合:得到君主的赏识。　❽"莫击"两句:勿效孔子击磬于卫,唯恐不为人知。荷蒉人:挑草筐之人。　❾"仰天"句:此喻傲笑林泉,不以仕进为怀。　❿穷达:指人生路上的困厄与显达。　⓫"古来贤者"三句:以古贤者为师,进退皆乐。

卜算子

【原文】

饮酒不写书①

一饮动连宵②,一醉长三日。废尽寒温不写书,富贵何由得③。请看冢中人,冢似当时笔④。万札千书只恁休,且进杯中物。

> **注 释**
>
> ❶这首词作于宋宁宗庆元元年(1195)。 ❷连宵:连夜。 ❸"废尽"二句:杜甫《题柏学士茅屋》:"富贵必从勤苦得,男儿须读五车书。"寒温:寒暑。 ❹"请看"二句:李肇《唐国史补》:"长沙僧怀素好草书,自言得草圣三昧,弃笔堆积,埋于山下,号曰笔冢。"

卜算子

【原文】

饮酒成病①

一个去学仙,一个去学佛。仙饮千杯醉似泥,皮骨如金石。

不饮便康强,佛寿须千百。八十余年入涅槃②,且进杯中物。

注释

❶这首词作期同上。 ❷"八十"句:佛家谓释迦牟尼年八十,圆寂于跋陀河之婆罗双树间。涅槃:佛家语,谓永离诸趣,入不生不灭之门,亦曰圆寂。

卜算子

【原文】

饮酒败德①

盗跖倘名丘,孔子还名跖②。跖圣丘愚直到今,美恶无真实。简策写虚名③,蝼蚁侵枯骨。千古光阴一霎时,且进杯中物。

注释

❶这首词约作于宋宁宗庆元元年(1195)。 ❷"盗跖"二句:谓倘若盗跖与孔丘姓名互换。盗跖:传说中的古代大盗。 ❸简策:犹言"史书"。以竹为简,合数简成册。

水龙吟

【原 文】

爱李延年歌①、淳于髡语②,合为词,庶几高唐、神女、洛神赋之意云。③

昔时曾有佳人,翩然绝世而独立。未论一顾倾城,再顾又倾人国。宁不知其,倾城倾国,佳人难得④。看行云行雨,朝朝暮暮,阳台下、襄王侧⑤。　　堂上更阑烛灭。记主人、留髡送客。合尊促坐,罗襦襟解,微闻芗泽⑥。当此之时,止乎礼义,不淫其色⑦。但啜其泣矣,啜其泣矣,又何嗟及。

注 释

❶此词作年难考。意必作于止酒前痛饮潦倒之际。李延年:汉武帝外戚,擅音乐,因其妹李夫人得宠于武帝,而作此歌。　❷淳于髡语:《史记·滑稽列传》载,淳于髡长不满七尺,滑稽多辩,威王置酒宫中,赐之酒,问他能饮多少而醉,他说臣饮一斗亦醉,一石亦醉,视具体情况而定。　❸高唐、神女:赋名,楚国宋玉作。洛神:《洛神赋》,曹植所作。　❹"昔时"七句:隐括《李延年歌》。　❺"看行云"三句:用宋玉《高唐赋》所写楚襄王与高唐神女梦中幽会的故事。　❻"堂上"五句:隐括淳于髡语。芗泽:香泽,谓香气。　❼"止乎"二句:谓面对美色,能以礼克制自己的情感。淫:色欲过度。

菩萨蛮①

【原 文】

淡黄宫样鞋儿小,腰肢只怕风吹倒。蓦地管弦催,一团红雪飞。 曲终娇欲诉,定忆梨园谱②。指日按新声③,主人朝玉京④。

注 释

❶这首词作年难考。 ❷梨园:唐明皇曾选乐工三百人、宫女数百人,教授乐曲于梨园,亲自订正声误,号皇帝梨园子弟。后称戏班为梨园。 ❸按新声:演奏新作的乐曲。 ❹玉京:指帝都。

菩萨蛮

【原 文】

赠周国辅侍人①

画楼影蘸清溪水,歌声响彻行云里②。帘幕燕双双,绿杨低映窗。 曲中特地误,要试周郎顾③。醉里客魂消,春风大小乔④。

注释

❶这首词作年同上。 ❷"歌声"句：谓侍人歌声嘹亮动听。 ❸"曲中"二句：用周郎顾曲的典故。这里的"周郎"也是侍人对周国辅的敬称。 ❹大小乔：《三国志》："桥公两女，皆国色也。策自纳大桥，瑜纳小桥。"后以江东二乔或大小乔指美女。

鹧鸪天

【原文】

送元济之归豫章。①

欹枕婆娑两鬓霜，起听檐溜碎喧江②。那边玉箸消啼粉，这里车轮转别肠。　　诗酒社，水云乡③，可堪醉墨几淋浪④。画图恰似归家梦，千里河山寸许长⑤。

注释

❶据邓广铭先生考证，这两首"送元济之"词"必作于绍熙之后"。姑附于庆元初年诸作后。 ❷檐溜：指檐下水溜。 ❸水云乡：多指隐者居游之地。 ❹醉墨：醉笔。 ❺"画图"二句：意谓画家能将千里江山缩写于寸幅之中，亦犹离家千里之旅客可于梦中返抵家乡也。

江神子

【原 文】

送元济之归豫章①

乱云扰扰水潺潺,笑溪山,几时闲。更觉桃源,人去隔仙凡②。万壑千岩楼外雪,琼作树,玉为栏。　倦游回首且加餐③,短篷寒,画图间。见说娇颦,拥髻待君看④。二月东湖湖上路,官柳嫩,野梅残。

注 释

❶这首词作期同上。　❷"更觉"二句：运用刘晨、阮肇入天台山遇仙女的典故,写其与元济之的别情。但此处的桃源又确有其地。作者自注："桃源乃王氏酒垆,与济之作别处。"　❸加餐：《古诗十九首》之一："弃捐勿复道,努力加餐饭。"　❹拥髻：捧持发髻。

鹧鸪天

【原 文】

送欧阳国瑞入吴中①

莫避春阴上马迟，春来未有不阴时②。人情辗转闲中看，客路崎岖倦后知。　　梅似雪，柳如丝，试听别语慰相思。短篷炊饭鲈鱼熟，除却松江枉费诗③。

【注 释】

❶此作者闲居之作。　❷"莫避"两句：初春避荫，上马莫迟。　❸"短篷"两句：言友人此去吴中，正是景佳鲈美之地。

行香子①

【原 文】

归去来兮，行乐休迟。命由天、富贵何时。百年光景，七十者稀。奈一番愁，一番病，一番衰。　　名利奔驰，宠辱惊疑。旧家时、都有些儿②。而今老矣，识破机关。算不如闲，不如醉，不如痴。

注释

❶据"归去"各句,知其亦为庆元元年(1195)或庆元二年(1196)作。 ❷旧家:作"旧来"或"从前"讲。

浣溪沙

【原文】

别澄上人,并送性禅师。①

梅子熟时到几回,桃花开后不须猜②,重来松竹意徘徊。
惯听禽声应可谱,饱观鱼阵已能排,晚风挟雨唤归来。

注释

❶这首词系作者自闽归后作,盖初归未久,因次于庆元初。 ❷"桃花"句:福州灵云志勤禅师初在沩山,因桃花悟道,有偈曰:"三十年来寻剑客,几回落叶几抽枝。自从一见桃花后,直到如今更不疑。"

浣溪沙

【原文】

种梅菊

百世孤芳肯自媒①,直须诗句与推排②,不然唤近酒边来。
自有渊明方有菊,若无和靖即无梅③,只今何处向人开。

【注释】

❶这首词作年难考。邓先生认为当作于庆元元年(1195)或庆元二年(1196)。肯:岂肯、怎肯之意。自媒:指妇女不待媒而自求夫,也有自荐之意。
❷推排:犹云考校、安排。 ❸和靖:北宋隐逸诗人林逋。

清平乐①

【原文】

春宵睡重,梦里还相送。枕畔起寻双玉凤②,半日才知是梦。
一从卖翠人还,又无音信经年。却把泪来做水,流也流到伊边。

注 释

❶这首词作年同上。 ❷双玉凤：指玉凤钗。

杏花天①

【原 文】

牡丹昨夜方开遍，毕竟是、今年春晚。荼蘼付与薰风管②，燕子忙时莺懒。　多病起、日长人倦，不待得、酒阑歌散③。副能得见茶瓯面④，却早安排肠断。

注 释

❶这首词作年同上。 ❷薰风：和风，指初夏的东南风。 ❸酒阑：饮酒过半之时。 ❹副能：方才，能够。

杏花天

【原 文】

嘲牡丹①

牡丹比得谁颜色，似宫中、太真第一②。渔阳鼙鼓边风急③，人在沉香亭北④。　　买栽池馆多何益，莫虚把、千金抛掷。若教解语应倾国，一个西施也得。

注 释

❶此词作年同上。牡丹：为花中之王，但上古无名，因芍药名气大，故依芍药为名。隋末始传牡丹，至开元年间，宫中及民间竞尚之，每暮春，车马若狂，种以求利，有的一株价值数万。又因其和杨贵妃有牵连，故作者赋词嘲之。❷太真第一：杨贵妃号太真。❸渔阳：唐郡名。鼙鼓：战鼓，这里指安禄山叛军。❹"人在"句：言杨贵妃在沉香亭北赏牡丹。

浪淘沙

【原 文】

赋虞美人草①

不肯过江东②，玉帐匆匆③，只今草木忆英雄。唱着虞兮当日曲④，便舞春风。　　儿女此情同，往事朦胧，湘娥竹上泪痕浓。舜盖重瞳堪痛恨，羽又重瞳⑤。

注 释

❶这首词作年同上。❷"不肯"句：项羽为刘邦所败，逃至乌江，乌江亭长舣船以待，劝其渡江而东，项羽不肯，谓"纵江东父老怜而王我，我何面目见之"，乃自刎而死。❸玉帐匆匆：指虞姬在垓下军帐中与项羽诀别。❹虞

兮当日曲：《史记·项羽本纪》载，项羽被汉军困于垓下，慷慨悲歌，自为诗曰："力拔山兮气盖世，时不利兮骓不逝，骓不逝兮可奈何，虞兮虞兮奈若何。"歌数阕，美人和之，项王泣数行下。 ❺"舜盖"二句：《史记·项羽本纪》载，舜目盖重瞳子，又闻项羽亦重瞳子。重瞳：谓目有双瞳子。

虞美人

【原 文】

赋虞美人草①

当年得意如芳草，日日春风好②。拔山力尽忽悲歌，饮罢虞兮从此、奈君何。　　人间不识精诚苦，贪看青青舞③。蓦然敛袂却亭亭④，怕是曲中犹带、楚歌声⑤。

【注 释】

❶这首词作年同上。　❷"当年"二句：言项羽当年起兵抗秦、所向无敌的得意之状。　❸青青舞：兼指虞姬。青青：黑发也。　❹敛袂：整理衣袖。此言罢舞。　❺楚歌声：谓汉军唱楚歌的声音。

临江仙

【原文】

和叶仲洽赋羊桃①

忆醉三山芳树下②，几曾风韵忘怀。黄金颜色五花开③。味如卢橘熟④，贵似荔枝来⑤。　　闻道商山余四老⑥，橘中自酿秋醅⑦。试呼名品细推排⑧。重重香腑脏，偏殢圣贤杯。

【注释】

❶这首词作于作者"止酒"期间，约为宋宁宗庆元元年（1195）至庆元二年（1196）间，时作者罢官闲居铅山瓢泉。羊桃：又名五棱子。七八月熟，味酸而有韵。 ❷三山：福州的代称。 ❸"黄金"句：谓羊桃色金黄而花五瓣。 ❹卢橘：生时青卢色，熟则金黄色，故有卢橘、金橘之称。 ❺荔枝来：杜牧《过华清宫》："一骑红尘妃子笑，无人知是荔枝来。" ❻商山四老：又称商山四皓。汉初商山四隐士：东园公、绮里季、夏黄公、甪里先生。四人均年八十余，须眉皆白。高祖召，不应。后吕后用张良计，请其出来辅佐太子。 ❼醅：未滤之酒。 ❽推排：考校、评定之意。

临江仙

【原 文】

冷雁寒云渠有恨①，春风自满余怀。更教无日不花开。未须愁菊尽，相次有梅来②。　多病近来浑止酒③，小槽空压新醅④。青山却自要安排。不须连日醉，且进两三杯。

【注 释】

①这首词当作于宋宁宗庆元元年（1195）至庆元二年（1196）间。渠：岂也。　②相次：犹言"次第"。　③浑止酒：完全戒酒。浑：全。　④新醅：新酿的酒。醅：未滤之酒。

鹧鸪天

【原 文】

寄叶仲洽①

是处移花是处开②，古今兴废几池台。背人翠羽偷鱼去③，抱蕊黄须趁蝶来④。　掀老瓮，拨新醅⑤，客来且尽两三杯。日高盘馔供何晚，市远鱼鲑买未回。

注 释

❶这首词大约作于宋宁宗庆元元年（1195）至庆元二年（1196）间。　❷是处：为"到处"或"处处"之意。　❸翠羽偷鱼：翠羽，指翠鸟，能捕食鱼。　❹黄须：黄蜂。　❺"掀老瓮"二句：谓揭开坛子舀酒喝。

水调歌头

【原 文】

席上为叶仲洽赋①

高马勿捶面，千里事难量。长鱼变化云雨，无使寸鳞伤②。一壑一丘吾事，一斗一石皆醉，风月几千场③。须作猬毛磔，笔作剑锋长④。　我怜君，痴绝似，顾长康⑤。纶巾羽扇颠倒，又似竹林狂⑥。解道澄江如练，准备停云堂上，千首买秋光⑦。怨调为谁赋，一斛贮槟榔⑧。

注 释

❶此词作期同上。　❷"高马"四句：既赞友人磊落情操，亦伤其失意受挫。　❸"一壑"三句：谓我辈当放怀狂饮，吟风弄月，山水自乐。　❹"须作"两句：谓友人髭须若刺猬，诗笔如剑锋。磔：张开。　❺"我怜君"三句：谓友人画品一似顾恺之。　❻"纶巾"两句：谓友人衣冠不整，恣意酣醉，狂放不羁，一似竹林七贤。　❼"解道"三句：谓友人诗才超逸，拟与之共咏停云秋色，唱和千首。停云堂：在稼轩瓢泉居所。　❽"怨调"两句：谓当以重

礼回报友人。

鹧鸪天

【原 文】

登一丘一壑偶成①

莫殢春光花下游②,便须准备落花愁。百年雨打风吹却,万事三平二满休③。　将扰扰,付悠悠,此生于世百无忧。新愁次第相抛舍,要伴春归天尽头。

注 释

❶这首词大约作于宋宁宗庆元二年(1196),瓢泉居第初成之时。　❷殢:滞留,有纠缠不清之意。　❸三平二满:《颍川语小》卷下:"俗言三平二满,盖三遇平,二遇满,皆平稳得过之日。"

添字浣溪沙

【原 文】

答傅岩叟酬春之约①

艳杏夭桃两行排，莫携歌舞去相催。次第未堪供醉眼②，去年栽。　春意才从梅里过，人情都向柳边来。咫尺东家还又有，海棠开。

【注 释】

❶这首词作于宋宁宗庆元二年（1196）。　❷次第：规模，光景。

添字浣溪沙

【原 文】

用前韵谢傅岩叟瑞香之惠①

句里明珠字字排，多情应也被春催。怪得名花和泪送②，雨中栽。　赤脚未安芳斛稳③，蛾眉早把橘枝来。报道锦薰笼底下，麝脐开④。

注释

❶这首词作于宋宁宗庆元二年（1196），时瓢泉新居营建初成，与傅岩叟初次相识。瑞香：一种名花。　❷怪得：怪不得，表示惊喜之意。　❸赤脚：指浇花的仆人。　❹麝脐：瑞香。

归朝欢

【原 文】

　　灵山齐庵菖蒲港，皆长松茂林，独野梅花一株，山上盛开，照映可爱。不数日，风雨摧败殆尽。意有感，因效介庵体为赋，且以菖蒲绿名之。丙辰岁三月三日也。❶

　　山下千林花太俗，山上一枝看不足。春风正在此花边，菖蒲自蘸青溪绿。与花同草木，问谁风雨飘零速。莫悲歌，夜深岩下，惊动白云宿。　病怯残年频自卜，老爱遗篇难细读❷。苦无妙手画於菟，人间雕刻真成鹄❸。梦中人似玉，觉来更忆腰如束❹。许多愁，问君有酒，何不日丝竹。

注 释

❶这首词作于宋宁宗庆元二年（1196），时作者罢官闲居上饶带湖家中。　❷遗篇：指介庵遗著。赵介庵已于宋孝宗淳熙二年（1175）去世。　❸"苦无"二句：化用"画虎不成反类狗"和"刻鹄不成尚类鹜"之语，比喻自己"效介庵体为赋"虽不到家，但尚能近似。於菟：指虎。　❹腰如束：指腰如束素。形容

人长得标致。

沁园春

【原 文】

灵山齐庵赋。时筑偃湖未成。①

叠嶂西驰，万马回旋，众山欲东②。正惊湍直下，跳珠倒溅；小桥横截，缺月初弓③。老合投闲，天教多事，检校长身十万松④。吾庐小，在龙蛇影外，风雨声中⑤。　　争先见面重重。看爽气、朝来三数峰⑥。似谢家子弟，衣冠磊落；相如庭户，车骑雍容⑦。我觉其间，雄深雅健，如对文章太史公⑧。新堤路，问偃湖何日，烟水濛濛⑨？

【注 释】

❶此词大约作于庆元二年（1196），时稼轩自闽中初归，罢居带湖。偃湖：新筑之湖，尚未竣工。　❷"叠嶂"三句：写灵山飞动的态势，忽而西驰，忽而奔东，势若万马回旋。叠嶂：指重山。　❸"正惊湍"四句：描摹飞泉入溪穿越小桥的情状。跳珠：飞泉直泻时溅起的水珠。缺月初弓：形容横截水面的小桥像一弯弓形的新月。　❹"老合"三句：老去理当闲散，老天多事，却让我来看管群松。　❺"吾庐"三句：言小小茅屋正与松林相邻，既可见其影，又能闻其声。龙蛇影：松树影。风雨声：松涛如风雨之声。　❻"争先"两句：言夜雾渐渐消散，群峰争相露面。　❼"似谢家"四句：用人物风神及车骑仪态形容群山的万千气象。"似谢家"两句：谢家是晋代的一大望族，其子弟十分

讲究服饰仪表,有俊伟大方的风度。此处用以形容山峰的挺秀轩昂。磊落:仪态俊伟而落落大方。 ❽"我觉"三句:以文风喻山。唐代著名诗文大家韩愈评柳宗元文章:"雄深雅健,似司马子长。"雄深雅健:指雄放、深邃、高雅、刚健的文章风格。太史公:司马迁,字子长,任太史令,自称太史公。 ❾"新堤路"三句:新堤已成,问询偃湖何日竣工,以见烟水濛濛的景色。

沁园春①

【原 文】

弄溪赋

有酒忘杯,有笔忘诗,弄溪奈何。看纵横斗转,龙蛇起陆②,崩腾决去,雪练倾河。袅袅东风,悠悠倒影,摇动云山水又波。还知否,欠菖蒲攒港,绿竹缘坡。　　长松谁剪嵯峨。笑野老来耘山上禾。算只因鱼鸟,天然自乐,非关风月,闲处偏多。芳草春深,佳人日暮,濯发沧浪独浩歌。徘徊久,问人间谁似,老子婆娑③。

【注 释】

❶此词作年同上。 ❷龙蛇起陆:此处的龙蛇是形容水势。 ❸婆娑:舞貌,放逸貌。

南歌子

【原文】

新开池，戏作。①

散发披襟处，浮瓜沉李杯②。涓涓流水细侵阶。凿个池儿，唤个月儿来③。　画栋频摇动，红蕖尽倒开④。斗匀红粉照香腮。有个人人，把做镜儿猜⑤。

注释

❶此词作年同上，时作者罢居带湖。　❷"散发"两句：散发敞怀，食瓜李而饮佳酿。浮瓜沉李：将瓜李等果品浸泡于池水之中，以求凉爽宜口。　❸"涓涓"三句：池水侵阶送爽，水面又映出一轮明月。　❹"画栋"两句：写屋舍和荷花在水中的倒影。　❺"斗匀"三句：谓有一女子以水为镜，梳妆打扮。斗匀红粉：把脂粉搽匀。

添字浣溪沙①

【原文】

日日闲看燕子飞，旧巢新垒画帘低。玉历今朝推戊己，住衔泥②。　先自春光留不住，那堪更着子规啼。一阵晚香吹不断，落花溪。

注 释

❶这首词作年难考。　❷"玉历"二句：写燕子筑巢避开戊日和己日。玉历，即历书。

添字浣溪沙

【原 文】

与客赏山茶，一朵忽堕地，戏作。①

酒面低迷翠被重②，黄昏院落月朦胧。堕髻啼妆孙寿醉，泥秦宫③。　试问花留春几日，略无人管雨和风。瞥向绿珠楼下见④，坠残红。

注 释

❶这首词作年同上。　❷酒面、翠被：喻红花绿叶。　❸"堕髻"二句：《后汉书》载，梁冀之妻孙寿"色美而善为妖态，作愁眉、啼妆、堕马髻、折腰步、龋齿笑，以为媚惑……冀爱监奴秦宫，官至太仓令，得出入寿所。寿见宫，辄屏御者，托以言事，因与私焉"。　❹绿珠：晋石崇之爱妾。《晋书·石崇传》："崇有妓曰绿珠，美而艳，善吹笛。孙秀使人求之……崇勃然曰：'绿珠吾所爱，不可得也。'……秀怒，……矫诏收崇……崇正宴于楼上，介士到门，崇

谓绿珠曰：'我今为尔得罪。'绿珠泣曰：'当效死于官前。'因自投于楼下而死。"这里以之喻落花。

贺新郎

【原 文】

和徐斯远下第谢诸公载酒相访韵①

逸气轩眉宇②。似王良、轻车熟路，骅骝欲舞③。我觉君非池中物，咫尺蛟龙云雨④。时与命、犹须天付⑤。兰佩芳菲无人问，叹灵均、欲向重华诉。空壹郁，共谁语⑥？　儿曹不料扬雄赋。怪当年、《甘泉》误说，青葱玉树⑦。风引船回沧溟阔，目断三山伊阻⑧。但笑指、吾庐何许⑨。门外苍官千百辈，尽堂堂、八尺须髯古⑩。谁载酒，带湖去？

【注 释】

❶此词作于庆元二年（1196），时稼轩瓢泉新居已成，然犹未迁徙。　❷"逸气"句：谓友人眉宇间有超逸轩昂的气度风神。　❸"似王良"两句：意友人赴试如王良御马，轻车熟路，焉能不中。骅骝：良马名，相传为周穆王八骏之一。　❹"我觉"两句：本以为友人此次赴试当似蛟龙得云雨，腾飞指日。　❺"时与命"句：谓友人落第非关才华，乃时命不济。　❻"兰佩"四句：屈原犹自时命不济，况吾辈落第，宽慰中饱含鸣不平之意。灵均：指屈原。　❼"儿曹"三句：以左思误评扬雄《甘泉赋》，喻试官不识友人之妙文，以致友人落第。　❽"风引"两句：以仙岛神山，风行船回，望而不达，喻友人落第而理想难以实

现。❾何许:何处。❿"门外"两句:谓门外列有千百株高大而古老的松柏。苍官:松柏的别称。须髯古:亦指松柏。

浣溪沙

【原 文】

瓢泉偶作①

新葺茅檐次第成,青山恰对小窗横②,去年曾共燕经营③。病怯杯盘甘止酒,老依香火苦翻经④,夜来依旧管弦声⑤。

【注 释】

❶此词作于宋宁宗庆元二年(1196)。 ❷"新葺"二句:新建的茅屋规模初具,小窗外恰好有青山横陈。新葺:新修筑。次第成:陆续造成,亦谓规模初具。 ❸"去年"句:谓从去年春燕来时就开始筹划、营建。"共燕经营"有两意:一指建屋的季节是在暮春;二是指像燕子垒巢一样辛苦经营。 ❹"病怯"二句:因为身体多病而甘心戒酒,老来欲研究至理,所以喜欢在香火边精心研读佛经。 ❺"夜来"句:夜来消闲享乐,又可听歌赏乐。

水调歌头

【原文】

将迁新居不成,有感,戏作。时以病止酒,且遣去歌者,末章及之。①

我亦卜居者,岁晚望三闾②。昂昂千里,泛泛不作水中凫③。好在书携一束,莫问家徒四壁,往日置锥无④。借车载家具,家具少于车⑤。　舞乌有,歌亡是,饮子虚⑥。二三子者爱我,此外故人疏⑦。幽事欲论谁共,白鹤飞来似可,忽去复何如⑧?众鸟欣有托,吾亦爱吾庐⑨。

【注释】

❶此词作于庆元二年(1196)夏。以病止酒:因病戒酒。 ❷卜居者:择地而居的人。岁晚:此指晚年。望:敬仰、仰慕。三闾:指屈原,他曾任三闾大夫。 ❸"昂昂"两句:师学屈原,宁昂昂然如千里骏马,不浮游无定像水中的野鸭。 ❹"好在"三句:幸好家境清寒,搬迁不难。书携一束:携带书本一束。置锥无:贫无立锥之地。这是一种夸张的形容。 ❺"借车"两句:此袭用唐人孟郊《迁居诗》中的诗句,依然用夸张手法形容贫困之至。 ❻"舞乌有"三句:罢歌舞,戒饮酒。 ❼"二三子"两句:故人大多疏远了,近我者仅二三友而已。二三子:孔子常以此称呼他的学生,辛词指志同道合的知己。 ❽"幽事"三句:谁来与我共论幽事,无奈白鹤飞来飞去。幽事:犹言"心事"。 ❾"众鸟"两句:意谓众鸟喜有归宿,我亦爱我栖身的茅屋。

鹊桥仙①

【原 文】

赠人

风流标格,惺松言语②,真个十分奇绝。三分兰菊十分梅,斗合就③、一枝风月。　　笙簧未语④,星河易转⑤,凉夜厌厌留客⑥。只愁酒尽各西东,更把酒、推辞一霎。

注 释

❶这首词作年难考,当为赠妓之作。　❷惺松:明快,流利。　❸斗合:拼凑,凑合。　❹笙簧:乐器名。　❺星河易转:言银河斜转,时光流逝。表示进入深夜。　❻厌厌:暗淡貌。

鹊桥仙

【原 文】

送粉卿行①

轿儿排了,担儿装了,杜宇一声催起。从今一步一回头,怎睚得一千余里②。　　旧时行处，旧时歌处，空有燕泥香坠③。莫嫌白发不思量，也须有思量去里。

> **注 释**
>
> ❶此词作年同上。粉卿：当为稼轩侍女之名。　❷睋：望。　❸"空有"句：谓燕去楼空，言粉卿之去。燕泥：燕子筑巢之泥。

西江月①

【原 文】

粉面都成醉梦，霜髯能几春秋。来时诵我《伴牢愁》②，一见樽前似旧。　　诗在阴何侧畔③，字居罗赵前头④。锦囊来往几时休⑤，已遣蛾眉等候。

> **注 释**
>
> ❶这首词作年难考。　❷《伴牢愁》：《楚辞》篇名。　❸阴何：谓六朝诗人阴铿和何逊。　❹"字居"句：《晋书·卫恒传》："罗叔景、赵元嗣者，与伯英并时，见称于西州……故英自称'上比崔杜不足，下方罗赵有余'。"　❺"锦囊"句：用李贺锦囊寻诗事。

西江月

【原文】

题阿卿影像①

人道偏宜歌舞，天教只入丹青②。喧天画鼓要他听，把着花枝不膺。　何处娇魂瘦影，向来软语柔情。有时醉里唤卿卿，却被傍人笑问。

【注释】

❶此词作年同上。阿卿：当是稼轩侍女之名。　❷丹青：图画。

沁园春

【原文】

将止酒，戒酒杯使勿近。①

杯汝来前，老子今朝，点检形骸②。甚长年抱渴，咽如焦釜；于今喜睡，气似奔雷③。汝说："刘伶，古今达者，醉后何妨死便埋。"④浑如此，叹汝于知己，真少恩哉⑤！　更凭歌舞为媒。算合作、人间鸩毒猜⑥。况怨无小大，生于所爱；物无美恶，过则为灾⑦。与汝成言"勿留亟退，吾力犹能肆汝杯⑧"。杯再拜，道"麾之即去，招亦须来⑨"。

注 释

❶此词为庆元二年（1196）之作。戒酒杯使勿近：警告酒杯不许靠近我。 ❷"杯汝"三句：呼杯来前，告以我将戒酒。点检形骸：检查身体。意谓自我保养，不再纵酒伤身。 ❸"甚长年"四句：言昔因纵酒成疾，如今因病罢酒，唯思酣睡。咽如焦釜：咽喉如同烧糊了的锅子一样难受。 ❹"汝说"四句：酒杯劝告词人，便学刘伶，醉死何妨，不必戒酒。达者：通达的人，即指刘伶那种无视封建礼法、纵酒颓放的人。 ❺"浑如此"三句：词人谓酒杯竟然说出如此话来，未免对自己太少情意。 ❻"更凭"两句：谓酒与歌舞相谋，害人尤甚，直似鸩毒。 ❼"况怨无"四句：况且人间怨恨不论大小，往往由贪爱而生；世上事物本无好坏之别，超过限度就会成为灾难。此指爱酒应有节制。 ❽"与汝"三句：词人与酒杯约定，勿留亟去，否则，我尚有余力把你砸个粉碎。成言：说定，约定。 ❾再拜：再三致礼。麾：同"挥"。

沁园春

【原 文】

城中诸公载酒入山，余不得以止酒为解，遂破戒一醉，再用韵。①

杯汝知乎？酒泉罢侯，鸱夷乞骸②。更高阳入谒，都称齑臼③；杜康初筮，正得云雷④。细数从前，不堪余恨，岁月都将曲糵埋⑤。

君诗好,似提壶却劝,沽酒何哉！　　君言病岂无媒,似壁上、雕弓蛇暗猜⑥。记醉眠陶令,终全至乐⑦；独醒屈子,未免沉灾⑧。欲听公言,惭非勇者,司马家儿解覆杯⑨。还堪笑,借今宵一醉,为故人来⑩。

注 释

❶此词作期同上。　❷"酒泉"两句：酒泉侯已被罢免,酒袋子求告退,皆喻止酒。　❸"更高阳"两句：谓辞退酒徒,即止酒之意。高阳,指酒徒。❹"杜康"两句：谓杜康出仕,不再酿酒,亦即止酒之意。杜康：古之善酿酒者。初筮：指筮仕,古人将出仕,先占卦以问凶吉。　❺"细数"三句：回忆往事,恨大好岁月在饮酒中虚度。　❻"君言"两句：凡病必有缘由,不应自我猜疑,以饮酒为病因。　❼"记醉眠"两句：陶潜醉眠,得以全身自乐。❽"独醒"两句：屈原独醒,却遭汨罗之祸。　❾"欲听"三句：自惭不如司马睿,缺乏勇气坚持戒酒。　❿"借今宵"两句：借郤原事,为开戒饮酒自解。

丑奴儿①

【原文】

近来愁似天来大,谁解相怜？谁解相怜,又把愁来做个天。
都将今古无穷事,放在愁边。放在愁边,却自移家向酒泉。

注 释

❶此词大约作于"立意戒酒之前,或作于方戒酒之日",故编次于止酒词后。

添字浣溪沙

【原文】

简傅岩叟①

总把平生入醉乡，大都三万六千场。今古悠悠多少事，莫思量。　微有寒些春雨好，更无寻处野花香。年去年来还又笑，燕飞忙。

注释

❶这首词约作于宋宁宗庆元二年（1196），时作者罢官闲居铅山瓢泉家中。

添字浣溪沙

【原文】

用前韵谢傅岩叟馈名花鲜蕈①

杨柳温柔是故乡，纷纷蜂蝶去年场。大率一春风雨事，最难量。　满把携来红粉面，堆盘更觉紫芝香②。幸自曲生闲去了，又教忙。

注 释

❶这首词作于宋宁宗庆元二年（1196）。蕈：菌类植物，俗名地菌。 ❷紫芝：灵芝。 ❸曲生：曲秀才，酒的拟人称呼。

临江仙

【原 文】

侍者阿钱将行，赋钱字以赠之。①

一自酒情诗兴懒，舞裙歌扇阑珊。好天良夜月团团。杜陵真好事，留得一钱看②。　岁晚人欺程不识③，怎教阿堵留连④。杨花榆荚雪漫天。从今花影下，只看绿苔圆。

注 释

❶这首词作于宋宁宗庆元二年（1196），时作者罢官闲居铅山瓢泉家中。❷"杜陵"二句：杜甫《空囊》诗："囊空恐羞涩，留得一钱看。" ❸"岁晚"句：《史记》载，丞相娶燕王女为夫人，窦婴邀灌夫同去祝贺。灌夫起行酒，"至临汝侯。临汝侯方与程不识耳语，又不避席，夫无所发怒，乃骂临汝侯曰：'生平毁程不识不直一钱，今日长者为寿，乃效女儿咕嗫耳语！'" ❹阿堵：《世说新语·规箴篇》："王夷甫雅尚玄远，常疾其妇贪浊，口未尝言'钱'字。妇欲试之，令婢以钱绕床，不得行，夷甫晨起，见钱阂行，令婢：'举却阿堵物。'"此处语义双关，以"举却阿堵物"暗喻为阿钱送行。

临江仙

【原 文】

诸葛元亮席上见和，再用韵。①

夜雨南堂新瓦响，三更急雨珊珊。交情莫作碎沙团。死生贫富际，试向此中看②。　　记取他年《耆旧传》，与君名字牵连③。清风一枕晚凉天。觉来还自笑，此梦倩谁圆④。

注 释

❶这首词作于宋宁宗庆元二年（1196），时作者罢官闲居铅山瓢泉家中。
❷"交情"三句：苏轼《二公再和亦再答之》诗："亲友如抟沙，放手还复散。"
❸"记取"二句：诸葛亮少时隐于襄阳之邓县，在襄阳城西二十里。《耆旧传》中记载了诸葛亮的生平事迹。作者此句语意是说，诸葛元亮的事迹也将继诸葛孔明之后再载入史册。　❹"此梦"句：占梦以决吉凶谓圆梦。

临江仙

【原文】

再用圆字韵①

窄样金杯教换了,房栊试听珊珊②。莫教秋扇雪团团。古今悲笑事,长付后人看。　　记取桔槔春雨后③,短畦菊艾相连。拙于人处巧于天。君看流水地,难得正方圆④。

注释

❶这首词作于宋宁宗庆元二年(1196),时作者罢官闲居铅山瓢泉,正在"止酒"。　❷"窄样"二句:谓已改变旧来把杯生涯,新近只坐在小窗下听雨声了。窄样:狭小的。　❸桔槔:井上汲水的工具。　❹"君看"二句:你看水流到地上,没有人能使其按方形或圆形流动。

临江仙①

【原文】

手捻黄花无意绪,等闲行尽回廊②。卷帘芳桂散余香③。枯荷难睡鸭,疏雨暗添塘④。　　忆得旧时携手处,如今水远山长⑤。

罗巾浥泪别残妆⑥。旧欢新梦里,闲处却思量⑦。

注释

❶此词作于庆元二年(1196),时作者罢官退居带湖及瓢泉。 ❷捻:揉搓。无意绪:心情低落。等闲:随意地。 ❸芳桂散余香:桂花凋残前的香气。 ❹"枯荷"二句:稀稀落落的小雨滴落在枯荷叶上的声音让水塘中的鸭子睡不安稳。 ❺"忆得"二句:还记得当时和伊人多情携手,如今和伊人却隔着无法触及的距离。水远山长:比喻距离遥远,天各一方。 ❻"罗巾"句:以罗巾不停拭泪,从早到晚,以至于将脸上的妆容都擦掉了。浥泪:擦眼泪。 ❼"旧欢"二句:因为旧日所爱在近来的梦里出现,所以心还是胶葛纠缠在旧情上,每有闲暇,便止不住思念。

鹧鸪天①

【原文】

一夜清霜变鬓丝,怕愁刚把酒禁持。玉人今夜相思不,想见频将翠枕移。 真个恨,未多时,也应香雪减些儿②。菱花照面须频记,曾道偏宜浅画眉。

注释

❶这首词作于宋宁宗庆元二年(1196),作者罢官闲居铅山瓢泉,因病止酒遣去歌者阿钱之后。 ❷香雪:指美人肌肤。

谒金门

【原文】

归去未,风雨送春行李①。一枕离愁头彻尾,如何消遣是。

遥想归舟天际,绿鬓珑璁慵理②。好梦未成莺唤起,粉香犹有殢③。

注释

❶这首词约作于庆元二年(1196),作者罢居铅山瓢泉期间,阿钱离去之后。行李:使者、行人,这里指后者,即阿钱。 ❷珑璁:头发蓬松的样子。 ❸殢:困倦,滞留。

玉楼春①

【原文】

客有游山者,忘携具,而以词来索酒,用韵以答。余时以病不往。

山行日日妨风雨,风雨晴时君不去。墙头尘满短辕车,门外人行芳草路。 城南东野应联句②,好记琅玕题字处③。也应竹里着行厨④,已向瓮间防吏部⑤。

注 释

❶这首词作年难考。 ❷东野：孟郊之字。 ❸琅玕题字：题竹。琅玕，指竹。 ❹行厨：出行途中的临时烹饪工具。 ❺"瓮间"句：调侃语，意为须防友人窃酒。

玉楼春

【原文】

再和①

人间反覆成云雨，凫雁江湖来又去。十千一斗饮中仙②，一百八盘天上路。　　旧时枫落吴江句，今日锦囊无著处。看封关外水云侯③，剩按山中诗酒部④。

注 释

❶这首词作年同上。 ❷十千一斗：李白《将进酒》："陈王昔时宴平乐，斗酒十千恣欢谑。"饮中仙：杜甫《饮中八仙歌》："李白斗酒诗百篇，长安市上酒家眠。天子呼来不上船，自称臣是酒中仙。" ❸关外水云侯：三国魏设置关外侯，位次关内侯及关中侯，不食租，为虚封爵。此言爵位为虚封，所管领者为水与云，实即放浪江湖之意。 ❹"剩按"句：谓自己罢了官，只能管吟诗饮酒之类的事了。

玉楼春

【原 文】

戏赋云山①

何人半夜推山去?四面浮云猜是汝②。常时相对两三峰,走遍溪头无觅处③。　西风瞥起云横度,忽见东南天一柱④。老僧拍手笑相夸,且喜青山依旧住⑤。

注 释

❶此词作于庆元二年(1196)秋冬之交,其时稼轩当已迁徙铅山瓢泉新居。云山:据词意,当为白云笼罩之山。　❷"何人"两句:是谁夜来把青山推走?想来是四面浮云作怪。按:此写浮云遮山。　❸"常时"两句:谓平时常见青山,而今遍寻不见。　❹"西风"两句:西风骤起,吹散浮云,青山又呈现于眼前。瞥起:骤起。云横度:浮云横飞。　❺"老僧"两句:谓山间老僧欣喜青山无恙。

玉楼春

【原文】

用韵答傅岩叟、叶仲洽、赵国兴。①

青山不解乘云去,怕有愚公惊着汝②。人间踏地出租钱③,借使移将无着处④。　　三星昨夜光移度⑤,妙语来题桥上柱。黄花不插满头归,定倩白云遮且住。

注　释

❶这首词作于宋宁宗庆元二年(1196),时作者罢官闲居铅山瓢泉家中。❷愚公:用愚公移山的故事。　❸"人间"句:苏轼《鱼蛮子》诗:"人间行路难,踏地出赋租。"　❹借使:假使。　❺三星:三星原为星座名,此处指题序中的三客。

玉楼春

【原文】

无心云自来还去,元共青山相尔汝①。霎时迎雨障崔嵬②,雨过却寻归路处。　　侵天翠竹何曾度,遥见屹然星砥柱③。今朝不管乱云深，来伴仙翁山下住。

【注 释】

❶这首词作年同上。尔汝：亲切的称呼，指彼此亲昵，你我相称，不拘形迹。　❷崔嵬：有石的土山。一说是带泥土的石山。　❸砥柱：山名。

玉楼春

【原 文】

瘦筇倦作登高去①，却怕黄花相尔汝。岭头拭目望龙安②，更在云烟遮断处。　　思量落帽人风度③，休说当年功纪柱。谢公直是爱东山，毕竟东山留不住④。

【注 释】

❶这首词的作年同上。筇：竹名。　❷龙安：指龙安寺，在铅山县境内。❸落帽人：指晋名士孟嘉。在龙山宴集时，其帽被风吹落。　❹"谢公"二句：谓谢安先隐后仕。

玉楼春①

【原文】

　　风前欲劝春光住，春在城南芳草路。未随流落水边花，且作飘零泥上絮。　　镜中已觉星星误②，人不负春春自负。梦回人远许多愁，只在梨花风雨处。

注 释

❶这首词作年同上。　❷星星：谓白发。

玉楼春①

【原文】

　　三三两两谁家女，听取鸣禽枝上语②。提壶沽酒已多时，婆饼焦时须早去③。　　醉中忘却来时路，借问行人家住处④。只寻古庙那边行，更过溪南乌桕树⑤。

注 释

❶此词作期同上。　❷鸣禽枝上语：言鸟鸣犹如人语。　❸"提壶"两句：写

鸟鸣巧如人言："提壶出门打酒多时，家中婆母烙饼已经焦糊，还不及早回去。"婆饼焦：亦是鸟名，因其啼声如"婆饼焦"而得名。 ❹"醉中"两句：言醉中忘记归路，向行人询问自家居处。 ❺"只寻"两句：是行人回答之语，殷勤指点词人归家之路。乌桕：一种树木。

临江仙

【原文】

昨日得家报，牡丹渐开。连日少雨多晴，常年未有。仆留龙安萧寺，诸君亦不果来，岂牡丹留不住为可恨耶。因取来韵，为牡丹下一转语。①

只恐牡丹留不住，与春约束分明②。未开微雨半开晴。要花开定准，又更与花盟。　魏紫朝来将进酒，玉盘盂样先呈。鞓红似向舞腰横。风流人不见，锦绣夜间行③。

注 释

❶此词作年难考。转语：禅家机转之语，即随机宜而转变词锋之谓也。 ❷约束：此处用以为邀约缔结之义。 ❸锦绣夜间行：《史记·项羽本纪》："富贵不归故乡，如衣绣夜行，谁知之者。"

念奴娇

【原文】

和赵国兴知录韵①

为沽美酒过溪来,谁道幽人难致。更觉元龙楼百尺,湖海平生豪气②。自叹年来,看花索句,老不如人意。东风归路,一川松竹如醉。　　怎得身似庄周,梦中蝴蝶,花底人间世③。记取江头三月暮,风雨不为春计。万斛愁来,金貂头上,不抵银瓶贵④。无多笑我,此篇聊当《宾戏》⑤。

注释

❶此词作年难考。　❷"更觉"两句:谓友人似有元龙之湖海豪气,当卧百尺楼头,受人尊敬。元龙:陈登字元龙。　❸"怎得"三句:谓身如庄周梦中化蝶,于花丛间自在飞翔。　❹"万斛"三句:谓何以解愁,唯有醉酒。银瓶:酒器,代指酒。万斛愁:极言愁之多。　❺《宾戏》:《答宾戏》,是东汉班固的一篇散文赋。形式上仿东方朔的《答客难》和扬雄的《解嘲》,内容则表现其不计名利,"专笃志于儒学,以著述为业"的志趣。辛词借此明志以复友人。

汉宫春

【原 文】

即事①

行李溪头，有钓车茶具，曲几团蒲②。儿童认得，前度过者篮舆③。时时照影，甚此身、遍满江湖。怅野老，行歌不住，定堪与语难呼④。　　一自东篱摇落⑤，问渊明岁晚，心赏何如。梅花政自不恶⑥，曾有诗无。知翁止酒⑦，待重教、莲社人沽。空怅望，风流已矣，江山特地愁予。

注 释

❶这首词作年难考。　❷"行李"三句：《新唐书·陆龟蒙传》："不喜与流俗交，虽造门不肯见。不乘马，升舟设蓬席，赉束书、茶灶、笔床、钓具往来。"这里作者以陆龟蒙自况。　❸篮舆：竹轿。　❹"怅野老"三句：此语意谓遗弃世累，听任自然。　❺东篱摇落：指菊花凋谢。　❻政：同"正"。　❼知翁止酒：翁指陶渊明。止酒：戒酒。陶渊明有《止酒》诗。

满江红

【原 文】

山居即事①

几个轻鸥,来点破、一泓澄绿②。更何处、一双鸂鶒,故来争浴③。细读《离骚》还痛饮,饱看修竹何妨肉④。有飞泉、日日供明珠,五千斛⑤。　　春雨满,秧新谷;闲日永,眠黄犊⑥。看云连麦陇,雪堆蚕簇⑦。若要足时今足矣,以为未足何时足⑧?被野老、相扶入东园,枇杷熟⑨。

注 释

❶此词作年难考。　❷泓:水深貌。一泓:犹言"一潭深水"。澄绿:澄清碧绿。　❸"更何处"两句:言一对鸂鶒争相逐水嬉戏。鸂鶒:水鸟名,形略大于鸳鸯,色紫,成双而游,故亦称紫鸳鸯。　❹"细读"两句:边读《离骚》边饮酒,赏竹又何碍于食肉。　❺"有飞泉"两句:更有山泉飞泻,似日日捧出千斛明珠。　❻"春雨满"四句:言秧苗喜逢春雨,牛犊闲眠昼永。日永:白天漫长。　❼"看云连"两句:言田野片片麦熟如黄云连天,蚕房簇簇新茧似白雪堆山。　❽"若要"两句:谓如果知足,眼前的一切足以使人满足;如果不知足,那究竟何时能得满足呢?按:这两句自我劝解应该知足。　❾"被野老"两句:言老农热情相邀到枇杷园中去尝新。

满江红

【原文】

寿赵茂嘉郎中。前章记兼济仓事。①

我对君侯②,长怪见、两眉阴德。更长梦、玉皇金阙,姓名仙籍③。旧岁炊烟浑欲断,被公扶起千人活④。算胸中,除却五车书⑤,都无物。　山左右,溪南北。花远近,云朝夕。看风流杖屦,苍髯如戟。种柳已成陶令宅,散花更满维摩室⑥。劝人间、且住五千年,如金石。

注 释

❶这首词约作于宋宁宗庆元二年（1196）至庆元三年（1197）间。　❷君侯:原指列侯,后转为尊称。　❸仙籍:仙人之名籍。　❹千人活:谓因其救济而活命的人甚多。　❺五车书:形容读书多,知识渊博。　❻"散花"句:用天女散花的典故。

蓦山溪

【原文】

赵昌父赋一丘一壑，格律高古，因效其体。①

饭蔬饮水，客莫嘲吾拙。高处看浮云，一丘壑、中间甚乐。功名妙手，壮也不如人；今老矣，尚何堪？堪钓前溪月。　　病来止酒，辜负鸬鹚杓②。岁晚念平生，待都与、邻翁细说。人间万事，先觉者贤乎③？深雪里，一枝开，春事梅先觉。

【注释】

❶这首词作于宋宁宗庆元三年（1197）春。　❷鸬鹚杓：酒具。　❸"先觉"句：《论语·宪问》："子曰：不逆诈，不亿不信，抑亦先觉者，是贤乎？"

清平乐

【原文】

呈赵昌父。时仆以病止酒。昌父日作诗数篇，末章及之。①

云烟草树，山北山南雨。溪上行人相背去，唯有啼鸦一处。

门前万斛春寒,梅花可煞摧残②。使我长忘酒易,要君不作诗难。

注 释

❶这首词作于庆元三年(1197)。 ❷可煞:疑问词,岂是,可是。

鹧鸪天

【原 文】

和章泉赵昌父①

万事纷纷一笑中,渊明把菊对秋风②。细看爽气今犹在,惟有南山一似翁③。　情味好,语言工,三贤高会古今同④。谁知止酒停云老⑤,独立斜阳数过鸿⑥。

注 释

❶此词约作于庆元三年(1197),时作者罢官闲居瓢泉。 ❷"万事"二句:此为倒装句,言赵章泉如陶渊明,把菊高隐,以为万事不足挂怀。 ❸"细看"二句:此言唯南山即玉山的爽气可以与章泉翁相比。南山:本指庐山,此处指玉山。 ❹情味:情感和趣味。工:指说话用语精练讲究。三贤高会:三个贤人的聚会,指赵章泉和他的两个朋友的聚会。 ❺止酒:戒酒。停云老:指陶渊明,陶渊明作有《停云》诗,表达思亲友之意。此处以止酒停云老自指,表达自己思念亲友之意。 ❻数过鸿:盼望鸿雁来书。

满庭芳

【原文】

和章泉赵昌父①

西崦斜阳，东江流水，物华不为人留②。铮然一叶，天下已知秋③。屈指人间得意，问谁是、骑鹤扬州④？君知我，从来雅兴，未老已沧洲⑤。　　无穷身外事，百年能几，一醉都休⑥。恨儿曹抵死，谓我心忧⑦。况有溪山杖屦，阮籍辈、须我来游⑧。还堪笑，机心早觉，海上有惊鸥⑨。

注释

❶此词作于庆元三年（1197）。　❷"西崦"三句：叹夕阳西坠，江水东流，美景不因人的眷恋而常驻人间。　❸"铮然"两句：《淮南子·说山训》："以小明大，见一叶落，而知岁之将暮。"铮然：指夜阑人静，枯叶落地时的响声。❹"屈指"两句：算来人间哪有十全十美、尽如人意之事。　❺"君知我"三句：谓自己素有归隐之趣。沧洲：犹言"江湖"，泛言山水幽美之处，代指高士隐居之处。　❻"无穷"三句：用杜甫诗意："莫思身外无穷事，且尽生前有限杯。"百年能几：百年能有几多，谓人生有限。　❼"恨儿曹"两句：谓儿辈不信我已忘却尘世，总说我忧心忡忡。　❽"况有"两句：况且有众多的酒朋诗友与我为伴，同享山水之乐。溪水杖屦：拄竹杖，着草鞋，畅游山水。阮籍辈：此借指志趣相投的诗朋酒友。　❾"还堪笑"三句：笑自己尚有机心，以至海鸥为之惊飞。机心：此谓尘心，不能忘却尘世之心。

木兰花慢

【原文】

题上饶郡圃翠微楼①

旧时楼上客,爱把酒、对南山②。笑白发如今,天教放浪,来往其间③。登楼更谁念我,却回头西北望层栏④。云雨珠帘画栋,笙歌雾鬟风鬟⑤。　近来堪入画图看,父老愿公欢⑥。甚拄笏悠然,朝来爽气,正尔相关⑦。难忘使君后日,便一花一草报平安。与客携壶且醉,雁飞秋影江寒。

【注释】

❶此作者闲居瓢泉之作。作期难考。　❷"旧时"两句:谓一度罢居带湖,常登楼远眺,悠然自适。　❸"笑白发"三句:谓如今二度放废瓢泉,再登此楼,虽可放浪不羁,然双鬓已生白发矣。　❹"登楼"两句:倚栏西北望神州,无人会我心意。　❺"云雨"两句:楼头画栋飞云,珠帘卷雨,正歌舞未休。雾鬟风鬟:指歌舞女子。　❻"近来"两句:郡中父老愿与郡守登楼共赏如画美景。此亦暗颂郡守治理有方,政通人和,与民共乐。　❼"甚拄笏"三句:用晋人王子猷事,谓郡守虽身在官位但有闲情雅致。

木兰花慢

【原文】

寄题吴克明广文菊隐①

路旁人怪问,此隐者、姓陶不。甚黄菊如云,朝吟暮醉,唤不回头。纵无酒成怅望,只东篱、搔首亦风流②。与客朝餐一笑,落英饱便归休③。　古来尧舜有巢由④,江海去悠悠。待说与佳人,种成香草,莫怨灵修⑤。我无可无不可,意先生、出处有如丘⑥。闻道问津人过,杀鸡为黍相留⑦。

注 释

❶这首词作年难考。　❷"纵无酒"二句:用王弘遣白衣人为陶渊明送酒的故事。　❸"与客"二句:屈原《离骚》:"朝饮木兰之坠露兮,夕餐秋菊之落英。"　❹巢由:指巢父与许由。相传为尧舜时的隐士,尧欲让位于二人,皆不受。　❺灵修:指国君。　❻出处:指仕隐、进退。丘:孔丘。　❼"闻道"二句:《论语·微子》:"长沮、桀溺耦而耕,孔子过之,使子路问津焉。……子路从而后,遇丈人,以杖荷蓧……子路拱而立。止子路宿,杀鸡为黍而食之,见其二子焉。"

木兰花慢

【原文】

中秋饮酒将旦，客谓前人诗词有赋待月，无送月者，因用《天问》体赋。①

可怜今夕月，向何处、去悠悠②？是别有人间，那边才见，光影东头③？是天外，空汗漫，但长风浩浩送中秋④？飞镜无根谁系⑤？姮娥不嫁谁留⑥？　谓经海底问无由，恍惚使人愁⑦？怕万里长鲸，纵横触破，玉殿琼楼⑧？虾蟆故堪浴水，问云何玉兔解沉浮⑨？若道都齐无恙，云何渐渐如钩⑩？

【注释】

❶此词作年难考。将旦：天色将晓。《天问》：《楚辞》篇名，屈原所作。作者向天提出种种奇问，作品由一百七十多个问题组成，或自然、或社会，涉及面极广，表现出作者勇于探索的精神。辛词仿《天问》体，在词中一气提出九问。　❷"可怜"两句：一问。天色将晓，月亮悠悠西行，将行向何处？　❸"是别有"三句：二问。难道西天极处别有人间，月从这边冉冉西落，又从那边的人间缓缓东升？光影：指月亮。　❹"是天外"三句：三问。太空浩渺，月亮运行是否凭借浩荡秋风？空汗漫：空虚莫测，广大无际。　❺"飞镜"句：四问。月亮如飞镜无根，是谁用绳索将它悬系太空？　❻"姮娥"句：五问。月中嫦娥千秋不嫁，又是谁殷勤地将她留下？　❼"谓经"两句：六问。听说月亮西经海底而重返于东方人间，究竟是真是假？问无由：无从查询。恍惚：谓

此说迷离恍惚、不可捉摸。　❽"怕万里"三句：七问。谓上说如真，则月亮行经海底时，月中的玉殿琼楼怎不为恣意纵横的万里长鲸冲破撞坏？　❾"虾蟆"两句：八问。倘言月中虾蟆自会游水，则玉兔何以能在水中自由沉浮？　❿"若道"两句：九问。如说月亮一切安然无恙，则何以一轮圆月渐渐变作一弯银钩？按：此指月亮的盈亏圆缺之变化。

踏莎行

【原 文】

和赵国兴知录韵①

吾道悠悠②，忧心悄悄③，最无聊处秋光到。西风林外有啼鸦，斜阳山下多衰草。　长忆商山，当年四老，尘埃也走咸阳道④。为谁书到便幡然⑤，至今此意无人晓⑥。

【注 释】

❶这首词作于作者罢居铅山瓢泉初期，具体年份不可考。　❷悠悠：遥远，无穷尽。　❸忧心悄悄：心里忧愁的样子。　❹"长忆"三句：《史记·留侯世家》载，上欲废太子，吕后恐，问计于张良。后吕后令吕泽使人奉太子书，卑辞厚礼，迎商山四皓下山辅佐太子。　❺幡然：变动貌。　❻"至今"句：批评四皓之行藏。

声声慢

【原 文】

隐括渊明《停云》诗①

停云霭霭,八表同昏②,尽日时雨濛濛。搔首良朋,门前平陆成江。春醪湛湛独抚③,恨弥襟,闲饮东窗。空延伫④,恨舟车南北,欲往何从。　　叹息东园佳树,列初荣枝叶,再竞春风。日月于征⑤,安得促席从容⑥。翩翩何处飞鸟⑦,息庭树,好语和同。当年事,问几人、亲友似翁。

注 释

❶这首词大约作于宋宁宗庆元三年(1197)至庆元四年(1198)间,即作者移居瓢泉初。隐括:指就原有文章的内容、情节,加以剪裁、改写。　❷八表:八方。　❸"春醪"句:谓独饮春酒。醪:酒。抚:持。　❹延伫:久立等待。　❺日月于征:谓光阴远逝。　❻促席:坐近。　❼翩翩:疾飞貌。

永遇乐

【原文】

检校停云新种杉松，戏作。时欲作亲旧报书，纸笔偶为大风吹去，末章因及之。①

投老空山，万松手种，政尔堪叹②。何日成阴，吾年有几，似见儿孙晚③。古来池馆，云烟草棘，长使后人凄断④。想当年、良辰已恨，夜阑酒空人散⑤。　　停云高处、谁知老子，万事不关心眼⑥。梦觉东窗，聊复尔耳，起欲题书简⑦。霎时风怒，倒翻笔砚，天也只教吾懒⑧。又何事、催诗雨急，片云斗暗⑨。

【注释】

❶此词约作于庆元三年（1197）至庆元四年（1198）间。停云：瓢泉新居中的堂名。作亲旧报书：给亲友写回信。　❷"投老"三句：叹老来唯以料理松杉为事。投老：临老，到老。　❸"何日"三句：我已年老，何日才能见到青松成荫。　❹"古来"三句：古来多少水榭楼馆，转眼成为荒草荆棘，引人伤感。　❺"想当年"两句：当年良辰美景烟消云散，空成遗恨无限。　❻"停云"两句：老来投闲唯静，不问世间万事。　❼"梦觉"三句：梦醒无他事，唯思亲友。聊复尔耳：聊且如此而已。　❽"霎时"三句：怒风吹去纸笔，写不成书，似天教我懒。　❾"又何事"二句：谓急雨催我写诗。

玉楼春

【原文】

隐湖戏作[1]

客来底事逢迎晚[2],竹里鸣禽寻未见。日高犹苦圣贤中[3],门外谁酣蛮触战[4]。　　多方为渴泉寻遍,何日成阴松种满。不辞长向水云来,只怕频频鱼鸟倦。

【注 释】

❶这首词作年同上。隐湖:与作者所居瓢泉相邻。　❷底事:何事。　❸圣贤:喻醉酒。徐邈自谓醉酒为"中圣人"。　❹蛮触战:《庄子·则阳》:"有国于蜗之左角者曰触氏,有国于蜗之右角者曰蛮氏,时相与争地而战,伏尸数万,逐北旬有五日而后反。"

浣溪沙

【原文】

种松竹未成①

草木于人也作疏，秋来咫尺异荣枯，空山岁晚孰华予②。
孤竹君穷犹抱节③，赤松子嫩已生须④，主人相爱肯留无。

【注释】

❶这首词作年难考，大约作于宋宁宗庆元三年（1197）至庆元四年（1198）间，移居瓢泉未久之时。 ❷孰华予：谁能使我像花儿那样开放。 ❸孤竹君、抱节：均指竹。 ❹赤松子：此处指松。

蓦山溪

【原文】

停云竹径初成①

小桥流水，欲下前溪去。唤取故人来，伴先生、风烟杖屦。行穿窈窕，时历小崎岖②。斜带水，半遮山，翠竹栽成路。　　一尊遐想，剩有渊明趣③。山上有停云，看山下、濛濛细雨④。野花啼鸟，不肯入诗来，还一似，笑诗翁，句没安排处。

注 释

❶这首词大约作于庆元三年（1197）至庆元四年（1198）间。 ❷"行穿"二句：语本陶渊明《归去来兮辞》："既窈窕以寻壑，亦崎岖而经丘。" ❸"一尊"二句：用陶渊明《停云》诗饮酒思亲友之情趣。 ❹"山上"二句：陶渊明《停云》诗："霭霭停云，濛濛时雨。"

蓦山溪①

【原 文】

画堂帘卷，贺燕双双语。花柳一番春，倚东风、雕红缕翠。草堂风月，还似旧家时②。歌扇底③，舞裀边，寿斝年年醉④。

兵符传垒，已莅葵丘戍⑤。两手挽天河，要一洗、蛮烟瘴雨⑥。貂蝉冠冕，应是出兜鍪。餐五鼎⑦，梦三刀⑧，侯印黄金铸⑨。

注 释

❶这首词作年难考。 ❷旧家时：过去，从前。 ❸歌扇：古时歌者所用之扇。 ❹寿斝：寿酒。斝，古代酒器，似爵而较大。 ❺葵丘戍：这里指被寿者奉命戍守边防重镇。 ❻蛮烟瘴雨：指含瘴气的烟和雨。 ❼餐五鼎：《史记·主父偃列传》："且丈夫生不五鼎食，死即五鼎烹耳。" ❽梦三刀：《晋书·王濬传》："濬夜梦悬三刀于卧屋梁上，须臾又益一刀，濬惊觉，意甚恶之。主簿

李毅再拜贺曰：'三刀为州字，又益一者，明府其临益州乎？'……果迁濬为益州刺史。"后以此喻官吏升调。　❾"侯印"句：用黄金铸造封侯大印。

鹧鸪天

【原　文】

睡起即事①

水荇参差动绿波②，一池蛇影噤群蛙。因风野鹤饥犹舞，积雨山栀病不花。　　名利处，战争多，门前蛮触日干戈。不知更有槐安国，梦觉南柯日未斜③。

注　释

❶这首词作年难考。　❷"水荇"句：谓参差不齐的荇菜在绿波上漂动。　❸"不知"二句：用南柯一梦的故事。

鹧鸪天①

【原　文】

自古高人最可嗟，只因疏懒取名多。居山一似庚桑楚②，种树真成郭橐驼③。　　云子饭④，水精瓜，林间携客更烹茶。君归休矣吾忙甚，要看蜂儿趁晚衙⑤。

注 释

❶这首词作年同上。 ❷"居山"句：庚桑楚实际是一个虚构的人物，是代表老庄思想的圣人。 ❸"种树"句：郭橐驼也是虚构的人物，他种树能顺应树木自然生长的天性，因而所培植的树木特别成功。 ❹云子：云子石，一种白色的小石，细长而圆，状如饭粒。 ❺"要看"句：众蜂围绕蜂房，有如参衙；蜂房簇聚，有如官府衙门；故有蜂衙之称。

鹧鸪天

【原 文】

有感①

出处从来自不齐②，后车方载太公归③。谁知寂寞空山里，却有高人赋《采薇》④。　黄菊嫩，晚香枝，一般同是采花时。蜂儿辛苦多官府，蝴蝶花间自在飞⑤。

注 释

❶此词作年同上。 ❷出处：出仕与退隐。不齐：不齐一，谓有区别。 ❸"后车"句：谓出仕。 ❹"谁知"两句：谓退隐。高人：指伯夷、叔齐。 ❺"蜂儿"两句：蜂儿辛苦喻"出"，蝴蝶自在喻"处"。官府：指蜂衙。众蜂簇拥蜂王，如朝拜屏卫，故称。

鹧鸪天

【原文】

读渊明诗不能去手，戏作小词以送之。①

晚岁躬耕不怨贫，只鸡斗酒聚比邻②。都无晋宋之间事，自是羲皇以上人③。　　千载后，百篇存，更无一字不清真④。若教王谢诸郎在，未抵柴桑陌上尘⑤。

注释

❶本词作年莫可确考。去手：离手。　❷"晚岁"二句：谓陶渊明晚年躬耕田亩，安于清贫，以薄肴淡酒邀会乡邻，彼此融合无间。躬耕：亲自耕种。斗：盛酒的容器。　❸"都无"二句：言陶渊明鄙薄晋宋之际危机四伏的社会现实，向往淳朴平和的上古生活。晋宋之间：指东晋末到刘宋初，这是陶渊明生活的时代，是一个南北分裂、战乱频仍、篡杀时起的时代。陶渊明因作《桃花源记》，虚构出一个超现实的理想社会。辛词化用其意。羲皇以上人：上古伏羲氏之前的人。　❹"千载后"三句：言陶渊明诗歌以其"清真"而流传千秋。清真：清新纯真，指陶诗独具的风格。　❺"若教"两句：如果王、谢诸郎和陶渊明在同一个时代，那王、谢诸郎连柴桑的路尘也比不上。按：陶渊明归隐柴桑，心志真诚，风节高亮，自非留恋权势与富贵的王、谢诸郎可比。王谢诸郎：指王、谢诸人，泛指王、谢两大家族的子弟。王谢诸郎生于大族，虽然外表以潇洒儒雅见称，但是如果与陶渊明比试高风亮节，显然远远不如。

鹧鸪天①

【原文】

发底青青无限春,落红飞雪漫纷纷。黄花也伴秋光老,何似尊前见在身。　书万卷,笔如神②,眼看同辈上青云。个中不许儿童会③,只恐功名更逼人。

注释

❶这首词作年同上。　❷"书万卷"二句:杜甫《奉赠韦左丞丈》:"读书破万卷,下笔如有神。"　❸个中:此中。

鹧鸪天

【原文】

不寐①

老病那堪岁月侵,霎时光景值千金②。一生不负溪山债,百药难治书史淫③。　随巧拙,任浮沉,人无同处面如心④。不妨旧事从头记,要写行藏入《笑林》⑤。

注 释

❶此词作年同上。不寐：未眠，或欲眠不成。 ❷"老病"两句：言人到老病之时，尤觉光景之珍贵。霎时光景值千金：极言时间之珍贵。 ❸"一生"两句：谓一生唯好二事，游山玩水，读书研史。不负溪山债：不欠山水的债，意谓遍游名山胜水。书史淫：嗜书入迷。 ❹"随巧拙"三句：言俗人随机应变，逐波沉浮，心事难测。 ❺"不妨"两句：如为他们写生平行状，大可归入《笑林》一类。行藏：本意为出仕和退隐，后亦泛指生平行事。《笑林》：专写笑话的书。

最高楼

【原文】

闻前冈周氏旌表有期①

君听取，尺布尚堪缝。斗粟也堪舂。人间朋友犹能合，古来兄弟不相容②。棣华诗，悲二叔，吊周公③。　　长叹息、脊令原上急④。重叹息、豆萁煎正泣⑤。形则异，气应同。周家五世将军后，前冈千载义居风⑥。看明朝，丹凤诏⑦，紫泥封⑧。

注 释

❶这首词作于宋宁宗庆元四年（1198）。 ❷"君听取"五句：《史记》载，淮南厉王为高祖少子。孝文帝初即位，自以为最亲，傲不奉法，称制，自为法令。事发，乃不食死。"孝文十二年，民有作歌，歌淮南厉王曰：'一尺布，尚

可缝;一斗粟,尚可舂。兄弟二人,不能相容。'" ❸"棣华诗"三句:《诗·小雅·常棣》:"常棣之华,鄂不韡韡。凡今之人,莫如兄弟。"相传为周公宴饮兄弟之作。二叔:指周武王之弟管叔鲜与蔡叔度。周公:姬旦,周文王子,辅助武王灭纣,建立周朝。武王死,成王年幼,周公摄政。管叔、蔡叔挟殷后代武庚作乱,周公东征,平武庚、管叔、蔡叔。❹脊令:鹡鸰,一种水鸟。后以之喻兄弟友爱,急难相顾。❺"豆萁"句:《世说新语·文学篇》:"文帝尝令东阿王七步作诗,不成者行大法。应声便为诗曰:'煮豆持作羹,漉菽以为汁。萁在釜下燃,豆在釜中泣。本是同根生,相煎何太急?'帝深有愧色。" ❻"周家"二句:周家是从金陵迁到鹅峰下居住的,大约有三百年的时间了。❼丹凤诏:皇帝的诏书,即指朝廷旌表其间。❽紫泥:皇帝诏书用紫泥封口。

南乡子

【原 文】

庆前冈周氏旌表①

无处着春光,天上飞来诏十行。父老欢呼童稚舞,前冈。千载周家孝义乡。　草木尽芬芳,更觉溪头水也香。我道乌头门侧畔②,诸郎。准备他年昼锦堂③。

【注 释】

❶这首词作于宋宁宗庆元四年(1198)。❷乌头:谓乌帽,即官员所戴的乌纱帽。❸昼锦堂:宋韩琦有昼锦堂,欧阳修为作记。昼锦:谓富贵而归故乡,似衣锦昼行也。

鹧鸪天

【原 文】

戊午拜复职奉祠之命①

老退何曾说着官，今朝放罪上恩宽②。便支香火真祠俸，更缀文书旧殿班③。　扶病脚，洗衰颜，快从老病借衣冠④。此身忘世浑容易，使世相忘却自难⑤。

【注 释】

❶此词作于庆元四年（1198）。复职：指复集英殿修撰之职。奉祠：宋代设祠禄之官，除宰相执政兼领以示优礼，老病废职之官，亦往往使任宫观职，俾食其禄。此指稼轩再主福建武夷山冲佑观。　❷"老退"两句：谓君恩不期而至。　❸"便支"两句：绍熙五年（1194）七月以黄艾论列，稼轩罢福建安抚使，授主管武夷山冲佑观虚职；九月，以谢深甫论列，降充秘阁修撰。庆元元年（1195）十月，以何澹奏劾，落职。二年（1196）九月，以言者论列，主管武夷山冲佑观的虚职也被剥夺。至此，一点官职和俸禄都没有了。不知什么原因，庆元四年（1198）又恢复了集贤殿修撰和主管武夷山冲佑观之职。这两句词便是写他"复职奉祠"之后，领到祠俸，名缀旧殿班的复杂心情。　❹"扶病脚"三句：虽老且病，犹得准备朝班衣冠诸事宜。　❺"此身"两句：《庄子·天运》："使亲忘我易，兼忘天下难；兼忘天下易，使天下兼忘我难。"

贺新郎

【原 文】

题赵兼善龙图东山园小鲁亭①

下马东山路。恍临风、周情孔思②,悠然千古。寂寞东家丘何在③,缥缈危亭小鲁。试重上、岩岩高处④。更忆公归西悲日⑤,正濛濛、陌上多零雨。嗟费却,几章句。　　谢公雅志还成趣⑥。记风流、中年怀抱,长携歌舞⑦。政尔良难君臣事,晚听秦筝声苦⑧。快满眼、松篁千亩⑨。把似渠垂功名泪⑩,算何如、且作溪山主。双白鸟,又飞去。

【注 释】

①这首词作年不可确考。赵兼善:赵达夫。 ②周情孔思:周公东征,三年而归,士大夫美之,为赋《我徂东山》诗。孔子登东山而小鲁。赵兼善既建亭东山,且以"小鲁"为名,故此处称周、孔之事以美之,并切词题。 ③东家丘:指孔子。 ④岩岩:借指泰山。岩岩:高峻貌。 ⑤公:指周公。西悲:向西而悲。 ⑥"谢公"句:《世说新语·排调篇》载,谢安隐居会稽东山,朝命屡征不起,后出为桓宣武司马,将发新亭,朝士送之。高灵倚醉,"戏曰:'卿屡违朝旨,高卧东山,诸人每相与言:安石不肯出,将如苍生何。今亦苍生将如卿何?'谢笑而不答。" ⑦"记风流"二句:续写谢安事。 ⑧"政尔"二句:再续写谢安事。 ⑨松篁:松、竹。 ⑩把似:与其。

哨　遍

【原文】

秋水观①

　　蜗角斗争，左触右蛮，一战连千里。君试思、方寸此心微。总虚空、并包无际②。喻此理，何言泰山毫末，从来天地一稊米③。嗟小大相形，鸠鹏自乐，之二虫、又何知④？记跖行仁义孔丘非，更殇乐长年老彭悲⑤。火鼠论寒，冰蚕语热，定谁同异⑥？

　　噫！贵贱随时，连城才换一羊皮⑦。谁与齐万物？庄周吾梦见之⑧。正商略遗篇，翩然顾笑，空堂梦觉题《秋水》⑨。有客问洪河，百川灌雨，泾流不辨涯涘。于是焉河伯欣然喜，以天下之美尽在己。渺沧溟、望洋东视，逡巡向若惊叹，谓我非逢子，大方达观之家，未免长见，悠然笑耳⑩。此堂之水几何其？但清溪、一曲而已⑪。

【注释】

❶此词作于庆元五年（1199）。秋水观：指稼轩瓢泉居处之秋水堂。　❷"君试思"两句：言寸心虽小，却可容纳广大宇宙。方寸：喻心。　❸"喻此理"三句：天地既然微若稊米，则泰山自应细如毫末。稊米：极细小之米。　❹"嗟小大"三句：谓小大乃相对而言，鸠鹏各得其乐，二虫殊难理解鹏飞万里之乐。二虫：指蜩与学鸠。蜩：蝉。学鸠：山雀一类的小鸟。　❺"记跖行"两句：跖自谓行事仁义而以孔子为非，殇子自称长命而乐，彭祖却因短寿而悲。意谓

行为之是非，寿命之长短，均由人之认识而异。　❻"火鼠"三句：火鼠冰蚕对冷热之感受不同，他人殊难纠正。　❼"贵贱"两句：贵贱常因视角不同而异。连城：指价值连城之璧。羊皮：《史记·秦本纪》载，秦穆公曾以五羖羊皮赎百里奚于楚。百里奚后拜相，称五羖大夫。　❽"谁与"两句：谓庄子作《齐物论》。齐万物：泯除万物之间的差异。　❾"正商略"三句：梦中研讨《庄子》哲理，醒后即以《庄子·秋水》为堂名。遗篇：指《庄子》。　❿"百川"十句：隐括《庄子·秋水篇》语意，秋来河水高涨，百川注入黄河，水势浩大，以致两岸不辨牛马。于是河神欣然自喜，以为天下之美尽在于此。乃顺流而东，至北海，唯见汪洋一片，无岸无际。乃仰望海神叹曰："……吾非至于子之门则殆矣，吾长见笑于大方之家。"若：海神名。大方之家，简称"方家"，谓道术修养深湛之人，后多指精通某种学问、艺术之人。　⓫"此堂"两句：谓秋水堂前之水甚是微小。

哨　遍

【原文】

用前韵①

　　一壑自专，五柳笑人，晚乃归田里。问谁知、几者动之微②。望飞鸿、冥冥天际。论妙理，浊醪正堪长醉，从今自酿躬耕米。嗟美恶难齐，盈虚如代，天耶何、必人知。试回头五十九年非③，似梦里欢娱觉来悲。蘷乃怜蚿④，谷亦亡羊⑤，算来何异。

　　嘻！物讳穷时⑥，丰狐文豹罪因皮⑦。富贵非吾愿，皇皇乎欲何之⑧。正万籁都沉，月明中夜，心弥万里清如水。却自觉神游，归来坐对，依稀淮岸江涘。看一时鱼鸟忘情喜，会我已忘机更忘已。又何曾、物我相视，非会濠梁遗意，要是吾非子。但教河伯、休惭海若，大小均为水耳。世间喜愠更何其，笑先生三仕三已。

注　释

❶这首词作于宋宁宗庆元五年（1199）。　❷"几者"句：《易·系辞下》："几者动之微，吉之先见者也。"孔颖达疏："几，微也。是已动之微。动谓心动，事动初动之时，其理未著，唯纤微而已。若其已著之后，则心事显露，不得为几；若未动之前，又寂然顿无，兼亦不得称几也。几是离无入有，在有无之际，故云'动之微'也。"　❸五十九年非：《庄子·寓言篇》："孔子行年六十而六十化，始时所是，卒而非之。未知今之所谓是之非五十九非也。"　❹夔：独足兽。蚿：马蚿，多足虫。　❺谷亦亡羊：《庄子·骈拇篇》："臧与谷，二人相与牧羊，而俱亡其羊。问臧奚事，则挟筴读书；问谷奚事，则博塞以游。二人者，事业不同，其于亡羊均也。"　❻讳穷：讳忌穷困也。　❼"丰狐"句：《庄子·山木篇》："夫丰狐文豹，栖于山林，伏于岩穴，静也；夜行昼居，戒也；虽饥渴隐约，犹旦胥疏于江湖之上而求食焉，定也；然且不免于网罗机辟之患，是何罪之有哉？其皮为之灾也。"　❽"富贵"二句：《庄子·秋水篇》："庄子与惠子游于濠梁之上。庄子曰：'儵鱼出游从容，是鱼之乐也。'惠子曰：'子非鱼，安知鱼之乐？'庄子曰：'子非我，安知我不知鱼之乐？'惠子曰：'我非子，固不知子矣。子固非鱼也，子之不知鱼之乐，全矣。'"

菩萨蛮

【原 文】

昼眠秋水①

葛巾自向沧浪濯,朝来漉酒那堪着②。高树莫鸣蝉,晚凉秋水眠。　竹床能几尺,上有华胥国③。山上咽飞泉,梦中琴断弦。

注 释

❶这首词作年难考,姑附于此。　❷"葛巾"二句:谓头巾应该用清水清洗,用它漉酒,就不好再使用了。　❸华胥国:指入梦。

兰陵王

【原 文】

己未八月二十日夜,梦有人以石研屏见饷者①。其色如玉,光润可爱。中有一牛,磨角作斗状。云:"湘潭里中有张其姓者,多力善斗,号张难敌。一日,与人搏,偶败,忿赴河而死。居三日,其家人来视之,浮水上,则牛耳。自后并水之山往往有此石,或得之,里中辄不利。"梦中异之,为作诗数百言,大抵皆取古之怨愤变化异物等事，觉而忘其言。后三日，赋词以识其异。

恨之极，恨极销磨不得②。苌弘事，人道后来，其血三年化为碧③。郑人缓也泣：吾父攻儒助墨。十年梦，沉痛化余，秋柏之间既为实④。　　相思重相忆。被怨结中肠，潜动精魄。望夫江上岩岩立⑤。嗟一念中变，后期长绝。君看启母愤所激，又俄顷为石⑥。

难敌，最多力。甚一忿沉渊，精气为物，依然困斗牛磨角。便影入山骨，至今雕琢⑦。寻思人世，只合化，梦中蝶⑧。

注　释

❶此词作于宋宁宗庆元五年（1199）。石研屏：石磨屏。　❷"恨之极"两句：千古以来，恨极之事难以消磨。　❸"苌弘"三句：《庄子·外物篇》："苌弘死于蜀，藏其血，三年而化为碧。"化碧系传说，极言其怨愤且忠贞精诚。　❹"郑人"五句：《庄子·列御寇篇》载，郑人有名缓者，于裘氏之地读书三年，成为一名儒家学者，他的乡里和家族均受益不浅。他又教育其弟成为墨家学者。但儒家和墨家辩论时，其父却攻儒助墨。十年后，缓自杀。缓父梦见缓对他说："使你儿成为墨家学者的是我，你何不看看我的坟，所种松柏已结出果实了。"按：辛词举此事，说明缓怨愤而死，精诚所至，化为秋柏之实。　❺"被怨"三句：武昌北山上有望夫石，状若人。传云，昔有贞妇，其夫从役，远赴国难，携弱子饯送此山，立望夫而化为石。　❻"君看启母"两句：相传夏禹娶涂山氏之女，生子夏启，而其母化为石。　❼"难敌"七句：指赋词序中张难敌化石事。　❽"寻思"三句：是非难论，人生如梦。

六州歌头

【原文】

属得疾，暴甚，医者莫晓其状。小愈，困卧无聊，戏作以自释。①

晨来问疾，有鹤止庭隅②。吾语汝③："只三事，太愁余④。病难扶，手种青松树，碍梅坞，妨花径，才数尺，如人立，却须锄⑤；秋水堂前，曲沼明于镜，可烛眉须。被山头急雨，耕垄灌泥涂。谁使吾庐，映污渠⑥？ 叹青山好，檐外竹，遮欲尽，有还无。删竹去，吾乍可，食无鱼，爱扶疏，又欲为山计。千百虑，累吾躯⑦。凡病此，吾过矣，子奚如⑧？"口不能言臆对⑨："虽卢扁药石难除⑩。有要言妙道，往问北山愚，庶有瘳乎⑪。"

注释

❶此词作年难考。属：恰适，正当。暴甚：指病得厉害。小愈：病情稍见好转。自释：自我解愁排闷。❷"晨来"两句：清晨，有鹤飞来探病。止庭隅：停歇在院落的一角。❸语：告诉。按：以下至"子奚如"，为词人对鹤讲的话。❹余：我。❺"病难扶"七句：此第一事。言青松妨碍了去梅坞的花径。病难扶：病得难以扶持。却须锄：必须立即铲除。❻"秋水"七句：此第二事。言山水带泥，污染了堂前明澈如镜的水池。曲沼：弯曲的水池。烛：照见。耕垄：指耕田。吾庐：指临水的秋水堂。污渠：污水池。❼"叹青山"

十一句：此第三事。言竹林遮住青山，想伐竹，又不忍割爱。青山、竹林，两美不能兼得，愁心损人。有还无：言青山为竹林遮掩，有等于无。扶疏：枝叶繁茂，疏密有致。为山计：为青山作想。累吾躯：累坏了我的身子。 ❽"凡病此"三句：向鹤请教治病之法。吾过矣：我错了。子奚如：你（鹤）以为该怎么办？ ❾"口不"句：鹤口不能言，猜度它心里的回答。按：以下为白鹤"臆对"的话。 ❿"虽卢扁"句：纵然卢扁再生，无奈药物无效，难以治好你的病。卢扁：指古代名医扁鹊，因家居卢地，也称卢扁。 ⓫"有要言"三句：治病全仗要言妙道，去请教北山愚公，也许病愈有望。要言妙道：中肯之言和精妙之理。

添字浣溪沙

【原 文】

病起，独坐停云。①

强欲加餐竟未佳，只宜长伴病僧斋。心似风吹香篆过，也无灰②。　山上朝来云出岫③，随风一去未曾回。次第前村行雨了④，合归来。

【注 释】

❶这首词作年同上。 ❷"心似"二句：言其并未灰心。风吹香篆过，歇后语为"无灰"也。 ❸云出岫：陶渊明《归去来兮辞》："云无心以出岫。"岫：山洞。 ❹次第：此处应为"待到"之意。

沁园春

【原文】

寿赵茂嘉郎中,时以置兼济仓赈济里中,除直秘阁。①

甲子相高,亥首曾疑,绛县老人②。看长身玉立,鹤般风度,方颐须磔③,虎样精神。文烂卿云④,诗凌鲍谢⑤,笔势骎骎更右军⑥。浑余事,羡仙都梦觉,金阙名存。　门前父老忻忻⑦。焕奎阁新褒诏语温⑧。记他年帷幄,须依日月,只今剑履⑨,快上星辰。人道阴功,天教多寿,看到貂蝉七叶孙⑩。君家里,是几枝丹桂,几树灵椿⑪。

注释

❶这首词作于宋宁宗庆元五年(1199)。❷"甲子"三句:谓赵茂嘉的年龄可与绛县老人相比,借以为赵茂嘉祝寿。❸方颐:宽广的面颊。须磔:胡须如刺猬。❹文烂卿云:文章写得像司马相如和扬子云的文章那样美。❺鲍谢:南朝宋鲍照、齐谢朓皆工诗,合称鲍、谢。❻右军:指东晋著名书法家王羲之。骎骎:渐次而进。❼忻忻:欣喜貌。❽焕奎阁:疑为赵茂嘉府中阁名。❾剑履:佩剑穿履,谓高官或亲信大臣。❿貂蝉:貂蝉冠,高官所戴。七叶:七世。⓫丹桂、灵椿:丹桂,旧时对科举及第的美称;灵椿,树木名,此木年至长,后世称父曰椿。

沁园春

【原文】

和吴子似县尉①

我见君来,顿觉吾庐,溪山美哉②。怅平生肝胆,都成楚越;只今胶漆,谁是陈雷③?搔首踟蹰,爱而不见,要得诗来渴望梅④。还知否:快清风入手,日看千回⑤。　　直须抖擞尘埃。人怪我柴门今始开⑥。向松间乍可,从他喝道;庭中且莫,踏破苍苔⑦。岂有文章,谩劳车马,待唤青刍白饭来⑧。君非我,任功名意气,莫恁徘徊⑨。

注释

❶此词作于庆元五年(1199)前后。　❷"我见"三句:言友人到来,顿使茅屋生辉,山水增光。　❸"怅平生"四句:感叹平生知己疏远,唯与吴子相与情深。肝胆、楚越:肝、胆虽近,却如远隔楚、越。喻知交疏远。胶漆:胶与漆一经黏合,便无从分开。喻友谊之坚牢。　❹"搔首"三句:原是说姑娘赴约时,故意隐而不见,逗得男方直挠头皮,徘徊不已。辛词借以形容想见友人时烦躁不安的心情。渴望梅:活用"望梅止渴"事,喻盼诗之心切。　❺清风:喻诗篇。　❻"直须"两句:谓自己振作精神,欢迎吴子的到来。　❼"向松间"四句:为欢迎做官的友人到来,不惜打破居处的宁静,但请不要踏破院落中的苍苔。　❽"岂有"三句:自愧无才,徒劳友人来访,自己将殷勤待客。谩劳:徒劳。　❾"君非我"三句:勉励友人当以功名自许,不可似

我一般徘徊流连于山水之间。

鹧鸪天

【原文】

寻菊花无有,戏作。^①

掩鼻人间腐臭场,古来惟有酒偏香^②。自从来住云烟畔,直到而今歌舞忙^③。　呼老伴,共秋光,黄花何处避重阳^④?要知烂漫开时节,直待西风一夜霜^⑤。

注释

❶此词作于庆元五年(1199)前后。无有:没有。戏作:游戏之作。　❷"掩鼻"二句:官场腐臭,令人掩鼻;美酒飘香,一醉忘忧。　❸"自从"二句:言自从退隐田园,一直以歌舞自娱。云烟畔:云烟缭绕之处,借指山水幽美之处,此处指瓢泉。　❹"呼老伴"三句:叫上老伙伴,一起寻觅重阳秋色,没有想到菊花一朵也未开,好像是故意躲避重阳节似的。老伴:老年游伴。黄花:指菊花。　❺"要知"二句:谓直等着西风刮起、严霜降临,菊花就会烂漫开放。

鹧鸪天

【原文】

席上吴子似诸友见和,再用韵答之。①

翰墨诸公久擅场,胸中书传许多香。都无丝竹衔杯乐②,却看龙蛇落笔忙③。　闲意思,老风光,酒徒今有几高阳④。黄花不怯西风冷,只怕诗人两鬓霜。

注释

❶这首词作于宋宁宗庆元四年(1198)至庆元六年(1200)之间,时作者罢官闲居铅山瓢泉家中。　❷衔杯乐:饮酒之乐。　❸龙蛇落笔:指落笔为诗。　❹高阳酒徒:用郦生见刘邦,自称"高阳酒徒"的典故。

鹧鸪天

【原文】

和吴子似山行韵①

谁共春光管日华,朱朱粉粉野蒿花。闲愁投老无多子②,酒病而今较减些。　　山远近，路横斜，正无聊处管弦哗③。去年醉处犹能记，细数溪边第几家。

注释

❶这首词作于宋宁宗庆元四年（1198）至庆元六年（1200）之间。　❷投老：临老，到老。　❸管弦：管乐器与弦乐器。代指音乐。

新荷叶

【原文】

上巳日，吴子似谓古今无此词，索赋。①

曲水流觞，赏心乐事良辰。兰蕙光风②，转头天气还新。明眸皓齿，看江头、有女如云③。折花归去，绮罗陌上芳尘。　　能几多春，试听啼鸟殷勤。览物兴怀，向来哀乐纷纷④。且题醉墨，似兰亭、列叙时人。后之览者，又将有感斯文⑤。

注释

❶这首词当作于宋宁宗庆元四年（1198）至庆元六年（1200）间。上巳日：古人风俗，农历三月上旬巳日为古代节日，男女于此日临水而祭，以祛不祥。❷光风：谓雨后日出而风，草木皆有光。　❸有女如云：谓游赏的美女多得如云一样。　❹"览物"二句：谓即景生情，向来哀乐不一。　❺"似兰亭"三句：王羲之《兰亭集序》："故列叙时人，录其所述。虽世殊事异，所以兴怀，其致

一也。后之览者亦将有感于斯文。"

新荷叶

【原 文】

徐思上巳乃子似生日，因改定。①

曲水流觞，赏心乐事良辰。今几千年，风流禊事如新②。明眸皓齿，看江头、有女如云。折花归去，绮罗陌上芳尘。　　丝竹纷纷，杨花飞鸟衔巾。争似群贤，茂林修竹兰亭。一觞一咏，亦足以畅叙幽情③。清欢未了，不如留住青春。

【注 释】

❶这首词的作期同上。　❷禊（xì）事：古代春秋两季在水边举行祓除不祥、清除污垢的祭事，叫禊事。又因古代文人雅士多于此时曲水流觞，以相娱乐，故曰"风流禊事"。　❸"争似"四句：王羲之《兰亭集序》："永和九年，岁在癸丑，暮春之初，会于会稽山阴之兰亭，修禊事也。群贤毕至，少长咸集。此地有崇山峻岭，茂林修竹，又有清流激湍，映带左右，引以为流觞曲水，列坐其次，虽无丝竹管弦之盛，一觞一咏，亦足以畅叙幽情。"此处隐括用之。

水调歌头

【原 文】

题吴子似县尉瑱山经德堂。堂,陆象山取名也。①

唤起子陆子②,经德问何如。万钟于我何有③,不负古人书。闻道千章松桂,剩有四时柯叶,霜雪岁寒余。此是瑱山境,还似象山无④。 耕也馁,学也禄⑤,孔之徒。青衫毕竟升斗,此意政关渠⑥。天地清宁高下⑦,日月东西寒暑,何用着工夫。两字君勿惜⑧,借我榜吾庐。

【注 释】

❶这首词作于宋宁宗庆元四年(1198)至庆元六年(1200)间。瑱山:玉真山。经德:谓人常守之道德。 ❷"唤起"句:陆象山卒于宋光宗绍熙三年(1192)十二月,吴子似任铅山县尉时陆象山已去世数年,故云"唤起"。子陆子:对陆象山的尊称。 ❸"万钟"句:《孟子·告子上》:"万钟则不辨礼义而受之,万钟于我何加焉。"万钟于我何加:谓于我身无所增益。万钟,指丰富的粮食。 ❹象山:在江西鹰潭贵溪,原名应天山。 ❺"耕也馁"二句:《论语·卫灵公》载孔子语:"君子谋道不谋食。耕也,馁在其中矣;学也,禄在其中矣。君子忧道不忧贫。" ❻"青衫"二句:意谓陆象山所要致意的,是说科名无足轻重。 ❼"天地"句:天得一以清,地得一以宁,王侯得一以为天下贞。后以清宁指时事清明太平。 ❽两字:指"经德"。

水调歌头

【原 文】

赵昌父七月望日用东坡韵叙太白、东坡事见寄,过相襃借,且有秋水之约;八月十四日余卧病博山寺中,因用韵为谢,兼寄吴子似。①

我志在寥阔,畴昔梦登天②。摩挲素月,人世俯仰已千年③。有客骖鸾并凤,云遇青山、赤壁,相约上高寒④。酌酒援北斗,我亦虱其间⑤。 少歌曰⑥:"神甚放,形则眠⑦。鸿鹄一再高举,天地睹方圆⑧。"欲重歌兮梦觉,推枕惘然独念,人事底亏全⑨?有美人可语,秋水隔婵娟⑩。

注 释

❶此词作于作者罢居铅山时期。望日:阴历十五称望日。过相襃借:对我赞扬过甚。秋水之约:约会于瓢泉秋水堂。 ❷"我志"两句:我向往神游太空,昨晚在梦中登天。 ❸"摩挲"两句:揽月俯仰之间,人世已过千年。 ❹"有客"三句:有客乘鸾跨凤,和李白、苏轼相约,共上月宫游赏。按:此当为题序"叙太白、东坡事"中的一部分。青山、赤壁:代指李白和苏轼。李白死后葬于青山,苏轼贬官黄州时,有赤壁之游。 ❺"酌酒"两句:他们以北斗为勺,开怀畅饮,我也有幸寄身其间。虱:作动词,意谓无才而渺小,不配与他人为伍。 ❻少歌:小声吟唱。 ❼"神甚放"两句:形体虽眠,神魂却自由腾飞。 ❽"鸿鹄"两句:言神魂如鸿鹄不断腾飞向上,想看一看天地是方是圆。

⑨ "欲重歌"三句：梦觉深思，人事何以有亏有全？ ⑩ "有美人"两句：纵有知己可语，但有漫漫秋水相隔之憾。美人：指知己朋友，即指吴子似。婵娟：形容姿容美好。

破阵子

【原 文】

峡石道中有怀吴子似县尉①

宿麦畦中雉鷕②，柔桑陌上蚕生。骑火须防花月暗③，玉唾长携彩笔行④。隔墙人笑声。　　莫说弓刀事业⑤，依然诗酒功名。千载图中今古事，万石溪头长短亭⑥。小塘风浪平。

【注 释】

❶这首词写于宋宁宗庆元四年（1198）至庆元六年（1200）间。 ❷雉鷕（yǎo）：雌雉鸣声。 ❸骑火：夜骑时用以照明之物。 ❹玉唾：邓广铭先生认为玉唾就是滴砚，也有人认为，谓唾液如玉，转为出口成章之诗句文句。 ❺弓刀：犹弓箭。弓刀事业：有出征杀敌之意。 ❻"千载"二句：作者篇末自注："时修图经，筑亭堠。"图经：文字外附有图画，属地理志一类的书。亭堠：岗亭，即"万石溪头长短亭"也。

鹧鸪天①

【原 文】

石壁虚云积渐高，溪声绕屋几周遭②。自从一雨花零落，却爱微风草动摇③。　　呼玉友，荐溪毛，殷勤野老苦相邀④。杖藜忽避行人去，认是翁来却过桥⑤。

【注 释】

❶此词作于宋宁宗庆元四年（1198）至庆元六年（1200）间。　❷"石壁"两句：写白云笼山、溪水绕屋之景。石壁：陡峭的山崖。积：指浮云堆积。周遭：周围。　❸"自从"两句：花虽落去，犹爱风中芳草。　❹"呼玉友"三句：言野老相邀作客。野老：农村父老。玉友：一种米酒。　❺"杖藜"两句：谓野老过桥迎客。杖藜：拄着藜杖的老人。

鹧鸪天

【原 文】

寿吴子似县尉，时摄事城中。①

上巳风光好放怀②，故人犹未看花回③。茂林映带谁家竹，曲水流传第几杯。　　摘锦绣，写琼瑰④，长年富贵属多才。要知此日生男好，曾有周公祓禊来⑤。

注释

①这首词作于宋宁宗庆元四年（1198）至庆元六年（1200）间。摄：代理。②上巳：指农历三月初三，古称上巳节。③看花回：用刘禹锡重游玄都观看桃花的事。④"摘锦绣"二句：谓摘锦布绣，写琼撰瑰，喻铺陈华丽辞藻，撰写美妙诗文。摘：舒展。⑤"要知"二句：上巳日为吴子似生日，故作此颂语。

鹧鸪天

【原文】

过峡石，用韵答吴子似。①

叹息频年廪未高②，新词空贺此丘遭。遥知醉帽时时落，见说吟鞭步步摇。　　干玉唾③，秃锥毛④，只今明月费招邀。最怜乌鹊南飞句⑤，不解风流见二乔。

注释

①这首词作于宋宁宗庆元四年（1198）至庆元六年（1200）间。②廪未高：仓里粮食不多。③玉唾：喻指出口成章的精彩诗文。④秃锥毛：秃头毛笔。⑤"乌鹊南飞"句：曹操《短歌行》："月明星稀，乌鹊南飞。绕树三匝，何枝可依。"

鹧鸪天

【原 文】

吴子似过秋水①

秋水长廊水石间，有谁来共听潺湲。羡君人物东西晋②，分我诗名大小山③。　　穷自乐，懒方闲，人间路窄酒杯宽。看君不了痴儿事，又似风流靖长官④。

【注 释】

❶这首词作于宋宁宗庆元四年（1198）至庆元六年（1200）间。过：访问。❷"羡君"句：谓吴子似有如东晋、西晋人物品质之高洁。❸"分我"句：谓其诗有如《招隐士》之类辞赋之风雅。❹靖长官：曾慥《集仙传》载，靖不知何许人，唐僖宗时为登封令，既而弃官学道，遂仙去。隐其姓而以名显，故世谓之靖长官。

水调歌头

【原 文】

醉吟①

四座且勿语,听我醉中吟②。池塘春草未歇,高树变鸣禽③。鸿雁初飞江上,蟋蟀还来床下④,时序百年心⑤。谁要卿料理,山水有清音⑥。　欢多少,歌长短,酒浅深。而今已不如昔,后定不如今⑦。闲处只须行乐,良夜更教秉烛,高会惜分阴⑧。白发短如许,黄菊倩谁簪⑨?

【注 释】

❶此词作年难考。 ❷"四座"二句:欲四座安静,听其醉中放歌。 ❸"池塘"二句:言池塘中的青草还没有消歇衰败,树梢上的禽鸟已经改变了,故鸣叫的声音也改变了。 ❹"鸿雁"二句:大雁才在秋江上空飞过,蟋蟀就已经来到床下。鸿雁初飞:指秋社时节大雁从北方迁徙到南方。 ❺"时序"句:从时间匆匆流转的秩序中,可以洞察到人间百年的光景。 ❻"谁要"二句:谁要你的关怀,山水间自有清美的天籁可以欣赏。 ❼"而今"二句:言人精力容易衰退,人生易感后不如前。 ❽"闲处"三句:言应抓住一切机会,及时寻找欢乐。闲处:指归隐无事时。分阴:形容极短的光阴。 ❾"白发"二句:感慨发白而稀少,无人能为我簪插菊花。杜甫《春望》:"白头搔更短,浑欲不胜簪。"簪黄菊:古人有于重阳节簪插菊花、佩戴茱萸以辟邪的习俗。

水调歌头

【原文】

赋松菊堂①

渊明最爱菊,三径也栽松②。何人收拾,千载风味此山中③。手把《离骚》读遍④,自扫落英餐罢⑤,杖屦晓霜浓。皎皎太独立,更插万芙蓉⑥。　　水潺湲⑦,云颎洞⑧,石巃嵷⑨。素琴浊酒唤客⑩,端有古人风。却怪青山能巧⑪,政尔横看成岭,转面已成峰⑫。诗句得活法⑬,日月有新工⑭。

注释

❶此词作年同上。　❷三径:指新居的小路。　❸千载风味:指陶渊明归隐的情趣。　❹"手把"句:魏晋以来,人们把读《离骚》当作高士的标志。　❺"自扫"句:屈原《离骚》:"朝饮木兰之坠露兮,夕餐秋菊之落英。"落英:落花。　❻"皎皎"二句:言松菊堂亦倒映于荷花丛中。　❼水潺湲:水徐流貌。　❽云颎洞:云弥漫无际貌。　❾石巃嵷:山石高耸貌。　❿"素琴"句:刘禹锡《陋室铭》:"可以调素琴,阅金经。"　⓫"却怪"句:令人惊异的是青山如此乖巧。　⓬"政尔"二句:苏轼《题西林壁》诗:"横看成岭侧成峰,远近高低各不同。"政尔:又作"正尔"。　⓭活法:规矩备具而能出于规矩之外,变化不测而亦不背于规矩也。是道也,盖有定法而无定法,无定法而有定法。知是者则可以与语活法矣。　⓮新工:新的创意。

清平乐①

【原文】

清词索笑，莫厌银杯小。应是天孙新与巧②，剪恨裁愁句好。

有人梦断关河，小窗日饮亡何。想见重帘不卷，泪痕滴尽湘娥。

注释

❶这首词作年难考。　❷天孙：星名，即织女星，手巧善织。

清平乐

【原文】

书王德由主簿扇①

溪回沙浅，红杏都开遍。鸂鶒不知春水暖，犹傍垂杨春岸。

片帆千里轻船，行人想见欹眠②。谁似先生高举，一行白鹭青天。

注 释

❶这首词作年同上。主簿：主管文书事务的官员。 ❷欹眠：侧眠。

西江月

【原 文】

春晚

剩欲读书已懒①，只因多病长闲。听风听雨小窗眠，过了春光太半②。　往事如寻去鸟，清愁难解连环。流莺不肯入西园，去唤画梁飞燕。

注 释

❶这首词作年同上。剩欲：颇欲，很想。 ❷太半：大半。太，与"大"通。

西江月

【原 文】

木樨①

金粟如来出世②,蕊宫仙子乘风③。清香一袖意无穷,洗尽尘缘千种。　长为西风作主,更居明月光中④。十分秋意与玲珑,拚却今宵无梦⑤。

【注 释】

❶这首词作年同上。木樨:桂花的一种。　❷金粟如来:佛名,即维摩诘居士。木樨色黄似金,花小如粟,故亦称"金粟"。　❸蕊宫:为蕊珠宫之简称。　❹"更居"句:传说月中有桂树,故谓其居"明月光中"。　❺拚(pàn)却:甘愿。

西江月

【原文】

遣兴^①

醉里且贪欢笑，要愁哪得工夫②。近来始觉古人书，信着全无是处③。　　昨夜松边醉倒，问松"我醉何如"？只疑松动要来扶，以手推松曰"去"④！

注释

❶此词作年同上。　❷"醉里"两句：谓以酒浇愁，以醉忘忧。　❸"近来"两句：谓近来方悟不能全信古书。稼轩并非轻视古人，意谓今人并不按圣贤之言行事，是对现实不满的激愤语。觉：领悟。　❹"只疑"两句：暗用汉代龚胜之事。汉哀帝时，丞相王嘉被诬有"迷国罔上"之罪。龚胜以为举罪犹轻。夏侯常拟劝龚胜，"胜以手推常曰：'去！'"辛词用龚语入词，或暗指当朝主和派汤思退诽谤夸大张浚符离败绩一事，并与上片结处呼应，以证不能全信古书。

玉楼春

【原文】

乐令谓卫玠："人未尝梦捣齑餐铁杵，乘车入鼠穴。"以谓世无是事故也①。余谓世无是事而有是理，乐所谓无，犹云有也。戏作数语以明之。

有无一理谁差别，乐令区区浑未达②。事言无处未尝无，试把所无凭理说。　伯夷饥采西山蕨，何异捣齑餐杵铁。仲尼去卫又之陈，此是乘车穿鼠穴。

【注释】

❶这首词作年同上。捣齑餐铁杵：把铁杵捣成细末吃下。齑：原意为切碎的腌菜和酱菜，引申为细碎之义。铁杵：捣物用的铁棒槌。无是事：没有这样的事。　❷区区：自得貌。达：通达事理。

西江月

【原文】

寿祐之弟，时新居落成。①

画栋新垂帘幕，华灯未放笙歌。一杯潋滟泛金波②，先向太夫人贺。　　富贵吾应自有，功名不用渠多。只将绿鬓抵羲娥③，金印须教斗大。

【注 释】

❶此词当作于宋宁宗庆元四年（1198）至庆元六年（1200）间。　❷"一杯"句：谓满酌寿酒。潋滟：水满溢貌。　❸羲娥：谓羲和与嫦娥，指日月，意即光阴。

贺新郎

【原文】

题傅岩叟悠然阁①

路入门前柳。到君家、悠然细说，渊明重九②。岁晚凄其无诸葛,惟有黄花入手。更风雨、东篱依旧③。陡顿南山高如许,是先生、拄杖归来后④。山不记,何年有⑤。　　是中不减康庐秀。倩西风为君唤起,翁能来否⑥?鸟倦飞还平林去,云自无心出岫。剩准备、新诗几首⑦。欲辨忘言当年意,慨遥遥、我去羲农久⑧。天下事,可无酒⑨。

注释

❶此词作于庆元六年(1200)前。　❷"路入"三句:穿柳入门,共话渊明重九轶事。门前柳:陶渊明《五柳先生传》:"门前有五柳树,因以为号焉。"此借指傅家。渊明重九:九月九日,渊明外出采菊,恰好王弘送酒到此,渊明即地而饮,大醉始归。　❸"岁晚"三句:感叹渊明晚年虽以诸葛亮自况,却无诸葛亮的际遇。东篱风雨依旧,唯有采菊自娱。　❹"陡顿"两句:谓渊明弃官归来,顿使南山变得高洁起来。　❺"山不记"两句:不记何年始有此南山。　❻"是中"三句:谓悠然阁风光之秀不亚于庐山,请西风唤起陶潜来游,不知他能赏光否?　❼"鸟倦飞"三句:借陶诗自况,谓倦于仕宦,乐于山水,唯有献上几首新诗。　❽"欲辨"两句:化用陶诗,"此中有真意,欲辨已忘言","羲农去我久,举世少复真"。慨叹如今世风日下,没有上古时代的纯朴心地,很难像陶潜那样深刻会心自然景物中的微妙真意。欲辨忘言:谓很难用语言表达,唯有靠身心去体会。　❾"天下事"两句:天下事不堪一提,唯有饮酒。

贺新郎

【原文】

用前韵再赋①

肘后俄生柳②。叹人生、不如意事,十常八九。右手淋浪才有用③,闲却持螯左手。谩赢得、伤今感旧。投阁先生惟寂寞,笑是非、不了身前后④。持此语,问乌有⑤。　　青山幸自重重秀。问新来、萧萧木落,颇堪秋否?总被西风都瘦损,依旧千岩万岫⑥。把万事、无言搔首⑦。翁比渠侬人谁好,是我常、与我周旋久。宁作我,一杯酒⑧。

注 释

❶此词作期同上。 ❷肘后俄生柳:喻世事变幻无常。 ❸淋浪:指开怀畅饮。 ❹"投阁"两句:人生是非曲直,生前死后俱难了结。投阁先生:指扬雄。 ❺"持此语"两句:谓是耶非耶,无人解答。 ❻"青山"五句:纵西风飘飘,落木萧萧,然青山依然秀立。 ❼搔首:思索貌。 ❽"翁比"四句:宁作独立不阿的我,绝不屈志附人。

水调歌头

【原 文】

赋傅岩叟悠然阁①

岁岁有黄菊,千载一东篱②。悠然政须两字,长笑退之诗③。自古此山原有,何事当时才见,此意有谁知。君起更斟酒,我醉不须辞。　　回首处,云正出,鸟倦飞。重来楼上,一句端的与君期。都把轩窗写遍,更使儿童诵得,归去来兮辞。万卷有时用,植杖且耘耔④。

【注 释】

❶这首词作年难考。　❷"岁岁"二句:谓千百年来每岁都有黄菊,能写出"采菊东篱下,悠然见南山"者,只有陶渊明一人。　❸退之诗:指韩愈《南山》诗,其诗就南山环境、四时变化、方隅连互之所、高陵深谷之状及其游山所见所闻分别加以详略不同的描述,虽穷形尽相,但不识南山妙意,缺乏"悠然"韵味,故稼轩以"长笑"评之。此谐语取嘲也。　❹"植杖"句:陶渊明《归去来兮辞》:"怀良辰以孤往,或植杖而耘耔。"

念奴娇

【原文】

赋傅岩叟香月堂两梅①

未须草草,赋梅花,多少骚人词客。总被西湖林处士,不肯分留风月。疏影横斜,暗香浮动,把断春消息。试将花品,细参今古人物。　　看取香月堂前,岁寒相对,楚两龚之洁②。自与诗家成一种,不系南昌仙籍③。怕是当年,香山老子,姓白来江国④。谪仙人,字太白,还又名白⑤。

注 释

❶这首词作于宋宁宗庆元六年(1200)前。　❷楚两龚:《汉书·两龚列传》:"两龚,皆楚人也。胜字君宾,舍字君倩,二人相友,并著名节,故世谓之楚两龚。"　❸南昌仙籍:《汉书》载,梅福字子真,九江寿春人,居家以读书养性为事,王莽专政,乃弃妻子去九江,传以为仙去。此处取其姓,谓香月堂两梅"自成一种"和其他梅花不是同一族类。　❹"香山"二句:白居易曾被贬为江州司马,晚年自号香山居士。　❺"谪仙"三句:香月堂两梅当为白色,故作者以"居士""谪仙"拟之,并以这三个"白"字强调其洁白和可爱。

念奴娇

【原 文】

余既为傅岩叟两梅赋词,傅君用席上有请云:"家有四古梅,今百年矣,未有以题品,乞援香月堂例。"欣然许之,且用前篇体制戏赋。①

是谁调护,岁寒枝②,都把苍苔封了。茅舍疏篱江上路,清夜月高山小③。摸索应知,何刘沈谢④,何况霜天晓。芬芳一世,料君长被花恼。　惆怅立马行人,一枝最爱,竹外横斜好。我向东邻曾醉里,唤起诗家二老⑤。拄杖而今,婆娑雪里,又识商山皓⑥。请君置酒,看渠与我倾倒。

注 释

❶此词作于宋宁宗庆元六年(1200)前。　❷岁寒枝:指梅,因梅为岁寒三友之一。　❸月高山小:苏轼《后赤壁赋》:"山高月小,水落石出。"　❹"摸索"二句:用四名人喻四古梅。按:所称四人,当指南朝之何逊、刘孝绰、沈约、谢朓。　❺"东邻"二句:指傅岩叟家香月堂两梅。诗家二老:指李白和白居易。　❻商山皓:这里以商山四皓喻四古梅。

满江红

【原 文】

和傅岩叟香月韵①

半山佳句,最好是、吹香隔屋②。又还怪、冰霜侧畔,蜂儿成簇。更把香来薰了月,却教影去斜侵竹③。似神清、骨冷住西湖,何由俗④。　根老大,穿坤轴⑤。枝夭袅,蟠龙斛。快酒兵长俊,诗坛高筑。一再人来风味恶,两三杯后花缘熟。记五更、联句失弥明,龙衔烛⑥。

注 释

❶这首词作年难考。　❷"半山"二句:北宋诗人王安石号半山,其诗有云:"背人照影无穷柳,隔屋吹香并是梅。"这两句写梅之暗香。　❸"更把"二句:林逋《山园小梅》:"疏影横斜水清浅,暗香浮动月黄昏。"这两句写梅之疏影。　❹"似神清"二句:写梅之神清韵高。　❺坤轴:古人想象中的地轴。　❻龙衔烛:屈原《天问》:"日安不到,烛龙何照?"注云:"言天西北有幽冥无日之国,有龙衔烛而照之也。"烛龙,神名,即口中衔烛之龙。

水调歌头

【原文】

即席和金华杜仲高韵,并寿诸友,惟釂乃佳耳。①

万事一杯酒,长叹复长歌。杜陵有客②,刚赋云外筑婆娑③。须信功名儿辈,谁识年来心事,古井不生波④。种种看余发,积雪就中多。　　二三子,问丹桂⑤,倩素娥。平生萤雪⑥,男儿无奈五车何⑦。看取长安得意,莫恨春风看尽⑧,花柳自蹉跎。今夕且欢笑,明月镜新磨。

注释

❶这首词作年难考,姑编次于庆元六年(1200)与杜叔高唱和诸词前。釂:饮酒尽也。犹今之所言"干杯"之意。　❷杜陵有客:杜陵客,这里指杜仲高。❸云外筑婆娑:疑为杜仲高原诗中的名句。　❹"古井"句:言心如死水,不为外事所动。　❺问丹桂:意谓准备参加科举。　❻萤雪:谓囊萤映雪,形容苦读。　❼五车:谓学富五车,指读书多。　❽"看取"二句:《唐诗纪事》载,孟郊及第,有诗曰:"春风得意马蹄疾,一日看尽长安花。"

浣溪沙

【原文】

偕杜叔高、吴子似宿山寺戏作。①

花向今朝粉面匀,柳因何事翠眉颦?东风吹雨细于尘。
自笑好山如好色,只今怀树更怀人②,闲愁闲恨一番新。

【注释】

❶此词作于庆元六年(1200)。偕:同,和。 ❷怀树怀人:朱熹注《诗经·召南·甘棠》云:"召伯循行南国,以布文王之政。或舍甘棠之下,其后人思其德,故爱其树而不忍伤也。"谓因怀人而爱树。辛词则说由怀树而怀人。

浣溪沙

【原文】

歌串如珠个个匀,被花勾引笑和颦,向来惊动画梁尘①。
莫倚笙歌多乐事②,相看红紫又抛人,旧巢还有燕泥新。

注释

❶这首词当作于宋宁宗庆元六年（1200）。向来：适来、适才之意。 ❷笙歌：合笙之歌。

浣溪沙①

【原文】

父老争言雨水匀，眉头不似去年颦②，殷勤谢却甑中尘③。
啼鸟有时能劝客，小桃无赖已撩人④，梨花也作白头新⑤。

注释

❶此词作于庆元六年（1200）。 ❷"父老"两句：言今年风调雨顺，父老展眉解愁。 ❸"殷勤"句：言可以不再受饥挨饿。谢却：辞却。甑中尘：蒸食用的炊具里积满灰尘，意谓久久无米可炊。 ❹无赖：顽皮可爱。撩：挑逗，撩拨。 ❺白头新：白色的新花。梨花色白，故以"白头"喻之。

婆罗门引

【原文】

别杜叔高。叔高长于楚辞。①

落花时节,杜鹃声里送君归。未消文字湘累②。只怕蛟龙云雨③,后会渺难期。更何人念我,老大伤悲。　已而已而④。算此意、只君知。记取岐亭买酒⑤,云洞题诗。争如不见⑥,才相见、便有别离时。千里月、两地相思。

注 释

❶这首词作于宋宁宗庆元六年(1200)　❷文字湘累:湘累文字,也就是说"叔高长于楚辞"。湘累:指屈原。　❸蛟龙云雨:喻获得施展才能的机会。❹已而:罢了。而:语助词。　❺岐亭买酒:岐亭在湖北黄冈,东坡好友陈季常寓居于此。东坡贬黄州,曾五次去岐亭拜访陈季常,受到陈氏热情招待。故苏轼《岐亭五首》云:"三年黄州城,饮酒但饮湿。……定应好事人,千石供李白。"　❻争如不见:司马光《西江月》词:"相见争如不见。"

婆罗门引

【原 文】

用韵别郭逢道①

绿阴啼鸟,阳关未彻早催归②。歌珠凄断累累。回首海山何处,千里共襟期③。叹高山流水,弦断堪悲。　中心怅而。似风雨,落花知。更拟停云君去,细和陶诗。见君何日,待琼林、宴罢醉归时④。人争看、宝马来思⑤。

注 释

❶这首词作于宋宁宗庆元六年(1200)。　❷阳关未彻:送别的乐曲还没奏完。　❸襟期:情怀、抱负。　❹琼林宴:宋代新中进士及第者之恩荣宴。　❺宝马来思:谓新进士宴罢骑马而归。思,语助词。

婆罗门引

【原文】

用韵答傅先之,时傅宰龙泉归。①

龙泉佳处,种花满县却东归。腰间玉若金累②。须信功名富贵,长与少年期。怅高山流水,古调今悲。　　卧龙暂而③。算天上、有人知。最好五十学《易》④,三百篇诗⑤。男儿事业,看一日、须有致君时⑥。端的了、休更寻思⑦。

【注释】

❶这首词约作于宋宁宗庆元六年(1200)。　❷玉若金累:谓金印累累。　❸卧龙:喻才华出众而暂时隐居之人。　❹五十学《易》:《论语·述而》:"子曰:'加我数年,五十以学《易》,可以无大过矣。'"　❺三百篇诗:指《诗经》。　❻致君:杜甫《奉赠韦左丞丈》:"致君尧舜上,再使风俗淳。"　❼端的了:明白了、懂得了之意。

婆罗门引

【原 文】

用韵答赵晋臣敷文①

不堪鹈鴂,早叫百草放春归。江头愁杀吾累②,却觉君侯雅句,千载共心期。便留春甚乐,乐了须悲。　　琼而素而③。被花恼、只莺知。正要千钟角酒,五字裁诗。江东日暮,道绣斧、人去未多时④。还又要、玉殿论思⑤。

注 释

❶这首词作于宋宁宗庆元六年(1200)春,时作者罢官闲居铅山瓢泉。❷累:无罪而死曰累。屈原投湘水而死,故曰湘累。另外,也借指因罪废弃之人。　❸素:白色。这里指两根丝绳的白色部分。琼:玉石。　❹绣斧:执法大吏之别称。　❺玉殿论思:谓议论思考,谋划国事。

念奴娇

【原文】

重九席上①

龙山何处？记当年高会，重阳佳节。谁与老兵供一笑，落帽参军华发②。莫倚忘怀，西风也解，点检尊前客③。凄凉今古，眼中三两飞蝶④。　　须信采菊东篱，高情千载，只有陶彭泽⑤。爱说琴中如得趣，弦上何劳声切。试把空杯，翁还肯道，何必杯中物⑥。临风一笑，请翁同醉今夕⑦。

注释

❶此词作于庆元、嘉泰年间。　❷"龙山"五句：谓当年龙山高会，唯落帽参军孟嘉能得酒中真趣。　❸"莫倚"三句：莫忘沧海桑田，人事变迁。　❹"凄凉"两句：谓千载以下，知音稀少。　❺陶彭泽：陶渊明，渊明曾为彭泽令。　❻"试把"三句：翁如已得酒中之趣，何必再用杯中之物。翁：指渊明。　❼"临风"两句：愿与渊明同醉。

念奴娇

【原文】

用韵答傅先之①

君诗好处,似邹鲁儒家②,还有奇节。下笔如神强押韵③,遗恨都无毫发④。炙手炎来⑤,掉头冷去⑥,无限长安客⑦。丁宁黄菊,未消勾引蜂蝶。　天上绛阙清都⑧,听君归去,我自癯山泽⑨。人道君才刚百炼,美玉都成泥切⑩。我爱风流,醉中倾倒,丘壑胸中物⑪。一杯相属,莫孤风月今夕。

【注释】

❶这首词作于庆元、嘉泰年间,时作者罢官闲居铅山瓢泉。❷邹鲁儒家:谓孔孟。这里指儒家的诗教传统。❸"下笔如神"句:杜甫《奉赠韦左丞丈》:"读书破万卷,下笔如有神。"强韵:指生僻少用的韵,押起来比较困难。❹"遗恨"句:谓诗韵兼工,毫无遗恨。❺炙手炎来:谓炙手可热,喻权势气焰极盛。❻掉头:转头,表示不顾而去。❼长安客:谓京城官场人物。❽绛阙:宫阙。❾癯山泽:谓居于山林。癯:清瘦。❿美玉泥切:《龙鱼河图》:"流洲在西海中,……上多山川,积石名为昆吾石,冶其石为铁作剑,光明照洞如水精,以割玉如土。"⓫丘壑:本言画家的构思布局,后也称人思谋深远为胸有丘壑。

最高楼

【原 文】

客有败棋者，代赋梅。①

花知否，花一似何郎②。又似沈东阳③。瘦棱棱地天然白，冷清清地许多香。笑东君④，还又向，北枝忙。　　著一阵、霎时间底雪⑤，更一个、缺些儿底月。山下路，水边墙。风流怕有人知处，影儿守定竹旁厢。且饶他⑥，桃李趁，少年场。

注 释

❶这首词约作于宋宁宗庆元六年（1200）。　❷何郎：何晏。《世说新语·容止篇》"何平叔美姿仪，面至白，魏明帝疑其傅粉。"　❸沈东阳：沈约。因其曾为东阳太守，故称。沈约陈情于徐勉说，老病百日数旬，革带常应移孔，以手握臂，律计月小半分。后人便把沈腰作为腰瘦的代称。此处比喻梅之清瘦。　❹东君：司春之神。　❺著一阵："来一阵"之意。　❻且饶：且让、且任。

最高楼

【原 文】

用韵答赵晋臣敷文①

花好处,不趁绿衣郎②。缟袂立斜阳③。面皮儿上因谁白,骨头儿里几多香。尽饶他,心似铁,也须忙。 甚唤得、雪来白倒雪。更唤得、月来香杀月。谁立马,更窥墙④。将军止渴山南畔⑤,相公调鼎殿东厢⑥。忕高才,经济地,战争场。

注 释

❶这首词作于宋宁宗庆元六年(1200)春。 ❷绿衣郎:这里似指绿叶。梅先开花后生叶,故赏梅以生叶前花初绽时为佳,所以说"花好处,不趁绿衣郎"。不趁:不追逐也。 ❸缟袂:白色衣袖。谓白梅如素衣缟裳之美人。 ❹"立马"二句:白居易《井底引银瓶》"墙头马上遥相顾",此处用之。 ❺"将军"句:用曹操望梅止渴的典故。 ❻"相公"句:谓梅可以调味,比喻宰相治国。

归朝欢

【原 文】

题赵晋臣敷文积翠岩①

我笑共工缘底怒,触断峨峨天一柱②。补天又笑女娲忙,却将此石投闲处③。野烟荒草路。先生拄杖来看汝④。倚苍苔,摩挲试问:千古几风雨⑤? 长被儿童敲火苦,时有牛羊磨角去⑥。霍然千丈翠岩屏,锵然一滴甘泉乳⑦。结亭三四五。会相暖热携歌舞⑧。细思量:古来寒士,不遇有时遇⑨。

注 释

❶此词当作于庆元六年(1200),时稼轩罢居瓢泉。 ❷"我笑"两句:笑共工无端发怒,触断巍巍天柱。 ❸"补天"两句:笑女娲补天奔忙,却将一块补天的五彩石投在闲处。此石:女娲补天之石,即指积翠岩。 ❹"野烟"两句:词人拄杖来到荒郊野外探视积翠岩。汝:你,指积翠岩。 ❺"倚苍苔"三句:问积翠岩千百年来,历经几多风雨侵蚀?倚苍苔:靠在长满苍苔的积翠岩上。摩挲:抚摸。 ❻"长被"两句:谓牧童敲火(击石取火),牛羊磨角,积翠岩不胜骚扰之苦。 ❼"霍然"两句:忽然积翠岩以其千丈翠屏的雄姿出现在人们眼前,并有甘泉滴响其间。 ❽"结亭"两句:建几个小亭,待到春暖花开,此间自有歌舞盛会。携歌舞:指游赏者带来歌儿舞女。 ❾"细思量"三句:言古来寒士不遇者有时也能得到际遇。不遇:指怀才不遇。

鹊桥仙

【原 文】

席上和赵晋臣敷文①

少年风月，少年歌舞，老去方知堪羡②。叹折腰五斗赋《归来》，问走了、羊肠几遍③？　　高车驷马，金章紫绶，传语渠侬稳便④。问东湖、带得几多春，且看凌云笔健⑤。

注 释

❶此词为庆元六年（1200）之作，时稼轩闲居瓢泉。❷"少年"三句：言人老去方知羡慕少年之欢乐。❸"叹折腰"两句：今日归来，不堪回首仕途辛劳。羊肠：曲折小路，此喻仕途。❹"高车"三句：传语达官显宦，且容你等恣意为之。高车驷马，金章紫绶：乘坐四马高车，佩金印，挂紫带。此以车骑和服饰代指达官显宦。渠侬：他们，即指达官显宦。稳便：任意所为。❺"问东湖"两句：言友人此番归来，可以大显诗才。

上西平

【原 文】

送杜叔高①

恨如新,新恨了,又重新。看天上、多少浮云。江南好景,落花时节又逢君②。夜来风雨,春归似欲留人。　　樽如海,人如玉,诗如锦,笔如神。更能几字尽殷勤。江天日暮,何时重与细论文。绿杨阴里,听阳关、门掩黄昏。

注 释

❶这首词作于宋宁宗庆元六年(1200),时作者罢官闲居铅山瓢泉家中。
❷"江南"二句:化用杜甫《江南逢李龟年》诗"正是江南好风景,落花时节又逢君"。

锦帐春

【原 文】

席上和杜叔高①

春色难留,酒杯常浅。更旧恨、新愁相间。五更风,千里梦,看飞红几片②。这般庭院。　　几许风流,几般娇懒。问相见、何如不见。燕飞忙,莺语乱。恨重帘不卷,翠屏平远。

注 释

❶这首词作于宋宁宗庆元六年(1200),时作者罢官闲居铅山瓢泉家中。
❷"五更"三句:王建《宫词》:"树头树底觅残红,一片西飞一片东。自是桃花贪结子,错教人恨五更风。"

武陵春①

【原 文】

桃李风前多妩媚,杨柳更温柔。唤取笙歌烂漫游,且莫管闲愁。　　好趁晴时连夜赏,雨便一春休。草草杯盘不要收②,才晓便扶头③。

注 释

❶这首词作年难考。 ❷"草草"句：王安石《示长安君》："草草杯盘共笑语，昏昏灯火话平生。" ❸扶头：一种易醉的酒，这里指酒醉。

武陵春①

【原 文】

走去走来三百里，五日以为期。六日归时已是疑，应是望多时。　　鞭个马儿归去也，心急马行迟。不免相烦喜鹊儿，先报那人知。

注 释

❶此词作年同上。

浣溪沙

【原 文】

别杜叔高①

这里裁诗话别离②，那边应是望归期，人言心急马行迟。

去雁无凭传锦字,春泥抵死污人衣,海棠过了有荼蘼。

注释

❶这首词作于宋宁宗庆元六年(1200),时作者罢官闲居铅山瓢泉。　❷裁诗:原指作诗时对诗句进行剪裁,这里指作诗。

玉蝴蝶

【原文】

追别杜叔高①

古道行人来去,香红满树,风雨残花。望断青山,高处都被云遮。客重来、风流觞咏②,春已去、光景桑麻。苦无多。一条垂柳,两个啼鸦。　人家。疏疏翠竹,阴阴绿树,浅浅寒沙。醉兀篮舆③,夜来豪饮太狂些。到如今、都齐醒却,只依旧、无奈愁何。试听呵。寒食近也,且住为佳。

注释

❶这首词作于宋宁宗庆元六年(1200),时作者罢官闲居铅山瓢泉家中。❷觞咏:指饮酒赋诗。　❸醉兀:醉得昏昏沉沉。篮舆:竹轿。

玉蝴蝶

【原 文】

叔高书来戒酒，用韵。①

贵贱偶然浑似：随风帘幌，篱落飞花②。空使儿曹，马上羞面频遮③。向空江、谁捐玉佩？寄离恨、应折疏麻④。暮云多，佳人何处？数尽归鸦⑤。　　侬家：生涯蜡屐，功名破甑，交友抟沙⑥。往日曾论，渊明似胜卧龙些⑦。算从来、人生行乐，休更问、日饮亡何⑧。快斟呵，裁诗未稳，得酒良佳⑨。

注 释

❶此词作于庆元六年（1200）。今年杜叔高再访稼轩于瓢泉，别后来函劝稼轩戒酒，稼轩作词以答。　❷"贵贱"三句：人生富贵与卑贱是偶然的，就像树花同发，而一者因风落于帘幕下（谓富贵），一者因风落于篱笆边（谓贫贱）。❸"空使"二句：那些侥幸获得富贵的人，作姿弄态掩饰自己，也没有什么意思。羞面频遮：指掩饰自己。儿曹：儿辈，稼轩经常以之指称政治庸才。　❹"向空江"二句：是谁向我投赠玉佩，我将把疏麻的花朵折下来送给他以寄托思念。捐玉佩：将玉佩赠给别人。　❺"暮云"三句：言自己十分思念杜叔高。佳人：指杜叔高。　❻"侬家"四句：言自己的生活淡泊随意，生活在山水中，已看破功名而不再留恋，朋友像手上的细沙一样，随意地离散。生涯蜡屐：谓游山玩水即是生涯。甑：古代一种陶土制作的炊具。交友抟沙：交朋友如同手里握沙子。　❼"渊明"句：谓陶渊明的弃官归隐胜似诸葛亮的出山就仕。　❽"算

从来"二句：人生本当及时行乐，不要责备我每日除了饮酒无事可做。 ❾"快斟呵"三句：此为故意淘气的态度，赶紧斟酒来饮啊，好诗还没有妥帖，正待借酒兴唤起灵感呢。未稳：指诗句还不够妥帖工稳。

玉楼春

【原 文】

效白乐天体①

少年才把笙歌盏，夏日非长秋夜短。因他老病不相饶，把好心情都做懒。　　故人别后书来劝②，乍可停杯强吃饭③。云何相见酒边时，却道达人须饮满。

【注 释】

❶这首词作于宋宁宗庆元六年（1200），杜叔高别去之后，时作者罢官闲居铅山瓢泉。　❷"故人"句：当指友人杜叔高。　❸乍可：此处当作"宁可"解。

玉楼春

【原文】

用韵答叶仲洽①

狂歌击碎村醪盏②,欲舞还怜衫袖短。心如溪上钓矶闲,身似道旁官堠懒③。　山中有酒提壶劝④,好语怜君堪鲊饭⑤。至今有句落人间,渭水秋风黄叶满。

注释

❶这首词作期同上。　❷村醪:村酒。　❸官堠:谓设守望之堠。　❹提壶:鸟名。　❺鲊饭:腌鱼、糟鱼之类。

玉楼春

【原文】

用韵答吴子似县尉①

君如九酝台粘盏,我似茅柴风味短②。几时秋水美人来,长恐扁舟乘兴懒③。　高怀自饮无人劝,马有青刍奴白饭。向来珠履玉簪人，颇觉斗量车载满④。

注 释

❶此词为庆元六年（1200）之作，时稼轩闲居瓢泉。 ❷"君如"两句：君如醇酿令人心仪，我似劣酒风味不佳。九酝：酒名，酒之最醇者。茅柴：劣酒。 ❸"几时"两句：盼友人来会，又恐友人无兴出游。秋水：这里兼指稼轩居处之秋水堂。美人：指友人吴子似。 ❹"向来"两句：谓新贵日增，不可胜数。珠履玉簪人：指脚着珠履、头插玉簪者，即新贵。斗量车载：极言其多，不足为奇。

感皇恩

【原 文】

读《庄子》，闻朱晦庵即世。①

案上数编书，非庄即老②。会说忘言始知道③。万言千句，不自能忘堪笑。朝来梅雨霁，青青好。　　一壑一丘，轻衫短帽。白发多时故人少。子云何在，应有玄经遗草④。江河流日夜，何时了⑤。

注 释

❶这首词作于宋宁宗庆元六年（1200），时作者罢官闲居铅山瓢泉家中。朱晦庵：指朱熹。即世：去世。 ❷庄、老：《庄子》和《老子》。 ❸会说：领会学说。忘言：得意忘言。 ❹"子云"二句：扬雄字子云，这里以扬雄及其

《太玄》经，比拟朱熹及其著作。遗草：遗著。 ❺"江河"二句：谓朱熹及其著作将永垂不朽。

贺新郎

【原 文】

题傅君用山园①

曾与东山约。为鲦鱼、从容分得②，清泉一勺。堪笑高人读书处，多少松窗竹阁。甚长被、游人占却。万卷何言达时用，士方穷、早与人同乐。新种得，几花药。　　山头怪石蹲秋鹗③。俯人间、尘埃野马，孤撑高攫。拄杖危亭扶未到，已觉云生两脚。更换却、朝来毛发。此地千年曾物化，莫呼猿、且自多招鹤。吾亦有，一丘壑④。

【注 释】

❶这首词作于宋宁宗庆元六年（1200），时作者罢官闲居铅山瓢泉。　❷鲦鱼：小白鱼。　❸"山头"句：谓东山顶上有一怪石像秋鹗一样蹲在那里，俯视人间。鹗：大雕。　❹一丘壑：指山水隐居之地。

贺新郎

【原 文】

用韵题赵晋臣敷文积翠岩,余谓当筑陂于其前。①

拄杖重来约。对东风、洞庭张乐,满空箫勺②。巨海拔犀头角出③,来向此山高阁。尚两两、三三前却。老我伤怀登临际④,问何方、可以平哀乐。唯是酒,万金药。　　劝君且作横空鹗⑤。便休论、人间腥腐,纷纷乌攫⑥。九万里风斯在下,翻覆云头雨脚。更直上、昆仑濯发。好卧长虹陂十里,是谁言、听取双黄鹤⑦。推翠影,浸云壑。

【注 释】

①这首词作期同上。陂:池塘。　②箫勺:古乐名。　③"巨海"句:状积翠岩突兀峥嵘。　④"老我"句:写自己登临伤感之情。　⑤横空鹗:喻指横空出世人。鹗:大雕。这里似指雄鹰。　⑥乌攫:此借喻贪官污吏盗贼之流。　⑦"好卧"二句:谓当于积翠岩筑陂,以回应词序。

贺新郎

【原文】

韩仲止判院山中见访,席上用前韵。①

听我三章约②:有谈功、谈名者舞,谈经深酌③。作赋相如亲涤器,识字子云投阁④。算枉把、精神费却。此会不如公荣者,莫呼来、政尔妨人乐⑤。医俗士,苦无药⑥。

当年众鸟看孤鹗。意飘然、横空直把,曹吞刘攫⑦。老我山中谁来伴?须信穷愁有脚。似剪尽、还生僧发⑧。自断此生天休问,倩何人、说与乘轩鹤。吾有志,在丘壑⑨。

【注释】

❶此词为庆元六年(1200)之作,时稼轩闲居瓢泉。 ❷三章约:约法三章。 ❸"有谈"两句:稼轩之约法三章,禁谈功、谈名、谈经,违者作舞、饮酒。 ❹"作赋"两句:司马相如与扬雄亦有失意之愤。 ❺"此会"两句:莫呼不如公荣之辈来饮,以免败坏酒兴。政:同"正"。 ❻"医俗士"两句:苏轼《於潜僧绿筠轩》诗:"人瘦尚可肥,士俗不可医。" ❼"当年"三句:回顾当年才志超逸,一似孤鹗横空之气势。鹗:大雕,常喻英才。此处之"曹吞刘攫"当指祢衡辱骂曹操及侮慢刘表。 ❽"老我"三句:而今老来孤独,更穷愁缠绕,剪之不尽。 ❾"自断"四句:请谁说与朝廷贵人,我将与山水相娱终生。乘轩鹤:指无功食禄者。

生查子

【原 文】

简吴子似县尉①

高人千丈崖，太古储冰雪②。六月火云时，一见森毛发③。
俗人如盗泉，照影成昏浊④。高处挂吾瓢，不饮吾宁渴⑤。

注 释

❶此词为庆元六年（1200）闲居瓢泉时作。简：书信。此作动词用。 ❷"高人"两句：言高人如千丈冰雪高崖。太古：远古。 ❸火云：火烧云，赤色的云，极言天气之炎热。森毛发：毛发森然，此含凛然见畏之意。 ❹"俗人"两句：言俗人如同盗泉，照影影也浑浊不明。 ❺"高处"两句：将瓢挂在高处，我宁渴也不饮盗泉之水。

夜游宫

【原文】

苦俗客①

几个相知可喜②，才厮见、说山说水③。颠倒烂熟只这是④。怎奈向⑤，一回说，一回美。　　有个尖新底⑥，说底话、非名即利。说得口干罪过你⑦。且不罪⑧，俺略起，去洗耳⑨。

注 释

❶此词疑作于庆元六年（1200）。苦俗客：苦于俗客的骚扰。　❷相知：犹言"相好的"。　❸厮见：相见。　❹只这是：只是这一些。指说来说去老一套。　❺怎奈向：如何、怎么办，此宋人习用口语。　❻尖新底：别致的，特殊的。　❼罪过你：意谓咎由自取也。　❽不罪：不要责怪我。　❾洗耳：今言"洗耳恭听"，表示对说话人的恭敬。此处相反，表示厌闻其语。

行香子

【原 文】

山居客至①

白露园蔬,碧水溪鱼。笑先生、钓罢还锄。小窗高卧,风展残书。看北山移②,盘谷序③,辋川图④。 白饭青刍,赤脚长须⑤。客来时、酒尽重沽。听风听雨,吾爱吾庐。笑本无心,刚自瘦,此君疏。

注 释

❶这首词作年难考。 ❷北山移:指《北山移文》。 ❸盘谷序:盘谷在今河南省济源。韩愈作《送李愿归盘谷序》,说明在当时的环境中,不愿同流合污者,只有退隐一途。 ❹辋川图:辋川为王维隐居处,自为图在陕西西安蓝田县。 ❺赤脚长须:韩愈《寄卢仝》诗:"一奴长须不裹头,一婢赤脚老无齿。"这里戏指自己的仆人。

品 令

【原文】

族姑庆八十,来索俳语。①

更休说。便是个、住世观音菩萨。甚今年、容貌八十岁,见底道、才十八。　　莫献寿星香烛,莫祝灵龟椿鹤。只消得、把笔轻轻去,十字上、添一撇②。

注 释

❶这首词作年难考。疑作于庆元六年(1200)。俳语:戏谑之语。这里指俳词或者说指俳谐词。　❷"十字"句:十字添一撇为"千",祝人千岁长寿也。

感皇恩

【原文】

庆婶母王恭人七十①

七十古来稀,未为稀有。须是荣华更长久。满床靴笏②,罗列儿孙新妇。精神浑似个、西王母。　　遥想画堂,两行红袖。妙舞清歌拥前后。大男小女,逐个出来为寿。一个一百岁,一杯酒。

注 释

❶这首词作年难考。恭人:古代妇人的封号。　❷"满床"句:言其儿孙中高官众多。靴笏:官员穿的朝靴和上朝所用的手板,代指官员。

雨中花慢①

【原 文】

登新楼,有怀赵昌父、徐斯远、韩仲止、吴子似、杨民瞻。

旧雨常来,今雨不来,佳人偃蹇谁留②?幸山中芋栗,今岁全收③。贫贱交情落落,古今吾道悠悠④。怪新来却见:文《反离骚》,诗《发秦州》⑤。　功名只道,无之不乐,哪知有更堪忧⑥?怎奈向、儿曹抵死,唤不回头⑦!石卧山前认虎,蚁喧床下闻牛⑧。为谁西望,凭栏一饷,却下层楼⑨。

注 释

❶此词作于庆元六年(1200)秋。　❷"旧雨"三句:言自己孤独思友,期盼友人来会。旧雨、今雨:意谓旧时宾客遇雨亦来,而今遇雨却不来。佳人:指词序中提到的诸位友人。偃蹇:困顿貌,谓仕途失意。　❸"幸山中"两句:庆幸今岁芋头、栗子丰收,意谓生活清贫自理。　❹"贫贱"两句:叹人情淡薄,古道渺茫难求。吾道:指自己所追求的政治理想和道德标准。悠悠:渺远

不可及貌。 ❺"怪新来"三句：惊讶自己近来竟写出《反离骚》《发秦州》那样的作品。《反离骚》：汉代扬雄所作。《发秦州》：为杜甫离秦州赴同谷途中所写纪行诗十二首中的第一首，感慨为生活所迫不得不辗转流徙，表示自己坚持"吾道"不变之心。 ❻"功名"三句：言功名之事似乐而实忧。 ❼"怎奈向"两句：言儿辈不解此事，总是唤不回头。抵死：总是，老是。 ❽"石卧"两句：谓儿辈对功名事难辨真假虚实。 ❾"为谁"三句：望友不至，怏怏下楼。一饷：一晌、一会儿。

雨中花慢

【原 文】

吴子似见和，再用韵为别。①

马上三年，醉帽吟鞭，锦囊诗卷长留。怅溪山旧管，风月新收②。明便关河杳杳，去应日月悠悠。笑千篇索价，未抵蒲桃，五斗凉州③。　停云老子④，有酒盈尊，琴书端可消忧。浑未解、倾身一饱⑤，淅米矛头⑥。心似伤弓塞雁，身如喘月吴牛⑦。晚天凉也，月明谁伴，吹笛南楼。

注 释

❶这首词作于宋宁宗庆元六年（1200）。 ❷"怅溪山"二句：谓新来又见到旧有溪山之风光。 ❸"笑千篇"三句：《三国志》载，中常侍张让专朝政，孟他以蒲桃酒一斛遗让，即拜凉州刺史。杜甫《饮中八仙歌》说"李白一斗诗百篇"。据此推算吴子似诗千篇之价应为十斗（即一斛），但他只官县尉，故云

"未抵蒲桃,五斗凉州"。三句开头着一"笑"字,可知这三句为有嘲讽意味的反语。 ❹停云老子:作者自指。因其建有停云堂。 ❺倾身一饱:谓全力经营,才吃上一顿饱饭。倾身:尽全身之力。 ❻"淅米"句:矛头上淘米,剑头上烧饭,喻危境。这里仅借字面指米粮。 ❼"身如"句:吴地夏季炎热,牛苦于日,见月以为日而发喘,喻心疑胆怯也。

浪淘沙

【原 文】

送吴子似县尉①

金玉旧情怀,风月追陪。扁舟千里兴佳哉。不似子猷行半路,却棹船回②。　来岁菊花开,记我清杯。西风雁过顶山台。把似倩他书不到③,好与同来。

注 释

❶这首词作于宋宁宗庆元六年(1200),时稼轩罢官闲居铅山瓢泉家中。❷"扁舟"三句:用王子猷雪夜访戴安道之事。 ❸把似:假如,譬如。

江神子

【原 文】

别吴子似,末章寄潘德久。①

看君人物汉西都②,过吾庐,笑谈初。便说公卿,元自要通儒。一自梅花开了后,长怕说,赋归欤③。　　而今别恨满江湖,怎消除,算何如。杖屦当时,闻早放教疏④。今代故交新贵后,浑不寄,数行书。

【注 释】

❶这首词作于宋宁宗庆元六年(1200)。　❷"看君"句:谓吴子似不论政治才华还是文学造诣都和西汉人物相似。　❸赋归欤:《论语·公冶长》:"归与!归与!吾党之小子狂简,斐然成章,不知所以裁之。"　❹闻早:趁早。放教疏:苏轼《送杨奉礼》诗:"更谁哀老子,令得放疏慵。"

行香子

【原文】

博山戏呈赵昌甫、韩仲止。①

少日尝闻：富不如贫，贵不如贱者长存。由来至乐，总属闲人。且饮瓢泉，弄秋水，看停云。　岁晚情亲，老语弥真。记前时劝我殷勤：都休殢酒，也莫论文。把《相牛经》，种鱼法，教儿孙。

【注释】

❶此词作年难考，姑附于同赵、韩诸人唱和词之后。

鹧鸪天

【原文】

有客慨然谈功名，因追念少年时事，戏作。①

壮岁旌旗拥万夫，锦襜突骑渡江初②。燕兵夜娖银胡觮，汉箭朝飞金仆姑③。　追往事，叹今吾，春风不染白髭须④。却将万字平戎策，换得东家种树书⑤。

注 释

❶此词约作于庆元六年（1200），时稼轩罢居瓢泉。少年时事：指青年时期的一段抗金经历。按：本词上片正是回忆这一段英雄往事。 ❷"壮岁"两句：回忆当年率众起义、突骑渡江的情景。壮岁：少壮之时。拥万夫：率领上万名抗金义士。锦襜：锦衣。突骑：突击敌军的骑兵。渡江：指南渡归宋。 ❸"燕兵"两句：描叙夜闯金营、活捉叛将的战斗场面。燕兵：北兵。银胡䩮：饰银的箭袋，多用皮革制成。既用以盛箭，兼用于夜测远处声响。金仆姑：箭名。 ❹"春风"句：言春风染绿万物，却不能染黑我的白须。 ❺"却将"两句：谓空有壮志宏略，只落得种树田园。万字平戎策：指抗金复国的良策。按：稼轩南归后，曾先后上《美芹十论》和《九议》，力陈抗金战略，但都未得朝廷重视，故有此叹。东家：东邻家。种树书：研究栽培树木的书籍。

哨 遍①

【原文】

赵昌父之祖季思学士，退居郑圃，有亭名鱼计，宇文叔通为作古赋②。今昌父之弟成父，于所居凿池筑亭，榜以旧名。昌父为成父作诗，属余赋词，余为赋《哨遍》。庄周论"于蚁弃知，于鱼得计，于羊弃意"③，其义美矣。然上文论虱托于豕而得焚，羊肉为蚁所慕而致残，下文将并结二义，乃独置豕虱不言而遽论鱼，其义无所从起。又间于羊蚁两句之间，使羊蚁之义离不相属，何耶！其必有深意存焉，顾后人未之晓耳。或言蚁得水而死，羊得水而病，鱼得水而活，此最穿凿，不成义趣。余尝反复寻绎，终未能得；意世必有能读此书而了其义者。他日倘见之而问焉。姑先识余疑于此词云尔。

池上主人，人适忘鱼，鱼适还忘水。洋洋乎，翠藻青萍里。想鱼兮、无便于此④。尝试思，庄周正谈两事。一明豕虱一羊蚁。说蚁慕于膻，于蚁弃知，又说于羊弃意。甚虱焚于豕独忘之，却骤说于鱼为得计⑤。千古遗文，我不知言，以我非子。　噫！子固非鱼，鱼之为计子焉知。河水深且广，风涛万顷堪依。有网罟如云，鹈鹕成阵，过而留泣计应非⑥。其外海茫茫，下有龙伯⑦，饥时一啖千里。更任公五十犗为饵⑧，使海上人人厌腥味。似鲲鹏、变化能几。东游入海此计，直以命为嬉。古来谬算狂图，五鼎烹死⑨，指为平地。嗟鱼欲事远游时，请三思、而行可矣。

注　释

❶这首词作年难考。　❷宇文叔通：宇文虚中字叔通，宋徽宗大观年间进士。宋室南渡，使金被留，金人号为国师，但不忘故国，后因事被杀。　❸"庄周论"三句：《庄子·徐无鬼》："故无所甚亲，无所甚疏，抱德炀和，以顺天下，此谓真人。于蚁弃知，于鱼得计，于羊弃意。"郭嵩焘云："蚁之附膻也，有利而趋之，即其知也。羊之膻也，与以可歆之利，即其意也。蚁无知而有知，羊无意而有意，当两弃之。鱼相忘于江湖，人相忘于道德，何膻之可慕哉。故曰于鱼得计。"　❹"池上"六句：意谓"鱼相忘于江湖，人相忘于道德……故曰于鱼得计"（见本词注引郭嵩焘语），以切词题成父"于所居凿池筑亭，榜以旧名（鱼计亭）"之意。忘水：谓入水中不知有水之意。　❺"尝试思"八句：质疑《庄子·徐无鬼》这段小文叙事欠缜密和叙事与结论前言不搭后语的纰漏。　❻"过而留泣"句：《古乐府》："枯鱼过河泣，何时悔复及。"　❼龙伯：古代

的大人国。　❽犗（jiè）：犍牛，此泛指牛。　❾五鼎烹死：《汉书》："大丈夫生不五鼎食，死则五鼎烹耳。"五鼎：古祭礼，以五鼎分盛五种祭品，后形容贵族官僚生活之奢侈。

新荷叶

【原 文】

再题傅岩叟悠然阁①

种豆南山，零落一顷为萁②。岁晚渊明，也吟草盛苗稀③。风流刬地④，向尊前、采菊题诗。悠然忽见，此山正绕东篱。

千载襟期，高情想像当时。小阁横空，朝来翠扑人衣。是中真趣，问骋怀、游目谁知⑤。无心出岫，白云一片孤飞。

【注 释】

❶这首词作于宋宁宗庆元六年（1200）。　❷"种豆"二句：言种豆南山，萁多于豆，收成不好。　❸"岁晚"二句：陶渊明《归园田居》："种豆南山下，草盛豆苗稀。"承首句用之。　❹刬（chǎn）地：依旧，还是。　❺"问骋怀"句：王羲之《兰亭集序》："所以游目骋怀，足以极视听之娱，信可乐也。"

新荷叶

【原文】

赵茂嘉赵晋臣和韵,见约初秋访悠然,再用韵。①

物盛还衰,眼看春叶秋萁②。贵贱交情,翟公门外人稀。酒酣耳热,又何须、幽愤裁诗③。茂林修竹,小园曲径疏篱。

秋以为期,西风黄菊开时。拄杖敲门,任他颠倒裳衣。去年堪笑,醉题诗、醒后方知。而今东望,心随去鸟先飞。

【注释】

❶这首词疑作于宋宁宗庆元六年(1200),赵晋臣宦游初归之时。 ❷"物盛"二句:《淮南子·道应训》:"物盛而衰,乐极则悲。"此用其意。萁:豆秸。 ❸幽愤裁诗:《晋书·嵇康传》载,嵇康与吕安友善,"后安为兄所枉诉,以事系狱,辞相证引,遂复收康。康性慎言行,一旦缧绁,乃作《幽愤诗》"。

婆罗门引

【原 文】

赵晋臣敷文张灯甚盛,索赋。偶忆旧游,末章因及之。①

落星万点,一天宝焰下层霄。人间叠作仙鳌②。最爱金莲侧畔③,红粉褭花梢。更鸣鼍击鼓④,喷玉吹箫。　　曲江画桥,记花月、可怜宵⑤。想见闲愁未了,宿酒才消。东风摇荡,似杨柳、十五女儿腰。人共柳、那个无聊。

注 释

❶这首词作于宋宁宗庆元六年(1200),时作者罢官闲居铅山瓢泉家中。❷鳌:传说中的大龟。宋代元宵节,燃放焰火,堆叠彩灯为山形,称为鳌山。❸金莲:谓灯烛。　❹鼍:一名鼍龙,又名猪龙婆,或称扬子鳄。这里指鼍鼓,即用鼍皮所蒙之鼓,且其鼓声如鼍鸣,故云。　❺曲江:曲江池在长安东南,为唐代游赏胜地。这里借指北宋故都开封。

卜算子

【原文】

用庄语①

一以我为牛,一以吾为马②。人与之名受不辞,善学庄周者③。江海任虚舟,风雨从飘瓦。醉者乘车坠不伤,全得于天也④。

【注释】

❶这首词具体作年不可确考。庄:《庄子》。 ❷"一以"二句:《庄子·应帝王篇》:"泰氏,其卧徐徐,其觉于于,一以己为马,一以己为牛,其知情信,其德甚真,而未始入于非人。"王先谦《集解》曰:"成云:或马或牛,随人呼召。" ❸"人与"二句:《庄子·天道篇》:"昔者子呼我牛也而谓之牛,呼我马也而谓之马,苟有其实,人与之名而弗受,再受其殃。" ❹"醉者"二句:《庄子·达生篇》:"夫醉者之坠车,虽疾不死。骨节与人同而犯害与人异,其神全也。……彼得全于酒而犹若是,而况得全于天乎?圣人藏于天,故莫之能伤也。复仇者不折镆干,虽有忮心者不怨飘瓦,是以天下平均,故无攻战之乱。"

卜算子

【原文】

漫兴三首①

夜雨醉瓜庐，春水行秧马②。点检田间快活人，未有如翁者③。扫秃兔毫锥，磨透铜台瓦④。谁伴扬雄作《解嘲》？乌有先生也⑤。

【注释】

❶此词约作于庆元六年（1200），时稼轩闲居瓢泉。 ❷"夜雨"两句：谓老农夜醉瓜棚，春雨插秧。瓜庐：看瓜用的小草棚。秧马：一种简单的木制插秧农具。 ❸点检：计算。翁：指田间老农。 ❹"扫秃"两句：毛笔写秃了，砚台磨穿了，极言辛勤的笔耕生涯。 ❺"谁伴"两句：言无人伴扬雄作《解嘲》，极言寂寞孤独。

卜算子①

【原文】

珠玉作泥沙，山谷量牛马②。试上累累丘垅看③，谁是强梁者④。　水浸浅深檐，山压高低瓦。山水朝来笑问人，翁早归来也⑤。

注释

❶这首词约作于作者罢官闲居铅山瓢泉期间，具体作年不详。　❷"山谷"句：极言牛马多至不可胜计，置于山谷而量之。量：作动词，计量。　❸丘垅：指坟墓。　❹强梁者：此指强有力者。　❺早：此处当为"早晚"之意，即何时也。

卜算子①

【原文】

千古李将军，夺得胡儿马②。李蔡为人在下中，却是封侯者③！芸草去陈根，笕竹添新瓦④。万一朝家举力田，舍我其谁也⑤。

注释

❶此词作期同上。此"漫兴三首"之三。　❷"千古"两句：言汉将李广英勇善战，功勋卓著。　❸"李蔡"两句：言李广虽功勋卓著，却无封侯之赏。而李蔡人品不过中下，名声去李广甚远，却得以封侯赐邑，位至三公。　❹芸草：锄草。芸：同"耘"。陈根：老根。笕竹添新瓦：剖开竹子，使呈瓦状，以作引水之具。笕：引水的长竹管，此作动词用。　❺"万一"两句：如朝廷诏令举荐"力田"，则非我莫属。

卜算子

【原 文】

用韵答赵晋臣敷文，赵有真得归、方是闲二堂。①

百郡怯登车，千里输流马②。乞得胶胶扰扰身③，却笑区区者。野水玉鸣渠，急雨珠跳瓦。一榻清风方是闲，真得归来也。

注 释

❶这首词作年难考。 ❷"百郡"二句：谓对千里游宦生涯有点胆怯。流马：诸葛亮伐魏，造木牛、流马以运粮草。 ❸胶胶扰扰：动乱不安貌。这里指旋升旋降、忽罢忽起的仕宦生涯。

卜算子①

【原 文】

万里笯浮云，一喷空凡马②。叹息曹瞒老骥诗，伏枥如公者③。山鸟哢窥檐，野鼠饥翻瓦④。老我痴顽合住山，此地菟裘也⑤。

注 释

❶此词约作于庆元六年（1200），时稼轩罢居瓢泉。　❷"万里"两句：言天马万里追云，一声长嘶，凡马为之一空。一喷空凡马：一声长嘶，超过所有的凡马。　❸"叹息"两句：言老来应有曹操"老骥伏枥"之志。曹瞒：曹操字孟德，小名阿瞒。老骥伏枥：曹操《龟虽寿》诗："老骥伏枥，志在千里。烈士暮年，壮心不已。"　❹"山鸟"两句：形容归隐处的冷落萧条。哢：啼鸣。　❺"老我"两句：我已老去，理当于此地隐居。痴顽：呆痴固执。

定风波

【原文】

赋杜鹃花①

百紫千红过了春，杜鹃声苦不堪闻。却解啼教春小住，风雨，空山招得海棠魂。　恰似蜀宫当日女，无数，猩猩血染赭罗巾②。毕竟花开谁作主，记取，大都花属惜花人。

注 释

❶这首词作于作者罢官闲居铅山瓢泉期间。杜鹃花：又名映山红，春日开花，色多红紫，间有白色者。　❷"恰似"三句：想象红紫的杜鹃花乃当日蜀王杜宇宫女之血染成。

定风波

【原 文】

再用韵和赵晋臣敷文①

野草闲花不当春,杜鹃却是旧知闻②。谩道不如归去住,梅雨,石榴花又是离魂③。　　前殿群臣深殿女,□数④,赭袍一点万红巾⑤。莫问兴亡今几主,听取,花前毛羽已羞人⑥。

注 释

❶这首词作年不可确考,大约作于作者罢官闲居铅山瓢泉期间。　❷杜鹃:这里指杜鹃花。旧知闻:旧交、旧友之意。　❸"谩道"三句:写杜鹃啼时杜鹃花开。石榴花:杜鹃花,一名山石榴,又名映山红。岭南蜀道,山谷遍生,皆深红色,如锦绣然。　❹□数:原文此处缺一字。　❺赭袍:红袍,指帝王之袍。　❻毛羽:鸟之细毛谓毛,长毛谓羽。

粉蝶儿

【原 文】

和赵晋臣敷文赋落梅①

昨日春如、十三女儿学绣,一枝枝、不教花瘦②。甚无情,便下得,雨僝风僽③。向园林,铺作地衣红绉④。　而今春似,轻薄荡子难久⑤。记前时、送春归后,把春波,都酿作,一江醇酎⑥。约清愁,杨柳岸边相候⑦。

【注 释】

❶此词约作于庆元六年(1200),时稼轩闲居瓢泉。　❷"昨日"二句:言昨日春光浓郁,梅花灿烂怒放。学绣:初学绣花。　❸"甚无情"三句:言老天怎忍心让风雨把梅花摧残。僝僽:折磨。　❹"向园林"两句:言落花满园,如红毯铺地。　❺"而今"两句:春天不肯久驻人间,如荡子不以离别为念。　❻"记前时"四句:去年送春,落花泛波,似把浩荡春水酿成一江醇酒。醇酎:浓酒。　❼"约清愁"两句:约"清愁"在岸边相见。

生查子

【原 文】

和赵晋臣敷文春雪①

漫天春雪来,才抵梅花半。最爱雪边人,楚些裁成乱②。
雪儿偏解歌③,只要金杯满。谁道雪天寒,翠袖阑干暖。

注 释

❶这首词疑作于宋宁宗庆元六年(1200),时作者罢官闲居铅山瓢泉家中。❷"楚些"句:谓吟诗刚刚成章。《楚辞·招魂》句末均用"些"字,后以"楚些"代指《楚辞》,这里泛指诗歌。乱:《楚辞》篇末往往用"乱曰"作结,有篇末总括之义,这里指篇末。裁:同"才"。 ❸雪儿:这里"雪儿"似语义双关,既指歌女,又喻飞雪。

菩萨蛮

【原　文】

晋臣张菩提叶灯席上赋①

看灯元是菩提叶，依然会说菩提法②。法似一灯明，须臾千万灯③。　灯边花更满，谁把空花散。说与病维摩④，而今天女歌⑤。

注　释

❶这首词具体作年不详，大体说来应作于作者罢官闲居瓢泉之时。　❷菩提：佛家语。按意思可译为"正觉"，即明辨善恶、觉悟真理之意。　❸"法似"二句：意谓佛法犹如一盏明灯，顷刻之间可以点燃千万盏灯，照亮众生之心。　❹维摩：维摩诘，佛名。　❺"而今"句：此句中的"天女"实指歌者。

水调歌头

【原 文】

题赵晋臣敷文真得归、方是闲二堂。①

十里深窈窕，万瓦碧参差。青山屋上，流水屋下绿横溪。真得归来笑语，方是闲中风月，剩费酒边诗②。点检笙歌了，琴罢更围棋。　王家竹，陶家柳，谢家池。知君勋业未了，不是枕流时。莫向痴儿说梦③，且作山人索价④，颇怪鹤书迟⑤。一事定嗔我，已办北山移。

注 释

❶这首词疑作于宋宁宗庆元六年（1200），时作者罢官闲居铅山瓢泉。❷剩费：犹言"甚费""大费"。　❸痴儿说梦：意同痴人说梦，指荒诞不实之事。　❹山人索价：韩愈《寄卢仝》诗："少室山人索价高，两以谏官征不起。"❺鹤书：书体名。以其仿佛鹄头，故云。古代征辟贤士的诏书用此字体。

念奴娇

【原文】

赵晋臣敷文十月望生日，自赋词，属余和韵。①

看公风骨，似长松磊落，多生奇节②。世上儿曹都蓄缩③，冻芋旁堆秋飑④。结屋溪头，境随人胜，不是江山别。紫云如阵⑤，妙歌争唱新阕。　尊酒一笑相逢，与公臭味⑥，菊茂兰须悦。天上四时调玉烛⑦，万事宜询黄发⑧。看取东归，周家叔父，手把元龟说⑨。祝公长似，十分今夜明月。

【注释】

❶这首当作于宋宁宗庆元六年（1200），赵晋臣由江西罢职东归后。❷"看公"三句：赞美赵晋臣节操高尚，如松似柏。❸蓄缩：退缩，懈怠。❹"冻芋"句：韩愈《石鼎联句》："秋瓜未落蒂，冻芋强抽萌。"❺紫云：指歌伎。❻与公臭味：黄庭坚《再答冕仲》："秋堂一笑共灯火，与公草木臭味同。"❼玉烛：此处意谓人君德美如玉而明若烛，可致四时和气之祥瑞。❽黄发：谓老人。❾"看取"三句：周家叔父，指周公，周公为武王之弟、成王之叔。武王崩，三监及淮夷叛，周公相成王，将东征，作《大诰》，中有云："宁王遗我大宝龟，绍天明，即命曰：有大艰于西土，西土人亦不静。"宁王：指武王。大宝龟：元龟，古代用以占卜。

喜迁莺

【原文】

晋臣敷文赋芙蓉词见寿，用韵为谢。①

暑风凉月，爱亭亭无数，绿衣持节②。掩冉如羞，参差似妒，拥出芙蓉花发③。步衬潘娘堪恨，貌比六郎谁洁④？添白鹭，晚晴时公子，佳人并列⑤。　　休说，搴木末；当日灵均，恨与君王别。心阻媒劳，交疏怨极，恩不甚兮轻绝⑥。千古《离骚》文字，芳至今犹未歇⑦。都休问，但千杯快饮，露荷翻叶⑧。

注 释

❶此作者闲居瓢泉之作。芙蓉：一名芙蕖，即荷花。见寿：祝寿。　❷"暑风"三句：言荷叶亭亭玉立，如绿衣使者持节鹄立。节：符节。古代使臣用以证明身份的信物。　❸"掩冉"三句：描绘荷花盛开时姿态的万千情状。掩冉如羞：言其如少女含羞，闪隐于绿叶之间。参差似妒：言其参差错落，似怀妒意而争美赛艳。　❹"步衬"两句：以人拟花，言其羞与潘妃为伍，远胜六郎高洁。　❺"添白鹭"三句：言白鹭飞来与芙蓉为侣，犹如公子佳人并肩比立。按：白鹭通体洁白，一生往来水上，象征纯洁无邪、超尘忘机。　❻"休说"七句：意谓入水去采陆上长的香草，缘木去摘水中开的芙蓉，哪会有收获。男女双方如果心念不一，只能让做媒的徒劳往返。即便勉强结合，因为爱意不深，也容易感情破裂。稼轩借以隐寄身世之慨。　❼"千古"两句：赞美屈原的《离骚》光昭日月，流芳千古。　❽"都休问"三句：一切作罢休问，但举杯畅饮。

洞仙歌

【原文】

赵晋臣和李能伯韵,属余同和。赵以兄弟皆有职名为宠,词中颇叙其盛,故末章有裂土分茅之句。①

旧交贫贱,大半成新贵。冠盖门前几行李②。看匆匆西笑,争出山来,凭谁问、小草何如远志③。　　悠悠今古事,得丧乘除④,暮四朝三又何异。任掀天事业,冠古文章,有几个、笙歌晚岁。况满屋、貂蝉未为荣,记裂土分茅⑤,是公家世。

【注释】

❶这首词作年难考,大致作于作者罢官闲居铅山瓢泉期间。　❷行李:使者,行人。　❸"看匆匆"三句:喻出仕不如退隐。西笑:桓谭《新论》载,关东鄙语曰:"人闻长安乐,则出门西向而笑,知肉味美,则对屠门而大嚼。"长安为汉都,西望长安而笑,即仰慕帝都之意。小草:《世说新语·排调篇》:"谢公始有东山之志,后严命屡臻,势不获已,始就桓公司马。于时,人有饷桓公药草,中有'远志',公取以问谢:'此药又名'小草',何一物而有二称?'谢未即答,时郝隆在坐,应声答曰:'此甚易解,处则为远志,出则为小草。'谢甚有愧色。"　❹得丧乘除:谓得与失相抵消。乘除:意谓一乘一除,仍是原数。　❺裂土:谓裂地受封。分茅:古代帝王均封五色土为社,分封诸侯时,用白茅裹着泥土授予被封者,象征授予土地和权力。

江神子

【原文】

和李能伯韵呈赵晋臣①

五云高处望西清②,玉阶升,棣华荣③。筑屋溪头,楼观画难成。长夜笙歌还起问,谁放月,又西沉。　　家传鸿宝旧知名④,看长生,奉严宸⑤。且把风流、水北画耆英⑥。咫尺西风诗酒社,石鼎句,要弥明。

注 释

❶这首词的确切作年难考。　❷"五云"句:五云谓五色云,指皇帝所在。西清:这里指宫内游宴处。　❸玉阶升:当谓赵氏曾为朝官或曾召对而言,但其事已不可考。棣华荣:谓赵氏兄弟皆荣,盖赵氏兄弟六人先后登进士第,且有历仕显秩者。棣华:棠棣之华,喻指兄弟。　❹鸿宝:也作"洪宝",道术书篇名。　❺严宸:宸严,谓帝王的威严。　❻画耆英:司马光《洛阳耆英会序》:"元丰中,文潞公留守西都,韩国富公纳政在里第,自余士大夫以老自逸于洛者,于时为多。……一旦,悉集士大夫老而贤者于韩公之第,置酒相乐,宾主凡十有一人。既而图形妙觉僧舍,时人谓之洛阳耆英会。"

西江月

【原 文】

和晋臣登悠然阁①

一柱中擎远碧,两峰旁耸高寒。横陈削就短长山,莫把一分增减②。　　我望云烟目断,人言风景天悭③。被公诗笔尽追还,更上层楼一览。

注 释

❶这首词作于作者罢官闲居铅山瓢泉期间,具体时间难以确指。悠然阁:傅岩叟府中的楼阁。　❷"莫把"句:宋玉《登徒子好色赋》:"天下之佳人莫若楚国,楚国之丽者莫若臣里,臣里之美者莫若臣东家之子。东家之子,增之一分则太长,减之一分则太短。"　❸天悭:指天不肯赐予好风景。

破阵子

【原 文】

赵晋臣敷文幼女县主觅词①

菩萨丛中惠眼②,《硕人》诗里娥眉③。天上人间真福相,画就描成好靥儿④。行时娇更迟。　　劝酒偏他最劣⑤,笑时犹有些痴。更着十年君看取,两国夫人更是谁⑥。殷勤秋水词⑦。

注 释

❶这首词的作年无可确考,大约作于作者罢官闲居铅山瓢泉期间。县主:赵晋臣为宋宗室,故其幼女得封县主。　❷"菩萨"句:谓县主在妇女中是智慧高超之人。惠眼:犹"慧眼",佛家语,佛经所说五眼之一,具有照见诸法无相空理及真空之智慧,谓之慧眼。　❸"《硕人》"句:《诗·卫风·硕人》:"蝤首蛾眉,巧笑倩兮,美目盼兮。"　❹靥:脸颊上的小窝,俗称酒窝儿。　❺最劣:这里作"最善于"讲。　❻"两国夫人"句:预祝县主将封两国夫人。❼秋水:作者瓢泉宅第中有秋水堂,并以此自号。

西江月

【原文】

和赵晋臣敷文赋秋水瀑泉①

八万四千偈后,更谁妙语披襟②。纫兰结佩有同心,唤取诗翁来饮。　镂玉裁冰着句,高山流水知音。胸中不受一尘侵③,却怕灵均独醒。

【注释】

❶这首词的确切作年难考,大约作于作者罢官闲居瓢泉期间。　❷"八万"二句:谓赵晋臣秋水瀑泉的赋诗和东坡的《庐山偈》一样美妙。　❸"胸中"句:谓志趣高雅,不染尘俗。

太常引

【原文】

寿赵晋臣敷文。彭溪,晋臣所君。①

论公耆德旧宗英②。吴季子、百余龄。奉使老于行。更看舞、听歌最精③。　　须同卫武，九十入相，绿竹自青青④。富贵出长生，记门外、青溪姓彭⑤。

注释

❶这首词作于作者罢官闲居铅山瓢泉期间，具体作年不详。　　❷"论公"句：谓赵晋臣为赵宋宗室，是德高望重的优秀人物。耆德：年老德高之人。宗英：宗室中的英俊人物。　　❸"吴季子"三句：吴季子即季札，春秋吴王寿梦少子，有贤名，吴王欲立之，辞不受，封于延陵，因号延陵季子。历聘鲁，使郑、卫、晋诸国，具有很高的政治威望。使鲁，请观周乐，鲁为其歌《周南》《召南》诸乐，又观《象箭》《大武》诸舞，并一一加以精当的评论，史家称之为"季札观乐"。　　❹"卫武"三句：用卫武公九十入相之事。绿竹：草名。
❺"富贵"二句：此言彭祖享年八百，清溪姓彭，晋臣所居，理应长寿无疑。

太常引

【原文】

赋十四弦①

仙机似欲织纤罗，仿佛度金梭。无奈玉纤何，却弹作、清商恨多②。　　珠帘影里，如花半面，绝胜隔帘歌③。世路苦风波，且痛饮、公无渡河④。

注 释

❶这首词作年难考。十四弦：古乐器名。 ❷清商：古五音之一，商声。商声为悲伤之声。 ❸隔帘歌：《南史》载，夏侯亶"性俭率，居处服用充足而已，不事华侈。晚年颇好音乐，有妓妾十数人，并无被服姿容，每有客，常隔帘奏之，时谓帘为夏侯妓衣"。 ❹公无渡河：崔豹《古今注》载，霍里子高晨起划船，有一白首狂夫披发提壶，乱流而渡。其妻遂呼止之，不及。遂堕河而死。于是，其妻援箜篌而鼓之，作《公无渡河》之歌，声甚凄怆，曲终投河而死。

满江红

【原 文】

呈赵晋臣敷文①

老子平生，元自有、金盘华屋②。还又要、万间寒士，眼前突兀③。一舸归来轻似叶，两翁相对清如鹄④。道如今、吾亦爱吾庐，多松菊。　　人道是，荒年谷。还又似，丰年玉⑤。甚等闲却为，鲈鱼归速。野鹤溪边留杖屦，行人墙外听丝竹。问近来、风月几篇诗，三千轴。

注 释

❶这首词的确切作年难考，大约作于作者罢官闲居瓢泉期间。 ❷金盘华屋：谓居室及陈设之华美。金盘：金制之盘。华屋：华丽的宫室。 ❸"万间"二

句：谓万间供寒士居住的大厦高高地耸立在面前。 ❹"两翁"句：谓作者和赵晋臣乘船归来，相对而坐，犹如一对天鹅那样清秀。 ❺荒年谷、丰年玉：皆喻杰出人才。

满江红

【原 文】

游清风峡和赵晋臣敷文韵①

两峡崭岩②，问谁占、清风旧筑。更满眼、云来鸟去，涧红山绿。世上无人供笑傲，门前有客休迎肃③。怕凄凉、无物伴君时，多栽竹。　　风采妙，凝冰玉。诗句好，余膏馥。叹只今人物，一夔应足④。人似秋鸿无定住，事如飞弹须圆熟⑤。笑君侯、陪酒又陪歌，阳春曲。

注 释

❶这首词作期同上。 ❷崭岩：险峻的山岩。 ❸迎肃：迎拜。按："世上"句以下，称赞赵晋臣为高雅之士。 ❹"一夔"句：《韩非子》："哀公问于孔子曰：'吾闻夔一足，信乎？'曰：'夔，人也，何故一足？彼其无他异，而独通于声。尧曰：夔一而足矣。使为乐正，故君子曰：夔有一足。非一足也。'"这里借"夔一足"称赞赵晋臣诗才盖世。 ❺"事如"句：此言事须圆熟，盖随缘自适，"从心所欲不逾矩"之意。

鹧鸪天

【原 文】

和赵晋臣敷文韵①

绿鬓都无白发侵,醉时拈笔越精神。爱将芜语追前事②,更把梅花比那人。　　回急雪③,遏行云,近时歌舞旧时情。君侯要识谁轻重,看取金杯几许深。

注 释

❶这首词的确切作年难考。　❷芜语:芜杂之语,这里是谦词。　❸回急雪:指舞态。

鹧鸪天

【原 文】

祝良显家牡丹一本百朵①

占断雕栏只一株②,春风费尽几工夫。天香夜染衣犹湿,国色朝酣酒未苏。　　娇欲语,巧相扶,不妨老干自扶疏③。恰如翠幕高堂上，来看红衫百子图④。

注释

❶这首词作年难考。一本：犹言"一株"。　❷占断：占尽。　❸扶疏：茂盛。　❹百子图：祝子孙众多之图，这里喻此"一本百朵"之牡丹花。

鹧鸪天

【原文】

赋牡丹。主人以谤花索赋解嘲。①

翠盖牙签几百株②，杨家姊妹夜游初③。五花结队香如雾，一朵倾城醉未苏。　　闲小立，困相扶，夜来风雨有情无。愁红惨绿今宵看，却似吴宫教阵图。

注释

❶这首词作年同上。解嘲：自解其被人嘲笑之处。　❷牙签：象牙制的图书标签。这里指花的标签。　❸"杨家"句：据《资治通鉴》，杨贵妃之姊嫁给崔家的为韩国夫人，嫁给裴家的为虢国夫人，嫁给柳家的为秦国夫人。三人皆有才色，深得玄宗欢心，出入宫廷，并承恩泽，势倾天下。

鹧鸪天

【原 文】

再赋①

浓紫深黄一画图，中间更有玉盘盂②。先裁翡翠装成盖，更点胭脂染透酥。　香潋滟，锦模糊③，主人长得醉工夫。莫携弄玉栏边去④，羞得花枝一朵无。

注 释

❶这首词作年同上。　❷玉盘盂：芍药的一种。　❸锦模糊：驼背以锦帕蒙之，谓之锦模糊。　❹弄玉：弄玉似为一种白牡丹的名称。

鹧鸪天

【原 文】

再赋牡丹①

去岁君家把酒杯，雪中曾见牡丹开。而今纨扇薰风里②，又见疏枝月下梅。　欢几许，醉方回，明朝归路有人催。低声待向他家道，带得歌声满耳来。

注释

❶这首词作年同上。　❷薰风：和风，特指初夏的东南风。

菩萨蛮

【原文】

题云岩①

游人占却岩中屋，白云只在檐头宿。谁解探玲珑，青山十里空。　松篁通一径②，噤嗲山花冷③。今古几千年，西乡小有天④。

注释

❶这首词疑作于宋宁宗庆元六年（1200）。　❷松篁：松、竹。　❸噤嗲：寒噤。　❹小有天：道教传说中的第一洞天。

菩萨蛮

【原 文】

重到云岩,戏徐斯远。①

君家玉雪花如屋②,未应山下成三宿③。啼鸟几曾催④,西风犹未来。　山房连石径⑤,云卧衣裳冷。倩得李延年⑥,清歌送上天。

注 释

❶这首词作期同上。　❷"君家"句:谓徐斯远新娶夫人如花似玉,很漂亮。玉雪:喻洁白之物。花如屋:如屋中鲜花。　❸"未应"句:谓其舍不得离开家在外住上两三宿。后引申为恋恋不舍之意。　❹几曾:何尝。　❺山房:山中之书室。　❻李延年:西汉人,汉武帝李夫人之兄,谙乐善歌。

行香子

【原文】

云岩道中^①

云岫如簪,野涨挼蓝^②。向春阑、绿醒红酣。青裙缟袂,两两三三^③。把曲生禅,玉版局,一时参^④。　　拄杖弯环,过眼嵌岩^⑤。岸轻乌、白发鬖鬖^⑥。他年来种,万桂千杉。听小绵蛮,新格磔,旧呢喃^⑦。

【注释】

❶此词作年难考。　❷挼蓝:指水的颜色。　❸缟袂:代指白绸上衣。缟,一种白色丝织品。袂,衣袖。　❹"把曲生"三句:谓饮酒食笋皆可悟得禅味。　❺嵌岩:山洞。　❻"岸轻"句:岸,上推。乌纱帽质轻,故曰轻乌。帽本覆发,上推之,则见白发鬖鬖也。鬖鬖,下垂貌。　❼"听小"三句:绵蛮,黄莺鸣声,即代指黄莺。格磔,鹧鸪鸣声,即代指鹧鸪。呢喃,谓燕子。

洞仙歌

【原 文】

浮石山庄，余友月湖道人何同叔之别墅也①。山类罗浮②，故以名。同叔尝作《游山次序榜》示余③，且索词，为赋洞仙歌以遗之。同叔顷游罗浮，遇一老人，庞眉幅巾，语同叔云："当有晚年之契。"盖仙云。

松关桂岭，望青葱无路。费尽银钩榜佳处。怅空山岁晚，窈窕谁来④，须著我、醉卧石楼风雨⑤。　　仙人琼海上，握手当年，笑许君携半山去。劖劖叠嶂⑥，卷飞泉，洞府凄凉⑦，又却怪、先生多取。怕夜半、罗浮有时还，好长把云烟，再三遮住⑧。

【注 释】

❶这首词作于宋宁宗庆元六年（1200），时作者罢官闲居铅山瓢泉家中。❷罗浮：山名，在广东省境内，为粤中名胜。　❸《游山次序榜》：书名，已佚。❹窈窕：形容空山深邃貌。　❺石楼：当指大石楼言，也就是石楼路。　❻劖（chán）：《广韵》："劖，刺也。"　❼洞府：神仙所居之处。这里可能指罗浮山第七洞天。　❽"怕夜半"三句：罗浮山为浮山与罗山之合体。这三句似写浮云遮月的罗浮夜色。

千年调

【原文】

开山径得石壁,因名曰"苍壁"。事出望外,意天之所赐邪,喜而赋。①

左手把青霓,右手挟明月。吾使丰隆前导,叫开阊阖②。周游上下,径入寥天一③。览玄圃,万斛泉,千丈石④。　钧天广乐,燕我瑶之席⑤。帝饮予觞甚乐,赐汝苍壁⑥。嶙峋突兀,正在一丘壑⑦。余马怀,仆夫悲,下恍惚⑧。

注释

❶此作者闲居瓢泉晚期之作。意天之所赐邪:想来这块石壁是上天所赏赐。邪:同"耶"。　❷"左手"四句:想象自己飞升天庭的情景。青霓:虹霓。吾使丰隆前导:我叫丰隆在前面引路。丰隆:雷神。阊阖:天门。　❸"周游"两句:言游遍太空,直入天之最高处。　❹"览玄圃"三句:游览神山,观赏万斛泉水,千丈崖石。玄圃:悬圃,神山,传说在昆仑山之上。　❺"钧天"两句:言天帝奏乐设宴招待自己。钧天广乐:天上仙乐。　❻"帝饮"两句:言天帝请我喝酒,并赐我苍壁一块。饮予:请我饮酒。　❼"嶙峋"两句:言这块苍壁正在瓢泉山水之间。嶙峋突兀:形容苍壁重叠高耸。　❽"余马怀"三句:言已神情恍惚由天上返回人间。余马怀:我的马因怀乡而不肯前行。仆夫悲:我的车夫也因思家而悲伤。

临江仙

【原文】

苍壁初开,传闻过实,客有来观者,意其如积翠、清风、岩石、玲珑之胜。既见之,乃独为是突兀而止也,大笑而去。主人戏下一转语,为苍壁解嘲。[1]

莫笑吾家苍壁小,棱层势欲摩空[2]。相知唯有主人翁,有心雄泰华,无意巧玲珑[3]。 天作高山谁得料,《解嘲》试倩扬雄[4]。君看当日仲尼穷,从人贤子贡,自欲学周公[5]。

【注释】

[1]此词以苍壁与赵晋臣的积翠岩相比,知其为移居瓢泉晚期之作。 [2]"莫笑"两句:谓苍壁虽小,但势欲摩天,气概非凡。棱层:山石高险貌。 [3]"相知"三句:谓知苍壁者唯我,它不求小巧玲珑之美,意与泰华争雄。泰华:东岳泰山,西岳华山。玲珑:亦指词序中的玲珑山。 [4]"天作"两句:谓上天造就此壁谁能理解,唯有请扬雄来驳难解嘲。 [5]"君看"三句:言孔子生时并不得意,但他依然坚持周公之道,为实现自己的政治理想奔波一生。

贺新郎

【原 文】

邑中园亭,仆皆为赋此词。一日,独坐停云,水声山色,竟来相娱,意溪山欲援例者,遂作数语,庶几仿佛渊明思亲友之意云。①

甚矣吾衰矣。怅平生、交游零落,只今余几②!白发空垂三千丈,一笑人间万事③。问何物、能令公喜④?我见青山多妩媚,料青山、见我应如是。情与貌,略相似⑤。　　一尊搔首东窗里。想渊明、《停云》诗就,此时风味⑥。江左沉酣求名者,岂识浊醪妙理⑦。回首叫、云飞风起⑧。不恨古人吾不见,恨古人、不见吾狂耳⑨。知我者,二三子⑩。

注 释

❶此词作于宋宁宗嘉泰元年(1201)。　❷"甚矣"三句:谓自己已十分衰老,感叹生平交游所剩无几。　❸"白发"两句:岁月蹉跎,白发徒长;今日万事,唯一笑了之。　❹"问何物"句:设问,而今什么东西能博得你的喜爱?　❺妩媚:形容青山秀丽美好。应如是:应该也是如此。　❻"一尊"三句:我现在对酒思友的情绪,想必正与当年陶潜写《停云》诗时相仿。　❼"江左"两句:当年江左的名士,以酣酒而求名利,哪里真知道酒中的妙理。江左沉酣求名者:指南朝那些纵酒放浪的名士清流。　❽云飞风起:暗用汉高祖刘邦《大风歌》:"大风起兮云飞扬,威加海内兮归故乡,安得猛士兮守四方。"　❾狂:指愤世嫉俗的狂态。　❿"知我者"两句:真知我心者,二三子而已。二三子:

借用孔子对其学生的称谓,指少数几个知心的朋友。

贺新郎

【原文】

再用前韵①

鸟倦飞还矣②。笑渊明、瓶中储粟,有无能几③。莲社高人留翁语,我醉宁论许事。试沽酒、重斟翁喜④。一见萧然音韵古,想东篱、醉卧参差是⑤。千载下,竟谁似⑥? 元龙百尺高楼里,把新诗、殷勤问我,停云情味⑦。北夏门高从拉摆,何事须人料理⑧。翁曾道、繁华朝起⑨。尘土人言宁可用,顾青山、与我何如耳⑩。歌且和,楚狂子⑪。

注 释

❶此词当作于嘉泰元年(1201)春。 ❷"鸟倦"句:以渊明隐退柴桑,喻自己归来瓢泉。 ❸"笑渊明"两句:谓渊明存粮无多,生活清贫。 ❹"莲社"三句:谓渊明与莲社高贤诗酒相娱。 ❺"一见"两句:萧闲古朴,可以想见渊明醉卧东篱之风神。 ❻"千载"两句:千百年来有谁真率似渊明呢? ❼"元龙"三句:谓友人频频来诗问候。元龙:陈登字元龙,此借指友人。或谓即指陈亮,稼轩与陈亮昔有鹅湖之会,会后互相唱和。 ❽"北夏门"两句:谓时局危艰,独木难支大厦之既倒。拉摆:崩塌,断裂。 ❾繁华朝起:以鲜花朝开暮落,喻人应珍惜时光。 ❿"尘土"两句:谓唯与青山为伴。顾青山、与我何如耳:谓其愿意与自然融为一体。 ⓫"歌且"两句:谓唱和楚狂人之

《凤兮歌》，即意在谢仕。

柳梢青

【原 文】

辛酉生日前两日，梦一道士话长年之术，梦中痛以理折之，觉而赋八难之辞。①

莫炼丹难②。黄河可塞，金可成难③。休辟谷难④。吸风饮露，长忍饥难。　　劝君莫远游难。何处有、西王母难。休采药难⑤。人沉下土，我上天难。

注 释

❶这首词作于宋宁宗嘉泰元年（1201），时作者罢官闲居铅山瓢泉家中。八难：此词以八"难"为韵，一韵到底，盖亦词之一体，即所谓"福唐独木桥体"。　❷炼丹：道家修炼丹药，食之以求长生。　❸"黄河"二句：似谓河可塞，金可成，仙人难遇。　❹辟谷：古代认为行引导之术，不食五谷，可以长生。道家方士附会为神仙入道之术。　❺采药：采取药草。

江神子

【原文】

侍者请先生赋词自寿①

两轮屋角走如梭②,太忙些,怎禁他。拟倩何人,天上劝羲娥③。何似从容来少住,倾美酒,听高歌。　　人生今古不消磨,积教多,似尘沙。未必坚牢、划地事堪嗟④。莫道长生学不得,学得后,待如何。

【注释】

①这首词当为嘉泰元年(1201)所作。　②"两轮"句:谓日月如梭,时不我待。两轮:指日、月。　③羲娥:羲和、嫦娥,代指日、月。　④划地:反而,倒是。

临江仙

【原文】

壬戌岁生日书怀①

六十三年无限事，从头悔恨难追。已知六十二年非。只应今日是，后日又寻思。　少是多非惟有酒，何须过后方知。从今休似去年时。病中留客饮，醉里和人诗。

注释

❶这首词作于宋宁宗嘉泰二年（1202）夏，时作者罢官闲居铅山瓢泉。

临江仙

【原文】

醉帽吟鞭花不住①，却招花共商量。人生何必醉为乡②。从教斟酒浅③，休更和诗忙。　一斗百篇风月地④，饶他老子当行⑤。从今三万六千场。青青头上发，还作柳丝长。

注 释

❶这首词的确切作年难考。醉帽吟鞭：盖坐卧行走、饮酒赋诗也。 ❷醉为乡：醉乡。 ❸从教：犹言"任凭"。 ❹风月：谓眼前景色。 ❺饶：任也。

临江仙

【原 文】

簪花屡堕，戏作。①

鼓子花开春烂漫②，荒园无限思量。今朝拄杖过西乡。急呼桃叶渡，为看牡丹忙③。 不管昨宵风雨横，依然红紫成行。白头陪奉少年场。一枝簪不住，推道帽檐长④。

注 释

❶此词疑嘉泰二年（1202）作。 ❷鼓子花：旋花，叶狭长，花红白色，形似鼓。根可入药。 ❸"急呼"两句：桃叶渡在六合县，过江即为扬州，扬州之牡丹、芍药驰名天下。此借谓看花之意。 ❹"一枝"两句：含有老去发短之慨。

水龙吟

【原文】

别傅倅先之,时傅有召命。①

只愁风雨重阳,思君不见令人老②。行期定否,征车几辆,去程多少。有客书来,长安却早,传闻追诏。问归来何日,君家旧事,直须待、为霖了③。　　从此兰生蕙长,吾谁与、玩兹芳草。自怜拙者,功名相避,去如飞鸟。只有良朋,东阡西陌,安排似巧。到如今巧处,依前又拙,把平生笑。

注释

❶这首词作于宋宁宗嘉泰二年(1202),时作者罢官闲居铅山瓢泉家中。
❷"思君"句:《古诗十九首》:"思君令人老,岁月忽已晚。"　❸"君家"二句:用傅说的典故。因为同姓,故曰"君家"。

水龙吟①

【原文】

老来曾识渊明,梦中一见参差是②。觉来幽恨,停觞不御,欲歌还止③。白发西风,折腰五斗,不应堪此④。问北窗高卧,东篱自醉,应别有,归来意⑤。　　须信此翁未死,到如今凛然生气⑥。吾侪心事,古今长在,高山流水⑦。富贵他年,直饶未免,也应无味⑧。甚东山何事,当时也道,为苍生起⑨。

【注释】

①此词作年不详。　②"老来"两句:谓老来对陶潜始有深切认识,乃至梦中依稀相见。　③觞:酒杯。御:用、进,此引申为饮。　④"白发"三句:谓陶潜不堪忍受"折腰"之耻,宁肯白发萧萧对西风,辞官归隐。　⑤"问北窗"四句:谓陶潜辞官归隐,非一味醉心于飘逸静穆,自当别有深意。　⑥"须信"两句:言陶潜精神不死,至今犹觉其凛然有生气。凛然:严肃貌,令人敬畏貌。　⑦"吾侪"三句:言与陶潜心意相通,虽远隔今古,却是异代知音。吾侪:吾辈,我们。　⑧"富贵"三句:言即便他年为官富贵,也应无味至极。直饶:即使,纵然。　⑨"甚东山"三句:言谢安当年何以东山再起?那时士大夫也曾说他是为苍生而再仕。

鹧鸪天

【原 文】

和傅先之提举赋雪①

泉上长吟我独清,喜君来共雪争明。已惊并水鸥五色,更怪行沙蟹有声。　添爽气,动雄情,奇因六出忆陈平②。却嫌鸟雀投林去,触破当楼云母屏。

注 释

❶这首词确切作年难考。　❷"奇因"句:《史记·陈丞相世家》载,陈平为阳武户牖乡人,汉高祖南过曲逆,"乃诏御史,更以陈平为曲逆侯,尽食之,除前所食户牖。其后常以护军中尉从攻陈豨及黥布,凡六出奇计,辄益邑,凡六益封。奇计或颇秘,世莫能闻也"。按:此因雪花六出而联想到六出奇计之陈平。

贺新郎

【原 文】

严和之好古博雅①,以严本庄姓②,取蒙庄③、子陵四事④:曰濮上⑤、曰濠梁⑥、曰齐泽⑦、曰严濑⑧,为四图,属余赋词。余谓蜀君平之高⑨，扬子云所谓"虽隋和何以加诸"者⑩，班孟坚独取子云所称述为王、贡诸传《序引》，不敢以其姓名列诸传，尊之也⑪。故余谓和之当并图君平像，置之四图之间，庶几严氏之高节者备焉。作《乳燕飞》词使歌之。⑫

濮上看垂钓。更风流、羊裘泽畔，精神孤矫。楚汉黄金公卿印，比着渔竿谁小⑬？但过眼、才堪一笑。惠子焉知濠梁乐，望桐江、千丈高台好⑭。烟雨外，几鱼鸟。　　古来如许高人少。细平章、两翁似与，巢由同调⑮。已被尧知方洗耳⑯，毕竟尘污人了。要名字、人间如扫。我爱蜀庄沉冥者⑰，解门前、不使征车到⑱。君为我，画三老⑲。

注　释

❶这首词作于嘉泰二年（1202）春季之后，作者罢官闲居铅山瓢泉期内。严和之：名籍事迹不详。　❷严本庄姓：汉明帝名庄，当时姓庄的人为避明帝之讳而改姓严，其后不少人又恢复原姓。　❸蒙庄：庄子。　❹子陵：严光。　❺濮上：《庄子·秋水篇》："庄子钓于濮水，楚王使大夫二人往先焉，曰：'愿以境内累矣。'庄子持竿不顾。"先：先述其意。　❻濠梁：《庄子·秋水篇》："庄子与惠子游于濠梁之上。庄子曰：'儵鱼出游从容，是鱼之乐也。'惠子曰：'子非鱼，安知鱼之乐。'庄子曰：'子非我，安知我不知鱼之乐？'"　❼齐泽：《后汉书·逸民传》载，帝思严光之贤，令人访之。后齐国上言，有一男子披羊裘钓泽中。帝疑其光，乃备安车玄纁，遣使聘之，三反而后至。　❽严濑：《后汉书·逸民传》载，严光至京，除为谏议大夫，不屈，乃耕于富春山。后人名其钓处为严陵濑焉。　❾蜀君平：严遵字君平，蜀人也。隐居不仕。尝卖卜于成都市，日得百钱以自给。卜讫，则闭肆下帘，以著书为事。　❿扬子云：扬雄。隋和：指隋侯之珠与和氏之璧，皆稀世珍宝。　⓫"班孟坚"三句：班固字孟坚，

《汉书》作者。王、贡：王吉和贡禹。这三句的意思是说，班固著《汉书》，按扬雄对严君平的描述与称赞，将严君平写入《王贡两龚鲍传》序引里，而不把他的姓名列之于传上，是对严君平的尊重。 ⑫《乳燕飞》：《贺新郎》词牌的异名。 ⑬"楚汉"二句：谓严子陵垂钓比起仕汉名更高。 ⑭桐江：富春江，为严子陵钓台所在地。 ⑮"细平章"二句：谓庄子、严子陵和巢父、许由同调，都是少有的高人。 ⑯尧知方洗耳：《高士传》说，尧让位于巢父，巢父不受，让位于许由，由以为污己，乃临池洗耳。 ⑰蜀庄沉冥：谓严君平为"久幽不改其操"之人。本词小序及结尾均用此意。 ⑱征车：征召之车。 ⑲三老：指庄子、严子陵和严君平。

南乡子

【原 文】

送赵国宜赴高安户曹。赵乃茂嘉郎中之子。茂嘉尝为高安幕官，题诗甚多。①

日日老莱衣②，更解风流蜡凤嬉③。膝上放教文度去④，须知。要使人看玉树枝⑤。　剩记乃翁诗⑥，绿水红莲觅旧题⑦。归骑春衫花满路，相期。来岁流觞曲水时。

【注 释】

①这首词作年无可确考，今依广信书院本编列于此。 ②老莱衣：用老莱斑衣的典故写赵国宜斑衣娱亲。 ③蜡凤：《南史》载，僧虔与僧绰为兄弟，"父昙首与兄弟集会子孙，任其戏适。……僧绰采蜡烛珠为凤皇，僧达夺取打坏，

亦复不惜。……或云僧虔采烛珠为凤皇,弘称其长者云"。 ❹"膝上"句:《世说新语·方正篇》:"王文度为桓公长史时,桓为儿求王女,王许咨蓝田。既还,蓝田爱念文度,虽长大,犹抱着膝上。" ❺玉树:喻优秀子弟。 ❻乃翁:指赵茂嘉。 ❼绿水红莲:此指题序所称"茂嘉尝为高安幕官,题诗甚多"。

永遇乐

【原 文】

赋梅雪①

怪底寒梅②,一枝雪里,直恁愁绝。问讯无言,依稀似妒,天上飞英白③。江山一夜,琼瑶万顷,此段如何妒得。细看来,风流添得,自家越样标格。　　晓来楼上,对花临镜,学作半妆宫额④。著意争妍,那知却有,人妒花颜色。无情休问,许多般事,且自访梅踏雪。待行过溪桥,夜半更邀素月。

【注 释】

❶这首词作年难考。 ❷怪底:难怪,怪不得。一作"怪得"。 ❸飞英:飞花。飞英白:以白色飞花喻雪花。 ❹半妆:半面妆。宫额:指梅额,梅花妆。

贺新郎

【原 文】

别茂嘉十二弟。鹈鴂杜鹃实两种,见《离骚补注》。①

绿树听鹈鴂。更那堪、鹧鸪声住,杜鹃声切②。啼到春归无寻处,苦恨芳菲都歇③。算未抵、人间离别④。马上琵琶关塞黑,更长门翠辇辞金阙⑤。看燕燕,送归妾⑥。　　将军百战身名裂。向河梁、回头万里,故人长绝⑦。易水萧萧西风冷,满座衣冠似雪。正壮士、悲歌未彻⑧。啼鸟还知如许恨,料不啼、清泪长啼血⑨。谁共我,醉明月⑩?

注 释

❶此作者闲居瓢泉之作。 ❷"绿树"三句:借鸟声托意,言临别不堪绿荫深处众鸟啼鸣悲切。 ❸"啼到"两句:鸟啼悲切,恨花尽春去。 ❹"算未抵"句:言啼鸟伤春虽苦,总抵不上人间离别之苦。按:以下即叠用四件人间离别之事。 ❺"马上"两句:此人间离别第一事,言昭君出塞,别离汉家宫阙。马上琵琶:谓在琵琶声中远离故国。关塞黑:边关要塞一片昏暗。长门:汉武帝曾废陈皇后于长门宫,后泛指失意后妃所居之地。这里借言昭君辞汉。按:或谓此即用长门本事,与昭君无涉,即认为此词共用五事。 ❻"看燕燕"两句:此人间离别第二事,言庄姜送归妾。据《左传》,卫庄公妻庄姜无子,以庄公妾戴妫之子完为子。完即位未久,就在一次政变中被杀,戴妫遂被遣返。庄姜远送于野,作《燕燕》诗以别。 ❼"将军"三句:此人间离别第三事,

言李陵别苏武。李陵：汉武帝时抗击匈奴的名将，曾以五千之众对十万敌军，兵尽粮绝而北降匈奴。苏武：亦西汉武帝时人。奉命出使匈奴，羁北不降，北海牧羊十九年持节不屈，终得返汉。苏武归汉，李陵于河梁饯别。 ❽"易水"三句：此人间离别第四事，言荆轲离燕赴秦。战国末年，燕太子丹命荆轲出使秦国，相机刺杀秦王。临行之际，太子丹及众宾客皆白衣素服相送于易水之上。有高渐离者击筑起乐，荆轲和乐而歌："风萧萧兮易水寒，壮士一去兮不复还。"歌声慷慨悲壮，送者无不为之动容。 ❾"啼鸟"两句：谓啼鸟如知人间别离之恨，当由啼泪进而啼血，益发悲哀。 ❿"谁共我"两句：谓与族弟别后孤独无伴，唯与明月共醉。

永遇乐

【原文】

戏赋辛字，送茂嘉十二弟赴调。①

烈日秋霜，忠肝义胆，千载家谱②。得姓何年，细参辛字，一笑君听取③：艰辛做就，悲辛滋味，总是辛酸辛苦④。更十分、向人辛辣，椒桂捣残堪吐⑤。　　世间应有，芳甘浓美，不到吾家门户⑥。比着儿曹，累累却有，金印光垂组⑦。付君此事，从今直上，休忆对床风雨⑧。但赢得、靴纹绉面，记余戏语⑨。

【注 释】

❶此作者闲居瓢泉之作。赴调：赴任调职，即指调官桂林事。 ❷"烈日"三句：谓辛家世代为人刚烈正直，对君对国忠心耿耿。烈日秋霜：酷夏的炎阳，

寒秋的严霜，喻性格刚烈正直。 ❸"得姓"三句：不知辛氏得姓于何年，且听我详参"辛"字之义。细参：细细参详，仔细品味。 ❹"艰辛"三句：言"辛"包含辛酸、辛苦之意。 ❺"更十分"两句：言"辛"字本义为"辛辣"，人不堪其辛辣，如食椒桂欲吐。 ❻"世间"三句：谓世间纵有香甜甘美之物，但从不到我辛氏家门。芳甘浓美：此喻荣华富贵。 ❼"比着"三句：言比不上别家子弟世代高官厚禄。比着：此谓比不得。儿曹：儿辈子孙。组：用丝绸织成的宽带，用以佩印或佩玉，此指佩挂金印。 ❽"付君"三句：望族弟此去戮力政事，青云直上，勿以兄弟情谊为念。 ❾"但赢"两句：言茂嘉日后饱经官场风霜，自将记取我今天的临别戏言。靴纹绉面：谓面容衰绉如靴纹。

西江月

【原 文】

示儿曹，以家事付之。①

万事云烟忽过，百年蒲柳先衰②。而今何事最相宜？宜醉宜游宜睡③。　　早趁催科了纳，更量出入收支④。乃翁依旧管些儿，管竹管山管水⑤。

【注 释】

❶此作者闲居瓢泉之作。儿曹：指自家儿辈。 ❷"万事"两句：言万事如云烟过眼，而自己也像入秋蒲柳一样渐见衰老。蒲柳：蒲与柳入秋落叶较早，以喻人之早衰。 ❸"而今"两句：谓自己如今最宜醉酒、游赏、睡眠。 ❹"早

趁"两句：向儿曹交代家事，及早催租纳税，妥善安排一家收入和支出。催科：催收租税。了纳：向官府交纳完毕。 ❺"乃翁"两句：谓自己依然只管竹林、青山、绿水。乃翁：你的父亲，作者自谓。

感皇恩

【原 文】

寿铅山陈丞及之①

富贵不须论，公应自有。且把新词祝公寿。当年仙桂，父子同攀希有②。人言金殿上，他年又③。　　冠冕在前，周公拜手。同日催班鲁公后④。此时人羡，绿鬓朱颜依旧。亲朋来贺喜，休辞酒。

注 释

❶这首词当作于作者罢官闲居铅山瓢泉期间，但具体作年难考。　❷父子同攀仙桂：谓陈及之父子于绍熙元年（1190）同领乡荐。攀桂：折桂，犹言"登科"。　❸"金殿"二句：谓他年父子又同举进士，一榜及第也。　❹"冠冕"三句：《史记·鲁周公世家》："周公卒，子伯禽固已前受封，是为鲁公。"《公羊传》："周公何以称大庙于鲁？封鲁公以为周公也。周公拜乎前，鲁拜乎后。曰：'生以养周公，死以为周公主。'"

丑奴儿

【原文】

和铅山陈簿韵二首①

鹅湖山下长亭路，明月临关。明月临关，几阵西风落叶干。
新词谁解裁冰雪②，笔墨生寒。笔墨生寒，会说离愁千万般。

注释

❶这首词作年难考。　❷冰雪：喻指文章清畅。

丑奴儿①

【原文】

年年索尽梅花笑，疏影黄昏②。疏影黄昏，香满东风月一痕。
清诗冷落无人寄，雪艳冰魂③。雪艳冰魂，浮玉溪头烟树村。

注释

❶这首词确切作年难考。　❷疏影黄昏：林逋《山园小梅》诗："疏影横斜

水清浅，暗香浮动月黄昏。"　❸雪艳冰魂：谓白雪映衬得梅花更加艳丽。冰魂：形容梅花之词，极言其清。

临江仙

【原文】

戏为期思詹老寿①

手种门前乌桕树，而今千尺苍苍。田园只是旧耕桑。杯盘风月夜，箫鼓子孙忙。　七十五年无事客，不妨两鬓如霜。绿窗划地调红妆。更从今日醉，三万六千场。

【注释】

❶这首词作年难考。从"期思"看，当作于作者罢官闲居瓢泉期间。

玉楼春

【原文】

有自九江以石中作观音像持送者，因以词赋之。①

琵琶亭畔多芳草②，时对香炉峰一笑③。偶然重傍玉溪东，不是白头谁觉老。　　补陀大士神通妙,影入石头光了了。肯来持献可无言,长似慈悲颜色好④。

注 释

❶这首词作年难考。九江:今江西省九江市。　❷琵琶亭:在江西九江。唐白居易送客至此,夜闻邻舟琵琶声,作《琵琶行》,后人因以名亭。　❸香炉峰:在九江西南,庐山之北,奇峰突起,状如香炉,故名。　❹慈悲颜色好:指补陀大士的容颜。

鹊桥仙

【原 文】

赠鹭鸶①

溪边白鹭,来吾告汝:"溪里鱼儿堪数②。主人怜汝汝怜鱼,要物我欣然一处③。　　白沙远浦,青泥别渚,剩有虾跳鳅舞④。听君飞去饱时来,看头上风吹一缕⑤。"

注 释

❶此词作年未详。鹭鸶:水鸟的一种,即白鹭。　❷堪数:不堪一数,言溪里鱼儿已寥寥无几。　❸"主人"两句:请白鹭勿食吾鱼,应和主人欣然相处。汝:指鹭。主人:作者自称。物我:物与我,即白鹭和它的主人。　❹"白沙"三句:言远处沙际青渚,尽有虾鳅舞动。　❺"听君"两句:言那里的虾鳅任

你饱餐，我当看你乘风归来。

河渎神

【原文】

女城祠，效花间体。①

芳草绿萋萋②，断肠绝浦相思。山头人望翠云旗，蕙肴桂酒君归。　惆怅画檐双燕舞，东风吹散灵雨③。香火冷残箫鼓，斜阳门外今古。

【注释】

❶这首词的作年难考。　❷"芳草"句：以芳草萋萋兴起相思之情。　❸灵雨：好雨。

鹧鸪天

【原文】

石门道中①

山上飞泉万斛珠，悬崖千丈落鼪鼯②。已通樵径行还碍，似有人声听却无③。　　闲略彴,远浮屠,溪南修竹有茅庐④。莫嫌杖屦频来往,此地偏宜着老夫⑤。

注 释

❶此作者闲居瓢泉之作。石门:可能在铅山县女城山附近。一说在庐山西南。　❷"山上"两句:言飞泉直下,如万斛珠玉倾泻;悬崖千丈,唯有鼬鼯能上能下。鼬:鼦,一名鼠狼,俗称黄鼠狼。鼯:鼠的一种,别名夷由,形似蝙蝠,因其前后肢间有飞膜,能在林中滑翔,俗称飞鼠。　❸"已通"两句:言山路回旋莫测,似通还阻,人声也在有无之间。樵径:砍柴者走的小路,泛指山间小路。　❹"闲略彴"三句:言小桥、佛寺历历在目,溪水南头的绿竹丛中更隐约有茅庐数间。略彴:小桥。浮屠:佛塔。修竹:长竹。　❺"莫嫌"两句:自言绝爱此间山水风光,表示要频频来往。

卷五 再官两浙与终归铅山之词

浣溪沙

【原文】

常山道中即事①

北陇田高踏水频②,西溪禾早已尝新③,隔墙沽酒煮纤鳞④。忽有微凉何处雨,更无留影霎时云,卖瓜人过竹边村。

【注释】

❶该词作于宋宁宗嘉泰三年(1203)夏。时朝廷委外戚韩侂胄用事,欲图北伐,于是起用废居瓢泉八九年之久的辛弃疾为绍兴知府兼浙东安抚使。稼轩于是年六月到任。此词即作于赴任途中。 ❷踏水频:忙于踏水灌田。 ❸尝新:指品尝新稻。 ❹纤鳞:细鳞,代指鱼。

汉宫春

【原文】

会稽蓬莱阁怀古①

秦望山头,看乱云急雨,倒立江湖②。不知云者为雨,雨者云乎③。长空万里，被西风、变灭须臾④。回首听，月明天籁，人间万窍号呼⑤。　　谁向若耶溪上，倩美人西去，麋鹿姑苏⑥。至今故国人望，一舸归欤⑦？岁云暮矣，问何不、鼓瑟吹竽⑧？君不见，王亭谢馆，冷烟寒树啼乌⑨。

注 释

❶此词作于嘉泰三年（1203）秋，时稼轩在绍兴知府兼浙东安抚使任上。会稽：今浙江绍兴。蓬莱阁：在会稽卧龙山下，是著名的游览胜地。　❷"秦望"三句：谓秦望山头乱云翻滚、急雨倾泻，直有江湖倒立之势。　❸"不知"两句：谓茫茫一片，云雨莫辨。　❹"长空"两句：谓西风扫尽浓云，但见万里长空如洗。变灭须臾：顷刻间变化无常，指雨过天晴。　❺"回首"三句：谓月色皎洁，自然界大气流荡，引起人间大地千孔万穴呼啸共鸣。天籁：自然界的响声，此指风声。　❻"谁向"三句：用越国范蠡巧使美人计灭吴事。若耶溪：位于会稽南，相传为当年西施浣纱之处，亦称浣纱溪。麋鹿姑苏：谓吴国灭亡。　❼"至今"两句：谓至今越人犹盼范蠡和西施乘船归来。　❽"岁云"两句：谓时将岁暮，人问何不奏乐欢娱。岁云暮：一年将尽。云：助词，无义。　❾"君不见"三句：谓昔日风流一时的王、谢亭馆，而今却是一片荒凉凄冷景象。王亭谢馆：王、谢两家为东晋时代的豪门大族，他们的子弟大多住在会稽。此处的"王亭谢馆"，泛指王、谢子弟在会稽的游乐场所。

汉宫春

【原 文】

会稽秋风亭观雨①

亭上秋风,记去年袅袅,曾到吾庐②。山河举目虽异,风景非殊③。功成者去,觉团扇、便与人疏④。吹不断、斜阳依旧,茫茫禹迹都无⑤。　　千古茂陵词在,甚风流章句,解拟相如⑥。只今木落江冷,眇眇愁余⑦。故人书报:"莫因循、忘却莼鲈⑧。"谁念我、新凉灯火,一编《太史公书》⑨。

注 释

❶此词作期同上。按:题曰"观雨",但词紧扣秋风着笔,并不关涉秋雨,而上篇题曰"怀古",却从秋雨切入,因疑两者混淆。 ❷去年:稼轩今年出任绍兴知府,去年仍在家闲居,故有此语。袅袅:形容微风吹拂貌。 ❸"山河"两句:谓会稽与瓢泉山河虽异,但秋景却无二致。此暗用东晋南渡士大夫新亭对泣事,以喻南宋偏安江左。 ❹"功成"两句:秋来夏去,功成自退,犹如一到秋天,人便自然与夏扇疏远。 ❺"吹不断"两句:秋风微拂,夕阳依旧,但大禹的遗迹已茫茫难觅。 ❻"千古"三句:谓汉武帝的辞章文采斐然,足与司马相如的名赋比美。 ❼"只今"两句:言如今又值叶落江冷的清秋时节,但不见古人,使我愁苦不堪。 ❽"故人"句:故人来信,言秋风已起,劝我早归以领略家乡风味。莼鲈:用张翰见秋风起而思吴中莼菜、鲈鱼,进而弃官南归事。 ❾《太史公书》:指司马迁的《史记》。

汉宫春

【原文】

答李兼善提举和章①

　　心似孤僧,更茂林修竹,山上精庐。维摩定自非病,谁遣文殊。白头自昔,叹相逢、语密情疏。倾盖处、论心一语,只今还有公无。　　最喜阳春妙句,被西风吹堕,金玉铿如②。夜来归梦江上,父老欢予。荻花深处,唤儿童、吹火烹鲈。归去也、绝交何必,更修山巨源书③。

注释

❶这首词亦作于宋宁宗嘉泰三年(1203),时作者知绍兴府兼浙东安抚使任上。　❷"最喜"三句:谓李兼善和章如"阳春白雪",掷地有金石之声。阳春:指阳春白雪,为高雅乐曲。铿如:形容声音响亮悦耳。　❸"绝交"二句:晋山涛字巨源,与嵇康、阮籍等同为"竹林七贤",放任傲世。后来山巨源做了吏部侍郎,欲举嵇康以自代。康怨其不知己,遂作《与山巨源绝交书》。

汉宫春

【原 文】

答吴子似总干和章①

达则青云，便玉堂金马②，穷则茅庐。逍遥小大自适，鹏鷃何殊③。君如星斗，灿中天、密密疏疏④。荒草外、自怜萤火，清光暂有还无。　　千古季鹰犹在，向松江道我，问讯何如。白头爱山下去，翁定嗔予。人生谩尔⑤，岂食鱼、必鲙之鲈⑥。还自笑、君诗顿觉，胸中万卷藏书。

注 释

❶这首词作于宋宁宗嘉泰三年（1203），时作者任绍兴知府兼浙东安抚使。 ❷"达则"二句：谓显达就青云直上，入朝为官。青云：旧时喻指高位。 ❸"逍遥"二句：意谓无论大小都能逍遥自在，大鹏与鷃雀没什么区别。 ❹"君如"二句：意谓您像天空中的星斗一样，光辉四射，炫人眼目。 ❺"人生"句：谓人生也不过如此而已。谩尔：聊且如此而已。谩：同"漫"，聊且。 ❻"食鱼"句：《诗·陈风·衡门》："岂其食鱼，必河之鲂。"此谓"鲙之鲈"，仍暗用张翰因思念家乡鲈鱼鲙而南归的典故。

上西平

【原文】

会稽秋风亭观雪①

九衢中，杯逐马，带随车②。问谁解、爱惜琼华③。何如竹外，静听窣窣蟹行沙。自怜是，海山头、种玉人家④。　　纷如斗，娇如舞，才整整，又斜斜⑤。要图画，还我渔蓑。冻吟应笑，羔儿无分谩煎茶⑥。起来极目，向弥茫、数尽归鸦⑦。

注释

❶这首词作于宋宁宗嘉泰三年（1203），时作者知绍兴府兼浙东安抚使。❷"九衢"三句：写城市里大雪纷飞的状态。九衢：九陌通衢，城中繁华通达的道路。衢，四通八达之路。　❸琼华：似玉的美石。　❹种玉人家：《搜神记》载，杨伯雍性情笃厚孝顺、乐善好施。有仙人送他一斗石子，让他种到有石的高平好地里，便能生出玉石，并预言他将娶位好妻子。后果如其言。此处喻白雪满地。　❺"纷如斗"四句：描绘大雪被风吹落时纷纷扬扬、如斗似舞、直飘斜落、整整斜斜、多姿多彩的形态。　❻"羔儿"句：意谓煮酒无分且煎茶也。　❼弥茫：指高远苍茫的空间。

满江红

【原 文】

紫陌飞尘①,望十里、雕鞍绣毂②。春未老、已惊台榭,瘦红肥绿③。睡雨海棠犹倚醉④,舞风杨柳难成曲⑤。问流莺、能说故园无,曾相熟。　　岩泉上,飞凫浴。巢林下,栖禽宿。恨荼蘼开晚,漫翻红玉。莲社岂堪谈昨梦⑥,兰亭何处寻遗墨⑦。但羁怀、空自倚秋千,无心蹴⑧。

注 释

❶这首词约作于嘉泰四年(1204)春,宋宁宗召见后,尚未赴镇江知府前。紫陌飞尘:言京城繁富景象。　❷雕鞍绣毂:指富贵人家之车马。　❸"春未老"二句:春虽未暮,亭台水榭间叶茂花残的景象已令人心惊。瘦红肥绿:谓花残叶茂。　❹"睡雨"句:谓海棠在雨中酣睡,依仗自己醉人的颜色,尚不知"瘦红肥绿"的变化。　❺"舞风"句:谓柳舞春风,却没心绪唱一曲《折杨柳》。　❻"莲社"句:谓莲社犹如昨梦,不堪回首。　❼"兰亭"句:王羲之曾与诸友于上巳日宴集于会稽山阴之兰亭,自作序文并自书之。　❽蹴:踏。

生查子

【原 文】

梅子褪花时①,直与黄梅接。烟雨几曾开,一春江里活。
富贵使人忙,也有闲时节。莫作路旁花,长教人看杀②。

注 释

❶这首词作于嘉泰四年(1204)春末出知镇江府之初。梅子:梅实。 ❷看杀:谓众人争睹其容,因应付访客,劳累致疾而死。

生查子

【原 文】

题京口郡治尘表亭①

悠悠万世功,矻矻当年苦②。鱼自入深渊,人自居平土③。
红日又西沉,白浪长东去。不是望金山④,我自思量禹。

注 释

❶此词作于嘉泰四年（1204）镇江知府任上。　❷"悠悠"两句：言夏禹当年辛勤治水，建立了万世不朽的功业。悠悠：久远，悠久。砣砣：辛勤劳苦貌。❸"鱼自"两句：言鱼和人各得其所，盛赞夏禹治水功业卓著。深渊：深水。平土：平地。　❹金山：在镇江西北的长江中，上有金山古刹，至今尤为镇江游览胜景。

南乡子

【原 文】

登京口北固亭有怀①

何处望神州？满眼风光北固楼②。千古兴亡多少事？悠悠，不尽长江滚滚流③。　年少万兜鍪，坐断东南战未休④。天下英雄谁敌手？曹刘，生子当如孙仲谋⑤。

注 释

❶此词为嘉泰四年（1204）或开禧元年（1205）出守京口时所作。　❷"何处"两句：纵目环视，楼头山水风光无限，但中原故国何在？按：此两句倒装句法。神州：指沦陷的北方。　❸"千古"三句：感叹古今兴亡无尽无休，犹如眼前江水滚滚东流。悠悠：迢迢不断貌。　❹"年少"两句：赞美孙权少年英雄独霸江东，称雄一时。按：孙权十九岁即继承父兄基业，故言"年少"。坐断：占据。　❺"天下"三句：谓当时能与孙权匹敌称雄者，唯曹操和刘备。孙仲谋：孙权字仲谋。

瑞鹧鸪

【原文】

京口有怀山中故人①

暮年不赋短长词，和得渊明数首诗②。君自不归归甚易，今犹未足足何时③？　偷闲定向山中老，此意须教鹤辈知④。闻道只今秋水上，故人曾榜《北山移》⑤。

【注释】

❶此词作于嘉泰四年（1204）京口任上。　❷"暮年"两句：人老不再赋慷慨之词，当和渊明恬淡之诗。　❸"君自"两句：谓自应知足而归山。　❹"偷闲"两句：盖谓既已决定在山中度晚岁，须将此意告知猿鹤，勿令其再怨惊也。　❺"闻道"两句：谓山中故人盼我归去。秋水：指稼轩瓢泉居处之秋水堂。

瑞鹧鸪

【原 文】

京口病中起，登连沧观偶成。①

声名少日畏人知，老去行藏与愿违。山草旧曾呼远志，故人今又寄当归②。　　何人可觅安心法？有客来观杜德机③。却笑使君那得似，清江万顷白鸥飞。

注 释

❶此词作于嘉泰四年（1204）京口任上。连沧观：在镇江，为一郡之游览胜地。　❷"山草"两句：借药名曲言归隐心志。山草：指小草。小草与远志一药二名。按：药之根名"远志"，埋于土中为"处"，即谓隐居；药之叶名"小草"，长于土上为"出"，即谓出仕。其时风尚以隐居为高，称志尚高远。稼轩亦借以抒写"老去行藏与愿违"的处境和心态。当归：亦药草名，语意双关，谓故人劝其归隐。　❸"何人"两句：寄意禅机庄语，婉申求归心态。杜德机：杜谓杜塞，德机不发，故曰杜德机。《庄子·应帝王篇》谓神巫季咸能知人生死祸福，列子与之见壶子。季咸谓壶子将死，列子告以壶子，壶子曰："乡吾示之以地文，萌乎不震不正，是殆见吾杜德机也。"

瑞鹧鸪①

【原　文】

　　胶胶扰扰几时休？一出山来不自由②。秋水观中山月夜，停云堂下菊花秋③。　　随缘道理应须会，过分功名莫强求④。先自一身愁不了，那堪愁上更添愁⑤。

注　释

❶此词作于嘉泰四年（1204）。词中表述欲归老山林之意，当在京口欲归未得之时。　❷"胶胶"两句：谓官场生活不似山中自由，繁杂之事没完没了。胶胶扰扰：原意为动乱不安貌，此谓纷乱繁杂。　❸"秋水"两句：回忆山中月夜赏菊的悠闲生活。　❹"随缘"两句：应深切领会随缘而适之理，不可存不切实际的非分之想。随缘：佛家语，意谓人之处世，当随客观机缘的变化而变化。　❺"先自"两句：本已不胜其愁，更那堪旧愁之上又添新愁。

永遇乐

【原文】

京口北固亭怀古①

千古江山，英雄无觅，孙仲谋处②。舞榭歌台，风流总被，雨打风吹去③。斜阳草树，寻常巷陌，人道寄奴曾住④。想当年：金戈铁马，气吞万里如虎⑤。　元嘉草草，封狼居胥，赢得仓皇北顾⑥。四十三年，望中犹记，烽火扬州路⑦。可堪回首，佛狸祠下，一片神鸦社鼓⑧。凭谁问：廉颇老矣，尚能饭否⑨？

【注 释】

❶此词作于开禧元年（1205），时作者在镇江知府任上。北固亭：在镇江城北北固山上。北固山下临长江，回岭绝壁，形势险固。❷"千古"三句：谓千古江山依旧，但英雄如孙仲谋辈已无处寻觅。孙仲谋：孙权。他承父兄基业，曾建都于京口，称霸江东，北拒曹操，为一代风流人物。❸"舞榭"三句：谓昔日种种歌舞豪华和英雄业绩，俱被历史的风雨吹洗一尽。舞榭歌台：歌舞楼台。风流：指孙权创业时的雄风壮采。❹"斜阳"三句：人谓斜阳照处，这平凡而荒凉之地，当年刘裕曾经住过。寻常巷陌：普通的小街小巷。寄奴：南朝宋武帝刘裕小字寄奴。刘裕于京口起事，率兵北伐，一度收复中原大片国土，又削平内战，取晋而称帝，成就一代霸业。❺"想当年"三句：言刘裕当年两度挥戈，北伐南燕、后秦，有气吞万里之势。❻"元嘉"三句：言刘义隆草率北伐，意侥幸一战成功，结果大败而归。按：稼轩一生既积极主战，又强

调积极备战。这里借古喻今,警告主战权臣韩侂胄。但韩未纳辛言,仓促出兵,最终失败。元嘉:宋文帝刘义隆(武帝刘裕之子)的年号。时北方已由拓跋氏统一,建立北魏王朝。封狼居胥:汉将霍去病追击匈奴,至狼居胥(在今内蒙古自治区西北部)封山而还。封:筑台祭天。按:此即指宋文帝北伐事。赢得:只落得。仓皇北顾:宋文帝北伐失败后,北魏太武帝拓跋焘乘胜追至长江边,扬言欲渡江。宋文帝登楼北望,深悔不已。 ❼四十三年:稼轩于绍兴三十二年(1162)奉表南渡,至开禧元年(1205)京口任上,正是四十三年。烽火扬州路:自绍兴三十一年(1161)金主完颜亮大举南侵以来,扬州一带烽火不断。
❽"可堪"三句:四十三年来的往事不堪回首,今天对岸佛狸祠下,竟然响起一片祭祀的鼓声。意谓人们苟安太平,抗金意志衰退。佛狸祠:北魏太武帝拓跋焘小字佛狸。元嘉二十七年(450),他追击宋军至长江北岸瓜步山,并建行宫,后于此建佛狸祠。神鸦社鼓:祭神时鼓声震天,乌鸦闻声而来争食祭品。
❾"凭谁问"三句:以廉颇自况,谓老去雄心犹在,却得不到朝廷的重用。

玉楼春

【原文】

乙丑京口奉祠西归,将至仙人矶。①

江头一带斜阳树,总是六朝人住处②。悠悠兴废不关心,唯有沙洲双白鹭③。　　仙人矶下多风雨,好卸征帆留不住④。直须抖擞尽尘埃,却趁新凉秋水去⑤。

注 释

❶此词作于开禧元年（1205）秋。按：是年三月，朝廷以稼轩荐人不当，降两职。六月，旋改知隆兴府。但人未动身，又遭弹劾。遂撤回新命，授以"提举冲佑观"的空衔，名曰自由处置，实是置官遣返。自此，稼轩三度罢仕归隐。以后朝廷虽屡有诏命升迁，直至兵部侍郎、枢密都承旨，但稼轩都力辞未出。 ❷"江头"两句：谓江头一带斜阳照处，六朝兴衰陈迹历历在目。 ❸"悠悠"两句：言对历代兴废不再关心，所关心者唯沙洲白鹭而已。意谓此去归隐，无须过问政事。 ❹"仙人矶"两句：言仙人矶下宜卸帆稍住，奈几多风雨，征棹难驻。 ❺"直须"两句：言正应抖尽满身尘埃，趁新凉天气和一江秋水及早返乡。

瑞鹧鸪

【原 文】

乙丑奉祠归，舟次余干赋。①

江头日日打头风，憔悴归来邴曼容②。郑贾正应求死鼠，叶公岂是好真龙③。　孰居无事陪犀首，未办求封遇万松④。却笑千年曹孟德，梦中相对也龙钟⑤。

注 释

❶此词作于开禧元年（1205）秋。时稼轩三度罢仕，"奉祠西归"途中作。舟次：舟船停泊。余干：县名。 ❷"江头"两句：言乘船西归，天天逆风而

行,憔悴归来犹如古人邴曼容。打头风:顶头风。憔悴:脸色不好,精神不振。邴曼容:西汉人,为官所取俸禄不肯超过六百石,一旦超过,便自动免去。稼轩以邴自况。 ❸"郑贾"两句:以郑贾求鼠和叶公好龙二事,讽喻南宋执政者但求抗金之名,不务抗金之实。 ❹"孰居"两句:言今后无事唯饮,且以青松为友。犀首:复姓公孙,名衍,魏人。陈轸见犀首曰:"公何好饮也?"犀首答曰:"无事也。"未办求封遇万松:没有取得封侯之赏,却先接纳万松为友。遇:相逢,接待。 ❺"却笑"两句:如梦中与曹操相遇,也只有相对言老了。龙钟:年老力衰貌。

临江仙①

【原文】

老去浑身无着处,天教只住山林②。百年光景百年心。更欢须叹息,无病也呻吟③。　试向浮瓜沉李处,清风散发披襟④。莫嫌浅后更频斟。要他诗句好,须是酒杯深⑤。

注释

❶此词作于开禧元年(1205)。 ❷"老去"两句:老来无处安顿,上天让我以山林为家。 ❸"百年"三句:谓此生无顺心之事。百年:犹言"一生"。光景:犹言"光阴"。心:指心境。 ❹"试向"两句:谓临池当风,散发敞怀,开我心胸。 ❺"莫嫌"三句:谓欲写就好诗,唯频频斟饮。

临江仙

【原 文】

停云偶作①

偶向停云堂上坐,晓猿夜鹤惊猜②。主人何事太尘埃?低头还说向:"被召又还来③。" 多谢北山山下老,殷勤一语佳哉:"借君竹杖与芒鞋。"④径须从此去,深入白云堆⑤。

注 释

①此词作期同上,亦为自镇江归铅山后所作。 ②"偶向"两句:猿鹤惊讶主人归来。 ③"主人"三句:猿鹤与稼轩对语。意谓何以沉沦官场如许之久。说向:向猿鹤说。 ④"多谢"三句:感谢北山老人殷勤致意。北山:原指钟山,用孔稚珪作《北山移文》事。此借指停云堂所在之山。 ⑤"径须"两句:谓从此安心归居深山。径:径直,直向。白云堆:指深山隐居之处。

瑞鹧鸪①

【原 文】

期思溪上日千回,樟木桥边酒数杯②。人影不随流水去,醉颜重带少年来③。　疏蝉响涩林逾静,冷蝶飞轻菊半开④。不是长卿终慢世,只缘多病又非才⑤。

注 释

❶此词亦作于开禧元年(1205)。亦自镇江归铅山后所作。　❷"期思"两句:言其终日唯赏景饮酒自娱。　❸"人影"两句:言溪水照影,人影却不随流水同去;酒醉脸红,恰似少年青春重来。　❹"疏蝉"两句:蝉声稀疏,树林反显得格外幽静;野菊半开,恰有孤蝶轻轻飞来。　❺"不是"两句:言非我有意傲世,只因生来多病又无才。长卿:汉代司马相如字长卿。慢世:傲世,以傲慢的态度对待世事。

归朝欢

【原文】

丁卯岁寄题眉山李参政石林①

见说岷峨千古雪②,都作岷峨山上石。君家右史老泉公③,千金费尽勤收拾。一堂真石室④。空庭更与添突兀⑤。记当时、长编笔砚⑥,日日云烟湿。　　野老时逢山鬼泣,谁夜持山去难觅⑦。有人依样入明光⑧,玉阶之下岩岩立⑨。琅玕无数碧⑩。风流不数平泉物。欲重吟、青葱玉树,须倩子云笔。

注 释

❶这首词作于宋宁宗开禧三年(1207)。眉山李参政:指李璧。　❷"见说"句:谓岷山、峨眉山终年积雪。　❸右史老泉公:李璧之父李焘曾屡为史官,故称右史。苏洵家有老人泉,因自号老泉。《宋史·李璧传》谓"璧父子与弟皆以文学知名,蜀人比之三苏云"。故此词以老泉比李焘。　❹石室:古称藏书之处为"石室""金匮"。　❺突兀:高,高耸貌。这里似指高耸的石林。　❻长编:李焘字仁甫,"博极载籍,搜罗百氏,慨然以史自任。本朝典故,尤悉力研核。仿司马光《资治通鉴》例,断自建隆,迄于靖康,为编年一书,名曰《长编》"。　❼"谁夜"句:《庄子·大宗师》:"藏舟于壑,藏山于泽,谓之固矣,然而夜半有力者负之而走,昧者不知也。"　❽明光:汉代宫殿名。此借指南宋朝廷。　❾"玉阶"句:谓于朝堂之上清雅出众。岩岩立:以山峦高耸喻人之清秀高雅的气度。　❿琅玕:青色美玉。

洞仙歌

【原 文】

丁卯八月病中作①

贤愚相去，算其间能几？差以毫厘谬千里②。细思量：义利舜跖之分，孳孳者，等是鸡鸣而起③。　味甘终易坏，岁晚还知，君子之交淡如水④。一饷聚飞蚊，其响如雷；深自觉、昨非今是⑤。羡安乐窝中泰和汤，更剧饮无过，半醺而已⑥。

注释

❶此词作于开禧三年（1207）八月，时稼轩已归居铅山，八月染疾，九月卒，此临终词。　❷"贤愚"三句：贤愚之间相距甚微，失之毫厘，将差以千里。　❸"义利"三句：同是鸡鸣则起，孜孜以求，其间却有舜义跖利之别。跖：相传为春秋时人，天下大盗，故世称盗跖。孳孳：同"孜孜"，勤勉不懈。　❹"味甘"三句：言小人之交与君子之交的差异。《庄子·山木篇》："君子之交淡若水，小人之交甘若醴；君子淡以亲，小人甘以绝。彼无故以合者，则无故以离。"此稼轩有感于晚年再出之遭遇而发的感慨也。　❺"一饷"三句：小人攻讦，可不屑一顾；但君子当常非昨是今，以求品操日趋完善。聚蚊成雷：喻积小成大，兼喻众口诋毁，为害甚大。　❻"羡安乐窝"三句：羡安乐半醺之境界。泰和汤：指酒。泰和：太平和乐之意。

六州歌头

【原文】

西湖万顷①，楼观矗千门②。春风路，红堆锦，翠连云，俯层轩。风月都无际，荡空蔼，开绝境。云梦泽，饶八九，不须吞③。翡翠明珰，争上金堤去，勃窣媻姗④。看贤王高会⑤，飞盖入云烟。白鹭振振，鼓咽咽⑥。　　记风流远，更休作，嬉游地，等闲看。君不见，韩献子，晋将军，赵孤存⑦。千载传忠献，两定策，纪元勋⑧。孙又子⑨，方谈笑，整乾坤。直使长江如带，依前是、〔存〕赵须韩⑩。伴皇家快乐，长在玉津边，只在南园。

注释

❶这首词称颂韩侂胄的功业，知其当作于宋宁宗嘉泰三年（1203）至开禧元年（1205）之间，时作者先后出知绍兴府、镇江府。西湖：这里指杭州西湖。❷楼观：高楼。也用作高大建筑物的泛称。矗：耸立。❸"云梦"三句：司马相如《子虚赋》说楚有七泽，臣之所见特小者曰云梦。❹翡翠：鸟名，羽毛可作饰品。明珰：耳珠。勃窣媻姗：形容女子上堤时弯腰摇摆状。❺贤王：当指韩侂胄，嘉泰二年（1202）被封为平原郡王。❻白鹭振振：形容舞者手持鹭羽翩翩起舞之状。❼"韩献子"三句：用赵氏孤儿之事。❽"千载"三句：《宋史·韩琦传》载，宋仁宗病，不能视朝，韩琦力排众议，立宗实为皇太子，是为英宗。及英宗寝疾，乃奉旨立颍王为太子，是为神宗，为国家安定作出了重大贡献，却从不居功自傲。定策：指拥立皇帝。❾孙又子：谓韩侂胄为韩琦的后裔。❿"长江如带"二句：言如今像春秋战国时晋国那样，延续赵

(宋) 氏祀，仍然要靠韩 (侂胄) 家。

西江月

【原文】

堂上谋臣帷幄①，边头猛将干戈。天时地利与人和，燕可伐与曰可②。　此日楼台鼎鼐③，他时剑履山河④。都人齐和《大风歌》，管领群臣来贺。

【注释】

❶这首词当作于宋宁宗嘉泰四年（1204）至开禧三年（1207）之间。帷幄：宫室的帷幕。一作"尊俎"。　❷"燕可伐"句：《孟子·公孙丑下》："沈同以其私问曰：'燕可伐与？'孟子曰：'可。'"　❸鼎鼐：喻宰相之位。　❹剑履：经皇帝特许，上朝可带剑着履，喻人臣之极位。

清平乐

【原文】

新来塞北①，传到真消息。赤地居民无一粒，更五单于争立②。维师尚父鹰扬③，熊罴百万堂堂。看取黄金假钺④，归来异姓真王⑤。

注 释

❶这首词当作于宋宁宗嘉泰三年（1203）至开禧元年（1205），即作者第三次仕官期间，也是赞颂韩侂胄的。塞北：这里指金人统治区。　❷单于：匈奴君主的称号。此句借指金朝王室的内部纷争。　❸"维师"句：《诗·大雅·大明》："维师尚父，时维鹰扬。"师：太师。尚父：吕尚，即姜子牙。佐武王伐纣，被尊为尚父。鹰扬：威武貌。这里借指韩侂胄。　❹黄金假钺：假黄金钺。假：赐予。黄金钺：又称黄钺，即金斧。君王用的仪仗之一。大将出征，皇帝赐予黄钺，以示授权，即用此意。　❺异姓真王：凡与皇帝不同姓氏而封为王者，称异姓王。这里是说韩侂胄北伐胜利，将晋升王爵。

卷六 补遗

生查子

【原文】

和夏中玉①

一天霜月明，几处砧声起②。客梦已难成，秋色无边际。旦夕是重阳，菊有黄花蕊。只怕又登高，未饮心先醉。

注释

❶这首词作年难考。 ❷砧声：捣衣声。

菩萨蛮

【原文】

和夏中玉①

与君欲赴西楼约，西楼风急征衫薄。且莫上兰舟，怕人清泪流。　临风横玉管，声散江天满。一夜旅中愁，蛮吟不忍休②。

注释

❶这首词作年难考。　❷蛩：蟋蟀。

念奴娇

【原文】

赠夏成玉①

妙龄秀发，湛灵台一点，天然奇绝。万壑千岩归健笔②，扫尽平山风月③。雪里疏梅，霜头寒菊，迥与余花别。识人青眼④，慨然怜我疏拙。　遐想后日蛾眉，两山横黛，谈笑风生颊。握手论文情极处，冰玉一时清洁。扫断尘劳，招呼萧散，满斟金蕉叶⑤。醉乡深处，不知天地空阔。

注释

❶这首词作年难考。　❷健笔：指文章练达。　❸平山风月：平山堂之风光。　❹青眼：眼睛正视，黑眼珠在中间，表示对人的喜爱或尊重。　❺金蕉叶：指酒杯。

念奴娇

【原 文】

谢王广文双姬词①

西真姊妹,料凡心忽起,共辞瑶阙②。燕燕莺莺相并比③,的当两团儿雪。合韵歌喉,同茵舞袖,举措□□别④。江梅影里,迥然双蕊奇绝。　　还听别院笙歌,仓皇走报,笑语浑重叠。拾翠洲边携手处,疑是桃根桃叶⑤。并蒂芳莲,双头红药,不意俱攀折。今宵鸳帐,有同对影明月。

注 释

❶这首词作年难考。　❷"西真"三句:谓王广文双姬为西王母两侍女下凡。　❸燕燕莺莺:喻双姬。　❹□□:朱孝臧校记云:"原本作'脱体',误。"　❺桃根桃叶:晋王献之爱妾名桃叶,其妹曰桃根,献之尝临渡歌以送之。

念奴娇

【原文】

三友同饮，借赤壁韵。①

论心论相，便择术满眼，纷纷何物②。踏碎铁鞋三百纳，不在危峰绝壁③。龙友相逢，洼尊缓举，议论敲冰雪④。何妨人道，圣时同见三杰⑤。　　自是不日同舟，平戎破虏，岂由言轻发⑥。任使穷通相鼓弄，恐是真〔金〕难灭⑦。寄食王孙，丧家公子，谁握周公发⑧？冰〔壶〕皎皎，照人不下霜月⑨。

【注释】

❶此词作期同上。此词原文缺两字，今人分别补以"金""壶"。从之，并以括号区别。　❷"论心"三句：举眼察世，纷纷扰扰，尽是庸俗之辈。意谓观人以形态，不如论人以思想；论人以思想，不如看他怎么做或是走什么路。　❸"踏碎"两句：踏遍青山，找不到真正的风流人物。此用谚语"踏破铁鞋无觅处，得来全不费工夫"之意，谓今日有幸得遇三友。　❹"龙友"三句：与三友会饮，共同议论时政。缓举：从容举杯。敲冰雪：形容议论的词锋爽利如敲击冰雪。　❺"何妨"两句：称颂三友为当代三杰。人道：人说。圣时：圣明的时代。古人常以此称当代，有颂扬帝王之意。　❻"自是"三句：指友人言行如一，想其不久将有抗金的实际行动。　❼"任使"两句：谓任凭命运捉弄，志如金石不变。穷通：失意和得志、穷困和显达。鼓弄：捉弄、戏耍。　❽"寄食"三句：感叹友人虽具备经世济国的才志，却潦倒江湖，不为朝廷重用。寄食王孙：

生活穷困，寄食于人。丧家公子：用信陵君事。《史记·魏公子列传》："魏王怒公子之盗其兵符，矫杀晋鄙，公子亦自知也，已却秦存赵，使将将其军归魏，而公子独与客留赵……十年不归。"借指友人离家浪迹江湖。谁握周公发：有谁像周公那样怜惜天下人才呢？史载周公一沐三握发，说周公沐浴时宁可中断三次，握着头发出来接待天下贤人，以示求贤若渴的心情。❾"冰〔壶〕"两句：品格与友谊如玉壶般高洁明净，不亚于素月。

一剪梅

【原文】

尘洒衣裾客路长，霜林已晚，秋蕊犹香。别离触处是悲凉，梦里青楼①，不忍思量。　　天宇沉沉落日黄，云遮望眼②，山割愁肠。满怀珠玉泪浪浪③，欲倩西风，吹到兰房。

【注释】

❶这首词作年难考。青楼：妓女所居之处，也指美人所居之楼。　❷云遮望眼：王安石《登飞来峰》："不畏浮云遮望眼。"　❸泪浪浪：泪流不止貌。

一剪梅

【原 文】

歌罢尊空月坠西,百花门外,烟翠霏微①。绛纱笼烛照于飞②,归去来兮,归去来兮。　　酒入香腮分外宜,行行问道③:"还肯相随?"娇羞无力应人迟,"何幸如之,何幸如之!"

【注 释】

❶这首词作年难考。霏微:形容烟云或雨雪细密貌。　❷于飞:比翼双飞。　❸行行:踯躅不进貌。

眼儿媚

【原 文】

妓

烟花丛里不宜他①,绝似好人家。淡妆娇面,轻注朱唇,一朵梅花。　　相逢比著年时节②,顾意又争些。来朝去也,莫因别个,忘了人咱。

注释

❶这首词作年同上。烟花丛：指妓女聚居之处。 ❷年时：当年，昔日。

乌夜啼

【原 文】

戏赠籍中人①

江头三月清明，柳风轻。巴峡谁知还是、洛阳城②。　　春寂寂，娇滴滴，笑盈盈。一段乌丝阑上、记多情③。

注释

❶邓广铭先生认为，据"巴峡"句来推断，这首词或可定为淳熙四年（1177）所作。籍中人：当指在官籍的歌舞女子。 ❷"巴峡"句：稼轩在巴峡见江头景物似洛阳，故云"谁知还是、洛阳城"。 ❸乌丝阑：乌丝栏。于缣帛上下用乌丝织成栏，其间以朱墨界行，称乌丝栏。后世也用以称墨线格子的卷册之类。

如梦令

【原文】

赠歌者①

韵胜仙风缥缈,的皪娇波宜笑②。串玉一声歌,占断多情风调。清妙,清妙,留住飞云多少。

【注释】

❶玩其词意,这首词疑为早年之作。 ❷的皪:光亮鲜明貌。

绿头鸭

【原文】

七夕①

叹飘零,离多会少堪惊。又争如、天人有信,不同浮世难凭。占秋初、桂花散彩,向夜久、银汉无声②。凤驾催云,红帷卷月,泠泠一水会双星。素杼冷,临风休织,深诉隔年诚。飞光浅,青童语款,丹鹊桥平③。 看人间、争求新巧,纷纷女伴欢迎。避灯时、彩丝未整，拜月处、蛛网先成④。谁念监州⑤，萧条官舍，烛摇秋扇坐中庭。笑此夕、金钗无据，遗恨满蓬瀛⑥。欹高枕，梧桐听雨⑦，如是天明。

注释

①这首词作年难考。　②银汉：银河。　③"素杼冷"六句：借织女与牛郎每年七夕相会一事。　④"争求"四句：民间习俗，每年七夕，妇女拜月乞巧，因其认为织女心灵手巧。　⑤监州：指通判。作者曾任广德军通判、建康通判，不知所指为何。　⑥"笑此夕"二句：白居易《长恨歌》："七月七日长生殿，夜半无人私语时。在天愿为比翼鸟，在地愿为连理枝。天长地久有时尽，此恨绵绵无绝期。"　⑦梧桐听雨：《长恨歌》："春风桃李花开日，秋雨梧桐叶落时。"

品　令

【原文】

迢迢征路①，又小舸、金陵去。西风黄叶，淡烟衰草，平沙将暮。回首高城，一步远如一步。　　江边朱户。忍追忆、分携处。今宵山馆，怎生禁得，许多愁绪。辛苦罗巾，揾取几行泪雨②。

注释

①这首词作年难考。征路：征途，行程。　②揾：擦，揩拭。

鹧鸪天

【原 文】

和陈提干[①]

剪烛西窗夜未阑[②],酒豪诗兴两联绵。香喷瑞兽金三尺[③],人插云梳玉一弯。 倾笑语,捷飞泉,觥筹到手莫留连。明朝再作东阳约,肯把鸾胶续断弦。

【注 释】

❶这首词作年同上。 ❷"剪烛"句:李商隐《夜雨寄北》:"何当共剪西窗烛,却话巴山夜雨时。" ❸"香喷"句:罗隐《寄前宣州窦常侍》:"喷香瑞兽金三尺,舞雪佳人玉一围。"

谒金门

【原 文】

和陈提干[①]

山共水,美满一千余里。不避晓行并早起,此情都为你。

不怕与人尤殢，只怕被人调戏。因甚无个阿鹊地②，没工夫说里。

> 注 释

❶这首词作年同上。　❷阿鹊：与"阿叱"同，指打喷嚏的声音。

贺新郎

【原 文】

和吴明可给事安抚①

世路风波恶。喜清时、边夫袖手，□将帏幄②。正值春光二三月，两两燕穿帘幕。又怕个、江南花落。与客携壶连夜饮，任蟾光、飞上阑干角。何时唱、从军乐③。　　归欤已赋居岩壑。悟人世、正类春蚕，自相缠缚。眼畔昏鸦千万点，□欠归来野鹤④。都不恋、黑头黄阁⑤。一觞一咏成底事，庆康宁、天赋何须药。金盏大，为君酌。

> 注 释

❶这首词可能作于宋孝宗乾道六年（1170）至乾道九年（1173）之间。　❷□将：原本即有缺文。帏幄：军帐。　❸从军乐：指《从军行》，乐府曲调名，其内容主要描叙军旅之苦。　❹□欠：朱孝臧云："原本缺文，未空格。"　❺黑

头：黑头公，指少年高位，头未白而位至三公。黄阁：汉代指丞相署，后以之称三公官署，或泛指最高官署。

渔家傲

【原 文】

湖州幕官作舫室①

风月小斋模画舫，绿窗朱户江湖样。酒是短桡歌是桨②，和情放，醉乡稳到无风浪。　自有拍浮千斛酿③，从教日日蒲桃涨④。门外独醒人也访⑤，同俯仰，赏心却在鸱夷上⑥。

注 释

①这首词作年难考。疑为仕宦江淮期间所作。　②桡：桨，划船工具。③拍浮：浮游。　④蒲桃涨：喻酿酒。　⑤独醒人：指屈原。　⑥鸱夷：古代皮制的盛酒口袋。

出 塞

【原文】

春寒有感①

莺未老②。花谢东风扫。秋千人倦彩绳闲,又被清明过了。

日长减破夜长眠,别听笙箫吹晓。锦笺封与怨春诗,寄与归云缥缈③。

注 释

❶这首词作年同上。 ❷莺未老:喻春未去也。 ❸归云:行云。这里代指归云宅,即高楼。

踏莎行

【原文】

春日有感

萱草齐阶①,芭蕉弄叶,乱红点点团香蝶。过墙一阵海棠风,隔帘几处梨花雪②。　　愁满芳心,酒潮红颊,年年此际伤离别。

不妨横管小楼中③,夜阑吹断千山月。

注释

❶这首词作年同上。萱草:俗称金针菜,有忘忧、宜男等别名。 ❷梨花雪:指梨花。 ❸横管:这里指吹笛。

好事近

【原文】

春日郊游①

春动酒旗风,野店芳醪留客②。系马水边幽寺,有梨花如雪。
山僧欲看醉魂醒,茗碗泛香白③。微记碧苔归路,袅一鞭春色④。

注释

❶此词作期同上,疑为宦游江淮时所作。 ❷芳醪:美酒。 ❸"山僧"两句:欲解酒醒,山僧献茶。茗碗:茶杯。 ❹袅一鞭春色:鞭梢抖处,春色摇荡。

好事近①

【原文】

花月赏心天，抬举多情诗客。取次锦袍须贳②，爱春醅浮雪③。黄鹂何处故飞来，点破野云白。一点暗红犹在，正不禁风色。

注释

❶这首词作年难考，与上篇同韵，当为同时之作。　❷取次：随便或草草之义。贳（shì）：相借，赊欠。　❸春醅：春酒。

江城子

【原文】

戏同官

留仙初试䌽罗裙①。小腰身，可怜人②。江国幽香，曾向雪中闻。过尽东园桃与李，还见此，一枝春。　庾郎襟度最清真③。挹芳尘，便情亲。南馆花深，清夜驻行云。拚却日高呼不起④，灯半灭，酒微醺。

注 释

❶这首词作年难考。"留仙"句:写同官侍女的装束。 ❷可怜人:谓值得爱惜也。 ❸庾郎:南朝诗人庾信。善宫体,文章绮丽。初仕梁,后流寓北方,其诗多故国之思。 ❹拚却:这里作"甘愿"解。

惜奴娇

【原 文】

戏同官①

风骨萧然,称独立、群仙首。春江雪、一枝梅秀。小样香檀,映朗玉、纤纤手。未久,转新声、泠泠山溜②。 曲里传情,更浓似、尊中酒。信倾盖、相逢如旧③。别后相思,记敏政堂前柳。知否。又拚了、一场消瘦④。

注 释

❶这首词作年难考。 ❷泠泠山溜:喻歌声如山中飞泉流水之声。泠泠:形容声音清脆悦耳。 ❸"信倾盖"句:《史记·邹阳传》:"白头如新,倾盖如故。" ❹拚:甘愿,不顾惜。

水调歌头

【原文】

巩采若寿①

泰岳倚空碧,汶水卷云寒。萃兹山水奇秀,列宿下人寰②。八世家传素业③,一举手攀丹桂,依约笑谈间④。宾幕佐储副,和气满长安⑤。　　分虎符,来近甸,自金銮⑥。政平讼简无事,酒社与诗坛。会看沙堤归去,应使神京再复,款曲问家山。玉佩揖空阔,碧雾翳苍鸾⑦。

【注释】

❶这首词大约作于宋孝宗淳熙三年(1176)或淳熙四年(1177)。❷列宿:群星。❸素业:旧业。❹依约:依稀隐约。❺"宾幕"二句:谓其作为皇太子幕僚,辅佐太子治理临安,政绩卓著。储副:同"储君",即皇太子。❻"分虎符"三句:当指巩采若由临安调知吴兴而言。近甸:京畿近郊,当指吴兴。❼苍鸾:青鸾,传说中的青鸟。

水调歌头

【原 文】

和马叔度游月波楼①

客子久不到,好景为君留②。西楼着意吟赏,何必问更筹③。唤起一天明月,照我满怀冰雪,浩荡百川流④。鲸饮未吞海,剑气已横秋⑤。　野光浮,天宇迥,物华幽⑥。中州遗恨,不知今夜几人愁⑦。谁念英雄老矣,不道功名蕞尔,决策尚悠悠⑧。此事费分说,来日且扶头⑨。

注 释

❶此词当作于淳熙四年(1177)。　❷客子、君:皆指友人马叔度。　❸"西楼"两句:谓一心吟赏风月,休管时间早晚。更筹:古时夜间计时工具,即更签。此指时间。　❹"唤起"三句:言明月皎皎,照见我辈冰雪般纯洁的肝胆和百川奔涌似的浩荡胸怀。　❺"鲸饮"两句:言豪饮尚未尽兴,剑气已横贯秋空。鲸饮吞海:如长鲸吞海似的狂饮。剑气:指剑光,古人谓宝剑能于深夜发出光芒,直冲云霄。此喻志在建功立业的豪迈之气。　❻"野光"三句:大地月光浮动,天空高远,景物清幽。物华:泛指美好景物。　❼"中州"两句:谓中原沦陷,今夜不知有多少抗金志士正吞愁饮恨。中州:指当时沦陷的中原地区。　❽"谁念"三句:朝廷北伐遥遥无期,谁念志士年岁渐老,而复国功业犹迟迟未就。蕞尔:微小貌。决策:指北伐大计。　❾"此事"两句:谓此事一时难以说清,唯有继续饮酒消愁。

霜天晓角

【原 文】

赤壁①

雪堂迁客,不得文章力②。赋写曹刘兴废,千古事,泯陈迹③。望中矶岸赤,直下江涛白④。半夜一声长啸,悲天地,为予窄⑤。

【注 释】

❶这首词作于宋孝宗淳熙四年(1177)。 ❷"雪堂"两句:言苏轼未借文章之力而青云直上,反因诗文致祸贬谪黄州。 ❸"赋写"三句:言苏轼当年在此写下感叹曹、刘兴亡的诗篇,而今千古历史遗迹已无踪迹。曹、刘:指曹操和刘备。 ❹"望中"两句:一眼望去,但见岸石皆赤,赤鼻矶直插白浪翻滚的江心。 ❺"半夜"三句:半夜一声长啸,天地为之生悲、变窄。

好事近

【原 文】

春意满西湖①,湖上柳黄时节。濒水雾窗云户,贮楚宫人物②。

一年管领好花枝③,东风共披拂。已约醉骑双凤,玩三山风月④。

注释

❶这首词大约作于作者仕闽期间。西湖:这里指福州西湖。 ❷楚宫人物:当指闽王及其后妃、宫女等。闽王在福州西湖中筑有水晶宫。 ❸管领:管辖统领。 ❹三山:福州的别称。

满江红①

【原文】

老子当年,饱经惯、花期酒约。行乐处、轻裘缓带,绣鞍金络。明月楼台箫鼓夜,梨花院落秋千索。共何人、对饮五三钟,颜如玉②。 嗟往事,空萧索。怀新恨,又飘泊。但年来何待,许多幽独。海水连天凝远望,山风吹雨征衫薄。向此际、羸马独骎骎③,情怀恶。

注释

❶这首词作于绍熙四年(1193)或绍熙五年(1194),作者帅闽期间。 ❷颜如玉:指美女。 ❸骎骎:马速行貌。喻指行色匆匆。

苏武慢

【原文】

雪①

帐暖金丝，杯干云液②，战退夜□飔飔③。障泥系马，扫路迎宾④，先借落花春色。歌竹传觞，探梅得句，人在玉楼琼室。唤吴姬学舞，风流轻转，弄娇无力。　　尘世换、老尽青山，铺成明月，瑞物已深三尺。丰登意绪，婉娩光阴⑤，都作暮寒堆积。回首驱羊旧节⑥，入蔡奇兵⑦，等闲陈迹。总无如现在，尊前一笑，坐中赢得。

注释

❶这首词作年难考。　❷云液：指酒。　❸夜□：朱孝臧云："原本缺文，未空格。"飔飔：本指风雨暴戾，这里指风雪肆虐。　❹"障泥"二句：又叫蔽泥，马鞯两旁之下垂者，用以障蔽尘土，故名。　❺婉娩光阴：犹言光阴明媚。　❻驱羊旧节：《汉书·苏武传》："单于愈益欲降之，乃幽武，置大窖中，绝不饮食。天雨雪，武卧啮雪与旃毛并咽之，数日不死。匈奴以为神，乃徙武北海上无人处，使牧羝……杖汉节牧羊，卧起操持，节旄尽落。"　❼入蔡奇兵：《旧唐书·李愬传》载，吴元济割据淮西，唐宪宗令裴度讨之，以李愬为隋、唐、邓节度使。会大雪，寒风偃旗裂肤，马皆缩栗，士卒抱戈冻死于道者十之一二，李愬趁雪挥兵入蔡州取吴元济。行七十里，夜半至悬瓠城，雪甚，城旁皆鹅鹜池，愬令击之以乱军声。黎明雪止，愬入驻元济外宅。蔡吏惊曰："城陷矣。"史称李愬雪夜入蔡州。